César Duáyen

Stella

*Una novela
de costumbres argentinas*

edición de
Mary G. Berg

 - STOCKCERO -

César Duáyen - (Emma de la Barra)

Stella : una novela de costumbres argentinas - edición literaria a cargo de: Mary G. Berg
        1a ed. - Buenos Aires : Stock Cero, 2005.
        268 p. ; 23x15 cm.

        ISBN 987-1136-38-2

        1. Narrativa Argentina-Novela Costumbrista.
        CDD A863

1° edición: 2005
Stockcero
ISBN N° 987-1136-38-2
Libro de Edición Argentina.

Hecho el depósito que prevé la ley 11.723.
Printed in the United States of America.

stockcero.com
Viamonte 1592 C1055ABD
Buenos Aires Argentina
54 11 4372 9322
stockcero@stockcero.com

César Duáyen

Stella

*Una novela
de costumbres argentinas*

INDICE

LA MUJER MODERNA EN LAS NOVELAS DE CÉSAR DUÁYEN

La modernización de todo aspecto de la sociedad es preocupación insistente de la narrativa argentina de la primera década del siglo XX. Con entusiasmo y con dudas inquietantes, se comentan los cambios sociales inmensos sucedidos en los últimos años del siglo XIX. En libros aparentemente tan distintos como *La guerra gaucha* (1905) y *Las fuerzas extrañas* (1906) de Leopoldo Lugones, y *Stella* (1905) y *Mecha Iturbe* (1906) de César Duáyen, se vislumbra y se articula la profunda inquietud generada por el nuevo "progreso" y una sociedad que cambia muy rápidamente[1]. Se explora la tensión entre apertura (esperanza optimista en el poder transformativo de la nueva tecnología) y ruptura (abandono y desvalorización de valores tradicionales). Los viejos modelos ya carecen de validez; civilización/barbarie ya no es paradigma estable: se teme que debajo de la superficie de la supuesta civilización yace una barbaridad transmutada, y que en cuanto al gaucho simbólico, el argentino esencial rural, ya ni encarna la violencia primitiva ni es emblema de inocencia rousseauniana. Los movimientos feministas de las últimas décadas del siglo XIX, y las olas de inmigraciones han transformado para siempre las nociones de una Gran Aldea estable. Para las mujeres y los hombres de esta sociedad nueva, es bien difícil averiguar cómo comportarse: todas las reglas tradicionales están cambiando y hacen falta nuevos manuales de instrucción. No es coincidencia que sea la época de codificación escrita, con proliferación de libros de cocina, de etiqueta, de remedios médicos, de programas de educación, y de historias panorámicas de la literatura, junto con todos los manuales que requiere la nueva tecnología en esta edad de industria floreciente. El optimismo de los 1880 frente a los avances tecnológicos, que se celebra, por ejemplo, en la novela *Oasis en la vida* (1888) de Juana Manuela Gorriti, se transmuta en preocupación por el estado de la nación y sus ciudadanos. En la narrativa de César Duáyen, se exploran algunas de las posibilidades y limitaciones inherentes a los cambios sociales de los primeros años del siglo XX.

---

[1] Para una discusión más extensa de estos cambios, y de novelas argentinas de esta primera década del siglo XX, ver Lea Fletcher, "Apuntes sobre la narrativa de mujeres argentinas , 1900-1919" en *La Aljaba*, 2a. época, IV (1999): 43-51; Francine Masiello, *Between Civilization and Barbarism: Women, Nation, and Literary Culture in Modern Argentina*. Lincoln: U of Nebraska P, 1992; Carmelo M. Bonet, "*Stella* y la sociedad porteña de principios del siglo" en *Cursos y conferencias* 44 (1953): 303-16; y, más dispersamente, en Horacio Vázquez-Rial, ed., *Buenos Aires 1880-1930: La capital de un imperio imaginario*. Buenos Aires: Alianza Editorial, 1996.

La autora y su obra

César Duáyen, seudónimo de la escritora argentina Emma de la Barra (1861-1947)[2], colaboró durante muchos años en diarios y revistas, y publicó cinco novelas que tuvieron un éxito sin precedente en su época. Duáyen nació en Rosario en 1861, hija de un periodista y político distinguido. Se mudaron a Buenos Aires, donde ella desarrolló sus talentos en música, arte, literatura y educación. Entre otras empresas, fundó la primera escuela profesional de mujeres, y también la Cruz Roja argentina. Con su primer marido, fue fundadora en 1882 de un barrio obrero modelo en Tolosa, donde estaban los talleres ferroviarios cerca de La Plata[3]. Sus novelas, donde se reflejan estas pasiones por la música, la medicina, la reforma de condiciones laborales, y la educación, sobre todo de mujeres, son por lo menos[4] cinco: *Stella* (1905), *Mecha Iturbe* (1906), *El Manantial* (1908), *Eleonora* (1933) y *La dicha de Malena* (1943).

2   Aquí se escribe "César Duáyen", como apareció en la primera edición de *Mecha Iturbe*. También fue escrito con sólo un acento (César Duayen) o con dos acentos como "César Duayén" o —como apareció por primera vez impreso— sin acentos (Cesar Duayen). Sobre estas permutaciones e ambiguedades, ver María Gabriela Mizraje, "Emma de la Barra: la vara del éxito" en su libro, *Argentinas de Rosas a Perón*. Buenos Aires: Editorial Biblos, 1999, 156-169; Marcela M.A. Nari, "Alejandra. Maternidad e independencia femenina", en *Feminaria* VI:10 (1993): 7-9; y Bonnie Frederick, *Wily Modesty: Argentine Women Writers, 1860-1910*. Tempe AZ: ASU Center for Latin American Studies, 1998. Aunque por lo general, las críticas y las historias de literatura argentina refieren a ella como Emma de la Barra, aquí se utiliza su seudónimo porque, como George Sand, George Eliot, Mark Twain y muchos otros, ella escogió ponerlo en sus novelas publicadas. Cuando apareció *Stella* en 1905, escondía su identidad, pero como el libro tuvo un éxito extraordinario, tantas eran las especulaciones, que *La Nación* publicó un artículo el 26 de septiembre, 1905, donde aclaraba que "Muy poderosos eran sin duda los baluartes con que la delicada modestia de la autora había encerrado su secreto: pero el éxito resultó demasiado insistente para que se pudiera resistir su impulso. Y aún cuando el propósito de la reserva persistiera, los tanteos de la conjetura han dado por último con la verdad de las cosas, proclamando el nombre de la señora Emma de la Barra junto a ese otro nombre de *Stella* ya prestigioso y tan notorio que desde ahora queda definitivamente incorporado a los anales de las letras argentinas". [Citado en Frederick, 33]

3   "...Emma de la Barra...había nacido en 1861 y era hija de Federico de la Barra, político y periodista de destacada actuación que, en la villa de los años '60 que crecía vertiginosamente, reunía noche a noche en su casa una tertulia de personajes brillantes. Siendo todavía niña, Emma se trasladó con la familia a Buenos Aires donde, años más tarde, se casó con su tío paterno Juan de la Barra. Inquieta por naturaleza, continuó desarrollando sus talentos artísticos, encaminados hacia la música y la pintura. En este medio propicio pudo poner en marcha iniciativas que lograron éxito, como la fundación de la Sociedad Musical Santa Cecilia para encauzar el entusiasmo de los aficionados a la música; la primera escuela profesional de mujeres; la Cruz Roja, que fundó en unión de Elisa Funes de Juárez Celman en las postrimerías del gobierno jaqueado por la revolución de 1890; la exposición de obras de arte y joyas que organizó en 1893 con Delfina Mitre de Drago, con fines benéficos, y que permitió admirar las más hermosas expresiones artísticas que había entonces en colecciones privadas. Otra importante empresa en la que participó, con el marido, fue la construcción de un barrio obrero en Tolosa, donde estaban los talleres ferroviarios junto a La Plata, o lo que sería entonces la capital de la provincia. Habilitado en 1882, popularmente conocido como 'las mil casas', de las que aún quedan vestigios. Emma proyectó allí una escuela, teatro e iglesia, pero fracasó económicamente y perdió casi toda su fortuna." Citado de Sosa de Newton, www.lamaquinadel tiempo.com/Mujeres/duayen.htm. Este "César Duayen: una señora escritora" parece

Las novelas describen en detalle las situaciones de mujeres jóvenes extraordinariamente capaces e inteligentes que intentan encontrar su lugar en la sociedad argentina, en Buenos Aires y en el campo. *Stella* es un análisis crítico de la sociedad argentina, la historia de un amor turbulento, y sobre todo, un escrutinio detallado de las dificultades enfrentadas por una joven al querer definirse y participar en el proyecto de modernización nacional. *Mecha Iturbe*, también, es la historia de una mujer privilegiada que intenta encontrar su lugar y resolver su crisis de amor, en una Argentina efervescente con energías progresistas, en profusión de huelgas, fábricas, hospitales y escuelas nuevas. *El Manantial* se enfoca en los esfuerzos de la joven maestra de una escuela modelo recién fundada. Es la única novela de las cinco que no es historia de amor, sino centrada en un análisis de la sociedad argentina por medio del microcosmos de la escuela. *Eleonora* es una historia de amores llena de suspenso –hay muchísimo suspenso en todas las narrativas de Duáyen– donde se pregunta ¿cuáles decisiones, cuáles elecciones, cuáles opciones tiene una mujer joven en la sociedad argentina, cuánta libertad tiene para decidir con quién casarse, qué acceso al poder tiene ella, o está el poder siempre en manos de los hombres que tienen control político y económico y de las mujeres complícitas en este desequilibrio, complacientes ante la desigualdad de libertad, la falta de acceso a la educación y de una norma de comportamiento racionalmente (y no emocionalmente) motivado? *La dicha de Malena* se centra en una joven seria que se casa con un millonario que resulta ser frívolo, egoísta, e infiel; ella tiene que aprender cuáles son sus opciones y cómo debe proceder. Como ha observado Francine Masiello de *Stella*, todas las novelas de César Duáyen son *bildungsroman* femeninos (132).

De las cinco, *Stella* y *Mecha Iturbe* son las novelas más extensas, más densas y complejas, donde más se ve el deseo de encuadrar el dilema personal en un ámbito de dimensiones nacionales. Todas las novelas se pueden leer como dramatización y análisis de las deficiencias del proyecto positivista modernizador. Expresan angustia y preocupación creciente por la recurrente falta de posible coordinación de talento individual y necesidad nacional. Los individuos de más talento y mejor posicionados en la sociedad para poder efectuar cambios positivos, son con frecuencia los que menos logran conectarse con la situación inmediata argentina. Como en las "ficciones fundacionales" discutidas por Doris Sommer con su doble agenda amorosa y política,[5] los fracasos amorosos en las novelas de Duáyen son metáforas de fallas de la empresa nacional, pero sobre todo son historias de mujeres jóvenes que –como su patria– tienen que aprender todo por su propia cuenta. Son jóvenes sin madres, padres ni abuelos, literalmente y metafóricamente huérfanas; ellas mismas –y sin mucho apoyo familiar– tienen que buscar quiénes son y cómo

---

ser una versión abreviada de la biografía más amplia de la misma autora en "César Duáyen: Una mujer que se adelantó a su tiempo" en *Todo es historia* XVII, 311 (junio, 1993): 46-48.

4   En varias bibliografías tentativas aparecen otros títulos, pero sin datos muy concretos. En la lista pionera de Diane Marting, por ejemplo, *Women Writers of Spanish America: An Annotated Bio-Bibliographical Guide*, Westport CT: Greenwood Press, 1987, p. 36, figura la novela *Graziella* como obra de Emma de la Barra.

5   *Foundational Fictions. The National Romances of Latin America*. Berkeley: UCPress, 1991.

definir sus carreras y cuáles son los requisitos para una relación amorosa satisfactoria. No sólo les faltan padres, sino también carecen de hogar propio; estas condiciones las liberan pero también las privan de seguridad. En contraste con lo que se encuentra en la mayoría de historias románticas populares, Duáyen dramatiza a mujeres complejas y muy imperfectas que por lo general no logran lo que añoran. Cometen errores; carecen de suficiente confianza en sí mismas; no toman sus decisiones con la sagacidad y la deliberación debidas; les cuesta mucho percibir y luego articular cuáles son sus emociones verdaderas. Dice Elida Ruiz de *Stella* que es "novela para despertar fantásticas ambiciones y permitir soñar en ser la protagonista", una novela que mezcla lo romántico con lo didáctico.[6] Las mujeres centrales de las novelas de Duáyen sí atraen con sus cualidades de novela rosa: son bellas, jóvenes, inteligentes, y de alta clase, pero encuentran la felicidad –si la logran— no por medio del hombre ideal sino por medio de su propio trabajo, sus propios esfuerzos.

En todas las novelas, la capacidad perceptiva de la mujer es aumentada y afilada por una perspectiva extranjera que la provee suficiente distancia de la sociedad argentina para permitirla articular por lo menos algunas de sus dudas respecto a ella. En *Stella*, el personaje central, Alejandra, siempre llamada Alex[7], nació y se educó en Noruega y viene a Buenos Aires a los veinte años, cuando su padre noruego se muere. Después de hacer un esfuerzo inmenso para conectarse con lo argentino, vuelve a Noruega para enseñar ciencias naturales y geografía (campos poco comunes para mujeres[8]) en la Escuela Superior de Mujeres de Cristianía (18[9]), sintiéndose siempre "la extran-

6   Elida Ruiz, "Prólogo" a su *J. M. Gorriti, C. Duayen, M. de Villarino y otras. Las escritoras 1840-1940. Antología.* Buenos Aires, Centro Editor de América Latina, 1993, p. iv.

7   Se ha comentado cómo el título, nombre de la hermana menor, oculta la presencia más activa de la hermana mayor, comparándola (Mizraje, Nari) al uso de seudónimo por parte de la autora: nada es exactamente cómo parece, que es también tema central de todas las novelas. Pero Bonet y Nari señalan la importancia de la pequeña Stella como figura hija que convierte a Alex en figura madre, confiriéndole papel tradicional de mujer respetable, y dándole también motivo para quedarse en una situación familiar difícil en vez de independizarse.

8   Pero precisamente campos de estudio señalados por Soledad Acosta de Samper en su muy difundida *Conversaciones y lecturas familiares sobre historia, biografía, crítica, literatura, ciencias y conocimientos útiles* (1896) como especialmente atractivos para mujeres investigadoras. En este libro, mezcla híbrida de narrativa y demostración de la educación ideal para niñas, cuando una de las jóvenes se interesa seriamente en la botánica, hay discusión de cómo la tendrán que educar. Comenta su madre que "estoy pensando que tendré que llevarla a Europa para que le den algún grado entre las mujeres, pues lo que es aquí las damas se burlarían de ella" (405). Sigue una larga discusión de bien reconocidas investigadores científicas mujeres. Se entusiasma la madre: "Adelante pues, Marcelina, estudie usted con ahinco, y será tal vez una de las primeras mujeres científicas que ha dado Colombia! 'No se burlen de mí', contestó la niña sonrojándose" (406). La verdad es que fue una época de gran interés en las carreras abiertas a las mujeres; Cecilia Grierson, la primera médica que se graduó oficialmente en Buenos Aires, fue también maestra y "profesora normal" y en su libro *Educación técnica de la mujer* de 1901 relata sus observaciones de la educación de la mujer europea en un viaje realizado en 1899 y su posible aplicación en la Argentina.

9   Las referencias a *Stella* son a la presente edición.

jera" (59) en Buenos Aires. Mecha Iturbe es argentina de nacimiento y crianza, pero se casó con un aristócrata inglés, vivió en Europa, y vuelve a Buenos Aires como viuda joven. Desilusionada por su incapacidad de conectarse con la Argentina (y específicamente con el argentino de quien se enamora), vuelve al final a vivir (y morir) en Madrid. La joven maestra de *El Manantial*, educada en Inglaterra, está empleada por un filántropo inglés que quiere fundar una escuela modelo en el pueblo argentino donde vive. En *Eleonora*, la heroína de ese nombre es la hija de padres holandeses en Buenos Aires y cuando pasa por una época de crisis en la Argentina, huye a Bélgica y luego a Inglaterra donde encuentra una carrera y nueva comprensión de lo argentino al tener que orientarse en una cultura extranjera, antes de volver a la Argentina. En *La dicha de Malena*, una estancia en París le sirve a Malena para aclarar lo intolerable que es su matrimonio y decidirla a volver a Buenos Aires. Al revés del viejo chiste que los argentinos buenos cuando mueren van a París, aunque Europa en general en las novelas de César Duáyen representa una sociedad estable de larga tradición preservada (en contraste con la Argentina que cambia con espeluznante rapidez, y está en su infancia políticamente), París en particular es ciudad de moral bastante corrupta, parecido al París que horrorizó e indignó tanto a Clorinda Matto de Turner al escribir sus impresiones de Europa en 1908, en un viaje subvencionado por el Consejo Nacional de Mujeres en Buenos Aires para que estudiara la educación de mujeres europeas[10]. Una estancia en Europa sirve para distanciarse y mejor meditar y articular los problemas argentinos, pero, con o sin la corrupción de París, provoca ganas de volver a la patria. Europa es donde se va cuando ya no se puede más en la Argentina. Para Alex, Mecha, Eleonora y Malena, una estancia prolongada en Europa es un exilio doloroso de la patria donde está el corazón, pero se aprende lo que luego se puede aplicar en la Argentina. Pero lo europeo también se percibe como impuesto, como intruso. Los inmigrantes son esenciales para las nuevas industrias argentinas, pero también se los rechaza. Comenta Marco en *Mecha Iturbe* que "Europa exporta sus excesos en ideas, en hombres, en manufacturas, que nosotros acojemos sin análisis y sin adaptarlas. El progreso moral se retarda. Se animan todos por un descubrimiento científico o industrial, como si la felicidad consistiera en alumbrarse mejor, o en trasladarse más rápidamente de un punto a otro" (200). Pero en las novelas de Duáyen, se describe una europeización de la Argentina que representa una importación a casa del espacio (y distanciamiento de los problemas nacionales) que ofrece el viaje a Europa; en *Stella*, Máximo y Alex, que tienen tanta dificultad en entenderse, descubren que si hablan en inglés, sí se sienten amigos, "pero todavía sólo en inglés,—respondió [Alex], sacudiendo tres veces, con una exageración cómica que imitaba a un hijo de la Gran Bretaña, la mano que él le extendía" (116) En *Stella*, se describe un Buenos Aires lleno de italianos, canciones italianas (176,177), di-

---

10 *Viaje de recreo: España, Francia, Inglatera, Italia, Suiza, Alemania.* Valencia: F. Sempere, 1909.

chos italianos que se citan (178). En el hogar de los Maura, la inglesa Miss
Mary cuida a los niños, y en la estancia de Máximo, el mayordomo es "un inglés que ocupaba el puesto hacía dieciocho años" (198), imponiendo su orden:
"como buen inglés sabía respetar y hacer respetar las leyes públicas y privadas" (201). Su médico es alemán, sus amigos son suecos, noruegos, franceses,
ingleses. Hablan de la hora cuando se sirve "el lunch" (84) y se sienten "gentlemen" (225). Dicen "pelouse" (82) y "touché" (12) y los niños de la escuela
de Alex cantan "Sur le Pont d'Avignon" (120) y "Au clair de la lune" (118) sin
comentarlo. Alex habla inglés (35), alemán (86), noruego y francés tanto como el español, y nadie se queja de no entenderla. Esta fuerte y constante presencia de lo europeo también se manifiesta en las otras novelas de Duáyen.

La educación de las mujeres en Noruega, Holanda, Alemania y Inglaterra
es descripta como admirable y digna de emulación en las novelas de Duáyen;
ella presenta como esencial la aceptación de que todo ser humano necesita y
merece no sólo educación sino una carrera digna, una profesión, y en sus novelas, esto se ha reconocido más universalmente en Europa que en la Argentina. En todas sus novelas, Duáyen deplora la creencia errónea (de parte de los
dinosaurios aristocráticos de las familias adineradas de Buenos Aires) que los
de clase alta no deben ejercer una profesión. Las mujeres felices en sus novelas son médicas o maestras, organizan empresas y eventos de beneficencia, y
participan activamente en la fundación de escuelas, comunidades modelos, hospitales y fábricas. Como comenta Marcela Nari, Alejandra en *Stella* "era la máxima desviación permitida dentro del paradigma femenino de la época" (9) y
Mecha Iturbe ofrece varias mujeres que presionan con aun más fuerza y deter-
minación sobre los márgenes de una sociedad tradicionalmente patriarcal. Lo
que hacen estas mujeres modernizadas con menos eficacia es resolver sus relaciones personales. Los hombres argentinos no siempre acogen a la Mujer Moderna con comprensión y entusiasmo. Pero eso es simplificar demasiado las
muchas tensiones que Duayén dramatiza con suma efectividad en sus novelas.

Stella:
UNA NOVELA DE COSTUMBRES ARGENTINAS

Stella se publicó en 1905, recibió reseñas laudatorias, y en pocos meses ya
iba en la novena edición de mil ejemplares cada una[11]. Siguieron las ediciones frecuentes hasta los años 40[12], y fue traducida a muchos idiomas. La pe-

---

11   Hay descripcion más extensa sobre este fenómeno en Sosa de Newton, "César Duayen:
     Una mujer que se adelantó a su tiempo" (46) y como Bonnie Frederick señala, en *Wily
     Modesty: Argentine Women Writers, 1860-1910*, "The discovery of the author's true iden-
     tity did nothing to stop the popularity of the novel among both male and female readers.
     By the end of November, 1905, it was in its seventh printing; the ninth came out in De-
     cember. An employee at Möen's, the largest bookstore in Buenos Aires, was hired for
     the sole purpose of handling sales of *Stella*. This unprecedented success led Casa Mauc-
     ci to pay Barra an advance of 5,000 pesos for her next novel, publishing a first run of
     6,000 copies. A normal first run was 500 copies, and one of the highest-paid writers of
     the time, Florencio Sánchez, only received 2,000 pesos for *Barranca abajo*. Translated in-
     to several languages, *Stella* had sold more than 300.000 copies by 1932 and continued to
     be printed in editions through the 1940s." (33)

lícula que se hizo en 1944, dirigido por Benito Perojo, con guión de Ulises Petit de Murat, también tuvo éxito[13]. Con cierta razón, sospechamos lo peor de los libros de tanto éxito popular, pero indica algo del gusto del público que leía, y como nos recuerda Bonnie Frederick (23), noventa por ciento de la población argentina sabía leer, y la población de Buenos Aires ya era sustanciosa: 1.300.000 en 1910 (de 180.000 en 1870). Comenta Edmundo de Amicis en su prólogo de 1908 a la traducción de *Stella* al italiano que "es una novela genuinamente argentina, una pintura de caracteres y de costumbres de aquel pueblo adolescente...pero no se trata de una pintura aduladora. No sé de ningún escritor argentino que haya dicho nunca tan abiertamente a su país tal número de verdades, tan duras de oír como útiles y dignas de meditar" (vi)[14] que revelan del autor su "amor ardiente por la patria, una fe inquebrantable en su porvenir" (vii). Un siglo más tarde, en una lectura de *Stella* hoy, no es totalmente convincente la "fe inquebrantable" pero la angustia frente a la deficiencia de los esfuerzos humanos y el potencial no actualizado es tan intenso, y el poder de la novela es tal, que seduce a cualquier lector. La maestría de Duáyen al crear personajes complejos y tramas llenos de suspenso se logra con préstamos de las técnicas de cuadros de costumbres, elementos de narrativa romántica y modernista, el uso de excesos deliberados, la observación minuciosa de comportamiento social, el análisis de acciones individuales en términos de sus motivaciones complejas y sus conexiones con experiencias vitales: la nación se presenta en microcosmos, bajo microscopio. Una metáfora central en cada novela de Duáyen es la del baile de máscaras: la tarea de los personajes principales es aprender a diferenciar entre máscaras y realidades (las personales y las del país).

Stella refleja y analiza preocupaciones sociales de su época: el afán modernizador de principios del siglo, la influencia de modelos europeos, inquietudes sobre el estado de la nación, y sobre todo, el papel cambiante de la mujer en estos momentos de tantas transiciones. Las técnicas dramáticas (a veces casi melodramáticas) del romanticismo y del modernismo se emplean en la coreografía de historias trans-Atlánticas de amor (y de amor frustrado): abundan los contrastes entre sol y sombra, luz y oscuridad, blanco y negro, lo secreto y lo revelado, la verdad y la apariencia, lo bueno y y lo malo, la superficie y lo subyacente. *Stella* explora la presencia en la sociedad argentina de varias mujeres que representan la modernización, que son paradigmas diversas de las varias caras de la modernidad. También se examinan cuáles son los atributos y cuáles los problemas de estas mujeres, y cuáles son los límites de su posibilidad de acción, de libre movimiento. La presencia de la sexualidad femenina es velada, pero sorprendentemente, está muy claramente expuesta, evidente sobre todo en su frustración. Como ha analizado extensivamente Diane E. Marting en su estudio *The Sexual Woman in Latin American Literature: Dangerous Desires*, lo explícitamente erótico era entonces peligro-

---

12 La última que conozco es la de Madrid: Hispamérica-Anaya, 1985.

13 Discutido en Mizraje (158), donde se comenta que esta película, "permitiendo junto a la música de Paul Mizraky que se abriera la fama a otra mujer, Zully Moreno" forma parte de una larga cadena de los éxitos del best-seller *Stella*.

14 Las referencias al prólogo de de Amicis son a la edición de *Stella* de Barcelona: Editorial Maucci, 1909.

sa para las escritoras, pero no quiere decir que las emociones y los deseos de los personajes femeninos se obliteren o no se expresen: se exploran en nivel simbólico, metafórico o sugerido. La tensión principal de *Stella* es la de postergación de la revelación de cómo se resolverán las intrigas amorosas, de con quién se casará la protagonista central de la novela. El hilo entretejido de lo erótico, de los deseos y las frustraciones eróticas, las añoranzas emocionales que son también físicas, es lo que unifica la novela, lo que nos impulsa a seguir leyendo, aunque el tema más obvio de la novela es el análisis de la sociedad argentina, sobre todo la porteña de clase alta.

Stella abre con la llegada a Buenos Aires de dos hermanas huérfanas, la pequeña Stella, lisiada, incapaz de caminar, pero luminosa de espíritu, y su hermana mayor, Alex. Vienen para vivir con la familia del hermano de su madre, la familia Maura Sagasta/ Quirós, después de la muerte de su padre, un explorador noruego famoso. Duáyen dramatiza el problema de cómo este modelo de la nueva mujer educada europea se adaptará a la sociedad argentina. Mientras progresa la novela, en las salas de las familias privilegiadas de Buenos Aires, y en una estancia rural, las interacciones entre Alex y su nueva patria adoptiva devienen más y más complejas. Las mismas cualidades que la han hecho un éxito social en Europa provocan hostilidad y rechazo en Buenos Aires: ella es inteligente, capaz, y discreta, pero no sabe cómo hacerse amiga de la familia, no entiende la debilidad, el hastío, o la aparente pereza de los demás, no sabe cómo evitar controversias y confrontaciones, y no empatiza con problemas que le parecen irracionales. "Le habían enseñado todas las lenguas, pero no entendía el idioma de la multitud" (33) ni de los familares. No se entera de lo que no se articula directamente en palabras, y se encuentra en una sociedad de silencios ubicuos y poderosos. Se resiste a creer que la vida social de la clase alta presenta "sólo la apariencia de la verdad. Y hay siempre que desconfiar de las apariencias" (75). La novela es la crónica del progreso (o falta de progreso) de Alex por una serie de obstrucciones, postergaciones, malentendidos, ocultaciones y limitaciones, vistas no desde un punto de vista de su propia conciencia sino a través de las percepciones muy limitadas (y frecuentemente equivocadas) de Máximo Quirós, quien tiene reacciones bien contrapuestas a las de Alex. Él forma parte de la familia que desconfía de ella y le tiene aversión, y aunque toma distancia de ellos, casi siempre es para huir en vez de seguir su propio instinto de admiración por el comportamiento racional y práctico de Alex.

Por la educación excelente que ha recibido en Europa bajo la vigilancia de su padre noruego, que siempre la ha empujado a superar el modelo deficiente de su madre, una niña mimada porteña, intelectualmente sin desarrollo, Alejandra les parece a los argentinos de la familia que la recoge una diosa vikinga, rubia, intelectualmente muy hábil, pero fría y orgullosa a los ojos de muchos. A los lectores, se revela su lado necesitado, dolorido, herido por

la indiferencia de los demás. Ella se encarga de remediar algunos de los desastres financieros de la familia, y se convierte en maestra de los niños, pero
sus atributos provocan resentimientos injustos y ella se siente más y más aislada, prisionera en la casa de los parientes porque es responsable por el bienestar de su hermanita frágil y no la puede abandonar. La novela también
registra los intercambios entre Alejandra y Máximo, el hermano de la esposa del tío Luis, el único que podría comprender cuánto sufre Alejandra y cuán
valiosa es. La voz narrativa nos cuenta esta historia desde punto de vista de
Máximo, quien observa una serie de encuentros entre Alejandra y varios
hombres que él malinterpreta como episodios eróticos. En la imaginación
de Máximo Alejandra viene a ser la mujer araña sexualizada, inmoral, deseosa de seducir. La novel es muy parecida a *Pride and Prejudice* de Jane Austen en que el orgullo y el prejuicio les predisponen a no estimarse, y las interpretaciones erróneas no se aclaran hasta el final. El amor posible entre los dos
seres intelectualmente fuertes y capaces así se posterga. Lo que no se dice asu-
me una importancia fundamental: los silencios son incapacitantes.

En *Stella*, tenemos una serie de dobles, reflejos, interpretaciones simultá-
neas pero contradictorias. Alejandra y su hermana Stella se complementan:
Alejandra es la práctica, la rigurosamente instruida, enseñada a pensar como
hombre (enseña ciencias, matemáticas, organiza papeles del padre, dirige las
finanzas de la familia)[15] mientras Stella es todo corazón. Para proteger a Stella, Alejandra tiene que silenciarse y no protestar cuando se interpretan mal
sus acciones honorables. Desde su llegada, se siente rechazada y forastera en
Buenos Aires; su educación, aunque la hace capaz de logros como maestra,
contadora, e implementadora de acción positiva, no le sirve para entenderse
bien con sus parientes. Le han enseñado a pensar y no a sentir. Le falta la capacidad de manipular a la gente, las tretas de la mujer en una sociedad tradicional. Al llegar a Buenos Aires, encuentra que su buena educación europea
no le facilita la vida ni le da capacidad para vislumbrar dónde cabe ella en la
sociedad argentina. En las novelas de César Duáyen, los mejores educados y
los más perspicaces, los que más podrían hacer avanzar al país (en *Stella*, Alex
y Máximo) suelen sentirse mal vinculados con su sociedad, mal entendidos, in-
seguros de sí mismos, y excluidos de las empresas nacionales. Sin la comprensión ni de sus propias familias, se sienten atrapados en espacios hostiles.

En *Stella*, la mujer moderna, Alejandra, es siempre vista equivocadamen-
te por los que la rodean. Al abrir la novela, cuando las hermanas llegan a Buenos Aires de Europa y van en taxi a la casa de los parientes, el portero no cree
que sean sobrinas de la familia, y tienen que insistir mucho para que les abra
la puerta. Los parientes también ven a Alejandra como intrusa, en una serie
de equivocaciones. Máximo la ve reflejada en un espejo y lo interpreta al contrario de la verdad –el espejo se convierte en símbolo de lo visto al revés– él
cree observar un gesto de amor hacia su primo Enrique, pero en realidad le

---

15 Francine Masiello comenta como Alejandra "becomes the record keeper for a genera-
    tion in decline, accepting the law of the father as her own in order to succeed...In this
    way, the author sets new goals for a female in fiction by assuming that Alex can rewrite
    family history and succeed in a masculine role". (133)

está advirtiendo. El otro jóven inteligente, que debe ser más astuto, Montero, al ver a Alejandra por primera vez, la cree "gobernanta o criada inglesa"
(56) cuando la ve en la casa, y la piropea con cierta insolencia. Ella se siente
invisible, "inapercibida" (59) y perpetuamente mal entendida. Secretos y
conspiraciones la rodean. Cuando la famila le habla, las palabras "le entraron en el oído zumbando como una avispa" (62); se siente acechada por las
mentiras. En nueva incidencia de una imagen reflejada que despista, Alejandra le insiste a Máximo que lo que se ve en un espejo "es sólo la apariencia de
la verdad. Y hay siempre que desconfiar de las apariencias." (71)

Pero para Máximo, que se resiste a profundizar en su identidad, ella es
"la parienta pobre en la casa rica" (72) "la maestrita de Noruega" (74) "una
joven águila solitaria" (90) atrapada en el "sistema de las insinuaciones grises" (90) del cual no logra escapar. Todos están ocultando sus verdaderos sentimientos, haciéndola el blanco de todos sus rencores, de todas sus frustraciones. Máximo reiteradamente no ve lo que está pasando; Alejandra está
sufriendo pero él "no supo...ver la angustia de aquella mirada, oír el grito
desesperado de aquellos ojos". (94) Sumamente deprimida por su incapacidad de unir su imagen pública y su ser íntimo, atrapada en este desdoblamien-
to falaz, Alejandra sufre de "paralización moral" (102), y casi se rinde a su
"estado morboso" (102) pero la necesidad de proteger a su hermanita la sal-
va. La crisis de Alejandra es paralela a las discusiones de la enfermedad del
país, al abismo entre realidad y apariencia, la falta de heroes políticos que pue-
dan negociar la entrada de la Argentina en el siglo veinte. Parecen una discusión y una lamentación muy contemporáneas.

Todos llevan máscaras en público, o cuando se enfrentan con los demás:
lo difícil es sacar la máscara. En varias novelas de Duáyen, como en *Stella*,
hay bailes de enmascarados y descripciones de fiestas de carnaval donde, dis-
frazados, los individuos logran liberarse de ciertas restricciones falsas, pero
nunca es fácil quitarse la máscara. Cuando Máximo, enamorándose de Alejandra (pero sin darse cuenta, sin declararlo), le habla, Alejandra "creyó ver
a su alma sacarse una máscara" (132) pero en seguida se la pone otra vez,
huyendo de sus emociones. Montero, también enamorado de Alejandra pero explícitamente rechazado por ella, sigue visitando a la familia, simulando
interés en otra de las primas, asumiendo un disfraz de amabilidad, aunque
la voz narrativa nos recuerda que "una vez en su dormitorio, Montero se sacó la máscara" (198). Es un mundo social compuesto de silencios y superfi-
cies, simulaciones y mentiras. Una lástima, comenta la autora: "De estos silencios está lleno el destino". (200)

Aunque Máximo y Alejandra se declaran amigos y se encuentran solos en
un ambiente extraordinariamente libre de vigilia o constreñimientos, y se hablan detenidamente, observa la autora que "se miraron pero no el tiempo suficiente para que sus ojos penetraran hasta el pensamiento oculto detrás de la

frente marfilina de ella, de la frente bronceada de él". (200) Aun en esta situación idílicamente permisiva, sus dudas sobre las posibilidades de comunicarse, verdaderamente conocer a otro ser humano les impiden confiar. Están siempre concientes de cuánto ignoran uno del otro: Máximo piensa de Alejandra, "que tanto conocía, y a la que desconocía tanto" (211) que nunca la va a entender. Alejandra, que ha construído toda una red de mentiras con la buena intención de proteger a la familia, rechaza a Montero comentando que "yo conocía mucho de aquel hombre…¿Y lo que desconocía?" (219) La novela nos revela que la vida no es fácil para la Mujer Moderna, con toda su educación, con su deseo de reformar el mundo, con su moralidad agresiva. Para lectores del s. XXI, acostumbrados a escenas eróticas más explícitas, son muchos los silencios, las peticiones mudas, las palabras no dichas[16], los amores físicos suprimidos. Pero no queda duda: estas mujeres descriptas en tanto detalle por César Duáyen están dominadas (y casi enloquecidas) por el deseo que sienten por los hombres que aman, y su deseo de expresarse libremente y de poderse definir como miembros contribuyentes de la sociedad que habitan. Se expresan en símbolos —es la época del modernismo, aunque se ha dicho que las escritoras no se interesaron mucho en los exotismos de Rubén Darío— en nubes de mariposas blancas y negras, en su pasión por vestirse de blanco o de negro, la presencia de aves blancas y negras, de máscaras y disfraces, de progreso tecnólogico y retraso emocional, el deseo femenino de ocupar una posición de poder en la sociedad, de ser ciudadanas plenas, se vislumbra muy claramente.

El drama central de *Stella* se relaciona con la incapacidad de Máximo (rico, bien educado, bien parecido, que debe ser uno de los dirigentes de la Nueva Argentina) para definir cualquier meta decidida, o para darse cuenta que se debe casar con la bella y bien educada reformadora Alex. La mayor parte de la novela describe las acciones y frustraciones de Alex al enfrentarse con la sociedad tradicional argentina, pero el punto de vista predominante y el potencial para cambiarse son de Máximo: el lector sólo se entera de lo que percibe él, aunque se comenta sobre su cinismo y desesperación. Esto quiere decir que durante el curso de la novela, el lector es constantemente limitado en lo que puede percibir: hay secretos que no se elucidan, y el suspenso aumenta. Para el lector, como para Máximo, es muy difícil distinguir entre apariencias y verdades, entre máscaras y realidades. Al final de la novela, Alex le cuenta por qué se aleja de la Argentina, y por primera vez Máximo le escucha con atención; se nos cuenta cómo reacciona él, pero nunca se revela cómo siente ella, si ella está tan exasperada por la indecisión y el cinismo de Máximo como Duáyen deja imaginar que pueda ser: hay mucho que no se dice explícitamente. Es un final maravillosamente ambiguo. En la última página se sugiere que después de una larga separación, Alex vuelve a la Argentina y se reconcilia con Máximo, ya reformado, pero parece un final de telenovela, poco convincente.

Rodeada de relaciones personales difíciles, Alex, mujer de acción, busca

---

16 Como dice Francine Masiello, aspectos de la presentación en *Stella* "suggest that the heroine is in search of a suitable discourse for her own expressions". (135)

emplearse en algo útil durante su permanencia en la Argentina. Edita las memorias de su padre, organiza una escuela para los niños[17], y se ofrece como contadora y secretaria de su tío, salvando a la familia de una bancarrota desastrosa y avergonzante. Su capacidad como gerente es superior a la de los varios hijos que supervisan las propiedades de la familia. Ella está consternada al descubrir que uno de los hijos ha robado fondos, falsificado la firma de su padre, tramando con acreedores, y ella se lanza a remediar la situación y restaurar la solvencia de la familia con el fin de protejer su honor y su buen nombre. Mientras tanto, cuando viaja a la estancia acompañando a los niños de la familia (con motivo de escapar de una epidemia de sarrampión), Alex organiza una escuela para ellos y también para los hijos de los campesinos. Es muy trabajadora, y esto la enajena de los otros miembros de la familia, que no creen que los de clase alta deban participar en labores prácticas; en cada novela de César Duáyen se reitera la necesidad de compromiso activo con la realidad cotidiana, en múltiples ejemplos de una sociedad tradicional agraria en momento de transición a un mundo moderno de fábricas, empresas, huelgas, grupos de obreros –y obreras– que se organizan, donde todo individuo tiene el deber de trabajar según su educación y talento para implementar nuevos métodos y modelos de producción.

Reflejando sobre su lectura de *Foundational Fictions* de Doris Sommer, dice María Inés de Torres[18] que siguiendo "la afirmación capital de que nacionalismo y erotismo comparten una misma retórica en un sector fundamental de la producción literaria del XIX" (102), se puede especular sobre la retórica erótico-patriótica en una serie de obras uruguayas que son historias de amor sin final feliz, obras que ilustran "el proceso de acuñación verbo-simbólica que lleva a cabo el sector letrado como correlato ideológico del proceso de modernización, [donde] existe la necesidad de conformación de una doble ideología complementaria: por un lado una ideología nacional-estatal, y por otro una ideología familiar-patriarcal." (118) Es precisamente esta "necesidad de conformación" que resiste Duáyen; en sus novelas las historias de amor y los proyectos nacionales transcurren simultáneamente, pero como privilegia la complejidad sicológica, en general no hay equiparaciones fáciles (hasta la página final, de todas maneras) y los conflictos no se resuelven. La Mujer Moderna sí representa lo mejor del proyecto civilizador (es más difícil encontrar un Hombre Moderno en su obra – se dispersan sus cualidades en varios individuos) y hay que dejarla avanzar, pero Duáyen no simplifica ni esquematiza ni la resolución de las relaciones amorosas ni los problemas estatales. En *El Manantial*, escrito en 1907 y publicado en 1908, el personaje central, la joven maestra, sí encarna el espíritu progresista de la nación idea-

17 El tema de la educación no pasó inadvertido por los lectores de *Stella*. Como comenta Norma Alloatti, en su estudio excelente de las novelas de César Duáyen, "El placer de escribir: las novelas de Emma de la Barra", se ve la influencia de *Stella* en múltiples referencias de la época, como la utilización por Lucila Godoy y Alcayaga (conocida como Gabriela Mistral) del pseudónimo "Alejandra Fussler". Gabriela Mistral también dedicó su bien conocido poema "La oración de la maestra" (1925) a César Duáyen. Según Carlota Garrido de la Peña, las dos escritoras se conocieron en Europa.

18 En *¿La Nación tiene cara de Mujer? Mujeres y nación en el imaginario letrado del siglo XIX*. Montevideo: Arca, 1995.

lizada, pero, en contraste con las otras novelas de Duáyen, es un texto moralista ya muy fuera de moda en el siglo XXI: una narrativa que testimonia la nueva presencia de mil maravillas tecnológicas (desde la vacuna contra rabia hasta los teléfonos y los trenes rápidos), elogio del progreso y de la perfectibilidad de la sociedad. *El Manantial* es una novela que tiene cierto interés como crónica de cómo parecía el mundo en 1907, por su documentación del impacto masivo de las inmigraciones e innovaciones tecnológicas europeas, pero es casi ilegible hoy[19], por su falta de actitud crítica, ambivalencia, ambiguedad, complejidad, subtextos, contradicciones, irresoluciones, desmesura, fragmentariedad – todas las cualidades que abundan en las otras novelas de Duáyen, donde sí explora más las encrucijadas entre lo personal y lo público, el deseo y lo obtenible, el silencio y la voz, la máscara y la cara desnuda.

César Duáyen escribe dentro de la tradición novelística de Jane Austen y George Eliot, Mme. De Staël y George Sand, Fernán Caballero y Emilia Pardo Bazán: una tradición europea de narrativa femenina de observación minuciosa de la vida transcurrida en los salones, en los espacios domésticos privilegiados. No es una tradición inherentemente argentina, aunque, como han señalado Fletcher, Sosa de Newton, Alloatti, Frederick y Masiello, entre otros, es una tradición adaptada e instalada en la cultura intelectual del Cono Sur a partir del siglo dieciocho. Las novelas de Duáyen reflejan y analizan una época argentina de experimentación activa con modelos europeos, modelos que no se ajustan a las condiciones y realidades rioplatenses[20]. Hay importación rampante de tecnología, de las últimas modas de París, de óperas de Milán; pero en un nivel más profundo, no todo está bien. Los personajes de las

19 Aunque la verdad es que tiene mucho de interés como texto socio-histórico: es un análisis detallado de lo que hace la joven maestra en su sala de clase, cómo procede a enseñar a sus alumnos de formación muy diversa (contado en detalle), y un análisis de la comunidad a través de lo que relatan (lo que relata Duáyen através de ellos, claro) los niños de sus familias. Se ha dicho que era texto escolar, pero me parece improbable - es un libro sobre la enseñanza, sobre el idealismo del progreso, que va a resolver todos los problemas de clase social, pobreza, padres abusivos, invalidez física, y falta de modelos en el hogar. Es parecido al libro *Conversaciones y lecturas* de Soledad Acosta en su inclusión del ciclo completo del año, con sus cuatro estaciones, descripción de fiestas tradicionales (muy costumbrista) y también en su inclusión del habla de los niños, cuáles preguntas hacen, cómo comentan sobre los eventos del día.

20 Lea Fletcher discute el interés de Duáyen en la reforma, señalando que Frederick y Nari han opinado que Duáyen afirma la continuación de los roles tradicionales de las mujeres, que Duáyen "no cuestiona las instituciones sociales" (Frederick, 37) y que "la independencia...profundamente deseada y anhelada en la novela, no podía lograrse sin quebrar gravemente el paradigma femenino de la época" (Nari, 8-9). Fletcher ofrece otra interpretación de las mujeres independientes que figuran en las novelas de Duáyen, y discute como Alex en *Stella* es el primer personaje femenino en la narrativa argentina que "personificaba a la nueva mujer: educada, inteligente, culta, responsable y, después de cumplir con todas sus responsabilidades, independiente. No es poca cosa." (Citas de Fletcher sin indicación de página porque lo he leído en manuscrito y no en *La Aljaba*). Mónica Szurmuk también señala que *Stella* "engages with the heated debates on the feasibility of modernization in the country. De la Barra's text includes a model of modernization which would not only import European models, but also adapt them to the local context. Máximo and Alex stand for the new modern man and woman who could carry out this plan: a moral landowning politician and an educated and modern angel of the house, able to live on her own but virtuous enough to use all her science and knowledge in the home". (93)

novelas no logran escapar (aunque lo intentan) del malestar de no sentirse genuinamente vinculados con su patria, con su sociedad, con alguna esencia de argentinidad que todos añoran. El tema central de las novelas de César Duáyen es justamente este malestar, las dudas, la falta de confianza y convicción que aflige a tantos – y a tantas – al entrar en el siglo veinte, debatiendo cómo debe ser la Argentina moderna. Al explorar en gran detalle las posibilidades abiertas a las mujeres argentinas (con enfoque, pero no exclusiva, en las de clase alta) en este momento de transición, Duáyen, al imaginar y proyectar una variedad de mujeres inteligentes que investigan sus opciones, crea, en novela tras novela, imágenes de cómo podrá ser la Mujer Moderna, y cuáles serán sus dificultades.[21]

Mary G. Berg
Harvard University
Resident Scholar, Women's Studies Research Center, Brandeis
University

---

21   Una versión de partes de este ensayo se publico en la *Revista Iberoamericana* LXX, 206 (2004): 197-209.

BIBLIOGRAFÍA SELECTA:

Acosta de Samper, Soledad. *Conversaciones y lecturas familiares sobre historia, biografía, crítica, literatura, ciencias y conocimientos útiles.* Paris: Garnier Hermanos, 1896.

Alloatti, Norma. "El placer de escribir: las novelas de Emma de la Barra" en *Confluencia: Revista hispánica de cultura y literatura* 20, 1 (2004): 100-119. Reproducido parcialmente en www.elhilo-deariadna.com Vol. 6 (Noviembre 2005).

Area, Lelia y Mabel Moraña, ed. *La imaginación histórica en el siglo XIX.* Rosario: UNR Editora, 1994.

Berg, Mary G. "Modernismo and Modernity in the Novels of César Duayen" en *Homenaje a Enrique Anderson Imbert*, ed. Nancy Hall and Lanin Gyurko. Newark: Juan de la Cuesta, 2003. 305-315.

_____. "La mujer moderna en las novelas de César Duáyen" en *Revista Iberoamericana LXX, 206 (Jan.-Mar. 2004) 197-209.*

Bonet, Carmelo M. "Stella y la sociedad porteña de principios del siglo" en *Cursos y conferencias* 44, 259-261 (1953): 303-16.

de Amicis, Edmundo. Prólogo a la primera edición de *Stella* en italiano en 1908, incluído en muchas ediciones en castellano. Citado aquí de la edición de *Stella* de Barcelona: Casa editorial Maucci, 1909, pp. v –x.

Duáyen, César. *Stella: una novela de costumbres argentinas.* Buenos Aires: Maucci Hermanos,1905.

_____. *Mecha Iturbe.* Buenos Aires: Maucci Hermanos, 1906.

_____. *El Manantial*. Buenos Aires: Estrada, 1908.

_____. *Eleonora*. Buenos Aires: Editorial Tor, 1947.

_____. *La dicha de Malena*. Bueno Aires: Editorial Tor, 1943.

Fletcher, Lea. "Apuntes sobre la narrativa de mujeres argentinas, 1900-1919" en *La Aljaba*, 2a. época, IV (1999): 43-51.

Frederick, Bonnie. *Wily Modesty: Argentine Women Writers, 1860-1910*. Tempe, AZ: ASU Center for Latin American Studies Press, 1998.

Garrido de la Peña, Carlota. *Mis recuerdos*. Rosario: La Cervantina, 1935.

Marting, Diane E. *The Sexual Woman in Latin American Literature: Dangerous Desires*. Gainesville: UP of Florida, 2001.

Masiello, Francine. *Between Civilization and Barbarism: Women, Nation, and Literary Culture in Modern Argentina*. Lincoln: Univ. of Nebraska Press, 1992.

Matto de Turner, Clorinda. *Viaje de recreo: España, Francia, Inglaterra, Italia, Suiza, Alemania*. Valencia: F. Sempere, 1909.

Mizraje, María Gabriela. "Emma de la Barra: la vara del éxito" en su *Argentinas de Rosas a Perón*. Buenos Aires: Editorial Biblos, 1999, 156-169.

Nari, Marcela M. A. "Alejandra. Maternidad e independencia femenina" en *Feminaria* VI: 10 (1993): 7-9 de la sección *Feminaria Literaria*.

Pinkus, Lydia. "¡El autor es una dama!: *Stella* de Emma de la Barra" en *Revista de Filología y Lingüística de la Univ. de Costa Rica* 26, 2 (julio, 2000): 89-94.

Revista Caras y Caretas, 365 y 366 (30 sept. y 7 oct., 1905).

Ruíz, Elida. *J. M. Gorriti, C. Duayen, M. de Villarino y otras. Las escritoras. 1840-1940. Antología*. Buenos Aires: Centro Editor de América Latina, 1980

Sommer, Doris. *Foundational Fictions. The National Romances of Latin America*. Berkeley: Univ. of California Press, 1991.

Sosa de Newton, Lily. "César Duayen: una señora escritora" en www.lamaquinadeltiempo.com/Mujeres/duayen.htm

_____. "César Duayen: Una mujer que se adelantó a su tiempo" en *Todo es historia* XXVII, 311 (1993): 46-48.

_____. *Narradoras argentinas (1852-1932)*. Buenos Aires: Editorial Plus Ultra, 1995.

Szurmuk, Mónica. "Traveler/Governess/Expatriate: Emma de la Barra's *Stella*" en Szurmuk, *Women in Argentina: Early Travel Narratives*. Gainesville: Univ. Press of Florida, 2000, pp. 89-93.

Tobal, Gastón Federico. *Evocaciones porteñas*. Buenos Aires, Editorial Guillermo Kraft Ltda., 1947

Torres, María Inés de. *¿La Nación tiene cara de Mujer? Mujeres y nación en el imaginario letrado del siglo XIX*. Montevideo: Arca, 1995.

Vázquez-Rial, Horacio, ed. *Buenos Aires 1880-1930: La capital de un imperio imaginario*. Buenos Aires: Alianza Editorial, 1996.

Stella
Una novela de costumbres argentinas

César Duáyen

A la memoria de mi padre

César Duáyen

Capítulo I

Al hermano de Ana María

¡Que la mano de Dios abra a mis hijas tu corazón y tu casa!

En plena vida, fuerte y vigoroso, no soy un moribundo ni un enfermo; pero soy un condenado.

Desde hace años continúo marchando hacia el peligro sin encontrar la muerte. Un día me cerrará el camino de la vuelta, y entre los hielos quedaré con ella. Sobre mi hogar, ya hoy mutilado, caerán, entonces, las sombras del desamparo.

No me pertenecen los movimientos de un alma extraña; no puedo, pues, juzgar el sentimiento huraño que ha guardado la tuya para el hombre que hizo feliz a tu hermana "amándola sobre todos los hombres y sobre todas las cosas". ¡Sí, sí, sobre todas las cosas!

El carácter, la educación, las ideas de nuestros dos países son tan diferentes como sus latitudes. No amamos, no pensamos ni entendemos la vida y el deber de igual manera. Tenía que ser muy grande un amor que unió así al hijo de nuestras nieblas con la hija de vuestro sol.

Si en vez de proseguir en el rumbo que me tracé desde la infancia casi, lo hubiera abandonado –no por cariño, sino por complacencia– el día en que me casé con Ana María habríanse encontrado ustedes satisfechos, y hubiéranla creído más feliz, porque al cortar mi carrera, cerrarme el horizonte, anular mi propia personalidad, les evitaba el dolor de la separación.

Jamás la engañé. Antes de aceptar de ella el don de sí misma, le mostré la verdad; puse ante sus ojos la vida incierta de los hombres como yo, la que sin el alto fin y el deber voluntario que la diferencia, podría parecerse a la vida azarosa de los aventureros. Nada la detuvo. Pero es que ella sentía que estaba en todo yo: en mi vida afectiva y en mis actividades mentales, en mis alientos y en mis desmayos, en mi acción y en mis perplejidades, en mi esperanza y en mis dolores; que estaba en mi presente y ocupaba toda la visión de mi porvenir; que era amor en mí todo lo que me impulsaba.

¿Podría alguien haber pretendido el sacrificio de un cariño como el nuestro? Ni yo mismo. Habría sido plantear un conflicto cuya especialidad dolorosa consistía en que lastimando a una de las partes se hería a las dos. Lo que correspondía a nuestros destinos estaba por encima de todo.

Has sufrido con su muerte un gran dolor, muy grande, Luis; pero que es sólo sombra del que yo he sufrido. No renovemos torturas...

Tú conoces, no por mí, las causas de la pérdida de su patrimonio; y no es la riqueza lo que vamos a buscar nosotros en nuestras expediciones. Cuando yo les falte, nuestras hijas serán pobres.

Si sólo se tratara de mi fuerte Alejandra, el vacío moral que yo le dejara me preocuparía únicamente; está bien preparada para arrostrar la vida. Pero la otra, mi pequeña Stella, débil hasta la impotencia, que no podría separársela de su hermana sin que pereciera ... ¿Quién que no fuera de su propia sangre aceptaría cobijarla? Su padre ha podido hacerla pasar temporadas casi tan largas como su vida en climas templados, huyendo de Cristianía, que la mata. ¿Y después... ?

Después Alejandra encontrará mis instrucciones y esta carta destinada a aquel que le hemos enseñado a querer y a respetar, a su tío Luis, al segundo padre de su madre, y la hará llegar a su destino. Y sin vacilar, sin detenerse a pensar más sino en que yo la quise, irá hacia ti con su hermanita en brazos. La conozco; así lo hará. ¡Ah! ¡Si conoceré el espíritu puro, el alma sin doblez de mi hija, esa hermosa flor del consuelo!

Todos los motivos que tengo para hacer valer en favor de mi resolución los saben ya: tú y ella; escúchalos tú, ella me obedecerá como me ha obedecido siempre. Conocerán mi voluntad el día en que la muerte haya hecho de mí un desaparecido. La hora de su lectura será, para los dos, la hora solemne de una última despedida.

Dejo a esos dos seres de mi corazón mi nombre inmaculado, como las nieves que lo han hecho conocer en el mundo, y tu protección.

Nunca tuve nada que perdonarte; tu injusticia para conmigo era exceso de amor por ella.

Cristianía[22], 9 de mayo de 19...

Gustavo.

---

22 *Cristianía*: nombre que tuvo la ciudad de Oslo entre los años 1624 y 1925. Fue llamada así en honor de Cristián IV, rey de Dinamarca y Noruega, quien la reconstruyera luego de que un incendio la destruyera totalmente en 1624. Durante el siglo XIX tuvo un espectacular renacimiento económico y cultural. Desde 1857 es sede de la Academia Noruega de Ciencias y Letras

Capítulo II

Hasta hace algún tiempo la parte norte de Buenos Aires concluía en la plaza San Martín. De allí a Palermo –el "Bois"–, un largo intervalo despoblado, donde hoy se levanta la ciudad nueva, linda, alegre, suntuosa.

Una doble cadena de construcciones, hermosas sin carácter, extiéndese a un lado y a otro, entra al gran paseo, el cual, abrochándose a ella como un inmenso eslabón, la deja prolongarse hasta Belgrano.

El nombre que lleva la plaza-jardín que separa la más aristocrática de las avenidas, de la Recoleta –nuestra necrópolis–, dice bien alto de quién es obra todo este útil, benéfico embellecimiento. "Don Torcuato" no necesitaba ser recordado así a los ciudadanos de su metrópoli; pero los extranjeros y las generaciones venideras debían saber que Torcuato de Alvear[23] no fué en su país tan sólo un hombre de empuje y de gusto, sino que quien derribó viejas arquerías[24], ensanchó calles, abrió avenidas, fundó hospitales; multiplicó las plazas, estimuló la edificación, saneó, cambió, rehizo la ciudad, era también un reformador.

Delante de una gran casa situada en estos barrios iban deteniéndose a las siete y media de una tarde de julio, unos tras otros, carruajes particulares. Soplaba una sudestada desde hacía dos días y empezaba a caer una lluvia menuda, helada, fastidiosa, que humedecía más que mojaba, y prometía ser incesante.

Los lacayos saltaban y abrían las portezuelas: dos siluetas, una clara y otra obscura, aparecían y entraban rápidas en la casa. Aquéllos trepaban nuevamente a su pescante, y el carruaje iba a alinearse al frente.

A la media luz de la calle, envueltos en el velo gris de la niebla y de la llu-

23 Marcelo Torcuato de Alvear (1868-1942) nieto de Carlos María de Alvear, militar y presidente de la Asamblea Constituyente de 1813. Descendiente de una de las familias más adineradas de Buenos Aires, su carácter progresista lo llevó a militar en la Unión Cívica y enfrentar al tradicional partido Nacional. Embajador en París durante la presidencia de Hipólito Yrigoyen, fue representante argentino en la Sociedad de las Naciones. Estando en Europa fue elegido por voto popular como presidente de la república (1922-1928)

24 Se refiere a la remodelación de la Plaza de Mayo, que determinó la demolición de la Recova, hecho muy criticado en su momento por los tradicionalistas

via, la fila de cajas negras con los cocheros y los lacayos encapuchonados en sus capas de goma, parecían formar un convoy fantástico. Bien pronto su lenguaje soez revelaba la clase de aquellas sombras. Si alguien pasaba agobiado por el viento, caían sobre él sus burlas groseras. ¡Desgraciada si era mujer!

Retirábase un último carruaje, pequeño cupé ligero y rápido al que se adivinaba "capitoneado"[25] y tibio, cuando llegaba, cruzándose con él, una victoria de plaza[26] vieja y embarrada, con un cochero desarrapado encaramado en lo alto.

El pobre auriga fué saludado con todo el consabido vocabulario: "Cuidao, che, con los rusos [27], no se te vayan a disparar". "Mirá el coche de primera..." lo que aumentó su crónico mal humor.

Una vez que la victoria hubo parado a la puerta de la lujosa mansión, bajó de ella una mujer de luto con una criatura envuelta en una gruesa manta y pagó al cochero, que se retiró renegando.

—¿El señor Luis Maura Sagasta? –preguntó al portero.

—El señor está en casa; pero el señor no puede recibirla ahora –contestó el gallego de mal modo.

—Sin embargo, deberá usted avisarle –replicó ella en el tono de quien está acostumbrada a ser bien servida.

—El señor tiene gente a comer, van a sentarse a la mesa, no puedo hablarle; vuelva otro día.

—Anúncieles usted que sus sobrinas acaban de llegar –dijo en el mismo tono la mujer.

—¡Ah!... –exclamó sorprendido el portero; y pasados unos minutos de indecisión, que manifestaba rascándose la oreja, desapareció en la gran portada.

La recién venida permanecía en la vereda recibiendo la lluvia fina como rocío, que la penetraba, y el murmullo y toses de burla, de la librea que le llegaban como las emanaciones de un pantano.

Una voz algo quebrada, de pronunciado acento inglés, dijo, como al cuarto de hora, a sus espaldas:

—¡Señorita, señorita!... por aquí...

Dióse vuelta, y distinguió en la pequeña entrada de servicio que comunicaba con el subsuelo, a otra mujer alta y delgada, con traje negro también.

Por primera vez la hija de Gustavo Fussller sintió clavarse en ella la uña de la humillación. Vaciló. Iba a obedecer al impulso de alejarse... después apretó contra su pecho a la niña que llevaba en brazos, y entró a la casa de sus tíos por la puerta de los criados.

Siguiendo siempre el acento inglés, "por aquí, señorita", "cuidado, señorita", atravesó una gran cocina donde un gordo marmitón[28] de patillas y go-

---

25 *Capitoneado*: del francés capitoné, dibujo geométrico (rombo) que en un mueble tapizado y acolchado forman los botones cosidos a través del relleno

26 *Victoria de plaza*: carruaje de alquiler de cuatro ruedas, media capota plegable y caja poco profunda pero amplia. El pescante va muy alto en la parte delantera

27 *Rusos*: (vulg.) para designar a los Orloff Trotters, animales derivados del caballo árabe, criados en Rusia por el Conde Alexei Orlov durante el Siglo XVIII. Los grises (lobunos o tordillos) eran muy apreciados para los carruajes elegantes. Se trata de una humorada.

28 *Gordo marmitón*: (despect.) hombre obeso con una silueta parecida a una marmita

rro en la nuca, preparaba salsas, dando órdenes con voz de trueno a sus pobres pinches[29]; otra pieza en la que dos ayudantes lavaban fuentes y platos
apresuradamente, y un largo corredor; subió tres escaleras –una corta, angosta, incómoda, de pino; dos más, amplias, de madera de nogal lustrado–, recorrió una galería ancha con piso de mosaico de colores vivos a la que daban las
puertas de varias habitaciones, y allí el guía abrió una de éstas, en la que entraron. Tocó una llave, y la luz eléctrica iluminó de pronto un bonito dormitorio con muebles claros, ingleses, tapizado de cretona verdemar con rosas té.

    —Señorita, disculpe usted a los señores; no ha sido olvido ni desatención;
tienen hoy una comida seguida de recepción, y no ha sido posible avisarles
porque se sentaban a la mesa...

    La viajera, de pie, callaba. El guía, mujer de cincuenta años, desteñida,
pecosa y afable, no obteniendo respuesta, continuó:

    —Se ha mandado dos veces a la dársena; la última contestaron que los pa-
sajeros no desembarcarían hoy, pues a causa del temporal el buque entraría
muy tarde.

    La viajera permanecía muda e inmóvil, entumecidos el cuerpo y el alma.

    —He hecho entrar a usted, señorita, por la puerta de servicio porque el
hall estaba lleno de invitados y era imposible cruzarlo... Es éste el departamento que su tío le ha destinado y que él mismo ha arreglado cuidadosamen-
te... Tienen ustedes, además del dormitorio, un saloncito y un cuarto de baño... Un baño tibio les sentaría ahora muy bien para el cansancio... Yo soy
Mary, señorita; la gobernanta de los niños. Hace muchos años que estoy en la
casa, y sé cómo se preocupa de ustedes el señor Luis.

    Luego, comprendiendo lo que pasaba en el interior de la joven, encontró
las palabras que podían hacerla reaccionar.

    —Su pobre hermanita muere de cansancio –dijo, tomando la mano de la
niña, que caía sobre el hombro de su hermana–. Tiene las manitas frías, vamos a acostarla y a darle a tomar algo caliente. En dos minutos su cama estará tibia.

    La viajera levantó sus ojos, los fijó húmedos y suaves en su interlocutora,
y le dijo:

    —*I thank you, miss* –pensando que entendería mejor las palabras de su
agradecimiento pronunciadas en su idioma materno.

    Acostaron a la niña en la cama blanda y tibia, que su cuerpo, fatigado por
veinte días de fuerte navegación, reclamaba, y se les sirvió una comida ligera.

    —Y ahora, señorita, me va usted a disculpar, porque son las nueve, y de-
bo vigilar los preparativos del buffet. Si algo necesita, mientras tanto, no tiene usted sino tocar tres veces la campanilla; vendrá en el acto la muchacha
que les ha servido la comida...Buenas noches, buen reposo en su nueva casa.
Good night, miss...Good night, Stella...

---

29 *Pinche*: (despect.) ayudante de cocina

La joven viajera, sentada al lado de la cama de su hermana — la que a pesar de estar rendida no podía dormir porque se lo impedía la sobreexcitación nerviosa que se manifestaba en ella cada vez que sufría alguna fatiga o alguna impresión–, mirábala fijamente, apretada su pequeña mano entre las suyas, hablábale muy bajo para llevarla al sueño reparador.

Al rato percibió que los ojos iban a cerrarse, que la mano cedía, que al fin iba a reposar. En el silencio de la noche esperaba sin respirar... De repente los ojos se abren muy rápidos, asoma en ellos el asombro, críspase la pequeña mano, todo el cuerpo se incorpora, y la niña señala la puerta interior.

Por una abertura de la cortina asomaban dos foquitos de luz dirigidos sobre ellas, que se prendían y se apagaban, que se apagaban y se prendían, y por debajo, entre el fleco y la alfombra, dos piececitos rosados, movibles, vivaces, expresivos, impacientes, con uñas de ágata transparentes, que aparecían y desaparecían... Después ven que los piececitos empiezan a multiplicarse: ya son cuatro, ya son seis, ya son ocho, ya eran diez... y desaparecen de nuevo, furtivamente, los diez... Cuchicheos, carreras, risas sofocadas, chist, chist, y todos los piececitos que vuelven a aparecer... Un silencio, un aleteo, otros murmullos, como el gorjeo de una pajarera... y ya desde la puerta las contempla un diablito en camisa de dormir.

Por detrás asoman luego muchos otros, de todos los colores y de todos los tamaños, mirando también ellos con gran interés, mientras el primero permanece allí, clavando siempre los foquitos de luz, sus grandes ojos de turquesa, un poco redondos, muy abiertos y muy curiosos, en las dos hermanas.

Entre atrevido y tímido, decidido e indeciso, quiere entrar y vacila, hasta que uno de los otros lo empuja para resolverlo. Él se vuelve, y dándole muy serio un coscorrón[30] feroz, se planta en medio de la habitación.

—¡Qué hermosura! –fue lo primero que pensó y dijo Alejandra, deslumbrada.

Grande, fuerte, con cabellos rubios que más tarde debían ser castaños, frente angosta, color blanco y rosado y una boca carnosa que era un primor; con los ojazos que conocemos, piernas admirables, aire arrogante y una exuberancia en su cabellera, en sus movimientos, en su vida toda, era realmente una hermosura.

—¿Quién eres, mi linda? –le preguntó después de admirarla.

—¿Yo?... ¡Soy la Perla!... –contestó, levantando la cabeza como sorprendida de que alguien pudiera ignorarlo.

—Un nombre ciertamente para ti. Dime, Perla, ¿de quién eres?

—¿Yo?... de papá y mamá.

Y entrando en confianza, aunque siempre desde lejos:

—Éstos otros son de Carmencita, de Alberto, de María Luisa y de Miguel...

Detúvose. Luego preguntó, señalando a Stella con la cabeza y con el dedo:

---

30 *Coscorrón*: golpe dado en la cabeza que duele pero no sangra

—Y ésa... ¿por qué no camina, che?

Alejandra, sin contestarle, la fué atrayendo.

—¿Cuántos años tienes?

—¿Yo?... Voy a cumplir seis.

Los otros que ella decía ser hijos de una Carmencita y de un Alberto, de una María Luisa y de un Miguel, habían ido acercándose también. ¡Eran nada menos que siete!

—¿Quién es tu papá y quién es tu mamá? Cuéntamelo todo, Perla –volvió a preguntarle la joven.

Entonces la niña, con su vez un poco ronca y su pronunciación defectuosa, que daba mucha gracia a su conversación –decía *Pesla*, *Camencita*–, contó: ella era la hijita menor de su papá Luis, y la ahijada de Máximo, el hermano de su mamá, que se llamaba Carmen; su nombre era Máxima, como el de su padrino, que estaba en Europa. "Pero me dicen la Perla, porque soy muy linda", advirtío, con la naturalidad y el aplomo de una convicción irrevocable. Continuó contando que era tía de los otros chicos, hijos de Carmencita y de María Luisa, sus hermanas; que había muchos más, pero que estaban durmiendo, porque eran muy chiquitos. A ellos los habían acostado temprano por la fiesta. Cuando Alejandra pasó con su hermana cargada siguiendo a miss Mary, la vieron porque estaban despiertos; después, aprovechando la ausencia de la gobernanta, ocupada en el piso bajo, se levantaron y se vinieron a espiar. Todo esto referido muy ligero, con una respiración muy corta y un aire como afligido, entre las interrupciones de los otros, que querían cada cual poner su palabra.

Stella, muy sorprendida por aventuras que ignoraba ella hasta entonces, confesadas con tanto desparpajo por su prima, recorría con la vista uno por uno a los niños y la detenía en su hermana como si la consultara. Los visitantes, aclimatados –¡demasiado!– miraban, preguntaban, lo curioseaban todo, hablaban a la vez con voz de flauta que iba subiendo. De pronto dijo la Perla guiñando el ojo con gesto de malicia:

—Voy a traerla...

Y salió corriendo, con una resolución que se llevaba todo por delante.

—¡Sí, que venga, que venga! ¡Que la traiga! –pedían en coro todos, palmoteando y brincando de entusiasmo.

La joven trataba de contenerlos, cuando apareció la Perla arrastrando casi a un personaje singular, que se resistía pataleando y gruñendo, a quien los chicos recibieron con aclamaciones, y que produjo en Stella una impresión de susto, de risa y de admiración. Era aquél un pequeño ser que parecía de azabache, y representaba tener cinco años, con un cabello muy motoso todo alborotado, un hocico muy punzó[31] estirado para refunfuñar, y unas manitas flacas y largas de palmas blancas, que en aquel momento le servían para restregar sus ojos llenos de sueño; vestido también con larga camisa escotada, lle-

31 *Punzó*: rojo muy vivo

vando en su pescuezo, largo como el de una cigüeña, un collar de corales grandes y redondos y en sus orejas dos relucientes argollas de oro. Stella apretábase contra su hermana, preguntándole con los ojos: "¿Es un animal, es un muñeco? ¿Qué cosa es esto que me da risa y me da miedo?".

—No, mi querida –le contestó aquélla, que tan bien entendía su lenguaje mudo–, no tengas miedo. No es un muñeco, no es un animal; es una niña como la Perla y como tú: es una negrita.

—¡Zonza, que tiene miedo! –dijo la Perla, riendo como loca–; ¡si es la Muschinga!

—¡Es la Muschinga! –repitió el coro de niños, riendo como ella.

Arrancada a su cama y a su sueño, deslumbrada por las luces, estaba furiosa la negrita. Una manzana, que había quedado sobre la mesa, la consoló –la Muschinga comía siempre–, tres bombones la despabilaron, y ahora miraba con toda desfachatez, charlaba, tocaba como los demás, mostrando sus dientes exageradamente blancos, dentro de la flor de grana de su boca.

—Muschinga, bailá –le ordenó la Perla.

Sin hacérselo repetir, puesta en tren de fiesta, se lanzó con gran desenfado y elasticidad de mono, en las gracias y los requiebros de sus danzas estrafalarias. Bailó el pericón, una jota endiablada, un tango cadencioso, un "baile negro" inventado por los chicos, que la animaban acompañándola con palmoteos y tan tan.

El baile hízose general. Albertito, desatado, daba saltos de clown; Miguelito abríase la boca y los ojos con los dedos para imitar a Franck Brown[32]; los más chiquitos lucían su ronda-catonga tomados de la mano, y daban volteretas en la alfombra.

Alejandra, impotente para contener aquel enloquecimiento en niños todavía extraños, alarmábase por Stella, que reía como nunca había reído, con carcajadas de cristal que no le conocía, en cuyos ojos había una agitación febril, y que aplaudía entusiasmada el espectáculo original que presenciaba, o apretaba las manitas nerviosas de placer.

De pronto el grupo en ebullición se inmovilizó, cesaron las risas, los labios de rosa se cerraron... Miss Mary estaba allí, allí, en la misma puerta, en actitud amenazadora y aire iracundo, en los que Alejandra descubría esfuerzos extraordinarios para no reír.

—¡Niñas, caballeritos, a la cama! –dijo–. Veremos mañana... En marcha... Uno, dos, tres... ¡En marcha he dicho!

Los niños, formados en fila como en la clase, marchando de dos en dos con sus largos y blancos camisones, parecían una comparsa de pierrots. Todos obedecían menos la Perla, que se había instalado en la cama de su prima como en un palco de primera fila, con las piernas colgantes y su aire el más impertinente.

—Marche, Perla, usted también... ¿No?... Sí, digo yo. ¡Marche, y la pri-

---

32   *Frank Brown*: (1858 - 1943) "el payaso inglés". Artista circense nacido en Inglaterra. Tras giras mundiales con el "London Show" se convirtió en propietario de un famoso circo en Buenos Aires conocido como "El Circo de Frank Brown". (de *El Circo Criollo* - Raúl Castagnino Ed. Plus Ultra - 1969)

mera! ¿No me oye, Perla? ¡Vamos!

—¡No quiero! –le contestó, levantando atrevidamente su cabeza de ángel rebelde.

—Veremos... Levántese, no me obligue a llevarla como no le gustaría –insistió la inglesa impacientada.

—¡Está fresca!...

Y al decir esto, la niña hizo un movimiento de todo el cuerpo que la sentaba más firmemente en su sitio.

Siguió una lucha en la cual se resistía con pies y manos, gritando sin llorar.

Alejandra intervino. Convenciéndola de que su primita necesitaba descansar, prometiéndole que al día siguiente sacarían fotografías y retratarían a todo el mundo, consiguió que obedeciera.

Salieron todos seguidos de miss Mary, quien cerraba la marcha, conduciendo de la mano a la niña indómita. Antes de desaparecer, volvió ésta la cabeza y preguntó otra vez con más curiosidad aún, señalando a su prima, que le sonreía desde su camita:

—Y ésa, ¿por qué no camina, che?...

Stella dormía. Alejandra sintió recién en la quietud el cansancio, un entorpecimiento en sus miembros, un embotamiento de sus facultades. Parecíale que tendría necesidad de grandes energías para llegar hasta la cama, y permaneció inmóvil en el sillón; que se abolía en ella toda noción de persona, de tiempo, de lugar; que se le obligaba a olvidar la impresión brutal, la decepción humillante de su llegada; que su pensamiento se hacía impreciso, impreciso hasta borrarse. Creía sentir el alivio de su cerebro fatigado al vaciarse... Quedábale ahora tan sólo la sensación del debilitamiento de su confianza en los hombres, y el deseo de un largo reposo.

En los brazos que la levantaban, en los labios que balbucientes se detenían en su frente, reconoció a su tío Luis.

Un rato permanecieron abrazados, ella llorando, él haciendo esfuerzos para no llorar. Apartóla de sí, después, para mirarla; vió los cabellos rubios, los ojos claros, la ancha frente del sabio extranjero, y como queriendo renovarle, desde aquí abajo, una promesa, entornó los ojos y se recogió un instante.

La joven le llevó junto a su hermana; allí, al reconocer en la niña dormida de grandes pestañas, de cabellos obscuros, de cutis moreno, a la hija de Ana María, estalló en sollozos.

Los dedos de la lluvia golpeaban apresurados en los vidrios de la ventana, y se oía a lo lejos las voces de la orquesta, que en la fiesta cantaban un lento vals.

CAPÍTULO III

El casamiento de amor de Ana María con un joven sabio de Noruega, enviado a Buenos Aires por una sociedad científica a estudiar las posibilidades de organizar expediciones polares periódicas, había producido años atrás, más que pesar, consternación entre los suyos.

Hija única, era también la hija de la vejez, pues vino al mundo cuando sus hermanos eran ya casi hombres, y esta criatura que había nacido "llena de gracias", solía decir con su modito dulce y mimoso: "Tengo un papá y tres papaítos", lo que expresaba bien el matiz paternal que había en el cariño de los tres muchachos.

Don Luis Maura pertenecía a una antigua familia porteña, y porque todos los hombres de su raza fueron hombres de campo, lo fué él también.

Desde que se lo permitieron sus piernas, montó a caballo. Todos los días, invariablemente, con sol o con lluvia, veíase al petizo[33] alazán[34] del niño junto al caballo del patrón, recorrer el campo.

A los doce años ayudaba ya a su padre en el rudo trabajo; le substituyó cuando su cuerpo reclamó reposo; lo heredó más tarde.

A los treinta, era un hombre de regular inteligencia, ninguna instrucción, genio violento, moral sana hasta el candor, gran corazón.

Enérgico, exigente como patrón, era el buen amigo, fuera de las horas de trabajo, para sus peones, que le respetaban y querían.

La niña con quien casó –Ana Sagasta– muy joven, muy bonita, muy bondadosa, muy abnegada, muy amante, que poseía esas inspiraciones y previsiones del corazón que pueden reemplazar la inteligencia en la mujer, hacíale feliz; y él, que sólo conocía las horas alegres de los bailecitos de campo, y las que iba a buscar, de tarde en tarde, a la ciudad, aprendió en ella la alegría; la íntima, la de buena ley, que nace de la satisfacción de nuestros sentimientos y no de la de nuestros apetitos.

---

33 *Petizo*: caballo de baja estatura
34 *Alazán*: caballo de pelaje castaño rojizo

Jamás la oyó quejarse por el aislamiento en que vivía: –¡El aislamiento de una estancia hace cincuenta años!– nunca faltó en sus labios para recibirlo, al regresar del trabajo, la sonrisa que borra todas las fatigas.

Después del nacimiento de su tercer hijo, la naturaleza dió una tregua, y aquel hombre sencillo, a quien bastaba su dicha de patriarca, no aspiró a más. No preveía ni deseaba cambios en su existencia.

Las primeras palpitaciones de un nuevo ser en las entrañas de la madre, catorce años después, llenó de una sorpresa orgullosa a aquellos padres ya en declinación. Ingenuamente religiosos, no dudaron de una intervención de la Divina Providencia. ¿No le habían pedido durante tantos años una niña?... Y niña fué.

Una tarde que el hijo mayor bajaba del caballo –justamente el día que cumplía dieciocho años– su padre, que le esperaba en el umbral, dándole un golpe en el hombro y empujándote hacia el interior de la casa:

—Anda a ver el regalo que te tiene tu madre –le dijo con voz temblorosa y ojos que pestañeaban.

Aquélla, toda ruborizada, llena de una cortedad conmovedora ante su hijo ya hombre, le presentó a Ana María, que tenía cuatro horas de existencia.

La niña nació débil y delicada. El temor constante de una enfermedad seria en aquellas distancias, convenció a don Luis que debía establecerse en Buenos Aires. Su hijo lo reemplazó, como él había reemplazado a su padre.

En este centro, Ana María se hizo mujer. Su tipo moreno de ojos aterciopelados color de avellana, con grandes ojeras que los agrandaban y pestañas que sombreaban las mejillas, boca fresca y rosada de corola, cabeza muy movible y muy erguida, de cabellos ondulados, negros y lustrosos, que su padre comparaba a la cabecita de los tordos[35] que poblaban su estancia, y su figura pequeña, fina, delicada, hacíanle una belleza de gracia y de fragilidad, que despertaba una sensación de voluptuosidad tierna: la voluptuosidad de poseerla para protegerla.

Esta belleza, su posición, su fortuna, la colocaron en primera línea: fué cortejada, admirada, solicitada. Divertíase ella con ese ardor lánguido que ponía en todas las cosas, pero nada la turbaba.

Una noche, en una fiesta de caridad, en la cual vendía bombones y champagne, mientras, vuelta de espaldas, servía una copa que esperaba solícito uno de sus adoradores, un amigo, hombre de espíritu y de mundo, le decía:

—Señorita de Maura, deseo presentarle al señor Gustavo Fussller... Sería una impertinencia explicar a usted un nombre que desde hace un mes ocupa la crónica, llena los diarios, es el objeto de todas las curiosidades.

La curiosidad se manifestaba en aquel instante en todas las personas cuya proximidad les permitía oír la voz que pronunciaba el nombre tan brillante, y percibir la figura alta, flexible y elegante de un joven hermosísimo, con ojos claros y barba de Lohengrín[36], que se inclinaba cambiando con Ana Ma-

---

35 *Tordo*: (Molothrus bonariensis) pájaro de cuerpo grueso, pico delgado y negro, plumaje negro con reflejos metálicos

36 *Lohengrin*: personaje de la obra homónima de Richard Wagner (1813-1883), es un romántico Caballero del Santo Grial

ría un apretón de manos,

—El príncipe Oscar, de la leyenda escandinava... —dejó caer con afectada indolencia un poeta que observaba, como entre brumas, la escena desde un rincón.

—¡Si es un muchacho! —observó en voz alta la mamá de dos bonitas niñas, quienes sonreían, sin saber por qué.

—¡Vaya un sabio! —exclamó con un candor que él creía malevolencia, un buen señor que sólo conoció a Burmeister[37].

En medio de estos comentarios, la cara de la niña expresó, al volverse, tan claramente estas impresiones, que Gustavo le dijo, en francés, riendo:

—¡Es posible que a este muchacho se le confíen misiones de tamaña responsabilidad! ¿No es verdad, señorita?... No somos tan jóvenes como parecemos los hombres del Norte, créame.

Ella rió también con toda su gracia y su coquetería, y el idilio comenzó. Un idilio apasionado en él, que sentía introducirse como un cuerpo extraño en su alma grave y soñadora, las inquietudes y agitaciones ardientes de un meridional, y se entregaba por entero. En ella, más bien una gran satisfacción de amor propio; el placer que encuentran casi todas las mujeres, al exhibir las distinciones de un hombre muy en vista en el despacho y las emulaciones de las otras; una sensación de seguridad y confianza cuando se encontraba cerca de él; el anhelo orgulloso de reinar en ese corazón viril.

Si el día antes de su partida le hubiera él exigido la palabra decisiva, ante la perspectiva de la expatriación y del alejamiento definitivo de los suyos, se habría negado a pronunciarla. Pero a la hora en que la "Estrella Polar" debía zarpar para los mares helados del Sud, sintióse sacudida toda entera, como si al soltar el barco las amarras su corazón hubiera resentido el contrachoque... Y el nuevo sentimiento que engendró la ausencia lo nutrió la ausencia; lo fortalecieron las angustias, las inquietudes, la ansiedad.

La fijeza de su pensamiento, su pena real –como eran reales las causas que la motivaban–, su llanto continuo cuando estaba sola; el deseo imperioso de ver aquellos ojos, oír aquella voz, estrechar la mano leal que no mentía; un temor vago a la violencia de la impresión que estaba segura de sentir el día del regreso, la convencieron de que Gustavo no le había dado, había cambiado con ella su vida.

Conoció las tristezas, los desvelos, el vacio. Si hubiera leído a Shakespeare, habríase aplicado sus palabras: "La señal más evidente de su amor es su melancolía".

Comprendió recién, cuando temió perderlo, el valor de aquel hombre; la

---

37 *Burmeister*: Hermann (1807-1892) paleontólogo y naturalista alemán, discípulo de Alexander von Humboldt, quien realizó numerosas investigaciones en el país y fue Director General del Museo Público de Buenos Aires nombrado en 1862 por el gobierno de Bartolomé Mitre. Generó una gran polémica en Argentina con su libro *Description physique de la République Argentine* (París, 1876) donde, a partir de estudios realizados en el suelo pampeano en la década del cincuenta, sostenía de forma tajante que el futuro productivo del país residía exclusivamente en la actividad ganadera. En 1905 la Argentina era uno de los mayores productores agrícolas del mundo, de ahí el tono irónico de la autora (la polémica ganadería vs. agricultura se asimilaba al enfrentamiento tradición vs progresismo).

inmensa distancia que existía entre toda esa juventud desocupada, inútil e ignorante, fruta dañada antes de sazonar, infaltable en las fiestas, y esa otra juventud sana e intrépida que iba al peligro por amor a la ciencia, en cumplimiento de un deber contraído.

Y lo esperó; lo esperó en la incertidumbre en que se permanecía por su
suerte.

Una multitud enorme llenaba las dársenas. Las calles de Buenos Aires tenían una animación de fiesta. La bandera noruega se reproducía a cada paso
al lado de la bandera nacional.

A las tres de la tarde de aquel día avanzaron con trabajo por entre la multitud desbordante, los seis carruajes descubiertos que conducían a los expe-
dicionarios salvados de los hielos del polo antártico[38]. Habían ellos pagado
ya anticipadamente, al exponer sus vidas en una empresa de interés universal, las manifestaciones del pueblo que acudía a recibirlos hasta las puertas
de la ciudad, después de haber compartido sus angustias.

Gustavo, empalidecido por las fatigas y las responsabilidades que iban a
cesar, saludaba con un ligero movimiento de cabeza y una sonrisa tan tranquila que parecía fría a aquellos millares de almas entusiastas y exuberantes.

Este hijo de un país reflexivo y mesurado, sentíase tocado por tales aclamaciones, encontrándolas excesivas , y la expresión serena de su rostro era la
misma que conservara inalterable dentro y fuera del peligro.

Hay naturalezas tan superiores que parecen haber nacido sin el pecado
original del amor propio. Propónense la realización de un alto propósito, y
para conseguirlo emplean su vida. En el éxito encuentran satisfacciones pu-
rísimas que están más arriba de la vanidad; en el fracaso no se sienten depri-
midos por haber sido vencidos por algo que no son los hombres.

Así razonan esos hombres de razón, y es éste el secreto de su serenidad
casi impasible.

Gustavo triunfaba una vez más; sentía un íntimo júbilo, pero reposado
como su pensamiento, que no veía en ellos hechos maravillosos, sino una expedición feliz entre las que había realizado y seguiría realizando durante su
existencia.

Mas, al enfrentar a una casa de altos en la calle Florida, todo lo que había
de violento en su naturaleza se levantó. Sus ojos se agrandaron y una oleada
de sangre le enrojeció; sus labios empalidecieron, reprimió el impulso que le
arrojaba del carruaje, una expresión de ansiedad que interrogaba descom-
puso su fisonomía, y sus manos, crispadas por la fuerte conmoción, involuntariamente se extendieron; en ellas cayó una flor.

Pasaron... siguieron... volvió él a su tranquilidad; pero aquel instante y
aquella flor habían decidido su destino.

Al conocer la decisión de la hija, los padres se aterraron. ¿Vivir sin ella?...
Una esperanza conservaban, sin embargo, que su hijo Luis desvaneció.

---

38   En 1905 aún estaba fresca la impresión causada por el dramático rescate del geólogo sueco
Otto Nordenskjöld y del alférez José Sobral por parte de la corbeta Uruguay al mando
del marino argentino Julian Irizar, que tuvo amplia cobertura periodística. Otto Nordenskjöld tenía entonces 32 años, y puede ser la inspiración del personaje *Gustav Fuessller*

—No nos hagamos ilusiones que al disiparse nos duplicarán el pesar –les dijo–. Todo el amor de la mujer más amada sería impotente contra una voluntad de hierro: Gustavo es esa voluntad. Nadie, nada conseguiría desviar a ese joven suave de su rumbo. ¿A qué, pues, oponerse y luchar? ¿Qué argumentos que no fueran egoístas, podríamos presentarles?... ¿Qué compensación a un amor que triunfa del dolor?... A ella, ¿qué podríamos ofrecerle en cambio? ¿Un marido mediocre que nos la dejara, pero que nos la haría desgraciada?... Créanme, queridos viejos, lo único, lo mejor será consentir, sufrir, callar... dejar que Ana María sea feliz lejos de nosotros.

El pesar de Luis fué un gran pesar. En aquella criatura había reconcentrado todas sus ternuras. Era la hija adoptiva de su corazón sensible como el de una mujer. Como ella le bastara y el trabajo lo absorbiera, no había pensado en formar su propio hogar. "Si te casas vas a repartirte, y yo no quiero", le decía, y esa manifestación abusiva de su niña mimada le halagaba. Hizo vida mundana los meses que pasaba en la ciudad para que los padres descansaran de tantas vigilias, aburriéndose heroicamente en las fiestas continuas a que la acompañaba. Gastaba más para ella en un mes, que en sí mismo en diez.

¡Pero qué criatura tan deliciosa era Ana María a los diecisiete años!

Su dolor fué un triple dolor; el de sus padres, el suyo propio, también el de ella, que no hablaba nunca de lo que a todos atormentaba y era su tormento. Más afectuosa pero más reservada, en sus esfuerzos para no mostrar su sufrimiento, lo buscaba y él la huía. Cuando conseguía retenerle, le tomaba las manos, miraba largo rato sus ojos de fiel Terranova, empinábase sobre la punta de los pies para alcanzar su hombro, y reposando ahí su cabecita, lloraba largo rato sin sollozos.

Partió: llevóse tras de sí toda la luz, y su casa, su vieja casa, quedó en tinieblas.

Nunca volvió; las cartas se sucedían contando su vida feliz al lado de aquel compañero de noble estirpe y de noble pecho, las obsequiosidades de una sociedad fría pero justa, que rendía homenaje en ella a la esposa de una de sus glorias más ilustres, alguna nueva expedición de su marido que la dejaba en la zozobra y en la tristeza –separación a la que no se podía habituar–, el nacimiento de su primera hija, la publicación de un libro notable de Gustavo. Todas sus cartas se encabezaban: "Mis adorados papá y mamá", "Mis viejos queridos", "Adorados míos". Un día la correspondencia no fué ya sino: "Adorada mamá", "Pobrecita mamá mía". Luego cesó... El padre primero, la madre después, habían abandonado, también para siempre, la vieja casa.

En el corazón de Luis no se borraron jamás las huellas de estos tres dolores. En su corazón justo, y bueno se incrustó, a su pesar, un sentimiento amargo, un encono y un rencor para el extranjero que un día vino a robar la luz del hogar y le arrebató la hermana.

Capítulo IV

La existencia de los esposos en Cristianía se pasó entre las angustias de la separación y los goces de un regreso que libraba a uno de ellos de la muerte. En los largos entreactos de un viaje y otro, se reposaban en su dicha.

Sólo después de algunos años les nació una niña hermosísima. La joven madre, de una naturaleza siempre débil, como si hubiese dado demasiado de sí misma a su recién nacida, empezó a sentir los primeros síntomas de un prematuro agotamiento. Las largas permanencias en el Mediodía[39], el refugio en esos climas templados en los que ella reconocía su cielo, provocaban reacciones en su salud, con alternativas de nuevos desmayos de su fuerza.

En su marido, tan enamorado, sentía el mismo afecto paternal que en su hermano Luis. Bien sabía que para aquel hombre sería ella siempre la niña mimada, el ser de gracia y seducción; que él no exigía, no deseaba, ni esperaba de ella nada más; que le bastaba que fuera una criatura de delicias; que no necesitaba esforzarse en aprender cosas que la hubieran acercado, en espíritu, más a él; que su gran indolencia, su inhabilidad para todos los pormenores de la vida práctica, encontrarían eterna indulgencia; sabía que la amaba, él, tan sólo porque era ella dulce de contemplar.

Llamábala Stella en recuerdo de su nave. "Si no te llamara mi Stella, te llamaría mi Dora", decíale tiernamente, recordando a David Copperfield.

—¿Quién es Dora, quién es Dora? –preguntábale, mordida por sus celos de mujer porteña, que esperaban un motivo para despertar. Él sonreía con aire malicioso, y ella, figurándose alguna novia muerta, alguna amante desaparecida, se enojaba. Después de intrigarla un tiempo, porque le divertía, trájole el libro de Dickens, que leyeron juntos.

En su corazón había, sin embargo la cicatriz de una herida abierta de nuevo cada vez que se preparaba una expedición: era la misma que en los suyos,

---

39 *Mediodía*: comprende las regiones Midi-Pyrénées, Langedoc-Roussillon y Provence en el Sur de Francia

allá en Buenos Aires, no se cerró jamás. Decíase lo que los otros decían: que Gustavo prefería su ciencia a su amor, pues, posponía su amor a su ciencia.

Adoraba a su marido, pero no lo comprendía. Había aprendido a sentir: no le habían enseñado a pensar; sus ideas, sin ser estrechas, no eran amplias. Capaz de abnegación, hasta el olvido de sí misma, por las criaturas de su corazón, comprendía todos los sacrificios que por ellas pudieran hacerse, más su espíritu no estaba preparado para concebir la abnegación, el sacrificio "por las cosas", que así llamaba ella a los grandes ideales, a los grandes objetos de la vida.

La reputación ya universal de Gustavo, la palabra "ilustre" leída tantas veces acompañando su nombre, eran cosas más que suficientes para enorgullecerla; habría sido más dichosa, porque se habría creído más querida, si se lo hubiera sacrificado todo. Sentía por él ese respeto que inspiran ciertos caracteres. Esos caracteres producen también cortedad, y ella la experimentaba.

Mas aquel hombre, todo interior, tuvo para la mujer querida tan delicioso abandono, que nació entre ambos la absoluta confianza y le contó todas sus vacilaciones. Entonces, tomándole él las manos, como se habla a un niño a quien se necesita convencer:

—Dime, querida mía, si en lugar de haber llegado yo a tu tierra, precedido por mi naciente fama, si me hubieran presentado bajo otro nombre, en otra forma; si no hubiera existido, en fin, la "Estrella Polar", ¿crees tú que tus padres hubieran consentido en entregarme su tesoro? ¿Hubieras fijado tus lindos ojos en un desconocido? Piensa en ello, Ana María, y eso sólo te convencerá de que sería locura abandonar algo que vale hasta merecerte.

Le bastó.

La fortuna del señor Maura, fragmentada después de su muerte, había perdido mucho de su peso. Gustavo, orgulloso y delicado, no quiso intervenir en nada de lo relacionado con la parte heredada por su mujer. Limitándose a aconsejarle la colocación de sus fondos en propiedades que le produjeran una renta fija y segura, dejóla disponer a su antojo.

La persona encargada de la administración de aquellos fondos, la animó a emplear una parte en acciones de minas en el Cáucaso, productoras de un fuerte interés. El primer dividendo dió un resultado tan halagador, que fué ella misma la empeñada entonces en colocar allí todo lo demás. Al volver Gustavo de uno de sus viajes, en el que por milagro salvara su barco, la fortuna de su mujer había zozobrado. Las minas del Cáucaso hacían agua y su director había desaparecido.

Ana María no conocía del dinero más que lo que el dinero da. Nada le había faltado nunca, nada le faltaba ahora. No se le ocurrió pensar que algo podría faltarle alguna vez, y olvidó.

Gustavo era de familia noble, recibía continuas manifestaciones de admiración y de respeto que le tributaban desde el rey hasta el último plebeyo, y fuertes retribuciones por libros y estudios que se le encomendaban, pero no poseía bienes de fortuna. Incapaz de privar a Ana María de ninguno de los lujos y caprichos a que había estado acostumbrada toda su vida, no quiso ni supo guardar.

Pensaba con angustia en el día en que él faltara... ¡Cuántas veces, en la obscura blancura de las noches árticas, recordando a los seres que eran alma de su alma, carne de su carne, lloró aquel hombre fuerte y temió la muerte! Pensando en el débil, en el lejano hogar, en lo que sería aquél "después", llegaba a tomar forma tangible su pensamiento: la forma de una frágil hoja que arrastraba el viento... y sentíase correr por las mejillas gotas de agua amarga que se congelaban.

Ana María habíase detenido en sus veinte años; era un milagro de juventud y de belleza permanente. Dió a luz otra niña, a la que pasó toda su debilidad, y quedó muy delicada. Una nueva reacción se hizo en ella. Cuando se creía que su salud habíase afirmado, comenzó a decaer.

Fué en Niza, en primavera... Durante una de las ausencias de Gustavo, empeoró. A su vuelta, éste encontró una sombra que lo esperaba para desvanecerse. La mujer tan amada necesitaba su pecho para morir. En él murió, ignorando su fin, sin sufrimientos, sin sacudidas ni estertor; linda, suave, feliz de que hubiera llegado el día en que le prometía que siempre se quedaría allí, en que consentía, al fin, en "sacrificárselo todo".

—Abran los balcones –pidió.

Gustavo y su hija consultáronse con la mirada: "¿qué pueden hacerle ya los cambios de temperatura?", se contestaron. Abriéronse las ventanas de par en par, y el aire, arrastrando todos los perfumes del jardín, embalsamó la pieza.

Siempre en el pecho de su marido, abrió muy grandes sus grandes ojos, como para abarcar todo lo que se le ofrecía... En la tarde, tibia y apacible, aparecía un cielo sin nubes, un mar sin olas y todo azul. En la semiinconsciencia de la última hora, aquella visión la transportó muy lejos... Apretó la mano de su hija, clavó los ojos en el bien amado, dijo en una voz que se evaporaba:

—¡Es el Plata!...

Y en esta suprema ilusión entró en la muerte.

ALEJANDRA

Gustavo transmitió a su hija Alejandra –Alex en el idioma familiar– no sólo naturaleza sana y vigorosa, sino también su conformación moral e intelectual: su cerebro y su alma vasta.

Elegida por él, a quien tanto amaba, para reemplazarlo, adivinó lo que esperaba de ella, y animosa, obedeció a la orden que sólo en intención se atrevió a darle. Comprendió que, a falta de un hijo, debía ella serlo; substituir a su padre en sus ausencias, prepararse para arrostrar la vida más tarde; que para conseguirlo necesitaba condenar su infancia y su adolescencia a una labor continua, forzar su voluntad para aprender "más pronto", y, encontrando en su inteligencia las razones de esta razón, se entregó al estudio.

Los libros austeros que leen los hombres –y muy pocos hombres– fueron sus diversiones; las figuras geométricas, los instrumentos de química, el globo terrestre, sus juguetes; sus fábulas, los clásicos que su padre amaba. Como hubiera dicho: "Maître corbeaux sur un arbre perché"[40], declamaba para él, ya entendiéndolo: "¡Canta, oh diosa, la cólera de Aquiles!..."[41].

Una vez acostumbrada al estudio, se apasionó de él, y pudo complacerlo complaciéndose.

Pasó todas las clases, obtuvo título y títulos en la Escuela Superior de Mujeres de Cristianía; después siguió estudiando con Gustavo, que fué siempre el mejor de sus maestros.

Sin tiempo ni ocasión, no tuvo nunca amigas, pero tuvo amigos; los amigos de su padre, sabios, artistas, escritores, entre los cuales no había uno sólo que no sobresaliera del nivel común. Grupo de elegidos que formaban un ambiente especial, y peligroso para quienes no hablan de respirar siempre en él. Queríalos ella sin admirarlos; no conociendo otros, creía que todos los hombres debían ser así.

Su madre parecíale una criatura de excepción, como eran excepcionales sus ojos, sus cabellos, su color, su gracia de americana, y no entró a pensar en lo que podía faltarle. La cuidaba, la acariciaba, la reprendía cuando exponía su salud tan delicada; era la niña fuerte velando por la niña débil y enfermiza.

Gustavo señalaba a sus compañeros el grupo encantador: "Presento a ustedes, señores, a la hija de su hija, con la madre de su mamá".

Así creció. Muy mujer, conservaba la delicadeza, el perfume, las debilidades de la mujer, sin la pedantería ni los aires pretenciosos con que suele marcar a otras el saber. Arrojaron semillas en su mente, tierra fértil; allí brotaron, eso fué todo.

Había en ella perfecta naturalidad, una docilidad que cedía siempre al convencimiento, un modo suave y afable, una amabilidad sonriente; el hábito de la reflexión sin ensimismamiento, una igualdad de humor inalterable, espiritualidad espontánea, sin ironía ni mordacidad jamás; una prontitud brillante y vivaz de chispa en su réplica, que sorprendía. Decisión en sus actos; en su carácter firme, que resistía sonriendo detrás de su dulzura, mucha altivez en reposo; y aunque era sólo una niña, ejercía ya sobre los suyos la influencia positiva de su fuerza moral.

Poseía el don de la alegría; mucha sensibilidad sin sensiblería, un corazón que no había hecho sino amar, una frescura moral de clara fuente. Su alma era como una planta que se desarrollara libre y sin esfuerzo al sol, sin nada cerca que la contaminara.

De una imaginación muy sana, a pesar de sus lecturas y de sus estudios,

40   Primer verso de *Le corbeau et le renard*, fábula de Jean de La Fontaine (1621-1695)
41   Primeras palabras de *La Ilíada*

conservaba intacto su candor, candor inteligente, bien distinto de las inocencias ridículas de algunas ingenuas. Había aprendido ciencias naturales; sabía, pues, que las plantas nacen de las plantas, que los hombres nacen de los hombres, que todo ser nace de otro ser; bastándole, no se detuvo a pensar más. En ella no penetró jamás un pensamiento mórbido.

De estatura mediana, la proporción armónica de su figura la hacía parecer más alta; de una elegancia innata, sus movimientos tenían una gracia vibrante, su andar ligero y rítmico era, sin embargo, firme; bien sabía ella dónde ponía su pie largo y delgado.

Una cabellera rubia y brillante, suave como la seda, coronaba su cabeza y hacía un marco de oro a su cara expresiva de perfil neto, ancha frente, color primaveral, boca elocuente. Los ojos largos, llenos de inteligencia, de mirar profundo cuando se detenían en un pensamiento, algo soñadores, en los que no se reflejaba nunca la malicia, tenían los cambiantes verde, azul, violeta y oro de los de Gustavo.

El seno desenvuelto, las formas ya acusadas, no quitaban nada a la flexibilidad delicada de su figura, que tenía toda la esbeltez de un ánfora. En su soltura de mujer bien hecha, en su amable gracia, en su belleza, en ella toda había una seducción que no turbaba.

Llegó el momento de su entrada en el mundo.

Así, toda iluminada por su juventud, con el vestido y el velo blanco tradicionales de las niñas nobles, atravesó el salón de corte, lleno de concurrencia, del brazo de su padre, que la conducía para presentarla a su soberano.

El viejo rey sintió como un súbito rejuvenecimiento a la aproximación de aquella hermosa frescura que se inclinaba ante él sin cortedad, y dijo, con una voz que llegó muy pronto a los oídos de los cortesanos: "Quisiera disponer de una condecoración a la belleza gentil para ofrecérsela".

Tenía ya otra que la enorgullecía: un brazalete de hierro, con las palabras, en oro, del proverbio armenio: "La buena hija vale por sí sola más que siete hijos", puesto por su padre en su brazo izquierdo el día de la terminación de sus estudios, y que no se quitó nunca después.

Gustavo la llevó a viajar.

Las ruinas y los restos consagrados no fueron lo único que le sedujo en Grecia, sino también su naturaleza misma, suave hasta en el declive de sus montañas, apacible hasta en su mar; sus bosques de laurel rosado, la sonrisa de sus hijos, la diafanidad del aire, el color de sus flores y sus frutos.

La visión del pasado permanecía en sus ojos. Si percibían ruido de pasos, creían que iban a ver aparecer alguna de las figuras para ellos familiares de aquel pasado; si oían voces, esperaban el canto guerrero de sus soldados ágiles... Un día Gustavo la convidó a un "festín frugal de aquellos tiempos"; así decía la invitación. Gozaba él contemplando a su criatura tan moderna, tan coquetamente moderna en su elegante traje de Doucet[42], sentada al aire li-

---

42   *Doucet*: Maison Doucet, conocida casa de modas de París sobre la Rue de la Paix dirigida por Jacques Doucet entre 1853 y 1929. Estaba ubicada muy próxima al negocio de Charles F. Worth, y atendía a la clientela más aristocrática de la época

bre, viéndola probar con fruición la miel, la leche de cabra, morder las frutas de los viejos pastores. Cerrando los ojos y apretando sus manos, con el entusiasmo con que expresaba el más ligero placer, exclamaba:

—¡Qué rico, qué rico, papá! ¡Es exquisito tu banquete!

—Exquisito, sí, porque es el paladar de tu imaginación el que lo saborea, mi hija –le contestaba él, que había vivido más.

Alejandra conoció la Francia. Su capital recibió al padre como recibe a todo lo descollante. Gustavo Fussller, además de navegante y explorador audaz, poseía otros títulos que lo hacían una gloria europea: sus descubrimientos y observaciones, sus rectificaciones de la geografía polar, sus libros de ciencia que revelaban a un admirable artista y los que se leían con más placer que un romance.

Banquetes, recepciones, conferencias, sesiones especiales de Academia, fueron los obsequios. En todas las fiestas ella aparecía sin despojarse un momento de su naturalidad candorosa, y a aquellos hombres gastados en las alabanzas, parecíanles nuevas las que salían de los labios frescos de la joven, en cuyos ojos entreveían su alma elegante.

Tenía el arte del "bien decir". En una reunión de despedida, ofrecida por sus nuevos amigos, queriendo sintetizar sus impresiones, explicar que a pesar de ser mujer, de saber vestirse y amar la *toilette* como una parisiense, admirar el movimiento, el lujo, los paseos, los teatros del gran París, no era eso lo que más la había hecho feliz, no habían gozado allí sólo sus ojos; demostrar, en fin, el íntimo placer que le había producido también oír; reuniendo en uno solo a todo aquel gran cuerpo de intelectuales, dijo en alta voz y clarísima, estrechando la mano de un poeta de barba cana que descendía de la tribuna después de haber leído un poema que le estaba dedicado:

—Qué bien recuerdo ahora a aquella reina de la dulce Francia, que quiso "premiar con un beso la boca de donde salían tantas palabras doradas".

Entraron en Italia. Deseó sola con su padre, libre hasta del guía, que no necesitaban, visitar los antiguos monumentos; recibir con su maestro la impresión intensa y honda.

Llevó después a su madre. Ana María había recibido un barniz muy leve de instrucción. Un francés que habló recién en Europa; un poco de geografía –la tierra es redonda; los continentes son cinco; ¿qué es una isla?–; otro poco de historia– Colón descubrió la América; San Luis, rey de Francia; Isabel mandó ejecutar por celos a María Estuardo; Napoleón–; a tocar el piano y a pintar seda. Más tarde al lado de Gustavo, aprendió algo más; pero aprender no es comprender. Cuando llegó a Italia, sabía ya que César conquistó las Galias, que Nerón incendió Roma; pero en su cabecita no cabía la idea de aquel inmenso mundo desaparecido.

Alejandra le explicaba su historia como se explican las leyendas a los niños: achicaba, achicaba para ella las grandes narraciones... "Mamá, ¿sabes cuántos gladiadores murieron el día que Tito inauguró este anfiteatro? Dos mil... ¿Sabes cuántas fieras? Cinco mil... ¿Sabes cuántos días duraron las fiestas? Cien...".

Y para que se diera bien cuenta de las gigantescas proporciones y de la capacidad del enorme fantasma: "Cabían aquí, en el Coliseo, cien mil personas, mamá".

En las catacumbas, mientras Alex iba leyendo con gran interés, a la luz del guía, los epitafios en las sepulturas de los cristianos y de los gentiles, o los grabados simbólicos de algunas piedras, Ana María recorría las galerías lóbregas, interminables, prendida del brazo de su marido y cerrando los ojos como cuando atravesaba los túneles.

"Aquí celebraban sus cultos los Santos Mártires, aquí se formó nuestra Iglesia. Lo que aquí se guarda son reliquias, no son muertos, pues, mamá".

Gustavo conoció a su vez, el íntimo, el purísimo placer de guiar a su hija, esencia de su propio espíritu, por el mundo creado para los elegidos. Ante los cuadros, las esculturas, ante lo verdaderamente artístico, se extasiaba. Había en ella tal intuición y tal preparación, su gusto era tan seguro, tan hecho antes de haber visto, que jamás se equivocó; su instinto la guiaba hasta la obra que debía admirar, y allí permanecía contemplándola.

Jamás sintió rubor ante el desnudo; admiraba la perfección de las formas, la verdad de las carnes, como admiraba el colorido de un paisaje, los sabios pliegues de una vestidura.

Ana María sentía, en cambio, ante ese desnudo, cierta inquietud. "Cuando visites el Vaticano, mi hijita, te curarás de espanto", habíale dicho Gustavo. El día en que se convenció que Venus habitaba también la casa de los papas, quedó libre de sus escrúpulos.

Y prefería las iglesias por sus nombres: "Santa María del Fiore", "La Madonna degli Angelí"...

Para distraerla en ciertas viejas ciudades, que no tenían interés para ella, en Siena, por ejemplo, su marido le decía:

—Aquí nació Santa Catalina, la Seráfica[43] Doctora, la patrona de tu tía monja...

—¡Ah, sí!... ¡Cómo te acuerdas, Gustavo!... ¡Si me parece estar viendo el convento de la calle de Viamonte!

Pero lo que le interesaba sobre todo, porque la conmovían, eran las ciudades y los monumentos que tenían "historia de amor"... Pía de Tolomei[44], la hizo llorar, y mucho tiempo después, fuera de Italia, enferma ya, pedía: "¡Alex... Pía!...", y Alex le recitaba con su voz cantante:

> Ricordati di me,
> Che son la Pía... [45]

---

43 *Seráfico*: (fig. y fam.) pobre y humilde. Del hebreo *Serafim*, cada uno de los espíritus bienaventurados

44 *Pía de Tolomei*: personaje mítico italiano recogido en *La Divina Comedia* del Dante

45 Versos de *La Divina Comedia*, Purgatorio, Canto V - 135 / *ricorditi di me, che son la Pia; / Siena mi fé, disfecemi Maremma: / salsi colui che 'nnanellata pria*

Desde una de las tribunas reservadas en San Pedro a las personas de distinción, conocieron al Papa.

Cuando se oyeron las trompas de plata anunciando que la procesión se acercaba, se le vió aparecer en la "silla gestatoria", muy en alto, desde la cual, rezando, bendecía al orbe, y atravesar el templo en medio de toda la majestad y la pompa de la Iglesia Católica, Ana María palideció y creyó desmayarse.

Su hija miraba y pensaba que no era aquello lo que quiso Jesús, que eso no era lo que vino a prometer y a enseñar a los hombres el Hijo pobre de Nazareth; pero comprendía que ya no existían la simple fe ni el alma sencilla de los primeros tiempos; que la Iglesia de Pedro el pescador tenía que luchar hoy con fuertes enemigos, y que para perdurar en el mundo y estimular a las almas vacilantes de las razas imaginativas e impresionables en que estaba destinada a reinar, necesitaba producir en ellas la profunda impresión que veía ahora en su madre.

Obtuvieron una audiencia.

El Pontífice habíale hecho pensar, el Buen Pastor hízola sentir. Las lágrimas brotaron de sus ojos cuando sus oídos recogieron las palabras de bendición del anciano. "Benedicat te Dominus"... sintió que su corazón se elevaba, que su alma se estremecía... después, una profunda paz: "la paz que el mundo no da".

El Santo Padre tuvo especiales distinciones para con Gustavo que era una eminencia, cuyos libros eran de los que él leía y aunque en otra religión, su hermano en Cristo. Hízole preguntas sobre sus viajes, sus descubrimientos, su familia.

—Mi esposa es americana, Santidad.

—¡Ah! ¿sí? –dijo él sonriente–; ¿Brasil... Méjico... Chile?

—No, Santidad, de la República Argentina.

—Conozco –prosiguió aún más sonriente–; hay allí muchos italianos, cerca de un millón... ¿Y será muy buena cristiana, no es verdad?

—Sí, Santidad, y mis hijas son como yo, católicas, apostólicas, romanas –respondió ella, animada ya por su bondad sencilla.

Alejandra conservó siempre en su memoria aquella voz augusta que repitió dos veces sobre su cabeza y la de su madre: "Benedicat te Dominus".

En España permanecieron mucho tiempo para prolongar la dicha de Ana María. No la encontraba ella en el Museo de Madrid, el Alcázar de Sevilla o la Alhambra de Granada. La hallaba en respirar, moverse, sentirse vivir en la noble tierra de sus antepasados, entre gente de su temperamento, de sus hábitos, de su lengua; entre una raza de su propia raza. También en la forma ostentosa y galana con que se manifestaba la admiración de los hombres ante su belleza; en la amabilidad de corazón y de simpatía de sus lindas mujeres.

La primera vez que asistieron a los toros, los ojos llenos de calor que iban hacia el palco que ocupaban, con la intención de conocer al Fussller saludado por los diarios como un huésped ilustre, con biografías y puntos de exclamación, deteníanse sorprendidos y hechizados. Habían descubierto entre el hombre y la niña, hermosos tipos rubios del Norte los dos, como colocada allí por el azar, aquella figurita morena, ligera, inquieta y delicada, que con su mantilla blanca, su gracia y sus claveles, parecía robada de alguno de los cuadros de sus museos.

"¿Dónde ha atrapado ese cazador de focas ese colibrí?... ¿Cuándo vino a buscar ese grano de nuestra más fina sal?..."

"En tiempos de la guerra de los moros y los cristianos..." solía decir Gustavo más tarde, de vuelta en su tierra, refiriéndose a su excursión por las provincias españolas.

Ana María conocía a los conquistadores árabes a través del tradicional título de "perros moros", el cual provocaba una indignación en Alex "que brotaba hirviendo a borbollones", según ella. Era a esta lucha entre hija y madre, a la que aludía Gustavo.

—No, mamá, no eran crueles ni sanguinarios, eran benignos y tolerantes... A los cristianos les dejaban sus cultos y sus leyes.

—No, mamá, no eran bárbaros ni salvajes... ¡Cuántas cosas les debemos!... Lo que ahora admiramos son restos de su efímera y brillante civilización... Pregunta a papá –añadía, percibiendo en su madre un mohín de antipatía e incredulidad–; que te diga si estaban adelantados ellos en esa rama de la ciencia que nos lo hace a él tan notable. Cómo me duele, mamá, que hables así ...Yo los adoro –proseguía con su apasionada vehemencia–, porque son poéticamente melancólicos... ¡Y tan melancólicamente resignados!... ¿No es verdad, papá? ¿No es verdad que ellos nos enseñan una dulce resignación?

—Sí, mi hija, Alex tiene razón –contestaba el infalible juez–. ¿Recuerdas tu llanto la primera vez que tus ojos vieron el cielo de Italia? Pues así lloraba uno de sus eminentes soberanos, cuando veía una palmera de Siria, que como a ti ese cielo, le recordaba el lejano país natal. Y, mira, aprende tú, querida, las palabras con que el último de ellos consolaba a sus compañeros que se lamentaban al dejar, expulsados, esta linda tierra de Andalucía: "No lloremos por bienes ajenos; nada es nuestro, todo es de Dios".

Todavía cuando admiraban la Giralda, Alex deslizó en el oído de su madre, con un gesto de cariñoso desafío: "Esto es obra de uno de ellos". Y en la corrida de toros, dándose vuelta para no ver a un caballo moribundo, vacío ya de sus entrañas, que se estremecía en la arena, apretando su brazo con horror: "Esto no lo hacían los perros moros, mamá".

La voz de su hija era el goce íntimo, el supremo orgullo de su padre. En el gran salón-biblioteca, donde se tenía la reunión familiar, la madre sentábase al piano y Alex cantaba. Su acento brotaba puramente apasionado, tiernamente ansioso en el relato de Lohengrín; transparente y sereno, ligado como los sonidos de un violoncelo, en el "Ave María" de Gounod; reconcentrado, intenso, agitado, ardiendo como una llama interior que quiere ocultarse, en los sublimes "lieders" de Schumann.

—"La Estrella" –pedíale aquel pequeño público artista y recogido.

Y ella empezaba:

Oh! tu, bell'astro incantator...[46]

Después, a su voz delicada y profunda, uníase la voz grave de barítono de Gustavo, y elevábanse las dos para recogerse, siempre unidas, y terminar así la soñadora canción.

Los amigos de Cristianía conservaban en su memoria la visión de ese grupo admirable: la Fuerza, la Juventud y la Belleza.

Así era Alejandra. Su padre creyó formarla para la vida y la formó fuera de ella. Alex concebía un mundo irreal, un mundo justo, bello, bueno.

Sabía vendar una herida, curar a un enfermo, aplicar el remedio que aplaca el dolor; no sabía que el alma tiene llagas. Sabía que hay delitos que condenan los códigos y pierden a los hombres; pero hasta ahí sólo llegaba su ciencia del mal.

Delicada y pura, se hubieran gritado en sus oídos los más monstruosos vicios de la humanidad sin que se ruborizara, a fuerza de ignorarlos. Nacida, crecida entre hombres excepcionales, hija de un hombre excepcional, no conocía las bajezas, las mezquindades ni la traición.

Le habían enseñado todas las lenguas, pero no entendía el idioma de la multitud.

Y así, contenta, feliz de lo que sabía y de lo que ignoraba, miraba pasar la vida desde una gran altura.

Después del nacimiento de su hermana, Alejandra dedicó sus cuidados inteligentes a fortalecer en lo posible una naturaleza agotada antes de usarse. No era cuidar a un niño enfermo o débil: era hacer revivir a un ser inconcluso, consagrarse como una vestal a velar la pequeña llama que se extinguía.

Aquella niña, nacida antes del tiempo natural, fué depositada como una larva entre algodones a la alta temperatura de una incubadora. El cuerpo diminuto comenzó a modelarse, brotaron las uñitas, una pelusita fina cubrió su cabeza como un polvo de oro, sus ojos pudieron soportar la luz, los labios encontraron ya solos el seno nutridor; nacieron sus primeros dientes blancos y menudos como granitos de arroz, aprendió a agitar las manos y a extender sus bracitos, a conocer y a nombrar a los que la rodeaban; pero cuando cumplió dos años, fué preciso convencerse de que sus piernas estaban condenadas a la inmovilidad.

Se hicieron en ella experimentos, se probaron sistemas, inventos, remedios, energía, tenacidad, paciencia; todo se probó. Los médicos, que eran los sabios amigos del padre, agotaron hasta la última gota de su ciencia. Todo fué

46   Aria de la ópera Tannhäuser, de Richard Wagner (1813-1883)

inútil: hasta las rodillas solamente había vida; la niña concluía allí.

Se desistió de curarla, y ya sólo se trató de conservarla. Sus pobres miembros descansaron, y Stella dejó de sufrir. La instalación en su cochecito de inválida tuvo para los suyos toda la importancia de los hechos definitivos.

Stella a los seis años era una criatura extraordinaria; la impresión que causaba era de asombro. De un desarrollo mental casi inverosímil, parecía que su espíritu hubiera absorbido toda la savia que faltaba a su cuerpo.

Muy pequeña cuando su madre murió, habituada a los cuidados de su hermana, no pudo ni sentirla ni extrañarla. La conoció recién mucho tiempo después, cuando fué capaz de comprender lo que Alex le decía: "Mamá es muy linda, muy buena, nos quiere mucho, y está en el cielo". Entonces pensó en ella, imaginándola adorable y sin defecto, esperándola sonriente allá...

El sistema de vida que fué necesario imponerle, el ambiente especial de su casa, el mismo en que su hermana habíase desarrollado; la falta de niños de su edad cerca de ella, la melancolía que la muerte de su mujer dejara en su padre, forzaron su inteligencia, y pensó antes de tiempo, como había nacido.

La mayor, sabiendo que nada era posible, que aquella existencia persistía tan sólo como una concesión, se propuso que aquella criatura casi inmaterial pasara por la tierra sin conocer lo que la tierra tiene: el dolor. Apartó de ella todo lo que podía revelarlo.

No le ocultó la muerte. Comprendía que hubiera sido un error. La inteligencia precoz de la niña la habría concebido aún sin saberla. Callarle un nombre que le llegaría bajo cualquier forma, sería obligarla a pensar en él. Y como la niña estaba a la muerte destinada, quería que fuera a ella sin temor. Se la mostró, no como un fin, sino como un recomenzamiento; no como un pasaje de la luz a las sombras, sino de las sombras a la luz. Y así, su amor piadoso –sin otra intención que la de preparar con anticipación una hora fatal–, inculcó fácilmente en aquel espíritu de niña, el dogma que cuesta tanto a la Iglesia inculcar en los hombres: la resurrección de las almas.

Stella hablaba y pensaba de la muerte con la misma naturalidad que de los viajes de su papá, cuyos azares ignoraba, y su corazón se formó intrépido para aguardar el único peligro de que su hermana no podía preservarla.

Componíale cuentos que parecían oraciones y oraciones que parecían cuentos. En los primeros los ángeles bajaban a mezclarse con los niños; en las segundas los niños subían a mezclarse con los ángeles.

Nada triste, nada sombrío en la religión que le enseñaba. Una gran omnipotencia y una infinita bondad: eso era Dios. La única perfección que haya la tierra conocido desde que se formara –perfección suave, dulce, humilde, indulgente, llena de amor y de ansiedad–, un hombre superior a todo lo creado, y que conoció también la muerte: era Jesús. María, una figura blanca y delicada como una paloma, pura y perfumada como un lirio, linda y buena, como su mamá. Sólo el paraíso de los santos, la gloria de los serafines; ni purgatorio ni infierno. ¿Para qué necesitaba conocerlos la que moriría sin pecar?

Aprendió a leer casi sola en sus libros de imágenes, supo escribir por su sola voluntad, dibujaba con su lápiz y sus colores todo lo que veía y aprendía a sacar bonitos sonidos de una pequeña y coqueta guitarra, en la que Ana María solía cantar vidalitas para su marido.

Al alcance de su mano estaban siempre los juguetes, sus libros, sus objetos preferidos.

Un cochecito especial le fué enviado un día por la princesita Amelia, nieta del soberano, que la conoció en la playa. "La hijita de Cristian de Noruega a la hijita de Gustavo Fussller", decía la tarjeta.

Su cabeza era una maravilla: el color habría sido moreno sin la palidez transparente que lo emblanquecía, no la amarillenta de la cera, sino una palidez fresca de flor; su boca era la de su madre, mas sólo en la forma: aquélla no se entreabrió sino para sonreír; ésta había conocido ya las crispaciones del dolor; su naricita levantábase un poco al aire, sólo lo suficiente para dar a esa fisonomía una gracia infantil, que algo mitigara la demasiada gravedad de su expresión. Su frente ancha y fugitiva abríase en las sienes antes de perderse en un nido de cabellos oscuros con reflejos. Los ojos... ¡Ah! Los grandes ojos de Stella, color del ámbar, que parecían más bien dar que recibir la luz... La expresión de esos ojos dolientes, de una infinita dulzura, en los que no había sombras, no se olvidaba jamás. Eran dos astros; tenían todo el brillo melancólico de la Estrella patrona de su nombre.

Nada de enfermizo, nada de morboso en su aspecto; era ella una degeneración, no una degenerada.

En las largas temporadas que permanecía en las costas del Mediterráneo, pasaba todo el día en la playa bañándose de sol, saturándose de las exhalaciones salinas del mar, y era centro adonde convergían las miradas, el interés de todos. Los niños más humildes jugaban con ella, los más aristocráticos tiraban de su cochecito; unos y otros, entremezclándose, formaban grupos para que los fotografiaran; las madres la acariciaban con los ojos húmedos. Había en ella tal poder de seducción, algo tan inexplicable, que nadie pasó nunca por su lado, ni la duquesa ni el pescador, sin volver la cabeza para mirarla otra vez.

No pudiendo caminar, sus ojos recorrían las grandes distancias. Todo tenía interés para ella; sus pupilas parecían siempre dilatadas para abarcar más en menos tiempo: el menos tiempo de su corta vida. Pero su interés era más vivo por todo aquello que tenía movimiento; observaba a los niños que corrían, a los animales que saltaban, el andar rítmico de su hermana y las olas de su amigo el mar. Seguía largo tiempo con los ojos el vuelo de los pájaros...

Miraba con ojos más ansiosos a los árboles, que perdían sus hojas y volvían a reverdecer; que nacían, crecían y morían en un mismo sitio, y pensaba en la similitud de su pequeña existencia con la de esos grandes seres de la vida vegetal.

Todo esto era confuso en esa alma de seis años, pero iba acostumbrándola a la meditación.

Al fin llegó el día sin regreso... "¡Mi padre no vuelve!", fué el grito desolado de Alejandra. "¡Gustavo Fussller no vuelve!", contestóle en el duelo toda la nación.

Ella, una vez impuesta de su última voluntad, la cumplió "sin detenerse a pensar más sino en que él así lo quiso". Cuando supo que su tío la esperaba, tomó a su hermana en brazos y dejó su casa, su país, la Europa, en busca de lo desconocido.

Así se deshacía aquel hogar feliz y joven. Era ya, ahora, la frágil hoja que arrastraba el viento, de la visión que arrancó lágrimas a Gustavo en las soledades de las noches árticas.

Capítulo V

La casa de Maura Sagasta daba la idea de una ancha existencia de lujo y de respetabilidad.

Estar relacionado con ella, ser convidado a sus fiestas, era una aspiración para los que hacen vida social.

El hijo mayor de don Luis —quien llevando el mismo nombre que su padre, agregó al suyo el apellido materno, Sagasta— había casado poco tiempo después que Ana María. Cansado a los treinta y seis años del cansancio de no haber vivido, sabiéndose incapaz de amor violento, y seguro de no necesitarlo para encontrar en el matrimonio lo que buscaba: llenar el vacío que su hermana le dejara, rodear de nietos a sus viejos solos e inconsolables, se decidió a fundar una familia.

Eligió a Carmen Quirós, quien, buena moza —lo bastante para ser agradable a los ojos sin retenerlos— naturaleza sobria y fría que se exteriorizaba, aire reposado y serio, imaginación ciega, humor igual sin animación y sin alegría, reunía las condiciones que hacen posible la estabilidad y la armonía de una unión sin calor.

Un afecto tranquilo, una tranquilidad afectuosa, eran los elementos principales de la perpetuación de esta armonía, garantizada ya por el hábito de veintinueve años de vida común. La prescindencia de la mujer en lo relacionado con los negocios e intereses; la del marido en las cuestiones y administración domésticas, no daban ocasión de aparecer al carácter débil del uno, al dominante de la otra, e interponía entre ambos como un acolchado blando y aislador, que les evitaba todo choque.

La fecundidad de la esposa respondió al deseo del esposo: dióle ocho hijos.

De inteligencia estrecha como su moral y su religión, de principios severos e intransigentes, de una virtud poco amable, como su caridad, llena de prejuicios, sólo conocía un temor: los comentarios del mundo; una pasión: la maternal. Temor que era terror servil por el "qué dirán"; pasión absoluta, ciega, llena de debilidades y de transigencias por todo aquello que pasó por sus entrañas.

Intolerante para con lo que no estuviera dentro de las más estrechas leyes sociales, para la más pequeña incorrección moral, era todo indulgencia con los vicios de algunos de los suyos; del hijo, porque era el hijo; del yerno, porque hacía parte de la hija. Su rigidez implacable en las prácticas religiosas, que no hubiera permitido faltar a misa a un agonizante, abstenerse del ayuno a un tísico, provocaba apenas una flaca observación de su parte, de tarde en tarde, a los hijos, que no pisaban una iglesia nunca, y las regalonerías de las hijas pasaban por razones justificativas que tranquilizaban su conciencia.

"Mamá, no puedo ir a misa porque me duele la muela", decía una de las menores, mostrando entre sus labios unos dientes blancos y sanos que la desmentían. "¡Jesús, mamá, con tus vigilias nos vas a estragar el estómago y a debilitarnos!", se lamentaba otra, gruesa, fuerte, con unos colores que respondían de la solidez de su estómago y de sus pulmones. Con esto, en misia Carmen desaparecía todo escrúpulo.

Entre cinco hijas mujeres y tres hijos varones, repartía su corazón y sus debilidades.

El primogénito Carlos, mediocre e incoloro, estaba casado con Elena Prado, niña de familia pobre, distinguida, linda y superior a él moral e intelectualmente. Muy enamorado de ella y naturalmente vanidoso, habíala colocado a una altura de lujo de la que no habría podido verla descender. Para el caso de sentirla amenazada, hubiera sido capaz de una de esas luchas a todas armas con la suerte, que arrastran lejos muchas veces. La belleza de la joven, que ponía una nota brillante de arte decorativo en las fiestas tan mentadas de su casa, compensaba, para la orgullosa misia Carmen, la falta de fortuna.

Carmencita, la segunda, a la que una maternidad copiosa como la de la madre había deformado, conservaba su cara bonita, insignificante. De inteligencia nula, exenta de toda coquetería –lo que es delito o es virtud según su clase y sus fines–, de carácter apático, no la animaban sino las enfermedades de sus hijos y los celos que despertaba en ella su marido, Alberto de la Riega, con quien se había casado por amor, muy jovencita. Era el tipo genuino de la mujer cargante, cuyo cariño abruma más que el odio, y de la madre tierna, débil y vulgar. Su marido, muchacho lindo, elegante, nada tonto, espiritual, de buen carácter y genio alegre, vicioso y cínico, con calor en el corazón y rasgos caballerescos, casado por la posición y la fortuna, tratábala bien en la forma, sin importársele absolutamente de ella. Quería a sus hijos casi sin conocerlos, y al "viejo" comprometiéndolo en garantías y deudas de juego; bromeaba continuamente con su suegra y sus cuñadas; llevábase bien con sus cuñados; conservaba toda su libertad, vivía en el club, provocaba los celos de su mujer con aventuras ruidosas, que llegaban hasta ella de cuando en cuando.

Enrique era el buen mozo enamorado de su hermosura, egoísta, indiferente a todo lo que no fuera gastar, ostentar, divertirse. Afortunado cerca de algunas mujeres frívolas y coquetas, comprometíalas por amor propio, mezclando a sus nombres otros nombres completamente extraños a sus pretensiones, y que así mezclados quedaban en el espíritu de muchos por la simple aseveración de un fatuo. En cambio no era afortunado en el juego; arrastrado a él por la mezquina ambición del lucro, no por la pasión como su cuñado Alberto, en su afán insistente iba internándose en el camino sin límites... Gastaba y perdía el dinero de su padre, preparándose a hacerlo, más tarde, con el de alguna rica heredera, huérfana, en posesión de su fortuna.

María Luisa reflejaba a su marido, hombre serio que se imponía, grave, con pretensiones al talento, abogado estudioso y de reputación, el doctor Miguel Linares. Su suegra, que decía "Alberto", lo nombraba "mi yerno, el doctor Linares".

Isabel, grande, hermosa, con tendencias y temores a engrosar, de facciones correctas, cabellos, cejas y ojos muy negros, mejillas muy rosadas, pies y manos grandes como los de su madre, voz algo ronca como la Perla, tenía fama de belleza en el interior y en el exterior. Sus opiniones prevalecían, sus juicios eran inapelables; su rol de *professional beauty* hacíanla gran soberana en esa casa de pequeñas soberanas, a las que Alberto solía llamar "mis cuñadas las municipalidades", aludiendo a la autonomía desbarajustada de este régimen provincial.

Emilio, delgado, moreno, feo, despreocupado en su traje y en todas sus cosas, parecía no estar unido a su familia sino, por el cariño; físicamente, parecíase a su padre; moralmente, a ninguno. Muy inteligente, de ideas avanzadas y carácter independiente, tenía mal genio y nobilísimo corazón. Adoraba a su padre, admirando hasta el enternecimiento su gran bondad. Perezoso, no estudiaba, pero leía. Nunca fué preparado a un examen; los profesores lo encontraban tan simpático y tan abierto, sus respuestas eran tan inteligentes, aunque fueran de un programa que no conocía, que año tras año inclinábanse a la indulgencia. Sus amigos eran casi todos estudiantes, entre ellos muchos provincianos, que si vestían mal, trabajaban bien su porvenir, siendo los más estudiosos, los más modestos, los más ambiciosos y los más tenaces.

Ana María era la favorita de su padre – que quiso darle el nombre de su hermana–, de su hermano Emilio, de Alberto, de miss Mary y de los criados. Amable, buena, traviesa, generosa, franca, siempre contenta, llenaba la casa con sus risas y sus encantos. No tenía más belleza que sus ojos, sus dientes, su color y su gracia. Con tan poco, encantadora.

La última, Máxima –la Perla–, aquel señor sin ley ni rey, héroe de tantas aventuras.

El tronco de estas ocho ramas encerraba todas aquellas cualidades que acercan más a la perfección; pero cualidades blandas, sin médula y sin eficacia. Deseábase verlo despojado de algunas de ellas como de un exceso, en la esperanza que eso entonaría su carácter débil y debilitado, su voluntad caída en la enervación. Asemejábase a un instrumento de alto mérito a cuyas cuerdas sin templar, sueltas, flojas, faltara el sonido de la vibración.

Nacido, crecido, hecho hombre en el campo, sin amigos, lejos de sus hermanos –uno militar, el otro asociado a un ingenio de azúcar en Tucumán y establecido allí–, sin más sociedad que la naturaleza, sin el hábito de la lectura, hízose un contemplativo, y su imaginación se embotó. No pudo imaginar, pues, placeres y goces que no conocía, y su juventud plácida se pasó sin desearlos. Temperamento frío, tranquilo y ordenado, no habiendo tenido en sí mismo pasiones, vicios ni turbulencias que combatir, no sabía combatirlas en los otros.

Una vez grandes sus hijos, dañados ya por las condescendencias de la madre, no supo dirigirlos, y cada uno se entregó a sus propias inclinaciones. Creyó enseñarles el trabajo estableciendo un escritorio a cuyo frente colocó a Carlos, con todas las atribuciones, entregando a Enrique la dirección de una estancia –la vieja estancia en que él y sus hermanos nacieran– a la que éste convirtió en cabaña[47] modelo y en stud, que comían diez veces lo que producían.

Las hijas, que lo querían entrañablemente, habrían visto en sus labios un no, cual uno de esos fenómenos en los que no se cree; y a él hubiérale costado más encontrarlo para ellas que todos los sacrificios que el pedido pudiera haberle impuesto.

Pacífico, modesto, enemigo de ruido y de ostentación, nunca había hecho, sin embargo, la más pequeña observación por las fiestas que se sucedían en la casa, el lujo en que se vivía, o los gastos que todo esto ocasionaba. Su bolsa y su condescendencia no se cerraban jamás...

En aquellas fiestas, a las cuales veíase obligado a asistir, aparecía afable, sin perder nada de la sencillez con que cumplía todos sus deberes. Sus fiestas eran las reuniones familiares del domingo y el mes que pasaba en la estancia todos los veranos con su mujer y con sus hijas, que iban hasta allá por complacerle.

Desde la muerte de Gustavo Fussller iba desvaneciéndose para Alex la nebulosa que le ocultara la vida. Y midiendo la altura a que se había mantenido su existencia hasta entonces, se dijo: "Es el lento declive que comienza".

El choque recibido en el umbral de la tierra y de la casa extrañas llevóla a comparar el hoy con el ayer, y sintióse removida hasta la desesperación. Las lágrimas que derramaba eran sus primeras lágrimas amargas, y ellas la alejaban por instinto de las personas que aún no conocía, y con quienes debería vivir en adelante. Su inexperiencia le impedía juzgar imparcialmente los actos ajenos; no podía distinguir, pues, todo lo que había de involuntario en lo sucedido.

47 *Cabaña*: (arg.) instalaciones para la reproducción de ganado fino

Después de separarse de su tío, pasó el fin de la noche sin dormir, caminando agitada o apoyando su frente contra los vidrios de su balcón, mirando el cielo oscuro que parecía llorar con ella.

Con el alba entró en la reflexión y salió convencida de la esterilidad de lágrimas que enervarían sus energías, determinada a crear su independencia dentro de la casa inhospitalaria donde su padre la enviara, alejando así la más remota posibilidad de humillaciones a su dignidad.

El alba había disipado las nubes y calmado el viento; el sol llegaba. Se impuso también ella reaccionar y se irguió resuelta. Su instrucción, la continua labor de su adolescencia, no habían tenido otro fin que preparar este momento. Respondería a las previsiones de quien habría de ser siempre su guía.

Insensibilizada para todo lo que no fuera su conmoción interior, y sin ningún temor, ya, por las nuevas impresiones que iba a recoger, esperó la hora de entrar en la familia de su madre bajo una sensación de absoluta indiferencia.

No fué indiferencia lo que encontró; se le demostró momentos después tanta afectuosidad, que creía no estar despierta. Cuando hubo recibido los abrazos de sus primos, reunidos en el hall para conocerla, su corazón se desentumeció. Se le hacían mil preguntas, se la rodeaba, demostrando sólo un interés caluroso y cordial; y su misma tía, desenredándose de sus aires de condescendencia, conseguía aparecer afable.

No fué menor la sorpresa de los otros; en lugar de la mujer tiesa, brusca y reservada, imaginada, conocieron a Alejandra.

Faltaba Stella, la enferma, la niña inválida e inutilizada, de quien dijera el padre: "¿Quién que no fuera de su propia sangre consentiría en cobijarla?".

Fueron todos a ella por atención y misericordia. Iban a aquel fragmento de vida, que concebían como un pequeño ser raquítico y terroso en su niñez decrépita, y los deslumbró aquella flor de luz.

La conquista fué rápida, inmediata, absoluta; la huérfana quedaba adoptada, pertenecía ya a todos y a cada uno de ellos, que hacía un momento pensaban en su deformidad con desconfianza,

—¿Cómo te llamas, mi hijita?

A esta pregunta obligada para todos los niños, ella contestó con su voz musical y su suave despejo:

—Stella, como el barco de mi papá.

"¡Eres realmente una estrella!", pensaron todos, acariciándola.

En las preguntas, las explicaciones, la perturbación que produce el cambio de medio, la iniciación en hábitos distintos, se pasó rápido el día. Alex, cuya sobreexcitación decaía, sintió la necesidad imperiosa de descansar, retirándose temprano a su habitación.

Su hermanita dormía tranquilamente; la besó tres veces en la frente, como hacía siempre al dormir y al despertar: "por mamá, por papá, por Alex", y se acostó para reposar al fin.

Durante algunos momentos pasaron ante sus ojos sombras vagas que se entrecruzaban: amigos de Cristianía, su tío Luis, una de sus primas, la negrita, la Perla... Más vagamente aún y más lejanos, el camino líquido que acababa de recorrer..., la nave de su padre encallada, allá, en las tierras heladas..., la figura ruda y bondadosa del capitán del buque que las trajo a América..., el dulce rostro sonriente de su madre. Después toda aquella confusión sumergióse en un profundo sueño.

Capítulo VI

— ... **V**an a decirme ustedes que sí, ¿no es cierto, tíos? —concluyó Alex, que conversaba cordialmente con ellos en una pieza cuadrada, espaciosa, confortable, que llamaban "el costurero", destinada a la intimidad.

Desde hacía un mes espiaba la oportunidad de poner en práctica su resolución: ganar su sitio y el de su hermana en aquella casa. Hoy lo pedía en una forma delicada, haciendo valer como una necesidad de su espíritu lo que era realización de sus propósitos.

Miss Mary, viejo jefe del ejército de hijos y nietos, después de quince años de batallar con sus propios soldados —¡desde Isabel a la Perla, desde Emilio a los hijos de María Luisa y Carmencita!— exigía medio retiro. Además, sus lecciones eran deficientes y había que traer maestros extraños. ¿Para qué todo esto si estaba allí ella?

En mucho tiempo, ni su estado de ánimo ni su luto le permitirían entrar en la vida mundana que hacía la familia. Si no se le consentía tomar a su cargo la enseñanza de los niños, sería condenada a una existencia solitaria y vacía. Miss Mary podía quedar de gobernanta; ella se haría responsable de la instrucción.

He aquí las razones presentadas como base de su pedido. Misia Carmen encontraba demasiadas ventajas de la proposición para no haberla aceptado en su interior mucho antes de condescender. Su marido, viendo en ello una distracción únicamente, dijo como siempre, sí.

Al día siguiente, Alex organizó su escuela.

Los discípulos aprendían las lecciones, la docilidad y la disciplina, insensiblemente, al lado de quien se imponía convenciendo, y enseñaba divirtiéndolos.

La joven seguía así la línea de conducta que se había trazado, ayudada por su carácter firme, viviendo retirada en el ambiente cándido creado por los niños a su alrededor, apasionados de ella, idólatras de Stella, que era ejemplo, premio y estímulo.

Su alma estaba melancólica; su herida era demasiado fresca para admitir aún otra esperanza sino la esperanza pasiva de que su existencia actual no cambiaría. Creía que la muerte de su padre había sido la descoloración del mundo, el fin de su alegría.

Sin embargo, muerto, vivía en ella; todos sus actos estaban destinados a complacerle todavía; la comunión de sus espíritus continuaba a través de la muerte.

¡Cuántas veces se sorprendía repitiendo a sus discípulos las mismas palabras que él le repitiera cuando era una niña como ellos! Un día, por ejemplo, reprendiendo a Albertito, muy irritado, le dijo: "La cólera es una corta locura". En el acto se preguntó: "¿Dónde, dónde he leído esto yo..., cuándo lo he leído?...", y de pronto recordó, sus ojos vieron, sus manos palparon el libro azul que una noche, cuando tenía trece años, encontró al acostarse, abierto sobre su almohada, con la raya roja del lápiz de su padre que marcaba la máxima de Horacio. Era una represión a un momento de impaciencia.

Poco a poco fué agrandándose el círculo de su tarea. Una de sus primas le pidió que le enseñara el inglés, otra el dibujo; Isabel deseó perfeccionar su francés.

A medida que iba entrando más hondo en el conocimiento de aquella típica familia porteña, notaba que los padres se preocupaban de instruir, descuidando el educar; dos cosas tan distintas.

Y así era que, poseyendo corrección en los modales, finura y moderación en las palabras, carecían todos en aquella casa de la educación interior, que es formación, desenvolvimiento, perfeccionamiento de la inteligencia, del carácter, del corazón.

Por ella comprendía ahora lo que faltaba a los hijos generosos y despiertos de la hermosa tierra de su madre. Descubría una sociedad moralmente ineducada en la que era absoluta la despreocupación de enseñar y de aprender a pensar; que era ésta la razón por la cual, a pesar de la asombrosa facilidad de comprensión y el desarrollo de la facultad intelectiva de los más, tan pocos descollaban; por lo cual, mientras en otras partes había tantos hombres superiores con inteligencias mediocres, en ésta había tantos hombres mediocres con inteligencias superiores. Se asombraba ahora mucho menos de que se consideraran todavía como cosas secundarias, el arte, las letras, la misma ciencia; de que la intelectualidad no tuviera su ambiente.

Estas observaciones guardábalas bien ocultas para sí; tenía demasiado tacto y cultura para dejarlas entrever.

Mantenía relaciones cordiales con sus primas, sin mezclarse a su torbellino festivo y bullicioso. Vivía entre gente buena sin bondad, de ésa que no hace mal pero no sabe evitarlo, y sólo ve el dolor en las lágrimas. No se preocupaban, por lo tanto, de consolar su inmensa pena sin lamentos. Sentía, así, cada día, crecer el vacío de un afecto más consciente que el de los niños, más viril que el de su tío.

Trataba de disciplinar su imaginación no permitiéndole traspasar los límites donde comenzaba para ella el peligro; detenía su pensamiento, que se volvía con una especie de fascinación hacia el pasado.

Con la pequeña renta de una propiedad conservada a su madre, atendía a sus necesidades y a las de su hermana, sin verse obligada a pedir jamás cosa alguna a los otros.

Emilio, que ayudaba a su padre, necesitó marcharse a la estancia; ofrecióse ella para encargarse interinamente de la correspondencia y de los libros. Aceptado el ofrecimiento, encontró gran placer en un trabajo que, obligándola a permanecer muchas horas cerca de su tío, los aproximaba más, y establecía entre ambos la confianza. Así se conocieron íntimamente los dos.

Con un cariño cuyas nuevas raíces se enterraban muy hondo, quería don Luis a Alex ya, por sí misma, sin necesidad de recordar de quién era hija. Había en su cariño, además, una ternura compasiva, como temiendo para ella algo desconocido. Alex lo quería en igual medida, admirando su gran bondad, su corazón generoso y sensible, sintiendo igual ternura compasiva hacia él por algo desconocido, inexplicable también. Le aligeraba el trabajo, jugaba al "ecarté"[48], tenía con él largas conversaciones en las cuales se repetía sin cesar el nombre de la adorada Ana María, leíale cosas agradables que lo distraían sin obligarle a pensar.

Emilio, el muchacho noble y violento, refractario al movimiento mundano, había tenido tiempo de descubrir toda la superioridad de su prima extranjera, y se apasionó de ella. Demasiado inteligente para no darse cuenta de que sería siempre un niño a sus ojos, hizo de la joven que lo deslumbrara, su amigo, su maestro y su consejero.

Los yernos tenían para con ella atenciones excepcionales. El doctor veía un interlocutor digno de su importancia. Alberto, gran conocedor, adivinaba detrás de esa joven de luto, que había llegado enflaquecida y desfigurada por el dolor, a la mujer elegante y seductora que había sido y sería después.

Habíase cumplido año y medio desde que Alex y Stella vivían en casa de sus tíos.

En ella, el domingo se destinaba a la reunión de la familia. Cada uno tenía su asiento fijo en la mesa, y esa comida semanal era la única obligación de la que ninguno de los miembros se veía dispensado.

Contábase entre ellos a las dos hermanas de misia Carmen, Dolores, soltera, mística, angelical, quien al perder muy joven a su novio, se retiró del mundo consagrándose a Dios, y a hacer beneficios y caridades, dedicando su fortuna al alivio de los que sufren y también de los que caen, escondiéndose de su hermana, en cuya casa vivía, para socorrer a aquellas criaturas perdidas por

---

48 *Écarté*: (fr.) juego de cartas para dos jugadores, muy de moda a mediados del Siglo XIX. Se juega con 32 naipes de la baraja francesa

el vicio o la necesidad. Lavaba piadosamente las úlceras como Santa Isabel.

La otra, Micaela, era la personificación de la prima Bette[49] de Balzac. Como ésta, poseía todas las miserias de un carácter sucio, unidas a una hipocresía tan refinada y tan convincente, que se le llamaba "la buena Micaela". Baja con las personas de dinero o de posición, envidiosa de los bienes ajenos, no tenía escrúpulos en repetir un chisme, levantar una calumnia, echar como pasto a la maledicencia pública aquella con quien había estado más ligada en los buenos tiempos, una vez que veía eclipsarse su fortuna. Grande, morena, con pequeños ojos negros como manchitas de tinta, dientes largos y amarillos, aire de jovencita tímida que camina haciendo pinitos y una amabilidad amanerada, guardaba en el bolsillo a su marido, especie de viejo buey manso, obtuso, en el que todo era pequeño menos la ignorancia.

Un domingo, reunidos todos en la mesa, hablaban mucho, muy fuerte y a la vez. Hacíase crónica, dábanse bromas, reparábase lo sucedido durante la semana, formábanse programas para la que iba a empezar.

—¡Qué espléndida estaba anoche en la ópera Nina Plazas! –dijo Alberto.

—Notable, realmente –aprobó Enrique.

—Si vieras, tía, qué vestido magnífico llevaba, de terciopelo verde con pieles y encajes –agregó Isabel–. ¡Estaba preciosa, preciosa!

—¡Y qué alhajas!

—El peinado, rarísimo, le sentaba divinamente: habíase ondulado salpicándolo con alfileres de esmeralda y brillantes.

—¿De dónde sacará para lujos ésa? –observó la buena Micaela–. No creo que el marido ande muy *avanti* [50]; y el padre no tiene nada...

—¡Oh! los maridos están siempre *avanti* cuando se trata de mujeres como Nina. Y si no que lo diga don Vicente... allá en sus buenos tiempos –dijo Alberto aludiendo a que Micaela –que lo detestaba– se había casado de cuarenta y ocho[51], había sido fea siempre, y a quien el marido, metido en especulaciones ¡él también! había perdido en hipoteca tras hipoteca las propiedades heredadas de sus padres, conservando apenas y en agonía la casa que habitaban.

—Clarita Montana no estaba en su palco, mamá.

—Estaría enferma.

—Sin duda –volvió a decir Micaela–. Parece medio tísica esa chica; tan negrita, tan pobre cosa como es, a pesar de sus millones. También con semejante madre que nadie conocía, y el padre... un gringo cualquiera que fué frutero cuando joven...

Por los ojos de misia Carmen pasó un relámpago y apretó disimuladamente los labios. La otra comprendió que acababa de decir un torpeza, y como la temía, trató de repararla.

—Pero es muy mona y muy amable, Clarita...

Ana María, el niño terrible, soltó una carcajada que contagió a todos los demás, diciendo:

49   *La prima Bette*: *Cousin Bette* novela de Honoré de Balzac (1799-1850) publicada en 1846
50   *Andar avanti*: (loc.) tener buena fortuna en los negocios
51   *De cuarenta y ocho*: a la edad de cuarenta y ocho años

—¡En los apuros que te pone tía, mamá! No me hagas señas, mamá, ahora a mí... ¿Qué tiene que me ría?... Enrique no va a resentirse por tan poco.

Alberto hizo un gesto de malicia a su suegra, para decir con aire dramático:

—No hay peligro, mamita, no hay peligro. ¡Nuestros planes no se derrumbarán; yo se lo juro!

—Me dicen que Sandringham es una cabaña espléndida –preguntaba el doctor, que conversaba con don Luis, Carlos, Elena y Alejandra en el otro extremo de la mesa, oyendo con interés las descripciones que hacía esta última de sus viajes.

—Tiene fama de serlo. Yo he pasado tres días con papá en ella, invitados como huéspedes del rey Eduardo y de la reina; pero, francamente, las señoras nos ocupamos de admirar otras cosas más interesantes para nosotras que los carneros y los toros. Mientras el rey, que allí es sólo un gran señor, mostraba a sus huéspedes los animales de que está orgulloso, la reina nos llevaba a visitar los jardines, la maravillosa selva agreste, su parque poblado de ciervos, la avenida de árboles, plantados cada uno por un personaje célebre. Es muy curiosa también la pequeña lechería en la cual ella y sus hijas hacen excelente manteca.

—¡Ah! ¿usted conoce a la reina? –exclamó Micaela, que tenía la manía aristocrática, la obsesión de la corte inglesa.

—Sí, señora.

—¿Y cómo es ella?... ¿Y el rey?... ¿Pero es una corte muy cerrada? –siguió, lanzando con ansiedad esta aglomeración de preguntas.

—Sí y no, señora –contestó Alex–. Papá, por su familia, tuvo siempre derecho a entrar en las cortes europeas. Su reputación y su saber hacía más que posible su amistad con algunos soberanos. El de Inglaterra, hombre de gusto y mundo, acorta la distancia entre él y aquellos que trata y recibe como amigos. En su casa es un caballero encantador y distinguido, nada más.

—Y elegante –observó Enrique.

—Sí, a pesar de estar muy grueso. La reina, asombrosamente conservada, es una joven abuela. Toda la familia real posee una amabilidad sencillísima. La princesa Victoria no ha querido casarse, hasta ahora. Es muy artista; sus grabados sobre cuero son notables. Más tarde les mostraré una tapa de libro con que obsequió a papá para una de sus obras, y que estuvo expuesta en Londres, en Estocolmo y en Cristianía.

Todos se habían dedicado a escucharla, asediándola a preguntas. Micaela veía crecer a la muchacha que hasta entonces había considerado entre la institutriz y la parienta pobre, y ahora resultaba haberse tratado con los reyes.

—Me ha interesado siempre mucho Suecia y Noruega –expresó enfáticamente Linares con su voz de garganta– ; me gustaría conocerlas.

—No sé qué atractivo puede tener ese país para quienes no han nacido, en él –dijo Carlos.

—La misma originalidad que tiene para nosotros el suyo. Aquel pueblo sostenido sobre el agua les causaría una impresión diferente, pero igualmente grande, que lo que nos produce a nosotros la Pampa, ese inconmensurable espacio, que sin su verdura sería el desierto.

—En clima tan rudo, todo debe ser muy triste.

—No crea usted, Estocolmo es una ciudad muy alegre por sus casas pintadas o cubiertas de baldosas de colores vivos, sus balcones llenos de flores, la profusión de los jardines, sus puentes, que parecen trabajos de orfebrería y que se multiplican y enlazan hasta encerrar las islas vecinas. ¿Recuerdas, María Luisa, la emoción que me causaron las casitas de la calle Montevideo y de la calle Guido, el domingo cuando volvíamos de misa, y te parecieron tan raras? Así son las de mi tierra, y se ve que Christophersen[52] ha copiado con amor la habitación tan característica de nuestro país . . .

—Pero son taciturnos los suecos y los noruegos –afirmó Linares.

—Los largos inviernos sin luz, el clima glacial, los vientos helados, influyen naturalmente en el carácter y las ideas de los hombres. Sus hijos son reconcentrados, creyentes y soñadores. Mi país es por eso el país de las leyendas. Los chicos conocen muchas que yo les cuento.

—¿Y la sociedad? ¿Y las mujeres? –preguntó Alberto, con un aire de decir– : ¡Si se le parecen a usted!...

—¡Oh! no son centros de alegría y de elegancia ciertamente sus ciudades. Pueblo pobre, de vida dificultosa, la mujer coopera en el trabajo del hombre, y su influencia ha penetrado en todas partes. Las casas bancarias, las oficinas de registros y correos están amuebladas con un confort envidiable: es que sus empleados son mujeres.

—¿Ejerce allí la mujer, ya, algunas profesiones liberales? – preguntó el solemne doctor.

—Todas. Las practicantes y las enfermeras de los hospitales, por ejemplo, son niñas que estudian medicina y la ejercitarán más tarde.

—Todo está muy bien... ¿pero el alcohol?...

—Era la plaga; hoy se han promulgado leyes tan severas, que se va extirpando... En cambio, el robo no se conoce por allá. No hay pleitos; los jueces son simples arbitros que cada uno nombra para que arregle sus diferencias... Su profesión, allí doctor. Linares, es caso inútil –agregó sonriendo.

—¿Son protestantes, no es verdad? –preguntó Dolores con su voz seráfica.

—Sí, querida Dolores, pero han quedado muchos restos del antiguo catolicismo. Festejan a San Juan el 24 de junio, lo mismo que nosotros. ¡Cómo le gustarían ciertas fiestas religiosas! Amanece toda la ciudad adornada, cada casa lleva una portada y guirnalda de follaje, y delante de su puerta una alfombra de verdura con flores formando estrellas, medias lunas, arabescos; preciosos mosaicos que embalsaman el aire.

---

52 *Christophersen*: Alejandro, arquitecto de origen noruego (aunque nacido en España) formado en l'Ecole des Beaux Arts de París, radicado en Buenos Aires en 1887 y diseñador de muchos de los mejores edificios de la época.

Todo esto era tan curioso para los viejos y para los jóvenes, contado con tanta gracia y colorido por Alejandra, que se seguían las preguntas unas tras otras, mientras Alberto iba descubriendo nuevos encantos en su boca, en sus ojos, en sus gestos, en su sonrisa; en las ricas notas de su voz que se hacía más grave y más profunda cuando describía la vida de los seres y de las cosas de su tierra natal.

Emilio, silencioso y preocupado, aprovechó una pausa para decir:

—Mamá, me voy a la estancia otra vez, por algún tiempo. He resuelto dejar los estudios y dedicarme al campo; así lo hemos acordado con papá.

—¡No faltaba más! —exclamó toda alterada la madre, para quien el alejamiento de un hijo era una desgracia.

—Sí, mamá, lo haré así. Papá ha consentido ya.

—¡Sin consultarme!... ¿Qué vas a hacer soterrado en el campo, mi hijito?

—Voy a hacer mi gusto, mamá; a seguir mis inclinaciones y a trabajar.

La palabra trabajar, tan extraña entre ellos, provocó una risa en las hermanas, que se hizo general.

El muchacho contenía la rabia.

—¿Y quién te reemplazará cerca de tu padre? —insistió misia Carmen preocupada.

—Hemos convenido que nuestra querida Alex continúe definitivamente a su lado. Quien gana con ello, es papá.

—Lo que se saca en el campo es embrutecerse y ennegrecerse —dijo Alberto.

—Y adquirir vicios —agregó misia Carmen.

—No sé que tu padre o el mío, mamá, se hayan embrutecido ni conocido el vicio —contestó con vehemencia Emilio—. Si lo conocemos nosotros no es por ellos ciertamente.

Al decir esto, paseaba la mirada de Enrique, que se mordía los labios, a Alberto, que pelaba tranquilamente una naranja sonriendo con su risa tan simpática, que hacía olvidar a veces que era la de un calavera.

—No es posible, mi hijo, que...

Don Luis interrumpió a su mujer en sus alarmas.

—No insistas, hija: está resuelto que Emilio se dedique a la estancia de Puán[53], pues ésta necesita vigilancia y administración. Por otra parte, no va al destierro. La vida en el campo fortalecerá su naturaleza algo débil y el trabajo hará de él un hombre.

Estas palabras, pronunciadas en el tono mesurado y firme que don Luis empleaba únicamente en ciertas ocasiones, produjeron en todos una impresión indefinible. Su mujer lo miró y guardó silencio. Algo temía, aunque sin alcanzar a adivinarlo.

—¿Por qué no buscas, Emilio, más bien, novia rica? Es más rápido y más lucrativo —preguntó al rato Ana María haciendo un gesto hacia el lado de Enrique y de Alberto.

---

53 *Puán*: localidad ubicada en el sudoeste de la provincia de Buenos Aires, a 600 km de la Capital Federal

—Enrique hará bien en buscar su felicidad donde él crea hallarla –replicó la madre en tono sentencioso, barajando el gesto.

—Ya ha puesto bien la puntería tu Benjamín, mamá, pierde cuidado –dijo Isabel con su voz ronca que daba a sus bromas algo de agresivo, las cuales no tenían la ligereza de vuelo de mariposa de las de su hermana.

—Si es para que nombre a Montero y Espinosa... –le contestó Enrique fastidiado.

—No sé qué tiene que ver Montero –replicó Isabel muy colorada. –¿Pues no hablábamos de pesca?...

—¿No saben, niños, que me disgustan las discusiones? –exhaló la voz, débil ahora ya, de don Luis, que entre aquellas otras parecía llegar del otro mundo.

Ana María se levantó, fué hacia él y le dió dos besos sonoros, diciéndole con su aire regalón:

—Tienes razón, papacito, somos insoportables, pero te queremos mucho.

Y haciendo un cariño con la mano a Alex, sentada al lado de su tío, continuó, incorregible, sin poderse contener:

—Pero es una zoncera que Enrique se sulfure porque a la madre de Clara Montana se le haya ocurrido dejarle un millón, y el señor ex frutero tenga otros diez.

—Si me sigues fastidiando también tú, chiquilina, va a salirte cara la broma. Voy a exhibir al tipo de tu salteño, ¿me entiendes?

—Me darías un placer. Es pobre, no es lindo ni se viste bien; inteligente, bueno, instruído, desinteresado, no tiene ninguna vanidad y sí mucho orgullo –le contestó en tono de desafío, audazmente, la encantadora muchacha.

—¡Niña! –reprendió la madre.

—Van a obligarme a que me levante si continúan –repitió el padre.

—Seriamente –observó Alberto–; dado el modo de ser de Enrique, su raza principesca y todos los compromisos que le trae su hermosura, *premier prix de beauté*, necesita cuando menos el millón. Casarse, pues.

Enrique tenía motivos para no enojarse con Alberto: jugaban juntos en el club. Alberto ganaba y Enrique perdía, y calló.

—Apruebo –dijo Emilio.

Y clavando en el hermano sus ojos, que parecían demasiado grandes en su cara tan delgada y tan morena, agregó pausadamente, recalcando sus palabras.

—Pero debe apurarse.

Había algo de tan penetrante en su mirada, de tan incisivo en aquellas palabras, que aun sin ser comprendidas, produjeron un silencio y un malestar,

—¡Un telegrama, un telegrama para papá! –entró gritando la Perla, con el sobre color caramelo muy en alto para que no se lo arrebataran las manos curiosas que se extendían hacia ella.

Todos preguntaban:

—¿De quién, de quién, papá?

Don Luis leyó:

"Salgo en el Nile. Máximo".

El despacho provocó una explosión de júbilo. Ya no se habló de otra cosa; todos regocijados, hablaban más fuerte y más ligero, sobresaliendo la voz de la Perla, repitiendo: "Viene mi padrino, viene mi padrino!" y la de Ana María, que daba a gritos la buena nueva a los criados.

—Ya verás el provincianito cuando llegue Máximo —deslizó al oído de Enrique al pasar a su lado.

—Con tu pan te lo comas, mi hijita —le contestó éste indiferente en su egoísmo.

Cuando se recibió el segundo despacho fechado en Río anunciando el arribo del buque en que venía Máximo, Emilio estaba ya en la estancia, y Alex se había hecho cargo definitivamente de la correspondencia y de los libros de su tío, cuyo aspecto quebrado y enfermizo empezaba a alarmar a los suyos.

Capítulo VII

Máximo Quirós a los cuarenta y un años, con mucho talento, una gran fortuna y todas las condiciones de hombre superior y dirigente, no era más que el hombre rico, simpático, querido de sus amigos.

Llegado al mundo después de tres hijas mujeres –Micaela, Carmen y Dolores– fué recibido en la casa como príncipe heredero en una corte sin delfín.

La madre, mucho más joven y rica que su marido, sentía por éste una pasión admirativa de la que participaban sus tres hermanos y sus dos hermanas, riquísimos también, y para quienes el cuñado poseía una infalibilidad papal.

Conociendo a don Ezequiel Quirós, se comprendía que ejerciera un ascendiente dominador, irresistible sobre todos los que lo rodeaban. Moreno, bigotes levantados, dejando a descubierto la boca sensual con dientes de lobo; cabellos tupidos cortados en cepillo y plantados sin sinuosidades sobre una frente angosta y lisa tirada a cordel, celda estrecha que encerraba la voluntad asomada a sus ojos penetrantes; alta estatura, cabeza erguida, voz sonora de metal sin hendiduras, era una admirable figura violenta, soberbia y persuasiva. Todo energía y todo voluntad, nada ni nadie se le resistía; sus miradas, su voz, sus gestos, parecían tener manos invisibles para conducir a los demás por el camino que él quería.

La misma influencia ejerció en su hijo desde que éste pudo distinguir su hermosa arrogancia de las figuras modestas y borradas de sus tíos, los hermanos de su madre, con quienes vivían. El niño aprendió a caminar antes que los otros niños, por los esfuerzos que hacían sus piernecitas para obedecerle cuando desde lejos, sin agacharse, estiraba aquél los brazos llamándolo: "¡Ven!". Habló más pronto para contestar a sus preguntas imperativas, y así, insensiblemente, le perteneció, le amó, le admiró como a un Dios.

Don Ezequiel, de familia patricia como los Maura, administraba y dirigía como ellos por tradición sus establecimientos de campo, pero mucho más inteligente y orgulloso no se permitía la ignorancia; sus lecturas habíanle dado, si no la instrucción, una información general que hacía su conversación agradable y amena.

Decidió que la ilustración del hijo tuviera la solidez y la profundidad que faltaba a la suya, y lo llevó hasta la erudición. Con el apasionamiento que empleaba en sus determinaciones, vigiló personalmente sus esudios; repasábale las lecciones y asistía a las clases que le daban, además de las del colegio, maestros en la casa. En las vacaciones llevábanlo a la estancia, donde aprendía a domar un potro, a atravesar un río a nado...

"Actuarás en la época de las iniciativas individuales; quiero que seas un hombre", le había dicho. Y modelaba ese hombre.

Lo adoraba; pero si la claridad de inteligencia, el desarrollo intelectual asombroso, la docilidad del niño no hubiesen existido y hubiera sido necesario forzarlo, habríalo hecho firmemente, pues a ese carácter inexpugnable no lo tomaban por asalto ni los afectos, ni el interés, ni las pasiones.

Quería en él al continuador de un sí mismo perfeccionado, y para ello trataba de imprimirle su propia modalidad —energía, decisión, tenacidad, vigor, fortaleza— y de destruir toda huella de la índole materna en la que había inclinaciones al decaimiento, a la negligencia, al pesimismo, las cuales solían aparecer tímidamente alguna vez en la del hijo.

La madre murió antes de cumplir el niño dos años. Sus hermanos, que pertenecían a esa clase de celibatarios[54] mansos, de cerebro y corazón sensible de poca capacidad, que rebosa con un solo afecto, adoptaron al sobrino, quien encontró en ellos cinco madres dóciles y solícitas. Solamente la hermana mayor era casada y sin sucesión: a él, pues, iban las fortunas acumuladas por muchas generaciones de económicos y conservadores. Tácitamente se establecía así en Máximo un mayorazgo, y desde entonces en Buenos Aires descontábanse sus millones en el porvenir. Ya no hubo niña de seis a ocho años que, a la impropia pregunta de: "¿quién es tu novio, nena?", no contestara infaliblemente: "Maximito Quirós".

Máximo había respondido a los anhelos de su padre. Terminaba los estudios después de exámenes brillantes como de muchacho pobre. Era una de esas naturalezas sanas, abiertas, nobles, llenas de ideas generosas, de ensueños, de ideal, de todo eso tan lindo de los veinte años, para las que hay palabras mágicas que hacen vibrar —Patria, Humanidad, Arte, Amor, Grecia, Roma, San Martín, los Andes—. Uno de esos pocos hombres jóvenes en su juventud que pueden decir más tarde que sintieron alguna vez bullir en sí las fuentes de la vida.

Entonces escribió páginas y pronunció arengas que lo hicieron popular entre sus compañeros.

Una helada prematura marchitó esta planta en flor: una pérdida irreparable secó su savia.

54 *Celibatario*: (galicismo) de *célibateur*, célibe, persona soltera

Imbuido en sus estudios de estética y en sus lecturas clásicas, soñando con las diosas de Homero y las estatuas de Fidias, no tenía otra idea de belleza, todavía, que el tipo académico: corrección de la línea, perfección de la forma. Decirle entonces que una mujer podía ser linda con la frente más ancha, la nariz más larga o más levantada que la Venus de Milo, habría sido hacerlo reír.

Como rasgo atávico de algún antepasado desconocido, encontró esta perfección en la hermana de un condiscípulo que vivía con su madre sosteniéndose con costuras del Estado.

El joven se enamoró ciegamente, con uno de esos amores devotos, ardientes y fervorosos, en que "se sueña con las rosas, con la aurora, con las hebras de luz de su cabello..." La adoró romancesca y apasionadamente, y con tal pureza de intención que lo llevó a contárselo a su padre.

Éste, sin mostrarse sorprendido ni opuesto, con su decisión rápida habitual, visitaba al día siguiente a la madre y a la hija. Detrás del perfil puro, del andar olímpico de aquella Musa, se arrastraba un alma vulgar. A los dos meses se casaba con un pariente, quien instalaba su casa en un pie de confort para lo cual no habría bastado su modesto sueldo. Don Ezequiel había hecho contribuir a cada uno de los tíos a la dote de la muchacha, asustados ante la amenaza de semejante unión para su sobrino.

Máximo no volvió a nombrarla, no quiso averiguar ni recriminar. Sintió el golpe de la traición, la amargura, la ponzoña de su primer desencanto, y calló... Su carácter se alteró, muchas de sus creencias se empañaron, insinuándose en él, ya, la duda; empezaban a abrirse aquellas huellas del pesimismo y del decaimiento que tanto afán por cubrir tuvo su padre. Pero éste estaba allí para tonificarlo, una vez que la violencia de la enfermedad pasara y llegara la convalecencia. Lo llevaría a viajar con él y sería el remedio infalible; remedio que no estaba en el viaje, sino en el viaje en su compañía.

Algo más fuerte que el fuerte don Ezequiel se opuso a ello: en tres días lo derrumbó la muerte.

El joven, idólatra de su padre, acostumbrado a su ascendiente impetuoso, sintióse después de las primeras desesperaciones quebrado en su mejor resorte, como si hubiesen abierto sus venas saliéndose por ellas todas sus energías, perdiendo así su vitalidad moral.

Se fué a Europa y arrojóse en el placer. Lo compró en todas las formas, en todos los centros, en todos los precios. Sólo le sirvió para convencerle de que ese placer anula por un momento toda pena, para devolverla flotando inflada, como las aguas de un río devuelven el cadáver del que acaban de ahogar.

Recorrió la tierra para estudiarla observando; esa observación destruyó la fe que aun le quedaba. Conoció después las horas muertas del hastío y del ocio en los grandes centros, cuando no queda un rincón en ellos por conocer.

Sin embargo, su inteligencia era demasiado potente, su alma demasiado indómita para aquietarse sin agitaciones. De cuando en cuando sentía las tempestades de su alma, los esfuerzos que en su preñez hace el cerebro para dar a luz. Y tuvo una reacción, como un último hervor de su juventud.

Llegaba de sus viajes en momentos de efervescencia en la República, donde se debatían cuestiones trascendentales político-sociales. Entró en la lid, entró al Congreso.

Tres veces habló y quedó sentada su fama.

Relámpagos de sus tormentas internas cruzaron la sala.

Su palabra sobria, enérgica, flexible, irónica, incisiva, mordaz, suave, violenta, levantaba como un himno, sacudía como un tempestad, encendía como una chispa, flameaba como una espada, penetraba como un dardo, persuadía como una caricia, arrastraba como un torrente; se abría en el espacio, elegante, majestuosa, aérea como las grandes alas de un pájaro de mar.

Figura antes que todo elocuente, su elocuencia estaba en el ardor profundo de su voz, en su nerviosidad varonil, en sus ojos luminosos que dejaban escapar el alma palpitante, en su boca, que parecía abrirse al soplo potente de su pensamiento; en su expresión, en sus ademanes, en sus gestos... Sus rasgos acentuados eran de aquellos que se graban en la memoria de las multitudes; poseía ese algo tan raro y tan inexplicable que marca a los conductores de hombres.

Enérgico y dominador con intermitencias, era de aquellos que cuando dicen ¡vamos! es ya caminando. No avanzó, sin embargo. Encontraba aquí también la decepción en los amigos que sus triunfos convertían en rivales, y buscaban la falla de su corazón. Su altivez y su nobleza no le permitían luchar con la mezquindad, y fué tan grande su repugnancia, que se alejó de nuevo.

Su escepticismo, proveniente hasta entonces, más que de todo, de su vacío moral, reforzado por reales decepciones, puso una lápida sobre sus facultades activas, e hizo del joven entusiasta el hombre indiferente. Llegó a ese límite del descreimiento en que vemos en todo la inutilidad de todo, planteándose ante nosotros la pregunta disolvente: ¿Para qué?

Sus viejos tíos iban muriendo y él heredándolos. Esa fortuna fué el peso que le arrastró completamente, ya, al fondo de la duda y de la desconfianza. En ese espíritu tan alto se escurrió la raquítica aprensión del hombre rico que ve en cualquier manifestación de afecto el reflejo de su fortuna: en el apretón de manos del amigo, en la sonrisa de la mujer, en la caricia del niño.

Tuvo aventuras ruidosas, idilios trágicos, amores simples; llegó hasta la ilusión del sentimiento, pero sólo a la ilusión; había perdido la hermosa facultad de amar.

No pudiendo reconciliarse con los hombres, quiso amar a la humanidad como una abstracción, y dió a manos llenas para aliviar miserias anónimas o colectivas. Su pesímismo implacable señalábale las pocas criaturas que su oro iba a beneficiar, para mostrarle, después, sonriendo irónico, los millones de seres que a pesar de todas las dádivas quedarán siempre sin alivio y sin pan.

No permitía la menor alusión a una posibilidad de matrimonio. "¿Si me engañaron a los veinte años, van a quererme a los cuarenta?" se decía.

Hizo apuntes para un libro que no escribió... Su dejadez, su indolencia, manchas de su carácter; sus desconfianzas y sus aprensiones, frutos de sus prematuros desengaños, sofocaron los arrebatos de su juventud, sofocaron los impulsos de su edad viril.

No luchó más; después de sus agitaciones sólo le quedaban la fatiga de sus dudas, el cansancio de sus ocios.

Y entonces este hombre, en la plenitud de la vida, de la salud, del talento, de la fortuna; solicitado, querido, envidiado como un triunfador, para quien las puertas de la existencia estaban abiertas de par en par cual las de una fiesta, pudo decirse con tanta sinceridad como el viejo cargador que pasa agobiado por su carga, vive en una pocilga y arrastra su miseria: "Soy un vencido de la vida".

Capítulo VIII

Máximo, llegado aquella mañana, hundido, en el más cómodo sillón del *hall* de su hermana Carmen, con las piernas estiradas sobre la alfombra roja, fumaba plácidamente ahogando de tarde en tarde, un bostezo, y miraba el vacío con ojos entornados, más que por cansancio, por aburrimiento.

En aquel aburrimiento había bienestar, pues si era grande su escepticismo, estaba lejos él de ser el hombre *blasé* [55] e inconmovible, y al calor del hogar de la familia su sensibilidad latía suave, sin perturbaciones, con el latido igual y acompasado de un corazón que no está enfermo.

Al inmenso hall rodeaban: a la izquierda las salas de recibo, a la derecha la gran escalera que conducía al piso alto, y al frente el comedor, vecino a una terraza abierta sobre el jardín.

En la más pequeña de las salas encontrábanse reunidas todas las señoras y niñas de la familia, quienes acababan de dejar al viajero por atender a Clarita Montana, que venía a invitar a Isabel para una comida.

Misia Carmen vivía dentro de una preocupación: casar brillantemente a sus hijos. Desesperaba casi de Ana María, voluntariosa y audaz, que había declarado abiertamente sus inclinaciones hacia un joven amigo de Emilio, estudiante provinciano pobre, detestado en la casa.

En más sólidas bases asentábanse los planes acerca de Isabel. Distinguida el año anterior entre todas las niñas de su círculo por Manuel Montero y Espinosa, podía vanagloriarse de haberlo sido por uno de los jóvenes más codiciados. De antigua familia, simpático, buen mozo, con esa instrucción superficial de los que han viajado mucho, huérfano de padre y madre, disponía de una gran fortuna.

Desde el colegio estaban ligados con Enrique Maura. Esto le permitía ir a la casa con frecuencia, sin que sus visitas tuvieran otro carácter sino el de visitar

---

55 *Blasé:* (fr.) disgustado por todo

al amigo; pero sus atenciones con Isabel empezaron a acentuarse y sin que en realidad hubiese compromiso formal entre ellos, muchas cosas hacían entrever que muy pronto lo habría, y en propios y extraños se hizo la convicción de que Montero, más tarde o más temprano, sería el marido de la hermosa joven.

Ésta, que comenzara por ver las ventajas de tal unión, concluyó por impresionarse e interesar su corazón. Presuntuosa, orgullosa, apasionada, esperaba sin zozobra la realización de sus aspiraciones, en la seguridad de que no había ninguna que la sobrepasara en belleza, en posición, en elegancia.

Montero y Espinosa tenía esta misma opinión. Gustábale la niña sin tener una pasión, sintiéndose bajo la presión de todos los deseos y de todas las voluntades —suave corriente a la que nos sometemos, por la cual nos dejamos llevar, mientras nuestros ojos no divisan algún paraje más seductor donde afirmar el pie—. Antes de partir a Europa, sin pronunciar la palabra decisiva, dejó entender que la pronunciaría a su vuelta, y quedó establecido un compromiso tácito.

"Se comenta con sumo interés en la *haute*[56] el compromiso contraído entre una de nuestras bellezas más renombradas y un joven millonario, muy simpático y aficionado a cierta clase de sport. La boda se concertará al regreso de su viaje a Europa, para donde él parte la semana entrante", decía uno de los grandes diarios, días antes de embarcarse.

Es necesario conocer toda la trascendencia que se da a estas noticias periodísticas en cierto medio, para medir la importancia que ésta tuvo en la casa, y sobre todo para misia Carmen, en su servilismo al comentario social.

En Montero y Espinosa se esperaba, pues, al novio de Isabel, y acababa de llegar con Máximo en el "Nile".

En cuanto a la felicidad positiva deseada para el hijo, se presentaba bajo la forma endeble y dorada de la niña a quien rodeaban en la salida todas las hermanas, por ese espíritu de conservación y de cuerpo que existe todavía en alguna de nuestras familias. Era la heredera huérfana en posesión de su fortuna a que aspiraba Enrique.

Su madre habíale dejado un millón, del que disfrutaba ya, y heredaría los de su padre, uno de los más fuertes banqueros de Buenos Aires, cuyos manejos usurarios dábanle fama de financista eminente.

Caprichosa y malcriada, como son generalmente las hijas únicas de padre viudo, tenía el despejo impertinente de los descendientes de advenedizos que no dan valor más que al dinero; el carácter desconfiado, la lengua maldiciente, el instinto envidioso de la mujer sin belleza y sin talento, que sabe que su virtud única está en tenerlo; el físico marchito y pobre de la hija de una tísica, muerta por agotamiento al darla a luz.

Nada tonta, maliciosa, sagaz, entreteníase en jugar alentando y desalentando esperanzas en los seis u ocho pretendientes que se la disputaban.

Cuando Enrique se alistó entre ellos, pareció dispuesta a preferir a quien reunía cosas que a ella le faltaban: la hermosura y la salud, el nombre doblemen-

56 *Haute*: (fr.) alta, por "alta sociedad"

te prestigioso Maura y Quirós, la verdadera posición social que no da el dinero.

Ahora, tratábase en la casa de asentar la naciente inclinación, y con todas las precauciones que se emplean alrededor de un pájaro en libertad que amenaza tomar el vuelo, deslizábase la familia cerca de Clarita. Aunque de fuera no había más que Micaela y Dolores, bastaban ellas y las hijas de la casa para animar la reunión.

Con el disimulo tan poco disimulador usado en estos casos, para dar a los novios la ocasión de declararse y entenderse, se presentaba una de esas escenas que se improvisan en las familias: Elena tocaba el piano, María Luisa daba vuelta a las hojas de la partitura, una de las muchachas iba y venía; las otras de pie, dando la espalda al *tête a téte* 57 de los jóvenes, conversaban con la madre, sentada con Micaela y Dolores en el otro extremo de la sala.

Máximo, que permanecía en su actitud plácida hasta la beatitud, en un momento que dirigía su mirada sin rumbo hacia el lado del comedor, vió reflejarse en el gran espejo de la chimenea el perfil neto y acusado de una mujer rubia, y aunque alcanzaba solamente a percibir el ojo izquierdo, el cual le pareció transparente como un esmalte a través de la luz, pudo cerciorarse que éste se clavaba fijamente en una dirección y que su persistencia tenía el designio de atraer otros ojos que estaban en la sala.

Un momento después se reflejó también una mano que estiraba, uno por uno, sus cinco dedos de marfil. Comprendió que esa mano decía "cinco", que la rubia cabeza se movía para acentuar la cifra, y no percibió ya nada más. Miró entonces a la sala y vió levantarse a Enrique, atravesar el *hall* y subir muy rápidamente la escalera. Todo esto lo dejaba perfectamente indiferente. ¡Si habría visto señas y manifestaciones de mujeres, con espejo y sin espejo... él!

Oyó la voz de su hermana Carmen.

—María Luisa pide el té, mi hijita; que lo sirvan en el *hall*... Ana María, llama tú a Alex, e invita a tu padre a venir a tomar su mate aquí con nosotros. Dile que no están de fuera sino Máximo y Clarita.

El sirviente trajo la alta mesa llena de objetos de cristal, porcelana y plata. Salieron las señoras y rodearon al hermano y tío, quien tiró el cigarro y recogió las piernas.

María Luisa y Elena llenaban las tazas con ese líquido aromático, exquisito, que se hace imprescindible para quien lo prueba una vez; las otras pasaban bizcochos y tostadas.

—Te esperábamos impacientes, hijo –dijo misia Carmen a su marido que venía con Ana María colgada del brazo, al mismo tiempo que llegaban de la calle Carlos y Linares.

La conversación se hizo general.

Entretanto, Ana María corría a sentarse en el brazo del sillón del tío, diciéndole:

—¡Qué viejo estás! Tienes quinientas canas más que en el otro viaje. Y

57 *Tête a tête*: (fr.) encuentro particular entre dos personas

espera, espera... una, dos, tres en el bigote... Es necesario apurarse a casarte, aunque más no sea para complacer a Micaela que lo desea tanto.

Él, sabiendo hasta dónde Micaela temía tal acontecimiento, soltó una carcajada tan sonora, que contagió a los otros.

Su risa hacía también sonreír a la joven que bajaba la escalera en aquel momento, al lado de Enrique. Detuvo él con sorpresa e interés su mirada en la figura brillante que descendía con paso reposado y ligero, modelado su cuerpo por un traje liso de paño negro que hacía resaltar el oro de los cabellos. Volvía a ver en ella directamente ya y en plena luz, el perfil que hacía media hora se reflejara en el espejo.

Otras miradas deteníanse en la misma con igual interés, pero en las que había una latente hostilidad: las de Clarita, quien, más perspicaz que las otras, adivinaba en la que llegaba, acompañada del hombre con quien acababa de comprometerse, una rival temible.

—Máximo, nuestra sobrina Alejandra Fussller; Máximo Quirós, mi hermano –presentó misia Carmen...

—Es la hija de Ana María, la hermana de Luis, ¿te acuerdas?

Cambiaron los dos un apretón de manos, y Alex saludaba a los demás, cuando cayó como una bomba la Perla, muy colorada de sus correrías por el jardín, preguntando desde lejos:

—¿Es verdad, *padino*, lo que me dijo Ana María, que me trajiste un automóvil?

—Un ferrocarril te traigo, mi hija –contestó a la niña, que trepaba ya sobre sus rodillas.

—¡No, no! Quiero un automóvil para prestárselo a Stella...

Y tomándole la cabeza para acercarla a su boquita, agregó en voz muy baja, temiendo que los otros oyeran lo que para ninguno era un secreto:

—Sí, *padino*, ¿querés? Para prestárselo a Stella, que no sabe caminar la pobrecita.

Alex sola notó la inmensa distancia que había entre la niña altanera que decía impertinentemente hacía un año: "y ésa ¿por qué no camina, che?" y la deliciosa criatura que bajaba la voz ahora y se sonrojaba como con pudor de revelar la triste verdad.

—¿Y quién es Stella? –preguntó Máximo, acariciando a su espléndida ahijada.

—¿Stella?... Es mi primita.

—Es mi hermana, señor Quirós –se apresuró a decirle Alex.

Al nombre mágico adelantáronse todos a informarle a la vez.

—¿Y por qué no ha venido contigo tu primita? –preguntóle nuevamente el tío.

Alex volvió a intervenir, viendo otra vez la expresión confusa pintarse en Perla.

—Su primita, desgraciadamente, no ha podido nunca caminar; es una inválida.

Como si todos sintieran el peso de la fatalidad que condenó a la niña, cayó un silencio.

Alberto lo interrumpió, diciendo:

—Vamos, Perla, a buscarla.

Y salió con ella en dirección al jardín.

Al poco rato oyéronse las voces de los chicos que enseñaban a Alberto el manejo del coche de la enferma, difícil de rodar sobre las gradas de la escalinata que unía el jardín a la terraza.

—¡No, zonzo! no tires así, ¿no ves que la vas a sacudir? –decía indignado Miguelito.

—¡O a tumbar! –gritaba Albertito, afligido.

—¡Cuidao, cuidao! –advertían otras vocecitas, eco del mismo temor.

—Salí, Alberto, ¡salí! –ordenaba la Perla, que decidía todas las cuestiones–. Nosotros solos la vamos a llevar.

—¿No ves, papá, que nosotros estamos acostumbrados ya? –dijo la voz de un pájaro: la de la dulce Elvirita.

—¡Ché, Muschinga, salí pronto de delante, pues!... Empujá, empujá no más, Albertito, vos –gritó por última vez la Perla.

En el *hall* se sintió el ruido de las ruedas que se deslizaban rápidas y fáciles sobre las piedras, y apareció el cortejo: una pequeña reina en su coche, escoltada por su corte infantil. Sus guardias de corps rodeábanla, escudándola con sus tiernos pechos de cualquier peligro.

Conoció Máximo a Stella. Una profunda admiración, una profunda pena conmovieron hasta sus cimientos la bondad inutilizada en su pecho. Bastó que lo miraran aquellos ojos que parecían decir: "Somos dolientes por vosotros, no por ella" –tanta era la serenidad de gloria de esa frente–, para que sintiera abrirse las fuentes de su piedad.

Levantóse como un resorte, y con una vivacidad en sus movimientos extraña en él, se adelantó para besar sus cabellos. La niña le sonreía toda rosada, con una animación en su carita que provenía del placer que le daba esta nueva conquista.

—¿El padrino de la Perla me querrá? –había preguntado muchas veces a su hermana desde que supo que venía en viaje–. Todos me han querido siempre... ¿Me querrá él también? ¿Por qué se me quiere, Alex?... ¿Porque soy enferma?...

—¡No, mi alma! –exclamaba la hermana con la voz ardiendo de amor por su criatura–, todos te quieren y yo te adoro, simplemente porque eres adorable.

El nombre de Máximo, repetido día y noche por sus compañeros, no como el de un tío, sino como el de un viejo amigo, había despertado en ella la curiosidad de conocerle, una preocupación, un temor de no ser de su simpatía.

—¿Quién será este señor, mi rica? —le preguntó misia Carmen, en cuyo corazón exclusivamente materno cabía también ella.

—El padrino de la Perla.

Éste mandó buscar una juguetería entera, y diciendo a los chicos que se la traía de Europa, fué a repartirla al jardín. En adelante no tuvieron ellos más que decirle: "Le gusta a Stella", para conseguirlo todo.

Cuando volvió Alex, se acercó y le dijo:

—Gracias, padrino de la Perla. Un día más como éste y mis hijos mueren todos de un ataque de alegría. Ya he empezado a alarmarme, pues preveo en usted al futuro destructor de mi sistema de educación.

Los demás formaban grupos: don Luis; encantado de la reunión de familia, con su mujer y Linares; Enrique con Clarita; las muchachas entre sí. Pusiéronse los dos a conversar muy cordialmente. Máximo encontraba que lo hacía espiritualmente, y que había en ella una atención y una curiosidad inteligente para escuchar.

—No es usted un desconocido para mí, señor Quirós. Más de un año hace que vivo con mis tíos y creo que no ha pasado un día sin que se le haya nombrado, recordado, deseado. Podría jurar que aquí se tiene no sólo cariño, sino devoción por usted. ¿Sabe cuál es mi termómetro infalible?: los niños.

—Me parece que quiere usted mucho a ese almácigo de pequeños demonios, y ellos adoran a su Alex.

—¡Ah, sí! Son mis compañeros, mis discípulos, mis amigos esos pequeños demonios, entre los que se destaca su ahijada, hermosa como Luzbel. ¡Si viera cómo se educan y aprenden jugando! Apenas hace un año y medio que perdí a papá, naturalmente vivo retirada, y rodeada, divertida, consolada por ellos que hacen feliz a mi Stella. ¿Le parece a usted extraño que pueda sentirse por los niños otra cosa que una ternura protectora, no es verdad? Más extraño le parecerá, entonces, saber que los míos me inspiran una profunda gratitud.

—Luis debe querer a ustedes mucho también; son las hijas de la hermana adorada, que no pudo consolarse de haber perdido... Es tan bueno, tan excelentemente bueno, Luis.

—¡Ah, sí!, es la palabra: excelentemente bueno. Todos son buenos para nosotros aquí... Y a propósito, ¿no encuentra usted muy quebrantado a mi tío?

—Lo noté cuando lo vi. No he querido decírselo todavía a Carmen.

—Mi tía lo atribuye a su mal estómago, pero como yo paso mucho tiempo con él en su escritorio, puedo notar un cansancio en su organismo que me alarma. Está preocupado por sus asuntos y negocios...

Se detuvo con una vacilación en la voz, como temiendo avanzar. Continuó después:

—Parece... que no han estado perfectamente atendidos, y usted sabe que cuesta más modificar las cosas que empezarlas.

—También, ¡asuntos en poder de Enrique y Carlos!... Todavía Emilio, quien, a pesar de todo, es el que más vale.

—Emilio "sin a pesar", señor Quirós. Ese muchacho será alguien, porque tiene personalidad propia. Yo lo estimulo y lo aliento.

Clarita se despidió.

—Yo también me voy –dijo Máximo.

—Quédate, hombre, a comer –pidióle don Luis.

—No puedo; vendré mañana a almorzar.

—Sí, quédate –insistió misia Carmen–; estamos solos.

—No te vayas, tío –pidieron las sobrinas.

—No me es posible; Montero y Espinosa, que está como yo en el Grand Hotel, se ha convidado a comer conmigo.

"¡Ah!", fué la exclamación general, y durante varios segundos quedó todo en suspenso. Misia Carmen hizo luego esta pregunta a Enrique, quien hojeaba una revista de sport, casi acostado en el sofá, en tono de recriminación:

—¿No has ido todavía, Enrique, a saludar a tu amigo de colegio?

—Luego iré, mamá. Los encontraré de sobremesa y tomaré con ustedes el café, Máximo.

—Vente a comer, más bien.

—Tengo que vestirme para la ópera.

—¡Jesús, Enrique! – dijo Ana María con su risa de burla–. Ni que fueras Elena o Isabel... Para ponerte el frac necesitas tres horas.

—Ya te he dicho, chiquilina, que no te metas conmigo –replicóle irritado–; te puede costar muy caro.

—Les he pedido veinte veces que no disputen, ¡por Dios! –exclamó don Luis–. Tú, niña, no importunes a tu hermano, si sabes que no le gusta; y tú, niño, ten un poco de correa[58] para las bromas de tu hermana, que es traviesa y no la vas a corregir.

—¿Qué vestido te pondrás esta noche, Isabel? –preguntaba Elena a su cuñada, dando el beso de despedida a su suegra.

—Estoy desesperada porque me traigan el pompadour, pero me temo que la Carrau no lo concluya para hoy.

—Espera el veinticinco para estrenarlo, como pensabas, zonza –aconsejó Carmencita, que no abría la boca sino para dejar escapar una indiscreción.

Isabel se sonrojó y en las otras se pintó cierto embarazo.

—Yo le regalo uno celeste para ese día –dijo la madre, sacando de apuros a su favorita–. El celeste es muy sentador.

La criada entró con la caja de madera obscura, de tapa de hule negro y correas de cuero, tan llena de promesas para las elegantes clientes de la Carrau.

—Manda decir Mme. Renard que ha dejado el vestido de paño para poder concluir éste para hoy. Que puede ir a probarse el lunes la señora María Luisa, y el jueves la señorita Isabel.

Exclamaciones de curiosidad al abrir la caja, de admiración después de

---

58 *Tener correa*: (loc.) dar espacio o tener paciencia con algo

abierta... Una obra de arte verdaderamente aquel traje: de raso blanco marfil, salpicado de ramos de rosas borradas y descoloridas, parecía hecho de una tela exquisita del siglo XVIII.

—Papá, yo quiero otro igual –pidió al padre su regalona–. Todo para Isabel.

—Bueno, mi hijita... Carmen, ¿por qué no se visten iguales las dos hermanas? Ana María quiere un vestido como el de Isabel, hija.

—¡Estás fresca!, como dice la Perla –contestó vivamente esta última, que contemplaba su joya de seda y encajes, y la quería única–. Le están haciendo uno blanco precioso, papá, y todavía tiene el rosado sin estrenar.

—¡Debe sentarle tan bien el rosado! –dijo Alex.

—Sí, Alex; si es de caprichosa nomás –le contestó Isabel.

Y continuó conversando de *toilette* con su prima.

—¡Ah!, me olvidaba: mira, Carmen, manda dentro de media hora al hotel, pues les he traído unas zonceras –dijo desde lejos Máximo.

—¿A mí, qué? –preguntó Ana María, mientras en las demás aparecía la curiosidad en los ojos.

—Otro automóvil –le contestó su tío–; y ven a ponerme el paletó, pues me marcho y hace frío.

Misia Carmen, que conferenciaba con su marido, se levantó y dijo con voz sentenciosa:

—Hemos resuelto, con Luis, celebrar la vuelta de Máximo el veintiocho, aniversario de nuestro casamiento, niñas. La víspera, domingo, prepararemos un *lunch* para los chicos, pobrecitos. Al día siguiente se dirá una misa en la Merced por la mañana, y a la noche daremos un baile como el del año pasado.

Una ruidosa manifestación de alegría hicieron los hijos a los padres, la cual cesó cuando misia Carmen demostró que quería continuar.

—Alex, es necesario que te resuelvas a asistir tú también, mi hijita. No es natural tu vida de encierro.

—Tienes razón, mamá –interrumpieron las hijas.

—No me vayas a dar tus eternas razones del luto –continuó ésta–; ya hace año y medio que murió Gustavo. No sólo por ti debes hacerlo, sino por nosotros también; el mundo diría que no damos el puesto debido a las hijas de la hermana de Luis.

—Eso sería lo de menos –dijo éste mirando a su sobrina con cierta afectuosidad–; el mundo puede pensar lo que quiera, siempre que Alejandra sienta que ella y su hermana son también nuestras hijas. Pero no puedo consentir que su hermosa juventud viva en la sombra.

—Asistiré, tíos, por complacerles. Y su voz temblaba un poco.

Miss Mary entró sosteniendo con trabajo una gran canasta.

—Señora, son las flores de la quinta.

—Bueno, miss: hay que ponerlas en agua.

—Permítame, tía, arreglarlas; ¡me gusta tanto! –pidió Alex.

—Bueno, hijita. Déjelas entonces aquí nomás, miss.

Alex púsose uno de los grandes delantales de la gobernanta, y delante de una mesa comenzó su tarea delicada. Abrió la canasta; los mil aromas que encerraba esparciéronse por el ambiente. Eran flores diversas, un poco achatadas por la presión, pero demasiado frescas para no erguirse lozanas al contacto del agua con que la joven llenaba vasos y floreros.

Máximo, que la vió desde la puerta vidriera, por la cual salía en aquel instante, pensó: "En el teatro francés, una *soubrette* [59] así enloquecería a medio mundo", y sonrió a otros pensamientos, despertados en él por la absoluta inocencia de todos en aquella casa, donde se tenía por una insignificancia a aquella potencia en delantal.

—Háganme el favor, niñas, de vestirse antes de comer –pidió el padre, que subía la escalera–. No es cosa de dejarnos solos a mitad de la comida cada noche de teatro.

—¿Qué me dices, Isabel, de la vuelta de Montero? El pobre estaría impaciente –decía María Luisa a su hermana, la cual sonreía con halago.

—Arréglate bien, zonza ...: ponte mi collar de perlas. ¡Te sienta tan bien! Lo principal es la primera impresión –agregó Carmencita.

—Moussión dice por teléfono que no puede venir el peinador hasta las diez –avisaron.

Fué casi un grito de dolor el de Isabel.

—Yo te peinaré como hice la otra noche –díjole Alejandra.

—*Merci, merci, ma chère Alex* –contestó la bella prima, que hablaba el francés en frases cortas.

Todos salieron del *hall*; misia Carmen que, viviendo en el derroche, practicaba la pequeña, inútil economía, apagó con disimulo, al pasar, tres picos de la araña y dos de la pared, dejando sólo la luz necesaria para que Alex distinguiera una rosa de una dalia.

La puerta vidriera se abrió y entró un joven alto, delgado, de barba corta cuadrada, castaña, llevando un largo paletó, sombrero blando, guantes gruesos de *chauffeur*, precedido del portero, quien preguntaba su nombre para anunciarlo.

—No a la familia, a Enrique únicamente, dígale que alguien quiere verlo sin nombrarse.

—El niño Enrique está en el baño, señor –dijo otro sirviente, advertido por el portero–; y tenemos orden de no anunciar sino a las personas...

—Vaya usted y haga lo que le he dicho –interrumpió el recién venido, en un tono altanero que se hacía obedecer.

Una vez solo, recorrió con la vista el *hall*. Allá en un rincón, ocupada en adornar jardineras y floreros, la que le pareció rubia y juvenil, y creyendo fuera alguna gobernanta o criada inglesa, se le ocurrió lo que a muchos en igual caso: púsose a mirarla con insistencia, a caminar con paso fuerte, a toser im-

---

59 *Soubrette*: (fr.) actriz joven y bonita que apoya al cómico principal en sus pasos de comedia

pertinentemente... Picado por la absoluta prescindencia que de él se hacía, se adelantó a decir:

—¡Qué flores tan lindas! Desde la calle se siente su perfume. ¿Son las flores las que perfuman esa mano, o es esa mano la que perfuma las flores?... ¿No me regalaría usted una, señorita? –insistió–. Ese clavel; justamente ese clavel que va usted a poner entre las violetas, menos fresco y precioso que sus labios...

Alex levantó la cabeza, le cruzó la cara con una mirada que fustigaba como un látigo, y salió tranquilamente por la puerta del comedor.

"Vaya un lujo de familia que tiene duquesas para servirla", murmuró casi en voz alta el joven... Y se fué, cansado de esperar a Enrique, llevando impresa la distinción del perfil, el gesto imperioso y despreciativo de la mujer que arreglaba flores en la penumbra del *hall*.

Capítulo IX

Retardada en el arreglo de las flores del *buffet*, y a la espera del sueño de Stella, la fiesta estaba en todo su esplendor, y se bailaba hacía una hora cuando Alejandra entró al salón. Desde la puerta buscó con los ojos a su tío, alguno de sus primos, a Máximo, una cara amiga, en aquella multitud de figuras extrañas. A nadie vió. Abriéndose paso trabajosamente por entre la concurrencia, consiguió deslizarse hasta el medio del *hall*, y allí, en un espacio vacío, se paró.

Las portadas de cristales abiertas permitíanle dominar desde allí el soberbio espectáculo. Arrebatadas por un vertiginoso vals, mil figuras blancas, celestes, malvas, rosadas, graciosas, ligeras, revoloteaban como grandes mariposas envueltas en la luz. Jóvenes señoras vestidas de telas más pesadas y más lujosas, con el pecho y los cabellos constelados de brillantes, paseaban, en todo el desenvolvimiento de su belleza, del brazo de sus caballeros.

Vió pasar así: a la linda Elena, fina y delicada, en su traje lila y plata; a la hermosa Isabel, de celeste, con el gajo de cerezas rojas entre sus cabellos negros, donde acababa ella misma de colocarlas; a Enrique, bailando con Clarita, que llevaba perlas magníficas; a María Luisa, a Ana María, en una nube de blanco tul. Desconocidos..., desconocidos, después.

Alex asistía por complacer, obedecer más bien a su tía, pero en aquel instante su juventud tan viviente sobrepúsose a todo, y, triunfante, la obligó a olvidar lo que no fuera ella. Su espíritu se abrió y se adornó de fiesta, la claridad natural de su carácter apareció, espantando las sombras que obscurecían sus días, y, al contacto de otras jóvenes alegrías, su pensamiento, empañado por el dolor, volvió a encontrar su tersura.

Vibrante toda, sonriendo a la música, a las flores, a la luz, a la vida, dió dos pasos hacia el placer... y se detuvo. ¿A dónde iba? ¿A quién iba a buscar? A nadie conocía, nadie la recordaba, nadie se ocupaba de ella: era la aislada, la inapercibida, la extranjera. Recordó otras fiestas más grandiosas en que fué de las primeras, y le pareció que un arma fina y cortante atravesaba de parte a parte su amor propio de mujer. Una impresión más íntimamente dolorosa reemplazó en su pecho, que daba cabida por muy poco tiempo a las mezquindades, la otra impresión: el vació mortal del alma, la nostalgia de su patria y de su ambiente, la triste amargura de una desilusión en una fiesta. Cayó su contento, parecióle envejecer, el desaliento la invadió y quedóse clavada en su sitio.

"¡Si alguien me conociera!", exclamó interiormente, en una compasión consigo misma... "¡Si alguien me amara!", se atrevió a desear, mirando a tantos jóvenes pasar enlazados y cruzar palabras y miradas.

Creyó soñar un momento después oyendo decir en su propio idioma:

—Señorita, soy el representante de Suecia y Noruega, y he creído que sería éste el mejor título para presentarme a la hija de Gustavo Fussller.

Un sobresalto, una soltura de todos sus nervios le dio la presencia de aquel hombre rubio, alto y amable, que simbolizaba para ella su país, llevaba en la solapa de su frac una reminiscencia de los colores de su nación, le traía en su acento como una ráfaga de aire del suelo natal.

Él esperó que pasara una emoción que comprendía, para ofrecerle su brazo.

—Acabo de llegar; hace sólo ocho días que me encuentro en Buenos Aires. Deseo presentarle a mi señora.

Al sentir la voz, de un grupo de hombres que se encontraban cerca de la puerta del salón principal, varios volvieron la cabeza, y notaron aquella interesante figura de mujer que ellos desconocían.

La emoción, la sobreexcitación, las impresiones diversas acentuaban la expresión de su fisonomía hasta el ardor y la vehemencia, dando a sus miradas mayor intensidad, a sus ojos mayor brillo, y el color húmedo e indeciso de las flores de agua. Sus cabellos muy levantados en la nuca, dejábanla aparecer en los tonos del marfil, debajo del finísimo vello rubio que la esfumaba; sus brazos, su garganta, sus espaldas, emergían en toda su perfección de la bata de baile. La luz del centro caía de lleno sobre ella, dorando sus cabellos, transparentando su tez del color de la rosa Malmaison, y la destacaba de relieve, elegante y sugerente en su vestido negro de tul.

Al moverse, los que formaban el grupo descubrieron a Máximo sentado en su posición cómoda de costumbre.

—¡Qué encantadora criatura! –exclamó uno.

—¡Si es la prima! –dijo Alberto, que se encontraba entre ellos–. ¿No ven? He sido yo el único en la casa que la había presentido. Para que a mi mujer no se le haya todavía ocurrido tener celos...

—Aunque encantadora, toda su belleza está en su frescura – observó otro, dándose por difícil y juez en la materia–; sus rasgos no son correctos: no es bella.

—Es peor que bella –aseguró Máximo en el tono de desdeñosa autoridad que da el conocimiento profundo de alguna cosa.

Alejandra se acercaba, mientras tanto, del brazo de su compatriota. Al pasar, Máximo le dijo desde su sillón:

—Buenas noches, señorita Alex. Aquí me tiene usted afanado en contener este torrente de admiración que amenaza ahogarla.

Sonriéndole sin responderle, continuó ella avanzando por entre la concurrencia, con la soltura y el aire tranquilo de la gente inteligente acostumbrada al mundo y a la buena compañía.

—¿Cómo es eso? ¿Nos marea el incienso hasta enmudecernos? ¿No sabemos ya contestar al saludo de los viejos amigos?

—Sí, cuando los viejos amigos se ponen de pie para saludarnos –le contestó.

Vivamente se levantó, en medio de las risas de los otros.

—Tiene usted razón, Alex; perdón... Somos tan mal criados en mi tierra.

Ella le extendió la mano.

—Con todos los derechos de parentesco, quiero repetirle lo que se decía de usted, prima –díjole Alberto.

—Se le comparaba a las divinas criaturas de las leyendas que cuenta usted a mis hijos. Alguien la llamó el hada enlutada.

—¿Y por qué no más bien con alguna de las modestas heroínas de los cuentos que ellos prefieren?... "Piel de asno", por ejemplo –respondió con toda su gracia.

Máximo y Alberto comprendieron que se refería a su transformación.

Empezó la tarea de presentarle a los "muchachos" de la rueda, según todos lo deseaban; cada uno de ellos apuntaba su nombre en el programa[60]. Al llegar al gran salón, seguida por las exclamaciones: "Al segundo intermedio iré a buscar a usted, señorita", "La tercera pieza es la mía", su programa estaba lleno, no siéndole ya posible complacer a los que se precipitaban para obtener el permiso de bailar o pasear con ella.

Abríanse a su paso el interés de los hombres, la curiosidad más o menos benévola de las mujeres. No se la encontraba más linda que las demás –Alejandra no era linda–; se la encontraba diferente. Se experimentaba cerca de ella el inefable goce de ver jugar el espíritu en sus ojos y en sus palabras.

Sin que las alabanzas y las miradas admirativas la ofuscaran, sentíase satisfecha en la plenitud de su joven vida que volaba hacia la alegría, y aquel contento dábale nuevo resplandor. Entraba gozosa, sin turbación, en el triunfo mundano tan rápido como efímero.

—¿No sabes, Enrique, dónde estará mi tío? –preguntó al joven que bailaba cuadrillas con Clarita, flirteando con su vecina.

—Papá está en la salita amarilla; juega al tresillo[61] con el señor Montana, el ministro español, y don Pepe Escriña... Si quieres esperar a la terminación

---

60 Se refiere al "carnet de baile", una libretita en la cual las damas apuntaban la lista de nombres de quienes las acompañarían en cada pieza de danza

61 *Tresillo*: juego de cartas con la baraja española. Para 4 ó 3 jugadores, cada uno juega contra los otros

de esta pieza, yo te conduciré donde él está –contestó, mirándola con ojos de descubridor de tesoros insospechados.

—No, gracias; después de esta pieza, debo esperar a mi otro compañero.

Bastó para que Clarita frunciera el ceño y la persiguiera, mientras se alejaba, con aquella su mirada enemiga.

En el saloncito amarillo encontró a don Luis con los amigos nombrados por Enrique; además, Alberto y Carlos, mirándolos jugar. El mayor placer de la noche lo probó Alex en los ojos de su tío que rebosaron de admiración tierna e ingenua a su aparición.

—¡Qué linda eres! –exclamó.

—Desearía tanto serlo para merecer su elogio, tío. Pero... tal vez prefiero no serlo, pues así constato que su cariño es bastante grande para hacerle ver en mí lo que no hay. Lindas están las muchachas. De Isabel no hay ya nada más que decir: ella y Elena tienen bien sentada su fama; pero de Ana María, que es éste su primer baile... ¡Está deliciosa!

—Sí, es muy mona mi chiquilina, y tan traviesa –y presentó–: el señor Montana; mi sobrina Alejandra Fussller.

"¿Fussller..., Fussller?...", murmuraba el primero, como queriendo recordar algo. Fué despistado por Alberto.

—Señor ministro, y usted, don Pepe, ¿no les parece que sería éste el caso de tirar la capa?[62] –preguntaba señalando la joven a los dos hijos de Madrid.

—Esta niña tiene la belleza de la rubia y la gracia de la morena– contestó el primero con la galantería de un hidalgo...

—Es la gracia de la madre –dijo don Luis.

Y su sonrisa, que no era muy alegre, se hizo triste.

—¡Y de la madre patria! –agregó don Pepe, con un entusiasmo de castellano viejo.

—¡Olé, olé! –repetía Alberto.

Todo esto formaba una reunión aparte, llena de jovial animación.

La orquesta preludiaba un vals. El compañero de Alex no sabía bailar. Alberto preguntó:

—¿No se anima, prima, a que demos unas vueltas los dos? Mi amigo González, su compañero, no puede hacerla víctima de su ignorancia. ¿Sí?... Con permiso del tío y en ausencia de mi mujer.

—Tienes el permiso del tío. ¡Es tan lindo sentir revolotear la juventud a nuestro alrededor! –contestó don Luis riendo de buena gana, como los otros, de las ocurrencias de Alberto.

El vals dilataba su voz, la esparcía tentadora, apasionada, después imperativa como un llamado. Los dos jóvenes la obedecieron, lanzándose en su torbellino musical. Los cuatro viejos amigos, Carlos y González, se embelesaron en un espectáculo del que sólo ellos disfrutaban.

Un momento después sintió Alex que su compañero apretaba nerviosa-

62 *Tirar la capa*: (esp.) animarse a emprender una acción

mente su cintura y su mano. Siempre bailando, lo miró, y notó que se mordía los labios y había irritación en la mirada que se deslizaba hacia el *hall*. Dirigió la suya en la misma dirección, alcanzando a percibir un pedazo del vestido de Carmencita, que se alejaba. El vals terminó y Montana ofreció su brazo a Alex para pasear. Era éste un hombre de cincuenta años, alto, de rasgos enérgicos, ojos investigadores y fríos y aire dominante, cuya ropa bien hecha, disimulando su estructura vulgar, dábale lo que se llama "una buena presencia".

—La muchacha que nos lleva usted, don Samuel, vale un Perú. ¿No le parece así al gran competente en valores? –preguntóle Alberto,

—Es el papá de Clarita –advertía don Luis a su sobrina, cuando lo interrumpió Carmencita, quien decía desde la puerta a su marido, secamente:

—Alberto, muchas señoras se están pasando la noche sentadas, porque no hay quien las atienda.

—¿Y a mí qué? –le contestó, alzando los hombros como el más mal criado de sus hijos, y acercándosele para evitar que los otros oyeran las impertinencias que estaba seguro iba ella a lanzar.

—Me parece que como dueño de casa, debías ocuparte de cumplir tus deberes, en vez de pasarte las horas brincando con Alex.

—Debías tú ocuparte de los tuyos, el primero de los cuales es el de no fastidiar... Sabes que soy dócil; pero me encabritan las imposiciones. Lo que hubiera hecho pedido en otra forma, no quiero hacerlo ahora, ¿me entiendes? ¡Y cuidado! Me voy cansando. Si no fuera por el viejo y por los chicos, tomaba mí sombrero y me mandaba mudar... Abur.

Y le volvió la espalda.

Alex, acostumbrada a las disputas del matrimonio y a las explosiones continuas de los celos de Carmencita, las cuales se recibían en la casa como quien oye llover, no dió importancia a la escena ni atendió a lo que decían. Sólo alcanzó a oír, cuando salía con Montana, las últimas palabras de Alberto, que le entraron en el oído zumbando como una avispa.

En el gran salón encontróse frente a frente a Isabel, espléndida con su aire majestuoso y algo pesado, absorbida por las palabras de su compañero, en cuyo brazo se apoyaba con cierto abandono. Sus ojos bajos miraban el pequeño abanico de marfil y lentejuelas que llevaba entreabierto en sus manos, y adivinábase que era una felicidad largo tiempo acariciada lo que la hacía sonreír. Él le decía palabras discretas todavía, precursoras de otras que llegarían después... Isabel alzó los ojos, vió a su prima, se sonrieron las dos, y Alex pasó sin mirar siquiera al joven que la acompañaba. Éste, que había enrojecido, muy pálido ahora, volvió vivamente la cabeza y la siguió con los ojos, hasta que se perdió entre la concurrencia. Isabel notó su turbación primero, su distracción después, y se sorprendió: no sabía que el joven acababa de reconocer en la figura distinguida de su prima, a la mujer que arreglaba flores en la penumbra del hall.

Se formaba un cuadro de lanceros[63], casi un cuadro de familia: Isabel con Rodolfo Peralta, otro adorador, Elena con Carlos, más dedicado a su mujer que un novio, Enrique con Clarita, María Luisa con un colega del doctor, Ana María con un joven que acababan de presentarle, Alex con Montana, lo que aumentaba el mal humor de Clara.

Ana María deslizó en el oído de su prima dos palabras con mucha animación; ésta hizo un gesto de asentimiento afectuoso, y colocáronse las dos en su sitio para los lanceros que iban a comenzar.

Entre una figura y otra, Máximo se acercó a Alex, y le dijo:

—Señorita Alejandra, el señor Montero y Espinosa desea serle presentado, y solicita de usted por mi intermedio una pieza de su programa.

Distinguió ella en el presentado, que permanecía detrás de Máximo, al joven que paseaba hacía un momento con Isabel, y cuyas impertinencias conociera mucho antes que su nombre; pero su cultura era demasiado perfecta para hacerlo comprender. Contestó seria, sin sequedad.

—Siento no poder complacer a usted, señor; tengo comprometidas todas las piezas de la noche.

—¿Ni un intermedio siquiera, señorita? –preguntó Montero, sin su aplomo habitual.

—Ni un intermedio, señor.

—Entonces, ¿tendré a lo menos el honor de servirla en el buffet?

Alex apoyó un instante en Máximo su mirada de terciopelo azul, y respondió con su aire natural:

—Nuevamente mil gracias, señor: he aceptado con anterioridad el mismo ofrecimiento del señor Quirós.

Éste la miró muy sorprendido, como quien cree haber oído mal; ella le sonrió con malicia, y Montero se retiró con un gesto de contrariedad.

Isabel, demasiado rosada, quedó un momento en suspenso, paseando sus ojos, demasiado brillantes, del joven que se alejaba a su prima.

—Hace una hora que nos tienes aquí esperando para continuar, Alex –le dijo con una voz que parecía salir de una garganta que ha secado una larga carrera.

Y, sin mirarla, sonrió a su compañero.

—¡Ah, sí, perdón! –respondió Alex, completamente ajena a lo que pasaba.

¡Le hubiera parecido tan extraño saber que una mujer puede sentirse humillada, herida por el hecho de que un hombre que la distingue o la quiere se acerca a otra mujer!

Ya corría y se comentaba, aumentado, el caso inusitado de un "desaire" a Montero y Espinosa. Los comentarios llegaron hasta Isabel, la que sintió levantarse su soberbia, y hasta misia Carmen y Micaela, ya fastidiadas de antemano por el éxito inesperado de Alex.

Mientras paseaba el intermedio, se acercó a su tía, para cambiar con ella

---

63 *Lanceros*: contradanza de salón de origen francés que arma figuras en forma cuadrada

una palabra afectuosa. Una sonrisa forzada y agria la acogió. Cerca estaba Carmencita, en un terciopelo negro que disimulaba su grosura. Había llamado nuevamente a Alberto, de una manera que éste no pudo excusar sin ser grosero, para presentarle a una dama muy respetable, agobiada por sus joyas.

—Va a acompañar a usted, señora, mi esposo a la mesa. Alberto, la señora de Velázquez –dijo Carmencita.

Su marido enverdeció ante la perspectiva de pasar en semejante compañía la mejor hora de la noche, y la mirada trágica que clavó en la prima fué tan cómica, que la joven necesitó contenerse para no soltar una carcajada.

—¡Qué bien baila tu marido, Carmencita! –dijo para disimular, sin caer en cuenta de que tratándose de ésta era una imprudencia.

—Me alegro…, pero te advierto que aquí las niñas no bailan con los hombres casados –le contestó muy ligero y con voz más ácida aún que la de la madre.

—¡Ah!, ¿sí?... Como lo había hecho con el señor Nordolj…

—Eso no es lo mismo –concluyó aquélla.

—¡Ah, no! Eso no es lo mismo, Alex –exclamó Alberto, poniendo un aire de víctima propiciatoria.

Alex empezaba a conocer el flaco[64] de cada uno en aquella familia y no insistió, alejándose con su compañero.

Las puertas del buffet se abrían, y apresurábanse todas las parejas a entrar en el comedor.

Don Luis, llamado por su mujer, dócilmente conducía a una señora corpulenta, a quien tardó media hora en colocar en su sitio.

Atendía a misia Carmen el ministro sueco, haciendo esfuerzos por entender el francés que ella le servía amablemente.

Máximo buscó a Alejandra y ofrecióle su brazo.

Al atravesar el hall, muy solo en aquel momento, la risa sonora de él, la risa cristalina de ella estallaron en toda libertad, prolongándose francas y espontáneas. Detuviéronse para reír mejor.

—¿No le he dicho que soy la mujer de las sorpresas? Estamos en la segunda de la noche.

—Confiéseme ahora, aquí sólos los dos, por qué se le ha ocurrido elegir para el momento mejor de la fiesta al más aburrido y al más viejo.

—Es éste mi secreto… Tal vez no llegará usted nunca a conocer la causa por la cual lo he condenado a representar el papel de *chevalier servant*[65] *malgré lui* [66].... ¡Pero que desaparezca de su cara, por Dios, antes de entrar, esa expresión azorada, que es un insulto para mi amor propio!

El comedor, con su mesa adornada de guirnaldas de rosas y mariposas de luz, en la que resplandecía la vajilla de oro y plata, los criados de media de seda y calzón corto, y mil detalles de riqueza y gusto, producían el efecto de una reunión de corte.

---

64 *El flaco*: el costado flaco, la debilidad
65 *Chevalier servant*: (fr.) expresión para designar al caballero que acompaña una dama en determinada circunstancia social sin tener más relación que la de servirle así
66 *Malgré lui*: (fr.) contra su voluntad

Alex y Máximo no encontraron allí sitio. El *maitre d'hôtel* les indicó la terraza cubierta donde se habían dispuesto pequeñas mesas, y allí se dirigieron. Ocuparon una cedida por un grupo de jóvenes, vecina a la de Isabel y Montero y Espinosa. La terraza había sido invadida también por parejas jóvenes que acudían a aquel lugar como a una abra reposante y encantadora, propicia para sus amores y sus *flirts*. La atmósfera pesada de las salas y del comedor se aligeraba ahí. Por las vidrieras entreabiertas entraba el soplo de la noche, que en el jardín era día, iluminado por mil lamparillas eléctricas.

Alejandra cenaba con un sano apetito, y Máximo, que no cenaba nunca, contagiado, se hizo servir también.

—¿Conque no conoceré nunca, tal vez, la causa?... Me basta con los efectos, bebamos por ellos —díjole él, invitándola a beber champagne.

Durante los veintiséis días transcurridos desde la llegada de Máximo, viéndose diariamente, habíase establecido entre los dos una relación muy cordial, y se trataban como antiguos camaradas.

—Y por el feliz resultado de lo que voy a pedirle —replicó ella, levantando la esbelta copa que parecía llena de topacios.

En este momento, su deseo de conseguir brillándole en los ojos y entreabriéndole los labios, la hacía tan irresistiblemente seductora, que produjo en su compañero, de cabeza tan firme sin embargo, un pequeño deslumbramiento parecido al que se experimenta cuando se ha mirado largo tiempo, fijamente, una luz. Él se extrañó...

—Lo que usted quiera, Alex.

Y bebieron.

—Micaela la admira —agregó con travesura, notando que su hermana los miraba recelosamente desde lejos, y a ella con cara de pocos amigos.

Alejandra, muy discreta, no oyó.

—Sí; el otro día me decía —prosiguió—, que usted le había referido cosas muy divertidas de la reina de Inglaterra. La ha convencido usted que Alejandra quiere decir dulzura, y que hacer manteca es la principal ocupación de su majestad.

—Sí, porque olvidé contarle —replicó la joven riendo con su risa infantil—, que a pesar de esa dulzura, mi real tocaya, cuando muy joven, herida por los desastres de la guerra con Dinamarca en su padre y en su pueblo, dijo a su cuñada la princesa Beatriz, muy chica aún, a quien Guillermo I de visita en la corte de la reina Victoria preguntaba qué quería que le regalara: "Pídele la cabeza de Bismark".

—¡Ah! ¿conque Alejandra quiere decir también ferocidad? Dígame, con nuestra franqueza de viejos amigos, ¿sería usted capaz de pedir también alguna?

—¿Quién sabe?... tal vez, según...

—La de Montero y Espinosa, por ejemplo, tan dedicado a Isabel —continuó maliciosamente Máximo, al percibir los ojos del joven, que no podían apartarse de Alex.

Desde que llegaran, aquél hablaba con gran verbosidad con su compañera sin perder de vista a la mujer que lo iba absorbiendo. Isabel, pareciendo interesadísima en su conversación, seguía disimuladamente su mirada, la cual se deslizaba hasta la mesa del frente, se detenía allí y con esfuerzo se volvía a ella.

—Seriamente, ¿qué le parecen nuestros vecinos, Alex? Mi sobrina encuentra que Manuelito es de una calidad superior para marido.

—Y yo encuentro que Montero hace una gran elección. Ella es muy completa y la creo impresionada realmente. No sería, pues, solamente un matrimonio de conveniencia.

—Me parece que él no está alegre esta noche.

—Usted sabe, mi amigo, que por el cielo más azul cruza de pronto una nube... Y a propósito, tiene usted que disipar la nube de un cielo azul. Se trata de dos enamorados; es por ellos mi pedido. ¿Promete sin saber qué?

—Siempre que no sufra la moral... como diría mi hermana Carmen.

Entonces ella le contó: Ana María y Rafael Palacios, muy enamorados, habían cambiado compromiso entre ellos. Muchacho inteligente y estudioso, pero pobre, tenía en su contra a toda la familia, menos a Emilio, con quien eran muy amigos y a don Luis, incapaz de contrariar a sus hijos ni en lo bueno ni en lo malo. La niña, sin escuchar consejos, sin importársele la tenaz oposición de los suyos que habían obligado al muchacho, a fuerza de desaires, a no volver a la casa, persistía y esperaba, escribiéndole y encontrándolo aquí y allá, en sus salidas con la gobernanta... No había sido invitado aquella noche, naturalmente; ella se divertía, sin olvidarlo un momento. Varias veces habíase acercado por recordarle la promesa que le hiciera de hablar a Máximo en su favor. El pedido era éste: "que él pusiera su influencia incontrastable cerca de su hermana, para que cediera ante el decidido cariño de la niña".

—En un año de vida en común –prosiguió Alex–, he tenido tiempo de conocer a la familia. Ana María, de corazón muy noble e inteligencia muy clara, es vehemente como Emilio, audaz y decidida. No ha sido nunca contrariada por la educación, que es continua contrariedad, y está habituada a hacer su voluntad desde que ha nacido, como la Perla, como sus hermanos todos. Hoy encuentra un obstáculo interpuesto entre ella y lo que más la ha apasionado hasta ahora; si no puede quebrarlo saltará sobre él, sin preocuparse del conflicto que vendría después... Una mañana entra a mi cuarto, me abraza y, prorrumpe en un llanto desconsolado: mi tía acababa de dar orden de no recibir a su novio. Trataba yo de calmarla, y creía haberlo conseguido, cuando de repente me dice, ya sin lágrimas: "Voy a hacer tales locuras, que verá mamá si no es ella quien tiene que llamarlo obligada por ese qué dirán al que teme tanto, y al que pretende sacrificarme... ¡Si estuviera Máximo, a quien nadie dice en casa no!". Al poco tiempo miss Mary me contó alarmada, que durante las salidas que hacían las dos, los dos muchachos se veían fuera de casa. Aterrada por las consecuencias de esas escapadas de niña irreflexiva, conseguí, después de grandes empeños, llevarla al convencimiento que debía esperar su vuelta. Llegué a prometerle intervenir y ayudarla, manifestándole a usted lo bueno que sabía y pensaba del joven, en cambio de la promesa formal por parte de ella de no volver a verle. Justamente desde aquí alcanzo a percibir su expresión de apasionado interrogatorio.

Hizo una señal con la cabeza llamándola y cuando estuvo a su lado, tomándola de la mano:

—Es ésta la niñita que sin el consentimiento de su mamá se permite tener novio.

—¡Ah! ¡ya lo creo! –prorrumpió la niña sin la menor vacilación–. Te lo digo francamente, Máximo: Mamá y las muchachas lo detestan porque es pobre y no viste bien. No tiene un padre como Enrique, él, que le pague el sastre y los perfumes... Es de una antigua familia de Salta, sin más bienes que la casa en que viven allá en su provincia, cedida por los hijos varones a la madre y a las hermanas. El padre murió hace muchos años. Los muchachos, trabajando y estudiando, hacen su vida... Rafael es muy inteligente, créeme, Máximo; estoy segura que te llamará la atención... Es también muy serio, muy reservado, muy reflexivo... No sé, verdaderamente, cómo ha podido enamorarse de mí y tomarme a lo serio, viéndome loquear y oyéndome canturrear todo el día. Estudiaba con Emilio y pasaba en el cuarto de éste muchas horas. Por ser como soy, me llama la Cigarra... Pero es que lo quiero muy en serio, yo... Es de los primeros en su curso. En casa no tienen otro motivo para rechazarle que su falta de posición.

La niña lo había contado todo con aquel aplomo que no perdía nunca, y ahora esperaba la respuesta de Máximo, toda entregada a la ansiedad de la espera, sin interpretar el silencio que se prolongaba. Éste, después de mirarla serio un momento, por fin le dijo:

—¿Ninguna otra?... ¿Me lo aseguras?

—Te lo juro, Máximo... Rafael estudia de noche; de día llena un empleo modesto en el Ministerio de Obras Públicas. Dentro de dos años será ingeniero. ¡Dos años! es mucho tiempo, aunque yo sólo tenga dieciséis... Mucho tiempo también ha soportado los desaires de mamá y las impertinencias de Isabel, por mí únicamente; después no volvió más... A los ocho días lo vi en el paseo de la Recoleta, yendo a misa con miss... ¿Qué quieres, tío?, ¡no podía más! Otra vez en lo de una señora pobre que socorremos... y otra más en lo de la misma señora... Te lo juro también, Máximo; tres veces nada más. ¿Crees que podría yo haber engañado a Alex, y ahora a ti?... No soy, te lo aseguro, para cargar con un secreto; les declaré, pues, claramente en la mesa, para que no quedara uno solo sin saberlo, mi compromiso y mi resolución. Pero ya Alex te lo habrá dicho todo, ¿no es verdad? ¡Ah, Máximo! –terminó, con un suspiro salido de su corazón primaveral.

—Eres demasiado franca para que eso no te dé, cuando menos, el derecho de ser creída, mi hijita –díjole aquél–. ¿Y si yo me excusara, qué contarían ustedes hacer?

A la niña la empalideció la incertidumbre. De pie, dando la espalda a la concurrencia, no se preocupaba de ocultar a sus dos amigos su carita inmutada, como un agua transparente que el viento agitara en ese instante.

Alex encontró en aquellos ojos que se clavaban ansiosos y en aquellos labios que hacían el gesto de los de un niño que va a llorar, algo de los ojos y de los labios de Stella en sus días de dolor. Entonces los suyos imploraron también. Él percibía bien el doble ruego.

—¿Y si yo me excusara?... Vamos a ver –repitió impasible.

—Esperaríamos diez, veinte años desgraciados.

Estas palabras sonaron como el grito del convencimiento que despertara en aquella conciencia infantil, tan firme fue la entonación que supo darles.

Máximo callaba, mirando una blanca flor de caña que acababa de tomar de entre las que adornaban la pequeña mesa. Levantó los ojos, al fin, y con su natural llaneza dijo:

—Mándame mañana a tu Rafael. Espera... que me busque a las cuatro en el Círculo de Armas. ¿Mañana es sábado?... Bueno, el domingo vendré a pedirte a tu padre.

Un pequeño grito contenido, una sonrisa que temblaba, dos lágrimas que se dejaban correr fué lo que él vió, después del minuto necesario para que sus palabras fueran comprendidas en todo su alcance por aquella a quien iban dirigidas.

Máximo sentíase una inmensa bondad ante aquella rica frescura de sentimiento, ante aquel joven júbilo que acababa de crear.

—¡Oh, tío, tío, cómo te lo agradezco! ¡Cómo te lo agradecemos! –pudo decir al rato Ana María, con una voz a la que había pasado todo el ardor de su pequeña alma de niña.

—¡Felices los que como usted pueden hacer tanto bien en un instante! –murmuró Alejandra con voz velada e intensa, que revelaba su alma más ferviente de mujer.

Máximo vió que también la había empalidecido la emoción; tuvo la vaga intuición de lo que sería ser amado así por ella, y vibrándole aún en los oídos lo que acababa de decirle, pensó: "Las palabras pueden ser las mejores caricias".

Ana María lo interrumpió al quitarle de las manos la flor con que distraídamente jugaba. Pasó aquel momento de sensibilidad fugitiva; pasó demasiado rápido para dejar rastro alguno en su memoria afectiva, olvidada de ejercitarse desde tanto tiempo.

—Guárdala, mi buena Alex –dijo la niña, prendiendo la flor en el pecho de su prima, que se sintió bañada por su aroma–; guárdala tú como recuerdo de esta noche; Máximo, que no es sentimental, la tiraría... Te quiero más que a todos mis hermanos juntos, a quienes quiero mucho a pesar de todo. No, no más que a Emilio; tanto como a Emilio, sí... ¡Qué contento va a ponerse él cuando lo sepa!...

Y sin importársele de la gente que llenaba la terraza, ni de Isabel que quería penetrar la escena desde su sitio, le dió un largo beso.

Tomó después una de las copas a medio vaciar, y levantándola:

—¡A mi felicidad, y a la de ustedes dos, queridos míos! –dijo. Y apuró hasta la última gota del champagne, que le pareció un néctar.

No había seguramente malicia, ¿pero había en el brindis de la niña una intención?

Máximo notó sin mirar que el color de Alejandra era en aquel instante un poquito más subido que el de la rosa Malmaison[67].

—Tan bonita –dijo, siguiendo con los ojos la diáfana nube de tul que se alejaba–, y mal criada como todas las hijas de Carmen. Tanta emoción por haber condenado a otros dos más al matrimonio –agregó–. Y ahora que estamos en el momento de las confidencias, me va usted a contar por qué mi otra sobrina encuentra que está tan distraído Manuelito... Ya el pobre muchacho no puede contener sus ojos... ¿No ve que se le escapan hacia esta dirección?

—Escuche, Máximo –lo interrumpió vivamente Alex con el gesto y la palabra–; estamos también en el momento de la franqueza. No soy una chicuela para que me ruboricen las bromas, y tengo el suficiente hábito social para aceptarlas y seguirlas. Excúseme sin embargo de ésta; usted me ha obsequiado con ella tres veces en la noche, sin darse cuenta de todo lo mortificante que es para mí. Espero entonces no volver a oír de sus labios alusiones que no puedo... ni quiero aceptar.

—¿Y si yo insistiera, qué contaría usted hacer? –preguntóle su compañero, sonriendo con una ironía a flor de piel, y repitiendo la misma pregunta que hiciera, hacía un momento, a Ana María.

—Cesaría entre nosotros, en el acto, toda cordialidad.

—Alejandra quiere decir... quiere decir también...

—Es mucho más serio este asunto de lo que usted supone, Máximo. Tratémoslo en serio, pues. En el nombre que usted pronunciaba al presentarme a ese señor hace un momento, he reconocido el que se ha repetido día a día durante todo el tiempo de mi permanencia aquí: el que Isabel no ha oído nunca sin cambiar de color, ni mi tía sin sonreír como a una promesa...

—¿Pero él? –interrumpió Máximo.

—Él, según he oído, la ha elegido entre todas, y se ha dedicado a ella en las fiestas durante dos años ostentando abiertamente sus obsequiosidades. Pienso que ha dado derecho a creer...

---

67 *Rosa Malmaison*: *Souvenir de la Malmaison*, variedad llamada así en honor al jardín de la casa de Josefina Beauharnais (esposa de Napoleón Bonaparte). Es de color crema con tonalidades rosado claro hacia el centro y que huele a especias

—Lo que no existe, como manda la Iglesia –interrumpió nuevamente Máximo.

—No agrandemos tanto al señor Montero, amigo mío, y tampoco convirtamos mi pedido en discusión. No necesito dar mayores razones. Isabel es apasionada y está apasionada: juega en la partida sus aspiraciones, muy legítimas por cierto, y su corazón. Con una broma podría acarreárseme el mayor de los daños: enemistarme con las personas que hoy son toda mi familia. Esto me haría un gran mal. ¡Y estoy tan cierta que no querría usted causarme ninguno! Sí, Máximo: son toda mi familia.

Dijo estas últimas palabras con gran sencillez, pero en un tono que era como el ¡ay! de una herida que se quejara. Durante un segundo Máximo distinguió menos claramente las figuras que conversaban y se movían a su alrededor.

—Tiene usted razón, Alex –contestó al rato–, me estoy volviendo tan vulgar.

Callaron un momento; después él dijo:

—Nunca se es absolutamente franco, ni aun cuando debiera uno serlo. Si se me pidiera representar la imagen de la lealtad, de la sinceridad, de la fidelidad, robaría a su rostro su expresión. Sin embargo...

—¿Sin embargo, qué? –interrogó ella vivamente.

—Nada, Alex; iba a decir una impertinencia. Soy un escéptico incurable, ya lo sabe usted.

—Sí, bien lo sé –asintió sonriente ya, volviendo a toda su alegría– y es eso lo que le hace aparecer viejo como *grand papá*. Tiene razón Ana María; no es usted sentimental, sensible diría yo, al ver cómo martirizan sus manos a esas pobres flores. Déjelas tranquilas, pues, sobre su mantel de encaje.

—Me cansan las flores fuera de la planta en su absoluta pasividad.

—¡Qué error! ¿No sabe usted que está científicamente comprobada la existencia de odios mortales y hostilidades terribles entre algunas de ellas? No coloque usted junto jamás al reseda y la rosa: aquélla es su enemiga implacable. Perseguirá, alcanzará, envolverá, matará a su vecina después de una lucha cuerpo a cuerpo. De nada le servirán a la hermosa, le aseguro, sus espinas. El heliotropo y el clavel son íntimos amigos.

—Amistades y guerras de mujeres.

—En cambio, el muguet no acepta a nadie cerca; es egoísta como un solterón.

Del comedor llegaban muchas señoras y caballeros, deseando ver desde la terraza el jardín, estrellado de globos de luz blancos y rojos. Máximo y Alex se levantaron y permanecieron en pie, rodeados por muchos señores y jóvenes, generalizándose la conversación. Isabel y Montero levantáronse también, y como estaban vecinos, quedaron dentro de la animada rueda.

Isabel, no pudiendo demostrar su contrariedad, informaba a Alex, a su pedido, de ciertas personas que le llamaban la atención.

Misia Carmen se acercó al grupo y presentó a su hija, con orgullo, a su acompañante, un resplandeciente general, camarada del hermano de don Luis.

El ministro español, que la seguía conduciendo a Micaela –acto de abnegación debido a su amistad con la familia–, saludó también a la joven con sus inevitables galanterías, y al distinguir a Alejandra, le dijo:

—¡Ah, señorita! ¿conque es usted hija nada menos que de Gustavo Fussller? Me sonaba tanto su nombre, que se lo pregunté a su tío, después que usted nos dejó.

—¿Su padre, señorita, era el Fussller de fama mundial? –preguntó en el acto Montero con gran interés.

Todos los que formaban la rueda esperaron la respuesta.

—Sí, señor –contestó la joven alzando su cabeza con noble orgullo–; mi padre era el Fussller de fama mundial.

El grupo le sonrió. Una mezcla de fastidio y de halago sintieron Micaela y misia Carmen; Isabel sólo el temor de que esto redoblara en Montero la preocupación.

Enrique se acercó.

—¿Quieres, Alex, dar una vuelta? Soy el único que no ha bailado contigo –dijo a su prima, con un aire de confianza que despertó en Máximo un recuerdo: el mismo que le hiciera un momento antes decir: "Sin embargo...".

—Espera. Voy a asegurar esta flor que me prendió Ana María y sentiría mucho perder –contestó ella, aproximándose al espejo de una consola para sujetar la flor, que parecía una mariposa blanca extendiendo sus alas sobre el negro tul.

—Si viera qué antipáticos me son los espejos –díjole Máximo.

—No, seguramente, cuando reflejan cosas tan lindas –objetó galantemente Montero, afanado por terciar en la conversación.

—Me son antipáticos siempre.

—¿Y por qué? –preguntó Alex sin dar importancia a la observación.

—Porque son traidores, llenos de indiscreción. Reflejan la verdad, y no es siempre linda la verdad.

Tomó vivamente ella entonces su programa de baile, y se lo hizo ver en el cristal: las letras doradas aparecían invertidas en él.

—Ya ve usted que es sólo la apariencia de la verdad. Y hay siempre que desconfiar de las apariencas, mi buen amigo –concluyó, tomando el brazo que le ofrecía su primo.

La terraza quedó abandonada; la concurrencia se diseminaba nuevamente por los salones donde se bailaba como si se empezara recién. Máximo, que permanecía solo allí, recostóse en un ancho diván y se puso a fumar.

Miraba las espirales del humo azul de su cigarro y su pensamiento vagaba... "¡Qué lástima de muchacha! Con un imbécil como Enrique... imbécil de la peor especie... Lástima... ¿por qué? es de una familia de alta posición y de fortuna; su propia familia. Ella es encantadora, es cierto, pero al fin la parienta pobre en la casa rica, y debe conocer demasiado su encanto para resignarse a ese papel, o a cargar con el pobre diablo que le destinarían para marido en la casa... ¡Pero con el cretino de Enrique!... ¿Y Ana María? Es riquísima la chiquilina. Casarse... casarse esa muñeca... Conocerá la vida más pronto; *voilá tout*. Serán uno, dos, seis años felices y después disputarán... ¿Qué son dos, seis, diez años en una existencia?... ¡Qué larga, que aburridamente larga es la vida del hombre!... Alex tiene realmente un atractivo especial: hay en ella para todos los gustos".

Se adormeció a medias, y a medias cerró los ojos. Los abrió al ruido de unos pasos: Montero y el ministro sueco entraban del comedor y poníanse a pasear fumando y conversando, sin notarlo allí acostado en su rincón. Al rato tiraron su cigarro y fuéronse otra vez.

Máximo siguió pensando:

"Manuelito, a este paso, va a hacer la corte a toda la Escandinavia. El ministro, el secretario, Mme. Nordolj, Alejandra... Montero, sí, está herido, y creo que mortalmente. Isabel está en peligro ... A pesar de sus manifestaciones en la mesa, no la creo. Tiene demasiado talento para no mostrarse indignada ante la acusación de una posible traición... ¿Traición, por qué? Manuel no es el novio de Isabel".

Sonreía a sus pensamientos que evocaban las palabras, escenas, miradas que había pescado al vuelo; manifestaciones de las pequeñas pasiones femeninas, que empezaba a mover el interés que Alex despertaba.

"¿Y Montana?... Temible hijastra... Si yo aconsejara, aconsejaría a Manuel ... Comprendo que ella aspire a conquistarlo. Muy hábil, comienza por rechazar ... Hace muy bien; sería heroísmo condenarse a educar a la Perla toda la vida... ¡Y tener que aguantar a Carmen, la pobrecita!".

Lo despejó Alberto que venía renegando.

—¡No me pescan más! Ahí me han tenido toda la noche remolcando viejas.

Una de las carcajadas, tan únicas, de Máximo le respondió:

—Sí, voy a aconsejarle a mi suegra, tan amiga de sociedades y congregaciones, la fundación de un "matronato".... ¿Y qué me dices del *succés* de la primita? Eso será mi venganza, ¡Están echando chispas! Me preparo a soplar.

—Son las cuatro y veinte, me voy.

—¡Feliz tú, hermano! ¡A mí me espera todavía el chocolate en familia! Hay, pues, que prepararse a la murmuración de tus hermanitas, al mal humor de Isabel, a las sentencias de Linares, a los reproches de mi mujer...

—De buena gana me quedaría a dormir en el sofá –dijo Máximo bostezando y poniéndose el paletó–. Tengo un sueño de todos los diablos y una pereza de mujer. Estoy muy viejo, ché.

—A propósito de viejos, ¿sabes que no me gusta nada como está don

Luis? Hace un rato me dijo que no se sentía bien y se retiró. Es tan santo que me exigió no dijera nada a nadie, para no distraerles de su diversión.

—Mañana hablaré con Carmen –contestó, preocupado sinceramente del estado de su cuñado a quien quería mucho.

Pocas personas extrañas quedaban ya en la casa; el baile había terminado. Se oía el rodar de los carruajes al retirarse, el ruido de las cajas de los instrumentos que guardaban los músicos de la orquesta, el murmullo de las despedidas en el hall.

En el comedor se reunía la familia para cenar tranquilamente, libre ahora de sus obligadas atenciones. Montana esperaba que su hija, cubierta ya con su salida de baile de brocado y pieles, concluyera de despedirse. Alex apareció en la puerta con Enrique, quien la hablaba calurosamente, accionando mucho. De la fisonomía de la joven había desaparecido su preciosa serenidad; percibíase una pequeña contracción en sus cejas; la expresión de su rostro se había marchitado, como la flor de caña de su seno, que iba pareciéndose ahora, extendida allí, a una blanca mariposa agonizante.

Enrique, entregado todo a su conversación, olvidaba ofrecer a Clarita acompañarla hasta su carruaje. Misia Carmen tosió con una discreta indiscreción, miró a su hijo, quien se acercó muy ligero a su prometida, a la que no escapó la tos y la mirada. Altanera, rechazó su brazo, aceptó el de otro de los adoradores del vellocino de oro que la disputaba a Enrique, y con un saludo serio salió a tomar su carruaje.

—Mis respetos, señorita Fussller –dijo el padre, que la seguía, a Alex, inclinándose como ante una princesa.

—¡Ah! –murmuró ella con ese sobresalto que produce en quien duerme sentirse nombrar–. Buenas noches, señor Montana –dijo después, con una amabilidad que parecía traída de muy lejos.

—¡Ahora arde Troya, hermano! –prorrumpió Alberto, que permanecía con Máximo en la terraza desde donde oían y veían lo que pasaba en el comedor–. ¡Ya no es sólo Isabel, es también Clara, y es mi suegra, y es la mar!... Pobre Alex –prosiguió al rato, con la misma afectuosidad, dulcemente pura, que tenía para decir "pobre Perla", cuando la niña traviesa se golpeaba–. ¡Ay ¡infeliz de la que nace hermosa!

Y viéndola entrar, agregó:

—Aquí nos tiene usted, prima, recitando versos a la luz del alba.

Miró ella el jardín: el alba llegaba lentamente en el horizonte. Atraída, se aproximó a la baranda, abrió más grande un cristal, y en ella se recostó sin cuidarse del aire frío que besaba sus brazos desnudos. Máximo se aproximó también y un poco detrás quedóse Alberto.

Los tres contemplaban la lucha entre la luz y la sombra y esperaban silenciosos el nacimiento del día. La luz triunfa; aun no se mostraba el sol, pero una mancha rosada marcaba el punto donde pronto debería aparecer.

El deseo latente de que aquel silencio, aquella tranquilidad, aquella quietud se prolongaran después del bullicio de la fiesta, había en ellos tres.

—Alberto, Alberto, ¿no sabes que te esperamos para cenar? –gritó Carmencita desde el comedor.

—Almorzar, dirás: son las cinco –le contestó fastidiado al ser interrumpido en un espectáculo que contemplaba por primera vez.

Hasta entonces no había conocido más alborada que las que deshacen las mesas de juego.

—¡Cómo le gustan a Alex los hombres–observó Micaela malignamente, mientras la joven subía a sus habitaciones con aire de laxitud y de preocupación, después de hacer un saludo general.

Máximo la oyó.

—¿No te quedas a tomar algo con nosotros? –le preguntó misia Carmen al ver que se marchaba.

—No, estoy muy cansado. Pero les dejo un consejo, mis hermanas: más cultura y más bondad.

Sentados todos alrededor de la mesa, comían y charlaban. Isabel con expresión de contrariedad, misia Carmen de preocupación, Enrique de indiferencia, Ana María de sueño y de contento. Con la cabeza recostada sobre la mesa, masticaba sus tostadas y sus dulces, y "miraba" la escena pasada en la terraza.

—Cómo nos hemos divertido, nena!, ¿eh? –díjole Alberto, sentado frente a ella–. ¿Cuántas infidelidades?... ¿Cuántas?

—Te juro que ninguna –le contestó con viveza.

—¿Cuántas, cuántas?... ¡Desgraciado! A este paso, pobres, pobres "las provincias unidas del Sud".

—¡Mucho! –dijo la niña con mayor vivacidad aún, muy despierta y muy derecha en su silla, moviendo su cabeza con aire de desafío...–. Ya verás el domingo...

Habíale él visto conversar con Máximo, y comprendió:

—¡Ah!, entonces... "¿Serán eternos los laureles que supimos conseguir?"...

—Sí. sí... –le contestó riendo a carcajadas.

Después, haciendo corneta con la mano:

–Turututú... Alex... Pero chist.

—La irresistible Alex.

Y dirigiéndose a su suegra que conversaba con Micaela en la cabecera de la mesa:

—¿Qué me dice usted, mamita, del éxito fulminante de la maestrita de Noruega?

Bastó. Todos los rencores y las decepciones de la noche salieron a los labios.

—¿Cómo no van a mirarla los hombres si ella los busca? —contestó Micaela.

—¡Qué ignorancia, señora! ¿Está usted todavía creyendo que los hombres van donde los buscan? Si así fuera, no habría marido infiel. ¿Qué piensa sobre esto mi querido don Vicente, usted que ha sido tan buscado en su tiempo?

—Siempre con tu eterna broma; ya cansas, hijo —le observó la suegra.

—Diga usted más bien, querida mamá: hijo, no estamos para bromas.

Ana María, Elena y Carlos hacían esfuerzos para no reír; María Luisa no los miraba para no tentarse.

—¿Y qué me dicen del idilio a tres de la terraza? —preguntó Isabel, deseosa que otros sintieran la mortificación que ella sentía, pues sabía que con ella hería a Micaela y a Carmencita—. ¡Alberto y Máximo, contemplando la aurora!... Sólo Alex es de fuerza para conseguirlo.

Su cuñado, que tenía mucho amor propio y genio, pronto respondió:

—Pero mi hija, podías dejar a Micaela y a tu hermana el cuidado de Máximo y el mío y ocuparte tú de tu Manolito, que parece estar decidido a emplear útilmente su fortuna... Según he oído decir, las latas dadas esta noche al ministro sueco, tenían por objeto informarse de las dificultades de ciertas exploraciones polares que tiene gran empeño en realizar.

Isabel tragaba las lágrimas de cólera que caían en su garganta y que su orgullo no quería dejar salir por sus ojos llenos de rencor.

Alberto no era malo y quería a sus cuñadas, pero vivía en discusión perpetua con Isabel, que le pinchaba siempre. Aprovechaba ahora la ocasión de pincharla a su vez. Y en su mal humor, agregó, no previendo que sería involuntario promotor de desgracias con sus bromas simplemente:

—Sí..., parece que el muchacho no tiene una cabeza muy firme, y la pierde cada vez que ante él se cita un nombre ilustre... Es lo que le ha pasado con el de Fussller.

—Alejan... —empezaba a decir más exaltada la joven.

La interrumpió Ana María, saltando como una gatita blanca a los ojos de su enemigo:

—No, eso sí que no; no quieras mezclar en esto a Alex también. Sabes, como lo sé yo, como lo sabe María Luisa, Enrique, Elena, todos los que bailábamos los lanceros, que ella no quiso bailar ni pasear cuando la invitó.

—Sí, para que se dijera y se comentara...

—¡No seas ridícula, Isabel! ¡Alex iba a sospechar que hay gente tan tonta como para medir cada gesto, recoger cada palabra de su majestad Manuel! Si no lo conocía... No quiso ir a la mesa tampoco ...

—Para ir con Máximo —interrumpió Micaela.

—Sí; Máximo es uno de sus blancos —dijo Isabel—. Ella misma lo invitó.

—¡Mentira! —gritó Ana María con su voz chillona, cuando se alzaba para sobrepasar la de los demás. Vaciló si debía continuar: calló.

—Sí, como no la vi yo cuando lo miró...

—¡Mentira, Alex no busca a nadie! –gritó la niña otra vez, de pie, indignada, dejándose llevar de su generosidad y de su lealtad natural, viendo en peligro a la que acababa de hacerle un servicio–. Fui yo quien pidió a Alex que hablara a Máximo y ella me complació.

—¡Ah!, ¿conque también se mete en esas cosas la señorita? – exclamó alterada misia Carmen.

—Mira, mamá, es mejor que no hablemos de esto hoy. Muy pronto sabrás la verdad.

Corrió hacia su madre, la abrazó por la espalda, y terminó despacio y mimosa:

—No hablemos más, ¿quieres, mamaíta? Muy pronto sabrás toda, toda la verdad.

—Y hemos olvidado al suegro de Enrique –dijo Elena para desviar el tema desgraciado.

—Sería un gran partido para Alex –respondió Isabel, dejando entrar inmediatamente en sí la idea como un apaciguamiento.

—¡Un partido regio, di, niña! –acentuó Micaela, muy hábil para encontrar adjetivos relumbrantes.

—Regia ha estado la fiesta. –observó Enrique, quien como buen egoísta detestaba la discusión.

—Sí, pero faltaba Emilio.

Y al recordarlo, la voz de Ana María se entristeció.

—¡Pobre mi hijito; en el campo y con tanto frío! –fué la exclamación que salió del fondo del alma de la madre–. Toda la noche lo he recordado.

—Y yo también –dijo María Luisa–. ¡Monísima estaba Sarita Blanes, que le gustaba tanto a él!

No hubo uno, uno solo, entre aquella familia tan indisciplinada pero tan amantemente unida, que no tuviera un recuerdo de íntima ternura para el ausente.

—El único lunar ha sido la desatención de los dueños de casa con las señoras –insinuó Carmencita siempre inoportuna.

Alberto previno el golpe.

—Escucha una vez por todas, mi hijita. No estoy dispuesto a soportar tus majaderías y tus imposiciones. Otro día que pretendas obligarme a lo que no quiero, te repito, tomo mi sombrero y me mando mudar... No digas más; sé adónde quieres venir, pues no tienes siquiera la habilidad de ocultar lo que querrías ocultar. He bailado con Alex como lo haría con Isabel, con Ana María, con cualquiera de las muchachas, y como una broma delante del viejo que estaba encantado, porque es positivamente bueno él, y no hay malicia donde hay gran bondad. Montero pidió una pieza a Alex por intermedio de su tío;

es lo mismo que han hecho todos los hombres de buen gusto de la reunión. Montana quiso demostrar que también lo era y paseó con ella. Máximo encuentra su trato delicioso y por eso son buenos camaradas... Te aconsejo le pidas a tu prima que te enseñe, en vez de idiomas, el arte de agradar... Es el único secreto para atraer y retener. Lo demás es todo inútil: un cariño que muere no resucita, a un hombre que dispara nadie lo ataja.

Y volviendo a su natural buen humor, tiró de la nariz a Ana María, deslizándole:

—Ya sabe, amiga; no descuidar el arte de agradar a su salteñito.

Micaela se fué. Todos subían muy despacio, con cansancio, la escalera, menos Ana María, la cual, prendida del brazo de Alberto, la subía saltando y tarareando un vals de Ramenti[68] que acababa de bailar.

Al llegar a la galería abierta, los deslumbró el sol, que bañaba la tierra.

—Chist..., no meta bulla, Ana María –dijo velando su voz miss Mary, saliendo despacio del dormitorio de misia Carmen y don Luis–. El señor ha estado muy descompuesto, señora, y no ha querido que se le avisara a usted.

—¡Enfermo papá!

Era el grito de alarma que lanzaba el corazón de sus hijas.

—No es nada, criaturas, ¿no saben que sufre del estómago? – dijo misia Carmen, sofocando su inquietud para calmar la de las otras.

—Antes que todo, miss, es preciso llamar a Wernicke, y dentro de un momento no más, pues sabe usted que él sale a las siete... No quiero entrar al dormitorio por no despertarle. Me quedaré en el *toilette*. Mientras tanto, vayan, niñas, a acostarse un rato.

Éstas la besaron y se retiraron cada una a su habitación, yendo primero las casadas a dar un vistazo a sus hijitos.

Alberto se volvió, levantó el cuello de su sobretodo, y metiendo las manos en sus bolsillos, dijo a la suegra:

—No me fío de miss Mary ni de nadie. Me voy a traer yo mismo a Wernicke para que nos vea al viejo–. Y bajó.

---

68 *Ramenti*: Oscar de Ramenti, seudónimo que Oscar Juan de Dios Filiberto (1885-1964), músico, compositor y director de orquesta argentino, usaba cuando escribía música que consideraba "foránea". (ra-men-ti es "mentira" en el modismo "vesre" del lunfardo porteño)

Capítulo X

Con esa animación vibrante que caracteriza las fiestas al aire libre, bajo el sol radiante y suave de un día de septiembre, comenzaba en el Hipódromo Nacional la gran reunión deportiva.

El público era el eterno público, separado por tres barreras invisibles, pero inconmovibles: el reducido mundo de nuestra aristocracia de lujo y de dinero, que estirado y compuesto ocupa en todas sus partes, por derecho divino, el sitio privilegiado; frente a frente, el más numeroso y casi elegante "término medio" que se divierte y sabe divertirse; abajo, la multitud anónima; dividida a su vez: entre los que encuentran su diversión en mirar, con la boca abierta, divertirse al rico, y el que existe para envidiarlo.

El palco del Jockey Club, parece un gran balcón florido; se llenaba de lujosas señoras y lindas muchachas.

Llegaban los pesados landós, las ligeras victorias, los *mail-coach* bulliciosos, los automóviles de todas formas, tamaños y colores.

Las señoras y caballeros recostados en la baranda del palco, dominando la concurrencia, conversaban:

—¡Tonto este Ricardo Miranda! Tiene la manía de singularizarse y no le pega. Elige las levitas más largas, las galeras más altas, los anteojos más grandes.

—¿Y qué me dicen de la sinfonía en gris que camina a su lado! ¿Es un sonámbulo?

—Es Mauricio Raíces...

—Fíjate en las de Santina; ¡qué profusión de plumas la de la señora! Con ese boa parece un gallo.

—Y el pobre señor Santina, la gallina.

Reían de la gracia vulgar, cuando fueron interrumpidos por la noticia y los comentarios de:

—Ahí llegan las de Maura Sagasta.

—¡Espléndido automóvil! Debe haberlo traído Máximo Quirós, que las acompaña.

—¡Cómo está de canas! Si tiene la cabeza casi tan gris como su traje.

—Sí, pero interesantísimo siempre.

—Hasta ese aire negligente le queda bien.

—¡Qué buena moza está Isabel!

—Lástima que, amenazada de engrosar, debe ajustarse; por eso se pone tan colorada algunas veces. Pero es hermosísima.

—¿Y cómo van los festejos de Montero y Espinosa?

—Atrasados de noticias se encuentran ustedes. ¿No saben que está entusiasmadísimo con la prima? En la ópera no le quita los anteojos.

—¡Qué encantadora es ella!

—En la kermesse, con su traje de paisana del Tirol, era una ricura.

—¡Y que tiene éxito en todas las fiestas! A Isabel, acostumbrada a ser la primera, no le ha de hacer mucha gracia.

—Mira qué mona Ana María; le sienta el punzó.

—¿Y Elena? Ella sí es linda.

—María Luisa, tan sin gracia. ¿Y Carmencita?

—El marido andará ya en sus apuestas y sus jugarretas, y ella siempre en la casa.

—Familia de lindos ésta, pues también Enrique es un buen mozo. ¿Cómo podrá casarse con Clara Montana, tan fea y tan pretenciosa.

—Es raro que la prima no venga con ellas.

—Empezarán, sin duda, ya las rivalidades con Isabel... ¿Quién es ese muchacho que da el brazo a Ana María?... Debe ser el novio. Se hablan y se miran con el aire de los que se quieren. ¡Qué furia será la de misia Carmen!

—¿Qué esperan? ¡Ah! Clarita, que llega con don Samuel... ¿Allá no ves en el carruaje con un cochero que parece un embajador?

—¡Qué caballos!

—Caballo el que varean en la pista. ¿De qué stud es?

—Son los colores de Luro.

—Las tres menos cuarto... Fíjate cómo se conoce que la hora se acerca; el mar humano empieza a estar oleoso... Ahora nomás llega el presidente.

El grupo de la familia Maura Sagasta había subido mientras tanto la escalera e instaládose en uno de los mejores sitios, cedidos por algunos amigos. Se les reunió Montero, a quien una pregunta le quemaba los labios.

Una victoria se detuvo frente al palco. Por el color de la librea y de las cucardas reconocieron el carruaje de Nordolj.

—¡La gentil escandinava! –anunciaron los admiradores de Alejandra, la cual llegaba con aquél, su señora y el secretario. ¡Linda está hoy!

En un sencillo traje de paño blanco y con un gran sombrero negro, acercábase ella fresca, distinguida y ondulante.

—Señor Nordolj, tiene usted aquí, justamente, espacio para sus compañeras –díjole un miembro de la comisión, indicando las sillas desocupadas por dos caballeros al lado de las de Maura.

Sentáronse en ellas Dina Nordolj y Alex, quedando así reunidas a la familia y a los Montana, rodeadas por los señores, entre los que se encontraba Montero y Espinosa.

Alex, después del baile de sus tíos, formaba ya parte de la sociedad porteña. En las fiestas a que había asistido con la familia o con Dina, había sido muy cortejada; era la muchacha de moda de la "estación".

El placer sentido por ella en los comienzos iba achicándose a medida que notaba el efecto que causaba en la casa. Isabel estaba doblemente celosa: por sus triunfos de salón y por las distinciones de Montero, aunque su prima no las aceptara y él tratara de disimularlas.

Un solo momento no imaginaron que pudieran pasar esas distinciones de un *flirt*, pero les era insoportable la idea de que otros lo creyeran, y "la belleza" hiciera ante esos otros un mal papel.

Clarita, comprometida con Enrique, había sorprendido apartes agitados entre ambos y miradas de codicia en su padre. Y se decía: "No es Alex mujer de enamorarse de Enrique ni de papá, pero es mujer capaz de enamorar a los dos. No se le importa de ellos un comino: le importa salir de manos de misia Carmen y Cía. Más que tonta sería si no aspirara a emanciparse de una tutela antipática y a ocupar una alta posición. Y a papá lo llevaría de las narices; ya está chocho como para ofrecerle un babero. Conozco bien a papá: así, es la primera vez que algo lo domina... Y ella, ¡cómo sabe atrapar a los hombres, ésta!... Enrique le daría la posición, pero no el dinero...; papá, papá es quien le conviene... Me olvidaba de Montero; éste sí que es dinero y posición. ¿Va a tener en cuenta, ella, a Isabel?... Pero no creo que Montero llegue hasta querer casarse... Sí, sí, la reserva es papá, que no es viejo, ni feo, que es muy presentable..., ¡que es una potencia, papá!... Ella preferiría, entre todos, a Máximo Quirós –fortuna, posición, talento– pero es demasiado inteligente Alex para creer en milagros... Resulta, por desgracia, siempre papá... Arriesgará todo la noruega, pero se dará al fin la posición que le convenga".

Máximo, que decía ser muy su amigo, con quien se trataban como viejos camaradas, pensaba de Alex lo mismo, justamente, que Clara Montana, que era su enemiga.

Montero y Espinosa había tenido ocasión de pedir a la joven perdón, y con espíritu, del chasco del hall que sólo a él afectaba. Ella encontraba que hubiera sido una necedad insistir, mucho más, considerándolo como novio de Isabel, y estableciose entre los dos una relación muy cordial. Pero no fué cordialidad lo que los demás notaron al poco tiempo, ni lo que el joven sentía, sino una admiración afanosa que iba creciendo.

Su asistencia a las fiestas, sus frecuentes visitas en la casa, no tenían ahora más objeto que el de verla y oírla. Su prudencia le aconsejaba no descuidar a Isabel y ocultar sus sentimientos, pero le iba llegando la hora en que la malicia se entorpece, en que no se puede engañar, en que el amor imperioso se abre paso y aparece.

Alex tenía muy distribuido su tiempo en los bailes y no recordaba haber concedido a Montero nunca más de un intermedio o de un vals, cuidando mucho de nombrar repetidas veces a su prima en el curso de las conversaciones tenidas con él, sobre todo desde que percibía cierta expresión en su mirada, cierto calor en la voz. Últimamente había llegado a ser, para ella, un momento de mortificación el de su entrada a un teatro o a un salón. Si era un salón, estaba segura de ver antes que todo a la cabeza del joven estirarse para asegurarse de que ella se encontraba entre la familia. Si era en el teatro, estaba segura también de ver clavarse en el palco sus anteojos para hacer la misma investigación. Veía después la nube roja que cubría el rostro de Isabel, el entrecejo contraído de misia Carmen y en todas un embarazo. Duraba un segundo, luego la superficie se alisaba de nuevo. Montero tomaba una actitud natural y se inclinaba profundamente para saludarlas. En el entreacto visitábalas en su palco, obsequiando con flores y bombones a Isabel. En los bailes bailaba mucho con ella y la llevaba a la mesa. El malestar desaparecía... para empezar en la siguiente fiesta.

Tres caballeros de la Comisión salieron; iban a recibir al Presidente de la República. Ocupó éste su puesto de honor.

—Vamos a hacer una polla[69] –dijo Montero y Espinosa. Aceptada fué la idea.

—Elija, Ana María, aquel alazán de Paats[70] –aconsejó Rafael a su novia.

—Yo quiero el que lleva los colores de Ramírez.

—Yo el de Luro –dijo Clara.

Y así cada uno eligió su caballo...

—¿Y usted, señorita Alex? –preguntóle Montana.

—Yo no conozco... Es la primera vez que asisto al Hipódromo.

—Elija aquel caballo oscuro –dijo vivamente Montero. —Ése se llama el "gana-pierde" –agregó Alberto, sabiendo que era el mejor, y por eso Montero se lo indicaba.

—¿Y qué apostamos? ¿Y quién paga? –preguntó riendo Ana María.

—Yo, y un par de guantes –contestó Montero, mirando las manos de Alejandra.

La señal se dió y empezó la gran carrera. Reinó un silencio; las olas de la multitud se calmaron; era un mar atento.

Los caballos corrían, corrían sin cesar, todo el mundo estaba de pie; los ojos de todos estaban en la pista.

Montero y Espinosa iba siguiendo la carrera en el rostro de Alejandra, co

69 *Polla*: apuesta sobre un resultado deportivo, formando un fondo entre varios, que se entrega al ganador
70 *Paats*: Guillermo, conocido empresario y turfman de la época

mo se ve un espectáculo reflejarse en un espejo. Aquella fisonomía expresiva lo iba informando de todo. "Vincitor" avanza... no, se queda atrás... Vuelve a acercarse... tropieza, se levanta... vuelve a quedarse nuevamente atrás... ¡el jockey vacila, se va a caer!... no, era una estratagema del ducho[71] Tomás... se pone a la par... avanza... avanza... pasa a todos los demás... ninguno le alcanza ya... un paso, un paso más... ¡Ya está!". Y su pequeño grito le anunció el triunfo, mezclado al formidable grito de la multitud.

Ni él, todo entregado a mirar a Alejandra, ni los otros, absorbidos por la carrera, se fijaron en Isabel, que no había perdido de vista a Montero. Una expresión de dureza habíase fijado en su cara, la expresión de los malos días de la madre, que hacía asemejarse su perfil, de líneas tan correctas, a un perfil de vieja medalla romana.

Una confusión de voces y de ruido de sillas al moverse, sucedía al silencio anhelante y a las aclamaciones. La concurrencia del palco desparramábase por los jardines convertidos en salón mundano.

Montana tuvo la misma intención de Montero y Espinosa, y como estaba más cerca, lo hizo primero; ofreció a Alejandra su brazo.

Máximo adivinó una contrariedad enconosa en Clarita, que lo divertía.

—¡Qué espléndida mamá! —insinuó un bromista o un mal intencionado a la muchacha, que contuvo una impertinencia.

Don Samuel bajaba la escalera en una sensación de vanidad satisfecha, conduciendo a la mujer más admirada por entre una doble fila de jóvenes a la moda. Profundos saludos recibían los dos al pasar.

¡Cuántos veía entre ellos Alex, que habían murmurado palabras ansiosas a sus oídos, que la habían mirado suplicantes!

¡Cuántos veía entre ellos su acompañante encanecido, que habían murmurado palabras ansiosas también a sus oídos, que lo habían mirado suplicantes!

Ella respondía amable a los saludos. Él saludábalos disimulando una sonrisa de lástima desdeñosa y de suficiencia, porque iba pensando: "Éste tiene un vencimiento mañana... aquél me pedirá una renovación el sábado... a aquel otro no se le puede esperar más".

Había una alegría en el aire que se comunicaba a los que lo respiraban. Los macizos sembrados en la *pelouse* [72] habían florecido, la atmósfera estaba transparente y tranquila. Tenía un paisaje encantador al frente —un pequeño prado esmeralda, una pequeñísima ondulación la nube vaporosa y rosada de un montecillo de duraznos en flor —cortado por la línea azul sin curvas del horizonte.

—Sin discusión, la rosa es la reina de las flores —dijo Alex al ver mecerse una en la rama de su planta.

Detúvose a admirarla con su compañero.

Los otros se les reunieron.

71 *Ducho*: experimentado, diestro
72 *Pelouse*: (fr.) césped, terreno cubierto por una gramínea cortada muy prolijamente al ras

—¡Qué linda fiesta! –exclamó–. ¡Qué linda fiesta! ¿no es verdad, querida?

—Sí –contestó Ana María, mirando, radiante, a su novio–. ¡Si vieras cómo me he divertido!

—Todo es elemento aquí para que así sea: la naturaleza, las mujeres... Pero hay tanta gente que me es desconocida... Conozco solamente a las personas que se me presentan en los bailes.

—Pregunte, pregunte no más, hija de Eva; satisfaremos su curiosidad –contestóle Máximo.

—Sí, instrúyame usted un poco... Empiece por aquel caballero, tipo enérgico de hombre del Norte. Es un escandinavo él también, con los bigotes de un galo.

—Es Carlos Pellegrini[73]. Usted me ha contado la pasión de su papá por Homero y que se lo hacía recitar para él; compárelo entonces con Ayax de Telamón: "el más alto de los políticos al hombro no le llega". Nadie tan brioso para un ataque, ni tan temible para cubrir una retirada... ¿Ve ahora el que está a su lado? Usted, madre de tantos hijos, tiene el deber de conocerlo: es el inventor de la Martona[74].

—¡Ah, sí! de la blanca y benéfica Martona. ¿Cuál de ellos, el delgado pálido o el grande y robusto?

—El delgado pálido. Es un caballero cuadrado; hombre de negocios y a ratos político. Para ambas cosas le ha servido de lastre la hidalguía gentil de su carácter... El otro, el grueso, es Roque Sáenz Peña[75], bondadoso, caballeresco y altanero.

Los del grupo divisaron a Máximo, y le hicieron con la mano un saludo de camaradas.

Siguió indicándole entre las personas que se paseaban o se juntaban a conversar, a aquellas que podían interesarle; una dama rubia, figura esbelta y flexible como una liana; el propietario del mejor stud: una niña que canta como un ruiseñor; la presidenta de una sociedad benéfica; un marino, un militar; artistas... periodistas...

Una hermosa pareja de jóvenes saludó en ese instante.

—Ahí tiene usted un joven de porvenir y del porvenir –dijo Máximo.

—Lindo tipo de español el de la señora –observó Dina.

—Ese lindo tipo español debe el haber nacido –volvió a decir Máximo–

73 *Carlos Pellegrini*: (1846-1906) político argentino, fue diputado, ministro de Gobierno de la provincia de Buenos Aires, ministro de Guerra y Marina del gobierno de Julio A. Roca, y Senador Nacional. Fundador del Jockey Club y del periódico *Sud América*. Elegido vicepresidente de Juárez Celman, a su renuncia asumió la presidencia hasta 1892. En 1900 fundó el diario *El país* de tendencia conservadora y proteccionista y el Partido Autonomista Nacional.

74 *La Martona*: primera industria láctea modelo fundada por Vicente Casares en 1890

75 *Roque Sáenz Peña*: (1851-1914) abogado y político argentino. Combatió en la Guerra del Pacífico al servicio del Perú contra Chile. Co-fundador junto con Carlos Pellegrini, Paul Groussac, Lucio V. López y Delfín Gallo del diario *Sud América*. Fue ministro argentino en el Uruguay, representante en la Conferencia de Montevideo, en la conferencia Panamericana de Washington (1890), la segunda Conferencia de la Paz en La Haya (1907) y en el tribunal de arbitraje entre los Estados Unidos y Venezuela (1909). Electo presidente de la República en 1910 fue propulsor de la ley de voto universal que lleva su nombre

a la más sublime galantería que haya habido tal vez en el mundo. Un hombre con derechos a la vida, en una catástrofe terrible en el mar, sacóse el salvavidas que llevaba puesto y lo ofreció a una señora que iba a perecer, diciéndole: "Sálvese usted que es joven y que es madre'". La señora se salvó, y el caballero Viale quedó en el fondo sepultado con su hazaña. La dama era la madre de la joven que acaba de saludarnos, y tenía entonces poco más o menos la edad de su hija ahora... quien vivía ya ese día en sus entrañas[76].

Un momento de silencio se hizo en el grupo bullicioso; homenaje inconsciente al heroico paladín.

—Su estatua está en la Recoleta. ¿Te acuerdas, Alex, que te la mostré? –dijo María Luisa.

—Pocas estatuas hay en su país, señor Quirós –observó Nordolj– Es una de las cosas que extrañamos los extranjeros. Ni estatuas para adornar sus paseos, ni estatuas para honrar a sus hombres.

Cinco lindas muchachas que se paseaban rozaron al grupo con sus trajes de telas claras y ligeras. Una de ellas, de cabello muy negro, alta y muy bonita, estiró su mano, para sacudir dos veces la de Ana María, su amiga de infancia, que iba a su encuentro.

—¡Adiós, Ana María, adiós, querida!

—¡Adiós, Susanita!

—Si el reconocimiento tuviera cabida en los hombres, ¡cuántos corazones latirían reconocidos a la memoria del abuelo de esa linda chiquilina! –dijo Máximo–. Fue un hombre que encontró su placer en hacer el bien. Cuántas familias le deben su pan. ¡A cuántos amigos, que hoy no lo recuerdan, salvó de la ruina, sin ostentación, entre una broma y otra, Goyo Torres!

—Es verdad –dijo Alberto, con una nubecita de tristeza en su semblante–. ¡Pobre don Goyo! ¡Cuántos debemos gratitud a su memoria!

—Es de un hombre bien nacido recordar los beneficios, decía papá, que no los olvidaba nunca –acentuó Alejandra con esa voz que titilaba como una luz al viento cada vez que nombraba a su padre.

—¡La gratitud! He aquí una figura que se esconde. Y tanto, que cuando un cachafaz como éste –dijo Máximo dando un golpe afectuosísimo en el hombro de Alberto– nos manifiesta que se da el noble lujo de cortejarla, hace la impresión de cortejar a una desaparecida.

—¡Pobre don Goyo! –exclamó también Montana, en quien vió Alex una expresión que se lo hizo simpático–. Siempre que iba a mi escritorio, era para pedir por alguien.

Enrique llegó para advertirles que se servía el lunch en el salón. Allí se dirigieron. Montero y Espinosa, dominado por el vértigo que le producía Alex, iba a cometer una imprudencia. Máximo la previno, adelantándose y dando a la joven su brazo.

Montero entendió y ofreció el suyo a Isabel.

---

76 Se refiere al episodio protagonizado por el empresario Luis Viale, durante el naufragio del vapor *América*, ocurrido en aguas del Río de la Plata el 23 de Diciembre de 1871, Viale cedió espontáneamente su salvavidas a la señora de Marcó del Pont que se encontraba embarazada. Hoy su estatua está emplazada en la Costanera Sur de la ciudad de Buenos Aires.

—Señorita Fussller, ¿qué opina usted de nuestras reuniones hípicas? –preguntóle un señor apasionado del Jockey Club.

—Espléndidas, como todas sus fiestas. ¡Sorpresa y venganza para los que ignoran América!

—Nosotros estamos enamorados de su país –dijo Dina Nordolj.

Montana traía un ramo de rosas; seis nada más, pero seis rosas de Francia soberanas.

Con una exclamación de admiración y de placer, se las agradeció Alex, a quien él las ofrecía.

—He visto hace un momento en sus ojos el deseo de poseer una rosa del jardín, señorita. Sentí entonces no tener la edad en que se es bastante audaz para burlar a los guardas y robar flores ajenas. Por eso me he permitido buscar otras que ofrecerle.

—¡Son tan bondadosos aquí todos ustedes conmigo!... –contestó ella, que fué interrumpida por Dina Nordolj, que muy cómicamente quería imitar "el andaluz", para decir:

—Para mujeres y flores Buenos Aires... No, nunca se burlarán más de mí que yo misma –agregó en francés, riendo a los aplausos con que la obsequiaban los demás.

—A propósito de Andalucía, ¿no van ustedes al teatro esta noche? –preguntó Montero, que ya estaba en la época del pensamiento fijo–. Dan en el Odeón "Las flores", de los hermanos Quintero.

—¡Qué interesante es el teatro de Quintero! –replicó–. ¿No van ustedes?

—No, señora –contestó Elena–; no habíamos pensado.

—Voy a permitirme, señora, ofrecerle mi palco –se apresuró a decir Montero, dirigiéndose a la señora Nordolj–. Es un obsequio, porque no hay disponible una sola localidad.

Él calculaba: "Seguramente llevará consigo a Alex".

Dina, extraña a todo lo que pasaba, respondió:

—Mil gracias, señor; acepto, pero con una condición, pues es necesario que la fiesta sea completa hoy. Se vienen Isabel, Alex y usted a comer con nosotros y nos vamos al teatro todos juntos después. Me llevo a las dos muchachas y se nos reúne usted en casa. El secretario se ha retirado medio enfermo; seguramente la influenza.

Alex, en un minuto, tradujo la agitación de Isabel, las diferentes corrientes de sus sentimientos que se chocaban. El deseo de estar donde estuviera Montero, la amargura de la decepción que presentía, si estaba también su prima, el de ir y de no ir, el de aceptar y el de rehusar, la necesidad de hacer algo sin saber qué. Olvidando todo lo que empezaba a hacérsele sufrir, tuvo sólo presente la lucha de esa alma celosa, y se consultó: "¿qué hago ahora yo?".

Un segundo después dejaba caer sus rosas. Bien sabía que Montero, estando a su lado, se agacharía a recogerlas. Lo hizo ella también, y en el momento en que levantaba sus ojos, le clavó los suyos y le dijo muy rápidamente en alemán, idioma que él entendía:

—Le ruego, le ruego con todas mis fuerzas, que acepte lo que voy a decir. Después le explicaré.

Sintió él una sensación deliciosa: la sensación de una complicidad con ella, y dijo sí.

Fué un relámpago. Máximo, María Luisa y Elena lo vieron, sin embargo, y quedaron convencidos que las flores fueron el pretexto. Isabel permanecía detrás y nada notó.

—Alex, ¿quiere que vayamos, y también usted, Isabel? –dijo Dina–. Convenido, señor Montero, lo esperamos a usted a comer.

Sin dar tiempo a que los otros contestaran, hízolo Alex.

—Yo tengo otra combinación, que es la que ruego se acepte. Isabel se va con usted. Yo cedo mi asiento a Montero y me vuelvo con los de casa. No me siento bien, creo que he recibido el trancazo[77] yo también... Sí, Dina; es verdad, estoy con escalofríos y dolor de garganta... Además, mi Stella me reclama.

Salieron del comedor para tomar los carruajes. Montero dió su brazo a Isabel, sonriendo a Alex, a quien acompañaba Montana; Máximo a Dina, Nordolj a Elena, Enrique a Clarita.

Alex se detuvo de pronto, y estirando su mano preguntó con un interés vivísimo:

—¿Quién es, quién es aquella señora de vestido crema y sombrero punzó que se aleja del brazo de un caballero?

—Es Santitos Pérez –le contestaron.

Una emoción tan honda la conmovía, que sólo después de un momento pudo decir, con voz humedecida y trémula:

—Así, ven, así era mamá... Es su figura, sus ojos, su aire y su gracia.

—Verdadero tipo de americana –observó Nordolj.

—Mis miradas no pueden desprenderse de ella; sí, sí, así era mi delicada, mi adorable mamá.

—Esa señora es nieta de un prócer americano, esposa de un médico distinguido, y educada en París –informó Linares.

—Es más que toda eso –agregó Máximo–; es una de las mujeres que más valen en nuestra sociedad, por su bondad, su inteligencia, su carácter alto e independiente.

—Sí, así tenía que ser –murmuró Alex, y sus ojos seguían, seguían la fina silueta de la gentil venezolana; su corazón se iba tras ella.

Al llegar a los carruajes, Clarita dijo, antes de despedirse, dirigiéndose a las de Maura sin mirar a Alejandra:

—Muchachas, mañana a la noche nos han prometido ir a casa la Guerrero y Díaz de Mendoza; también irán Marchal y Thibaud. Reuniremos, con ese motivo, a algunas personas. No nos falten, pues. Díganselo a Carmenci-

---

77 *Trancazo*: (fig.) golpe dado con una tranca (barra de hierro)

ta. ¿Y usted, Quirós?... Ya se lo he pedido a Montero... ¡Ah! Palacios, queda usted invitado. Por caridad no se rehuse, tendríamos desmayos de la chica... Ya saben, a las nueve.

El padre clavó en la hija una mirada de fría autoridad, la mirada que ella sabía no admitir resistencias, y en un tono que pedía perdón por la impertinencia de la muchacha incivil, dijo a Alex:

—Señorita, mi hija se ha adelantado a hacer invitaciones para una reunión completamente familiar, que tendrá lugar mañana en mi casa. Le faltaría su principal atractivo si nos privara usted de su presencia. Me anticipo ahora yo a rogarle por ella y por mí, quiera hacernos el honor de asistir como sus primas.

—En la familia va siempre incluida Alex —se apresuró a decir la hija, que algunas veces temía a su padre—. Y tendremos mucho gusto, sí...

La joven no la dejó concluir.

—Yo no asisto sino a las fiestas de mis amigos, señorita —le contestó con el aire de una orgullosa firmeza que cortaba toda duda y toda insistencia—. Mil gracias, señor Montana, y buenas noches —agregó amablemente.

Dió un beso a Dina, un apretón de mano a Nordolj y Montero, y fué a tomar su asiento al lado de sus primas en el gran automóvil de Máximo, que partió como una exhalación.

Montero y Espinosa esperaba que subieran Isabel y Dina a la victoria para ocupar su sitio en ella.

Nordolj tuvo que golpearle el brazo dos veces para invitarlo a subir. Parecía volver de una contemplación interior; seguía todavía el automóvil que hacía largo rato había desaparecido en la vuelta del camino; veía la expresión altiva, el gesto imperioso de Alejandra al pasar por delante de la hija de Montana. Era la misma expresión, el mismo gesto con que lo fustigó aquel día en el hall.

—Usted primero, señor Montero.

—Usted, señor Nordolj.

Un minuto después rodaban también ellos hacia la gran ciudad, que esperaba a los millares de paseantes, iluminada ya para la noche que llegaba.

Capítulo XI

Montero y Espinosa pagó su apuesta. Pequeños guantes blancos y perfumados, encerrados en un cofre digno de ocupar una vitrina del Louvre.

Fueron ellos, para Alejandra, mensajeros de grandes desventuras.

La curiosidad y el interés que había despertado en el joven, tomaban las proporciones y la forma de la pasión. ¡Y la primera! Una pasión dominadora y soberana, que no admitía disimulación y cuyo primer gesto fué para desenmascarar. Síntoma de amor verdadero es la probidad; esa impaciencia por mostrarse moralmente honrado y por serlo, Montero la sentía. Y su admiración fué en adelante tan abierta, que cundió el pánico en las filas de la familia, la cual se armó para la defensa.

Un dolor rencoroso descargó su peso sobre Isabel, que, al agobiarse, odió.

El retraimiento evidente e igualmente abierto de Alex, que era el retraimiento sincero que evita "la ocasión" sólo sirvió para fortalecer en Montero el sentimiento que nacía resuelto a perdurar, y en los demás la convicción de que eran estratagemas de mujer habilidosa.

Viéndose espiada en sus menores gestos, miradas y palabras; sospechada de manejos indecorosos, ofendida por alusiones de mala ley y por aires y silencios despreciativos, no quiso pedir ni dar explicaciones, ni quiso soportarlo, y dejó de aparecer en las fiestas y en el mismo salón de la casa.

Era el golpe de gracia sobre todas las vanidades. Dábase al público lo que se deseaba ocultarle. Ese público, que conocía a Alejandra, tenía demasiada confianza en su salud, para creer en enfermedades repentinas, que coincidían con la excursión de Montero y Espinosa al Uruguay. Nadie creyó en las explicaciones de la madre y de las hijas.

A ninguna de éstas se le ocurrió pensar que la joven pudiera bien ser sincera, ya fuera por un sentimiento de lealtad para con su prima, o de indiferencia hacia el joven millonario. Todo se les ocurrió menos eso.

Misia Carmen e Isabel demostraron a Montero su descontento; éste experimentó el mayor de su vida al adivinar las razones del eclipse de Alex, y algo más que descontento con la privación de su presencia. Deseando aflojar un lazo aún no cerrado, tomó de pretexto un paseo con amigos y se alejó.

Don Luis, atacado de una neurastenia[78] agudísima, veíase obligado al reposo y a la reclusión. ¿Quién más que él podía interesarse en Alex? ¿Ana María? Qué peso podía tener un juicio de Ana María... ¿Alberto? Habría sido empeorar la situación. Linares era demasiado importante para ocuparse en chismes de mujeres; Carlos demasiado "conservador" para provocar discusiones, y Elena, admiradora de la joven, prefería la paz, que no altera el color ni deshace el peinado. Enrique complacíase en ver comprometida a su prima para comprometerla más fácilmente él después; Emilio no estaba, y los niños eran chicos. No se alzó una sola voz para defenderla... Ninguna; ni la de Máximo.

A fines de octubre el conflicto estaba planteado. Conflicto sin salida porque se establecía entre personas que, siendo de la misma sangre, no eran de la misma raza; porque no había lazo anterior, ni viejo afecto para servir de contrapeso al choque que fatalmente debía producirse.

Por un lado, esas almas mediocres, que viven y prosperan dentro de la normalidad, rechazan toda superioridad como una anomalía, y no encuentran jamás la gran virtud de las grandes horas. Por el otro, un alma exigente como todas las grandes almas, que por ignorancia de la vida no conocen todavía la tolerancia y el perdón.

La hija veía en su prima el arma que hería su corazón y su orgullo, la destructora de los anhelos de toda su vida, que tenía ya asidos cuando aquélla apareciera. La madre la acusaba de los sufrimientos de la hija predilecta, de haber resuelto para la otra un matrimonio detestado, de amenazar también al hijo; del derrumbamiento, en fin, de todos sus planes pacientemente preparados. Todos los otros reflejaban...

Enemigos demasiado pequeños para que en ellos cupiera ese espíritu de justicia que nos enseña a no juzgar las causas por los efectos, no alcanzaban a distinguir toda la inculpabilidad de Alejandra en lo que pasaba. Veían sólo en ella la fuente de males irreparables, que únicamente de ella emanaban; males traídos consigo misma, que sin ella no existirían, que perdurarían lo que ella perdurara en el hogar.

Alex, viviendo en la amarga injusticia, no se dijo a su vez: "Lo que yo sufro por los otros... ¿y lo que los otros sufren por mí?". Y no pudo encontrar atenuaciones a la falta de aquellos otros que por ella sufrían.

Echáronle en cara los beneficios de que se la colmaba; ella no les recordó la moneda en que los pagaba.

Y empezó la lucha. Persecución sorda, tenaz, encarnizada, que va ence-

---

78 *Neurastenia*: neurosis caracterizada por una adinamia muscular permanente, trastornos funcionales (digestivos, endocrinos) y sensitivos (movimientos de la cabeza, dolores), de la ansiedad. Estado durable de abatimiento acompañada de tristeza donde el origen es psíquico.

gueciendo poco a poco, vertiendo el veneno gota a gota, llegando a todo paso a paso; de las unas, resistencia altiva, y silenciosa de la otra.

Era la lucha de una joven águila solitaria, arrojada por la borrasca en un nido de halcones bien guardado.

No se trataba ahora ya de una preocupación de orgullo, de delicadeza o de dignidad; se hería a Alex en su honor y en su reputación.

Para salvar el amor propio de la hija, de la hermana, se recurrió al sistema de las insinuaciones grises que dejan entrever... Cuando éstas, rodando, envolvieron a ellas, no las reconocieron; tal era su tamaño y su deformidad. ¡Habían dado vida al monstruo que crece caminando!

No habían querido esto, sin embargo. Desearon solamente que se creyera en coqueterías más o menos audaces, en ligerezas... pero muy ligeras, y que se tomara como razón justificativa del alejamiento de Montero y Espinosa, el resentimiento de un enamorado, de quien su novia se ha permitido dudar. Mezclóse a Enrique y a Montana para no dejar aislado un solo nombre, lo que lo hacía más visible; se habló de antecedentes allá en Cristianía.

—¡Cristianía está tan lejos! –y nada más.

No se dijo en la casa nada más; pero se oyó lo que Micaela iba diciendo y no se la desmintió; se entendió lo que Clarita –que era el áspid saltado de entre las flores del padre– quería dar a entender, y no se protestó.

Cometíase así el cobarde delito del consentimiento.

¿Quién podrá prever hasta dónde se extenderá la pequeña nube blanca que aparece en el cielo? Dilatándose, poco a poco, lo cubrirá todo de su inmensa mancha obscura. Es de esa pequeña nube que se forman las tormentas. Así empezó para Alejandra, noble, generosa y pura, la difamación social.

Nadie trató de demostrar su inocencia. Máximo, el "viejo amigo", calló como los otros.

Había estado en una de sus estancias lejanas, y volvía justamente en el momento en que su intervención hubiera sido salvadora. Por dejadez y por un temor pueril, extraño, pero común en hombres de su altura, de que se le creyera demasiado interesado en la cuestión, no lo hizo.

¡El valor de la palabra! ¡Qué difícil debe ser para que tan pocos lo tengan, y falte a los más valientes! ¡Raro, difícil, santo valor, el de decir resueltamente lo que se siente y lo que se piensa, cuando ese sentir y ese pensar van contra la corriente!

Alex, acosada como el ciervo por la jauría, se parapetó en su orgullo, que de nada podía defenderla, y, al no encontrar en sí misma los medios de salvarse, no tuvo a quién volver los ojos en busca de protección.

Sintió entonces todo el horror de su orfandad, temió a lo que ignoraba, sintió el soplo frío de lo desconocido; lo desconocido del mundo de los hombres.

Conoció los desvelos, las agonías solitarias en la sombra, las visiones agrandadas por la noche; la sensación del aniquilamiento de sus energías en la impotencia, el abandono en el desaliento del cuerpo y del alma; los brazos que caen, los ojos que se cierran, el pensamiento que se fija.

Descubrióse en su frescura, a la luz del día, las huellas de sus preocupaciones nocturnas; las mismas que había visto en el rostro marchito de su tío Luis.

Su corazón rechazó el odio, pero acogió la repulsión y el desprecio; y era de este sentimiento que tenía el alma dolorida. Preguntábase ingenuamente cómo debería sufrirse con el propio desprecio, si tanto se sufría al despreciar a los otros. La pobre ignorante creía que, necesariamente, en cada pecho tenía que albergarse una conciencia.

—"¡No, no, ni un día más! ¡Alejarme, irme de esta casa...!" "¿Dónde vas con Stella?". Era éste el diálogo que, desde hacía un mes, se tenía en su interior, entre su justa indignación y lo imposible.

Por primera vez su carácter cedía ante una imposición contraria a sus convicciones; era la imposición de la necesidad triunfante en el combate de sus sentimientos y sus reflexiones. Sentíase extraviada en su propio camino y todos los otros le estaban cerrados. No quería quedar en el mismo sitio, y a cualquier otro que dirigiera sus pasos, encontraba, allí inconmovible, insalvable, el obstáculo que la hacía retroceder.

¿Dónde ir con Stella? Y si los milagros de seducción de la Angélica[79] se repitieran, forzando la voluntad de alguien para recibirlas, ¿permitiría nunca su tía que la sobrina de su marido, la que hasta ayer había figurado entre sus hijas, se colocara de institutriz o de dama de compañía? En su país tendría abiertas todas las puertas, las de sus amigos y de sus compatriotas pero ¿Stella en aquel clima?

Sus veinticinco años dábanle derecho a disponer de sí misma. ¿Qué motivos no se encontraría para explicar el por qué se hacía uso de este derecho?

Y entre la matrona de alta posición, respetable, insospechable, verdadera autoridad social, y la niña pobre y sola refugiada en su casa, ¿quién osaría vacilar? ¿Quién dejaría entrar en su hogar a la joven extranjera, para quien se cerraba la suntuosa mansión de don Luis Maura y Sagasta?

En el momento en que todo su ser reclamaba desesperadamente su independencia, en el momento único en que le había sido necesaria, veíase obligada a renunciar a ella. No podía elegir, tenía que aceptar...¿Aceptar qué? La humillación! Sí, en la humillación estaba su deber, y esta humillación la enaltecía. Exaltábase su espíritu ante su propio sacrificio... Esta humillación la degradaba también ante los otros. Caía su exaltación hecha pedazos.

"No debemos nunca juzgar la conducta ajena, mi hija. No debemos nunca decir: *yo no haría lo que aquél hace, o yo haría lo que aquél deja de hacer.* ¿Conocemos acaso qué fuerza le obliga a hacerlo, qué fuerza le impide hacerlo? ¿Sabemos lo que nos veríamos obligados a hacer o dejar de hacer nosotros en igual caso?".

Así combatía su padre su intolerancia. Estaba su hija, su propia Alejandra,

---

79 *La angélica*: la que se asemeja a un ángel; se refiere a Stella, porque " Había en ella tal poder de seducción..." (p. 26)

hoy en el "caso", y en él bajaba cabeza ante su sabiduría bondadosa y previsora.

¡No podía quedar! ¡No podía ir! Comparábase a un prisionero anhelante de libertad, y que al conseguirla, ya en la puerta, se le mostraran fieras prontas para devorarlo al traspasar el umbral. ¿Para qué le servía a ese hombre la libertad?

De repente sentíase sacudida por una especie de actividad que le engañaba, dándole la ilusión de conducirla a alguna parte; era sólo una actividad mental que lanzaba impetuosamente su espíritu al espacio, el que iba a estrellar sus alas contra los barrotes de su prisión moral... Volvía al desaliento, la gran aflicción de las almas fuertes.

Si hay circunstancias y acontecimientos de la vida que provocan generalmente el desenvolvimiento completo de un carácter, hay otros que traen su completa inercia. Esto le pasaba a Alejandra; su posición era imposible de soportar y era imposible de cambiar; la ofuscación cerraba las aberturas de su espíritu, el que andaba a tientas en una obscuridad en la que no penetraba el más pequeño rayo de luz.

Y se preguntaba, debatiéndose en sus congojas: ¿Cómo será el mundo de los malvados, si es éste el mundo de los pequeños? ¿Cómo será el mundo de las iniquidades si es éste el mundo de la mezquindad? Creía, en su candor, que son los malvados los que hacen los más grandes males.

Comprendía que descendía la cuesta, que entraba en el bajo, muy lejos ya de la cumbre.

¡Ah! ¡si su padre abriera los ojos! No, que repose en paz en su prisión de nieve, menos fría que el corazón de los hombres.

Máximo, que había visto y oído todo lo que pasaba, lo juzgó más grave de cuanto aparecía, adelantándose a las consecuencias inevitables de un estado de ánimos irreconciliable. Condenaba la conducta de su hermana Carmen y de las hijas de su hermana como abusiva y poco noble; la de Micaela y la de Clara como una vileza y una perversidad, y reía de la poca habilidad de todas ellas, provocadoras de una crisis que tenía forzosamente que precipitar el temido desenlace.

Convencido de que Alex aspiraba —muy inteligente y legítimamente por otra parte— a ocupar la posición destinada a las mujeres de su talla, y que por lo tanto no se trataba de amores contrariados, ni de persona dada, sino de un propósito perfectamente definido, de un problema fríamente resuelto de antemano, pensaba que ahora, arrojada por la maldad y la torpeza de las otras en una situación sin espera, se jugaría por entero, exponiendo sobre el tapete su espíritu incomparable, sus hechizos de mujer.

Y si no pensaba ella así, si no estaba segura de conseguirlos, ¿qué esperaba para alejarse, del círculo odioso que la estrechaba, de la casa inhospitalaria que la rechazaba, del campo de un enemigo implacable? ¿Por qué, si era que no estaba dispuesta a todo, si era que no sentía en su ser orgulloso la repugnancia invencible de los puestos secundarios, soportaba las humillaciones, las ofensas, en vez de irse a enseñar a los niños de otra casa extraña?

Olvidaba a Stella e ignoraba muchas cosas este Máximo que creía saberlo todo.

"Porque Alejandra no es humilde, es altivamente modesta; no tiene mansedumbre, tiene dulzura imperiosa", se decía, repitiéndose que se jugaría por entero, ganara quien ganara; se llamara Montero y Espinosa, Samuel Montana, Enrique Maura, o... Y dió un sentido recién a palabras que, como sonido hueco, llegaran otras veces a sus oídos en la voz de sus hermanas. Ellas habían dicho: "Tú eres uno de sus blancos". ¿Y por qué no? ¿No era él el más rico, y el de más alto rango?

Por delante de sus ojos pasó Alejandra, envuelta en el misterio de su personalidad nueva y prominente.

Otra visión la suplantó. La visión odiosa de su propia fortuna, enemiga de su dicha, fecunda matriz donde habían germinado sus desconfianzas, sus descreimientos, sus ironías; la madre de su soledad moral.

Entrevió en la sonrisa de la joven noruega el cálculo, el interés que en las demás. Se abrió una herida más sobre sus viejas cicatrices; tuvo un recrudecimiento de su incurable mal de aprensión, y un momento de rabia y de despecho. La rabia de que se pretendiera alinearlo ¡a él! con Enrique, Manuelito, Samuel Montana. El despecho latente de que fueran las manos de Alex las que pretendieran colocarlo entre ellos.

Su amor propio de hombre, levantándose en grandes oleadas, ahogó sus altas facultades de apreciación; se encogió de hombros y volvió a su indiferencia, que era ya en él una segunda naturaleza.

Una mañana que llegaba en su automóvil a lo de su cuñado, encontróse en el zaguán con la joven, que salía. Se fijó que iba vestida con un traje de paño gris obscuro, que su sombrero tenía muchas alitas negras y blancas, y llevaba un ancho paquete en las manos. Llamóle la atención su palidez.

Entró a la casa, ofreció su automóvil a misia Carmen, que iba a misa, subió a ver a don Luis, jugó con Stella y los chicos en el jardín, y se fué caminando despacio hasta el "Grand Hotel", aspirando el aire purísimo de aquel día de octubre, dejándose penetrar por su luz y su suave calor.

Venía por Florida; al llegar a la esquina de Paraguay, reconoció en una señora que salía de una pomposa casa de la mitad de la cuadra a Alex, y en la casa, la de don Samuel Montana. La joven, que caminaba en la misma dirección que él, no lo había visto. Su instinto de hombre educado lo desvió, y dobló discretamente para tomar Maipú. "¡Qué muchacha imprudente!", díjose, pues, si bien para los extraños no era una inconveniencia la visita a la casa del banquero, quien vivía allí con su hija, era sí, una enorme para la familia, donde se sabía que, después de las carreras, Alex y Clarita no habían vuelto a hablarse, suprimiéndose toda relación entre ellas.

Nada, pues, explicaría una visita matinal a la que sólo autoriza una gran intimidad.

Justamente aparecía ella de nuevo en la esquina de Córdoba, caminando ahora en dirección contraria. Había tenido la misma idea de doblar para tomar Maipú, deseando evitar la gran concurrencia de Florida. La tenía frente a frente. Avanzaba hacia él con el aire que siempre le había conocido, y tenía las manos libres del paquete ancho y cuadrado. A medida que se acercaba comprobaba que ya no estaba pálida.

Sin darse él mismo cuenta, apareció en sus labios su mala sonrisa irónica hasta ser mordaz ... Ya estaba allí, ya iban a saludarse . . . Cruzaron un saludo. Cruzáronse también sus pensamientos.

Él decíase que la había embellecido, animado, el triunfo: "Cambiemos el refrán: ya que se la había de comer el cristiano, que se la coma el moro. Al fin y al cabo hace muy bien".

Venía pensando ella, desde que lo divisara, que mientras existe un ser en quien depositar la confianza, no se está solo. ¿Por qué no tenerla en Máximo? ¿Por qué no decirle la verdad, toda, la verdad? ¿Por qué no confiarse a ese hombre superior, contárselo a él, a su viejo amigo, al amigo de todos? Estuvo decidida, pero la paralizó algo que vió en su expresión y el temor a las nuevas impresiones que iba a recibir.

Si en ese instante un carruaje, un ebrio, uno de esos mil accidentes callejeros; si un peligro visible cualquiera la hubiera amenazado, habríala él socorrido sin ser solicitado, y a riesgo de su propia vida. No supo, sin embargo, ver la angustia de aquella mirada, oír el grito desesperado de aquellos ojos, acudir en auxilio de aquella hermosa alma en agonía.

Capítulo XII

En la galería del segundo piso, Chochita se ensayaba en ejercicios gimnásticos de su invención, que aseguraba ser muy dificultosos: saltaba en un pie, y la dificultad consistía en caer perfectamente derecha en el centro de un florón del piso.

De pronto sacó su patita escondida, y empezó a accionar con una exageración de niña de escuela que declama versos patrióticos, diciendo: "No tengo nada, señor... ¿No ve que no tengo nada, que estoy sanita, señor?". Una risa de hombre bueno, de hombre bueno que tiene hijos, le respondió; éste, que aparecía por la escalera, la tomó en brazos y se fué así con ella, que le acariciaba con su manita la barba rala y obscura, a ver al hermanito enfermo.

Porque Chochita quería mucho a Wernicke, temiendo al médico que lleva escondido dentro —que es quien receta la bebida amarga, y la trementina que pica, priva de los bombones y obliga la cama— , y cada vez que no lo veía llegar, o veía algún caballero con aire de doctor, se lanzaba en sus inacabables reverencias, y a proclamar la excelencia de su salud.

Iba en brazos de su camarada Roberto Wernicke, el amigo de los niños y de los enfermos, el médico de corazón y de conciencia, a quien reconocía desde lejos porque sabía que era alto, delgado, fuerte y pálido; que tenía los ojos chicos con una gran mirada que descubría llaguitas invisibles en su garganta, nanas sin dolor en su estómago, y entraba ¡hasta dentro! del corazón de su abuelo. Y también sabía que sus manos eran grandes, blancas y suaves, hablaba muy ligero y se balanceaba para caminar, con un paso tan largo que ella debía correr para alcanzarlo; que era muy friolento y tal vez por eso andaba siempre metido en un gran paletó.

—Lo que tiene Pepito es sarampión —sentenció el doctor un rato después—. Si no se saca a los otros chicos, tenemos sarampión para diez años. Conque ¡fuera la chamuchina! Y Stella la primera... Ahí tiene, señora, salvada la situación: se va Alex con todos ellos, al "Ombú". Tienen en esa estancia campo y mar.

Convínose así. Emilio había llegado y se encargaba de los asuntos de su padre. Alex vió entonces el cielo abierto; si no era la solución era la tregua. Saldría primero de la ofuscación en que vivía ahora, para determinar después cuál debía ser su conducta en el futuro.

Al día siguiente la *nursery*, como un canasto de rosas aún no abiertas, se vació en el hall donde estaba la familia para despedirla. Los niños y niñas mayores, vestidos con trajes marinos azules, de anchos cuellos y sombreros de hule negros y sus abrigos al brazo; y los más chiquitos, de blanco y grandes capelinas, esperaban la hora de la partida, muy parlanchines y muy excitados con el "viaje", aunque muy juiciosos.

Alex entraba con Emilio en momentos que un *chauffeur*, joven y elegante como un paje, presentaba a Stella, que se encontraba en el sofá con misia Carmen, una carta. La niña miró a su hermana, en su asombro de recibir cartas también ella.

Alex quiso dejarle la emoción de abrirla.

—Ábrela, querida, si es para ti.

La niña encontró una letra gruesa y fea que no supo descifrar. Avergonzada de no saber leer lo que no se sabía escribir, estiró el papel a su maestra, quien, dando prueba de una gran disposición para la arqueología, leyó de corrido la carta, que decía así:

"Mi astro suave y adorable. Llegó al fin el automóvil de París, que mi ahijada me pidió para prestarlo a Stella. El fabricante puso una condición al entregarlo: que fuera Stella quien lo prestara a mi ahijada.

"¿Me prometes una cosa antes de partir? Recordarme. Recordar que no sólo de la Perla soy padrino, que no sólo soy el "viejo tío"; que Máximo es tu paternal amigo, fuerte y fiel, con el que debes contar hoy, mañana y siempre, porque te quiere".

Nadie extrañó el regalo, que conmovió a todos; era de Máximo a Stella... Ella no lo extrañó tampoco, pero se puso muy punzó y se humedecieron sus ojos. Ternura, admiración, obsequios a montones había encontrado a su paso desde el día que alcanzaba su memoria. Se ruborizaba, sin embargo, siempre. Así la sensitiva[80] encoge sus hojas cada vez que algo la roza.

Máximo, impresionable y vehemente en el fondo, con un gran corazón que caminaba con lentitud, el día que conoció a la niña sintióle dar pasos precipitados para acercarse a ella. Desde entonces fue enamorado de la princesa de leyenda, que era una flor.

En la casa, si se hacía alguna diferencia entre la sobrina y los nietos, era para mimarla más, porque era la nieta enferma, y ella lo sentía tanto así, que llamaba como los demás, a misia Carmen abuelita.

---

80 *Sensitiva*: o "Mimosa Sensitiva" (*Mimosa pudica*) también llamada "Vergonzosa" o "Planta de la vergüenza". Planta tropical de la familia *Fabaceae*

La adoración que le habían consagrado sus primitos –pues, eran sus "primitos" aunque fueran sus sobrinos–, fué pasión en la exuberante Perla. ¡Cómo era de emocionante aquella amistad que hacia íntimamente inseparables a dos criaturas tan distintas!

Una vez pasada la impresión del automóvil –que se iba con ellos a la estancia–, volvieron a sus impacientes "va y ven" hasta el reloj del comedor.

—Son las diez y cuarto –dijo Albertito–, ya falta poco.

—¡En fila, chicos! –ordenó Emilio–, vamos a hacer el inventario... A ver: Stella, la Perla, Albertito, Miguelito, Florencio, Elvirita. Nenuca, Chochita, Julio, Adolfito, Susana y Lolita.

—Carlitos –completó Adolfo, íntimo de su primo, hijo de Carlos y Elena.

—Es cierto que también él va –dijo misia Carmen–. ¡Ah, Elena! es capaz de hacerle perder el tren al pobrecito. Siempre retrasada. .. ¿Y la negrita?

—Contá, Emilio, a la Muschinga –dijeron todos riendo al nombre de su juguete más preciado.

Ana María, pronta para acompañarlos a la estación, fresca como la mañana, entró golpeando las manos y gritando:

—¡Pronto, pronto! ya está en la puerta el carro grande de Villalonga[81] en busca de los chicos; conque, a cargar. ¡Vamos, Chocha y Perla, adelante!

—¡Cómo no! –contestó ésta, haciéndole pitos[82], y furiosa.

—No; ¿no es verdad que no? –dijeron los otros, consultando en su alarma. Elvirita, cuya suavidad no se alteraba nunca, corrió a su abuela:

—¿No es verdad, abuelita, que es en coche que iremos?

—Sí, mi alma; déjala no más a aquella zángana –le contestó, dándole su beso de despedida.

Fué la señal: se abalanzaron las madres a llenar a sus hijos de caricias y recomendaciones, que ellos recibían sonrientes y distraídos: "No vaya a dejar, Alex, a alguno de nosotros. ¡Somos tantos!", pensaban.

Emilio cargó a Stella, quien, abrazada de misia Carmen, le había dicho:

—¿Sabes que voy a ver el mar? Anda tú pronto también, abuelita, y llévanos a tío Luis.

—Vamos –dijo Alex.

Sin confusión, conversando muy animados, en perfecto orden, fué saliendo la infantil preciosa caravana.

Alex esperaba a que lo hicieran todos, conduciendo de la mano a Lolita, la más chica, y a Julio, el más travieso.

—Esperen –volvió a decir a los niños, quienes se detuvieron como uno solo–. Aquí viene miss Mary muy apurada para despedirse de ustedes. Cada uno da un beso, pues, a su primera maestra.

Miss Mary, a quien se había visto venir corriendo, recorrió dos veces la fila y recibió el beso de los niños que habían nacido en sus brazos. Otro beso

---

81 *Villalonga*: tradicional empresa de transporte de carga, era muy utilizada por las familias para trasladar sus efectos personales hacia y desde las residencias de verano en el mar o en el campo, mientras las personas y sus equipajes de mano viajaban en coche o ferrocarril

82 *Pitos*: o *pito catalán*, gesto de burla que se hace con la mano abierta apoyando el pulgar sobre la nariz y moviendo los dedos como tocando una trompeta. En Cataluña se conoce como "pam-i-pipa". Da a entender "haré lo que se me antoje"

a Stella, su apretón de manos a miss Alex, y nuevamente en marcha.

Un saludo de cortedad, que no quería ser seco y no se atrevía a ser amable, se tuvo para Alejandra, que les hacía ahora el doble beneficio de ausentarse y de llevarse a los niños lejos de la enfermedad.

Media hora después el tren partía. Ana María, Alberto, Emilio y Rafael Palacios sacudían sus pañuelos en el andén; por las ventanillas del tren en marcha aparecían montones de cabezas y de manitas de niños que se agitaban saludándolos también... hasta que se perdieron a lo lejos... Alex..., entonces, dejóse caer en su asiento, bajo la presión de un sentimiento complejo de liberación y de desesperanza.

Llegaron de noche.

Al día siguiente, después de un sueño tranquilo, del cual se veía privada desde hacía tiempo, saltó de su cama y abrió la ventana, por la que se escurrieron los perfumes de la glicina y del jazmín, que cubrían los pilares de la galería y subían hasta el techo.

Una sensación de bienestar físico experimentó inmediatamente, y el gran deseo de un olvido que habría sido el bienestar moral.

Dejó dormidos a los niños y salió; eran las seis recién. Frente a la habitación detúvose a mirarla. Al rato se dijo enternecida: "En una casa así nació mamá".

El "Ombú" pertenecía a misia Carmen por herencia, y su campo lindaba con los de su hermano Máximo, vastísima extensión heredada, a su vez, de sus tíos Esteban y Fermín, aumentada aún con lo que había tocado a Micaela, que él compró.

Don Luis, dedicado a su estancia de Puán, la antigua propiedad de su padre, descuidaba esta otra que se sostenía bajo la vigilancia de un mayordomo, excelente hombre, pero poco entendido, y cuyas atribuciones, muy limitadas, impedíanle adelantar.

La familia, que pasaba todos los años un mes en la de Puán, venía al "Ombú" por milagro.

En cambio, Máximo había formado un establecimiento grandioso, modelo de estancia moderna, de cabaña y de mansión señorial. No teniendo casa establecida en Buenos Aires, depositaba en aquélla los tesoros de arte que adquiría en sus viajes, y en ella vivía casi todo el tiempo de su permanencia en el país.

Tesoros también guardaba el "Ombú": la vieja casa colonial de techo bajo y ancho corredor, que se había tenido el piadoso buen gusto de no rejuvenecer, y los muebles de su misma edad, que guardaban el sello del tiempo en que fueron construidos. El ambiente que lo envolvía todo conservaba la alegría sana de las sanas generaciones que habían vivido y muerto allí, conociendo como placer el santo amor de la familia; como ley, la santa ley del trabajo.

Los ojos de la abierta imaginación de Alex seguían aquel trabajo dirigido por los antepasados de su tía, en aquel mismo sitio y en aquella misma hora matinal; veían brillar al sol el acero de las guadañas y de la hoz –mucho tiempo antes de las máquinas de agricultura–, pasar los mansos bueyes bajo el yugo, plantar los árboles, hoy ya gigantes.

La inmensa fortuna de Máximo y otras menores habían sido así fabricadas; eran el resultado de aquella lenta y obscura labor.

Una visión más suave y más coqueta hízola sonreír: la de las jóvenes abuelas con las mangas enormes, el vestido de "medio paso"[83] y el alto peinetón llevado en las miniaturas que su tía le mostrara, paseándose tranquilas por las avenidas de álamos como por las largas naves de una iglesia gótica, o sentadas muy compuestas en los bancos toscos del jardín.

El recuerdo de esas existencias desconocidas flotaba en el aire; su labor paciente perduraba en el suelo.

¿Habían latido apresurados alguna vez esos corazones? ¿Esas almas de antaño habían conocido la angustia, la pasión? ¿La incertidumbre, el amor ardiente, habían llegado a alterar, a poner un conflicto en esas vidas de honesta sencillez? Hombres diferentes, con espíritus más simples, voluntades más enérgicas, más fuerte resistencia y ambiciones más limitadas, ¿habían sido más dichosos?

Un dulce consuelo exhalaban la vieja casa, los viejos árboles, las viejas sombras, y Alex sintió que empezaba a amarlos.

La estancia apenas distaba veinte cuadras del pueblecito, y tenía una extensión de cuatro leguas.

Allá, en el fondo de una calle de acacias y paraísos, aparecía la casa blanca, con su techo y su alero de tejas rojizas, rodeada por un jardín rústico, dulce y tranquilo. La pródiga multiflor, cubierta por los ramos de sus rosas minúsculas, festoneaba los caminos, adornaba los troncos, se enredaba en el alambre para ayudar a la retama a formar su cerco. En las zanjas y en las calles, debajo de los árboles, se erguían duras, puntiagudas y lustrosas, en forma de cuchillo, las hojas verdes de los lirios blancos.

Arriates redondos o cuadrados con borduras de alhucema y de arrayán, desbordaban de las flores del alhelí y de la rosa, del clavel y la azucena; del nardo, del pensamiento, la dalia y las "buenas noches", y de los distintos verdes de la ruda y de la albahaca, de la salvia, de la menta y del cedrón.

A cierta distancia se detenía el jardín, dejando un ancho claro, pavimento de conchilla apisonada que era el patio, encuadrado por árboles seculares, muy distantes uno de otro.

Como símbolo de una raza desaparecida manteníase de pie, aislado, triste y altivo en su augusta ancianidad, el inmenso ombú que dió su nombre a la estancia.

Avenidas de álamos, de eucaliptos y de pinos conducían por cuatro costados al "vergel"; el monte de duraznos, pelones, ciruelas, higueras, damas-

---

83   *Vestido de medio paso*: vestido amplio y de falda larga utilizado por las damas españolas de clase media y alta en el campo a principios del Siglo XIX

cos, peras y manzanos, cuyas ramas se inclinaban al peso de sus frutos, y hacia los grandes parrales agobiados por sus pámpanos.

Por todas partes, nuestro cielo azul sobre las cabezas, y la alfombra verde y suave de nuestros campos debajo de los pies.

Los niños más grandes salían a medio vestir, los más chicos llamaban, y un rato después correteaban en libertad inspeccionando todos los rincones, estrenando sus hondas, colgando sus columpios de los árboles.

Eugenia, la señora del mayordomo –Gilberto Rauch–, una buenísima mujer, madre de dos mujercitas y de dos varones, simpatizó desde el primer momento con Alex y la llenó de atenciones. Los chicos, viendo a Stella besar a los hijos de Eugenia, besáronlos también, y desde aquel instante se hicieron amigos.

El mayor, inteligente y educado, obsequió a Stella con un gran carnero adiestrado, que desde hacía dos años tiraba de un carrito. Él mismo lo ató a su coche.

Sería muy fácil rehacer la vida, hacérnosla amable en sitios lejanos a aquel en que hemos sufrido, si nos fuera posible suprimir el pensamiento atormentador e inquietante.

Esto le sucedía a Alejandra. ¿Qué le importaba encontrarse por un momento libertada, lejos, extraña a lo que estaba pasando en el presente "allá", si aquel pensamiento la llevaba a dar el paso atrás que le recordaba el ayer, el paso adelante que la estremecía por el mañana?

Acababa de llegar y la perseguía ya la idea de la vuelta. Los primeros días, bajo el mareo que produce el aire tónico de la campaña a quien llega de las ciudades, y entregada a encarrilar su traviesa y numerosa familia en el nuevo medio, pudo despreocuparse; mas, al entrar en la normalidad, necesitó luchar de nuevo consigo misma. Recorría hora por hora los cinco meses transcurridos –desde la noche del baile hasta el día de su viaje a la estancia–, detallaba, analizaba, disecaba, y no podía perdonar. Sabíase pura de toda mancha y de toda intención, incapaz de una intriga o de una deslealtad; era por eso que no se rebajaría a justificarse jamás.

Sentía todavía, sin embargo, que no tenía la fuerza, porque existía su hermana, de romper los lazos que la ataban a aquellos que tanto mal le hacían. Para olvidar el deber de velar por la tranquilidad de esa existencia, habría sido necesario, no el estiletazo que hiere dejando el cerebro despejado, sino uno de esos golpes de maza que lo aplastan, entorpeciendo nuestras ideas, y toda noción de bien y de mal.

Una mañana, en la que enseñaba a sus discípulos delante de una habitación de hormigas recién abierta, las cosas de la vida de tan laboriosos individuos, sólo creídas porque su maestra las contaba, llegó el correo con varias cartas. Abrió una de ellas en papel violeta y púsose a leerla... Levantó la cabeza y como tratando de entender... volvió a leer, enrojeció y despidieron re-

lámpagos sus ojos... empalideció, lanzó un grito ahogado, mordió su pañuelo, tembló toda entera, cayó sobre el banco, y allí, entre los niños, soltó un
amargo llanto.

Éstos quedáronse temblorosos también, perplejos y azorados por algo tan
triste y tan extraordinario... Pasado el asombro, corrieron a su Alex y llora-
ron con ella.

Todas las infamias que los seres capaces del anónimo reservan para el anónimo, manchaban aquel papel; contábase además con sin igual crudeza lo que
según el autor "todo el mundo" decía de ella.

Otra más conocedora de estos cobardes manejos, habría experimentado
rabia, desprecio, lástima, repugnancia, odio, deseos de venganza, indiferencia, todo, menos lo que ella sentía. Habríase creído mordida por un alacrán,
pero no herida por el golpe de muerte que creyó recibir la joven de espíritu
alto, de naturaleza vehemente que había sido preservada por los suyos de lo
brutal que la vida tiene, y se había desarrollado en un medio al que no llega
el veneno ni salpica el lodo.

La sensación de abandono y de desamparo agrandóse en ella, y agrandóse su temor a aquel mundo indiferente, aquel mundo extraño. Juzgóse perdida, irremediablemente perdida; con su vida deshecha.

Y sufrió más que el último tiempo, en que tanto sufriera; nunca pensó que
después del dolor de perder a su padre pudiera sentir otro de tal intensidad.

Las largas caminatas sólo lograban enervarla, y sus meditaciones conven-
cerla de que su problema no tenía solución, y perdió el admirable equilibrio
de sus facultades. Volvió a su extravío en la obscuridad, y a enmudecer en ella
la voz interior que aconseja en las horas difíciles.

Como un soldado valiente que huye, empujado por el pánico, de un ejército desmoralizado, así huyó, acobardada, la generosidad de aquella alma generosa, y llegó un día en que aquella alma no pudo levantarse, porque sus alas
rotas no pudieron conducirla. Y olvidó a Stella, para pensar en sí misma. "No
aceptaré jamás, díjose decidida a cumplirlo, jamás, una reconciliación que me
repugna... ¿Por qué aceptarla?... No quiero soportar ya más la hostilidad con
que se me persigue injusta y cobardemente. No quiero respirar más la atmósfera viciada, mortal, de la difamación y del agravio... ¡Nadie, ni en este ni en
otro mundo, tiene el derecho de obligarme a abdicar de mi propia dignidad!...
Ha habido cosas que han podido suceder, que no han sucedido porque yo no
lo he querido; que sucederían con sólo quererlo... ¡Y se me difama, y se me
calumnia, y se me condena!... Hay otras que he impedido a costa de grandes
sacrificios. ¡Y se pisotea en mí lo más caro, se humilla en mí lo más alto!...
¡No, no volveré allí jamás!... He pagado con esos sacrificios el cariño de mi
tío y su adopción. Querré siempre entrañablemente a ese hombre todo bondad, pero desde lejos... Nadie; ni Stella en este mundo, ni nuestro padre en el
otro, pueden exigirme algo superior a mis fuerzas".

Prodújose en ella una paralización moral tan completa, que descuidó a su hermana y descuidó a los otros.

Una semana de lluvias continuas que la obligaron al encierro, aumentó su estado morboso en el que había excitaciones y desfallecimientos. Pasaba los días recostada en su sillón sin desplegar los labios.

Los niños se miraban entre sí, sin decir una palabra, mustios y entristecidos, bajando las voces, caminando despacio, respetando así algo que había en Alex que ellos no debían comprender. Stella jugaba para ocultar lo que sentía viendo a su hermana indiferente: su inmensa pena por la inmensa pena oculta en Alex.

La lluvia cesó; soplaba un pampero[84] fresco y suave, y había muchas nubes todavía. Alex no permitió que se sacara a Stella al patio, y los demás quedáronse en la sala a jugar con ella.

Salió, y sus pasos la condujeron al camino de la playa; siguió caminando maquinalmente y se encontró en la orilla. Allí se abismó en la contemplación del mar pálido y frío de aquel día sin sol, que le pareció implacable como su destino. Esa contemplación la transportaba a otro mar más pálido y más frío: el blanco mar inmóvil que apresó a su padre.

En medio de tan poderosas impresiones, llegó a su oído una vocecita triste que se lamentaba... la vocecita lloraba desesperadamente ya más cerca... ¡y qué débil, y qué frágil, y qué fina! Volvió la cabeza y vió a un muchacho venir corriendo hacia su dirección, con un pañuelo atado en punta, colgando en la mano, lleno de algo que pesaba y balanceaba al correr. El chico, vestido con un pantalón y una camisa rotos, al divisarla, quiso detenerse, pero como bajaba corriendo una pendiente, no pudo hacerlo sino a dos pasos de distancia apenas.

Ante la joven se avergonzó, y en su turbación continuaba balanceando cada vez más fuerte el pañuelo, dentro del cual estaba el gritito triste.

Los expresivos ojos de Alex preguntaron tan claramente lo que querían saber, que el muchacho, tartamudeando de cortedad, le contestó:

—Son unos gatitos que voy a tirar al mar.

—¿A ver? –dijo ella vivamente, estirando el cuello con una curiosidad infantil.

Abrió él su andrajo y le mostró cuatro gatitos flacos y hambrientos, que tendrían dos semanas, cuyos ojitos buscaban la luz, y cuyos hociquitos reclamaban la madre-nodriza. Pedían lo suyo; ¿por qué, pues, privarles?

Alex, por ese instinto maternal que era una de las cuerdas más vibrantes de su naturaleza apasionada, los tomó en sus brazos y acercólos a su pecho para calentarlos.

El muchacho disparó, y allí se quedó con ellos.

A medida que iban penetrándose del calor de ese tibio seno, su llanto hacíase menos desconsolado y prendían sus agudas uñitas en la tela de la bata,

---

84 *Pampero*: viento del sector Sud-Oeste, fuerte, frío y seco, producto de frentes de aire frío que cruzan las llanuras pampeanas.

como preparándose a resistir si alguien pretendía sacarlos del sitio conquistado. Alex los miraba con misericordia, olvidada de todo lo demás por esa ínfima partícula de miseria; vinieron a sus labios dulces murmullos y empezó a pasar su suave mano por la suave pelusita de su lomo.

A este contacto brotó fresco, claro y abundante como una fuente, el recuerdo. El recuerdo de otro ser muy frágil y muy débil; el de otra pelusita "fina, fina como un polvo de oro", el de otro hociquito rosado que buscaba gimiendo el "seno nutricio"; el de otros ojitos que apenas podían "soportar la luz". Tuvo ante sí a Stella, aun no formada, oyó su gritito triste de los primeros días, sintió el frío de sus manitas sin uñas que calentaba ella noche y día entre las suyas, y como la del recuerdo, se abrió la fuente de sus ojos. La debilidad de aquellas criaturas miserables que acababa de librar de la muerte, que protegía del viento y del frío, que se llevaría con ella, porque no tendría el valor de abandonar, le representaba la debilidad de su criatura, que necesitaba también de ella para no perecer.

Una emoción profunda sacudió su corazón, su alma volvió a tomar su vuelo, y entró en ella una gran claridad. A esa claridad distinguió su falta para con su dulce hermana en los últimos días, condenóse por la deserción que había estado a punto de cometer, y apretando más contra su pecho a los cuatro redentores, levantó sus ojos y pidió perdón a su padre.

Por algo tan infinitamente pequeño, por aquellos gatitos míseros y hambrientos que iban a ser arrojados al abismo como un desperdicio, se hizo la gran reacción de una gran alma, se dió el rumbo a una preciosa vida.

Y al impulso de su enternecimiento, y al impulso de aquel entusiasmo fervoroso innato en ella —que sería la causa de sus decepciones, pero que al mismo tiempo crearía ilusiones siempre y a pesar— juró sobre el montículo de arena, entre cielo y mar, un completo renunciamiento.

Algunas gotas caían; ató las cintas color de lila de su sombrero de tela blanca, encerró dentro a sus nuevos protegidos, los colgó de su brazo y echó a andar camino de la casa.

Las últimas nubes se abrieron para despejar el cielo, y cayó un menudo chaparrón. Corrió. La lluvia cesó y volvió a tomar su paso armónico, que meciendo a los gatitos los hizo dormir.

Entró a la sala donde esperaban los niños, los que tímidamente se quedaban en su sitio sin adelantarse como otras veces a su encuentro, por ese "algo que había en Alex que ellos no debían comprender".

Ella en cambio —muy rosada de su carrera y toda mojada por la lluvia— fué ligera hacia ellos, entre los que estaba Stella. La envolvió en sus brazos, llenó de besos apasionados sus ojos y sus manos, y acarició tiernamente a los demás.

Con una nueva idea en su voz y en sus ojos, que convenció a los niños que Alex había resucitado, les dijo:

—¿Saben ustedes que se ha aumentado la familia? Aquí traigo cuatro hijitos más, pero les advierto que son muy, muy chiquititos.

Todos la rodearon; esperaban con una expresión de curiosidad impaciente, igual a la que ella había tenido un momento antes, y dijeron lo mismo, exactamente lo mismo que ella entonces: "¿A ver?..."

Desató las cintas de su gran sombrero y cayeron los cuatro gatitos sobre las faldas de Stella, la que con su inagotable ternura los adoptó.

Las impetuosidades de una naturaleza poderosa y rica como la de Alejandra, habían provocado en ella, sin transición, dos exaltaciones diferentes; su esfuerzo había sido muy violento; naturalmente el corazón desmayó más de una vez.

Pero no desmayaba ya en la enfermedad, sino en la convalecencia, y no tardó en llegar la completa reacción. Hizo un último esfuerzo y se curó.

Después del ardor vino la calma a madurar los frutos de este ardor, y en plena posesión de sí misma, serena, confirmó en su interior la promesa que hiciera a su hermana desde el montículo de arena: permanecer bajo el techo de sus tíos porque era para ella el techo seguro y protector; renunciar a las aspiraciones de su juventud para no exponerla a lo incierto; vivir con ella el obscuro drama de sus dos existencias.

Confiando ahora en su facultad de apreciación, como si hubiera visto caer una venda de sus ojos, entró en el razonamiento que le reveló las cosas en su verdadero tamaño. Midiéndolas, supo juzgar y juzgarse.

Miró a la cara a ese mundo de los hombres temible y extraño, que temió recién después de sus decepciones, y al que antes creyera simple, abierto, claro; y con su inteligencia simple, abierta y clara, recorrió la vida que no había vivido y penetró en las complejidades del espíritu humano.

Encontróse con una agrupación de individuos de la misma especie: ni completamente buenos, ni completamente malos, que formaban ese mundo, que se balanceaba eternamente entre el bien y el mal, por el que cruzaba de vez en cuando alguna figura siniestra que dejaba su sombra, o más de tarde en tarde algún meteoro que dejaba el rastro de su luz. Y supo así que ese mundo era bueno, malo, débil, fuerte, ligero, impresionable.

Leyó un pasaje de la Imitación [85]: "Aquellos que hoy están por vos estarán contra vos, y viceversa".

En el renacimiento de su joven optimismo y de su hermosa fe, dió a estas palabras escritas para enseñar al hombre la volubilidad del hombre, un sentido distinto: el de una justicia; y aquel pensamiento de escepticismo tan amargo afirmó sus creencias.

Juzgó sus propios actos y sus propios sentimientos; no tuvo para ellos ni seguridad ni indulgencia. Sabíase mujer, que es flaqueza, y no extrañaba haber caído en la tentación. No se creyó una víctima en su renunciamiento, porque veía en aquel acto la obediencia a una necesidad de su alma en su amor

---

85   *Imitación de Cristo*: devocionario escrito por el monje y escritor alemán beato Tomás de Kempis (c.1379-1471). Sus obras son representativas de la devoción moderna, un movimiento de reforma espiritual centrado en los Países Bajos que subrayó ante todo el ejemplo moral de Cristo

por su hermana, y el sometimiento de su voluntad a motivos y circunstancias que no podía ella destruir.

Su gran claridad persistía.

Se arrojó, entonces, con sus niños en el abismo consolador de naturaleza, y allí, entre el recuerdo y el olvido, su inteligencia entró en el desarrollo completo de su fuerza y su armonía, y nacieron en ella nuevas ideas, que se desenvolvieron en toda libertad y tomaron su forma definitiva.

Sus discípulos aumentaban cada día. No eran únicamente los hijos del mayordomo, del capataz y de los puesteros de don Luis y de Máximo los que asistían a su escuela al aire libre. Llegaban de todos lados y de todas partes, de las estancias vecinas, de los ranchos y del pueblito; a pie, o montados en lentos mancarrones[86], en petisos peludos y barrigones, adornados con los abrojos del camino. La maestra distinguía entre todos a uno de ocho a diez años, no más alto que la Nenuca que tenía cuatro, de carita larga, cenicienta y marchita, y ojos rasgados, tristes e inteligentes. Los extremos de su boca caían como caen en la vejez y en la amargura; su pecho, que se hundía, parecía querer salir por sus espaldas prominentes y encorvadas. Era la víctima de las burlas, y el día que por primera vez se atrevió a acercarse tímidamente todos contenían sus risas por respeto a su maestra, y los pequeños Maura mirábanlo con curiosidad asombrada.

Una gran lástima, la misma, pero mayor que la que sintiera por los gatitos hambrientos, levantó el pecho de Alex, y se estremeció pensando que aquel ser era una degeneración como su hermana, y que el ángel de belleza podía haber sido fácilmente esa deformidad; acercóse, le tomó la barba y levantó su cabeza. "Son los ojos más lindos y más inteligentes de mi clase; aprenderás muy pronto tú, querido niño. Aquí tenemos, pues: ustedes un nuevo condiscípulo; yo, un alumno más". Con esta presentación y un beso en la frente, impuso al pobre raquítico a la consideración y protección de los otros. Stella le sonrió y le extendió su mano. En adelante fué el protegido de toda la escuela, que lo adoptaba. ¡Guay! del que se hubiera atrevido a burlarlo o a hacerle un mal; los demás lo hubieran "linchado" ciertamente.

Era un cuadro de intensa poesía el de aquella joven elegante, con su vestido claro y sus cabellos al viento, errante por los campos, seguida de sus discípulos, confundidos los pequeños desheredados con los pequeños herederos de casa rica, igualmente atentos a las lecciones de aquella maestra gentil. Verla detenerse a cortar una flor, agacharse a recoger una piedra, correr detrás de algún insecto; deshacer la flor para estudiar con ellos la metamorfosis del insecto; la existencia inerte de la piedra.

Enseñarles que la tierra es redonda señalándoles las velas del barco que aparecían primero que él en el horizonte; y en la profundidad sin límites de los cielos los secretos luminosos de los astros.

Concluía siempre con una palabra afectuosa, y que establecía una íntima

---

86 *Mancarrón*: despectivo para caballo de silla, flaco y de mal paso

solidaridad en el presente y en el futuro, entre ella y sus discípulos.

Por ejemplo, ante un nido: "Esta mancha blanca que encontramos dentro de este huevo es el "germen"; de ella hubiera nacido un pichoncito si no le hubiéramos abierto impíamente para estudiarlo. Yo volveré a ustedes todos los años, como golondrinas en primavera. Veré entonces con placer los resultados del germen de mi enseñanza en sus pequeñas inteligencias, mis queridos niños". Otra vez, con las manos llenas de espigas de trigo, de tallos de alfalfa y flores de lino: "Es la Naturaleza que les cuenta su historia por mi boca; son ustedes de los hijos que prefiere, porque viven más cerca de ella".

Y se las enseñaba a amar; y a amar los trabajos de la tierra, mostrándosela inagotablemente fecunda y bienhechora. A amar también a los animales en su inocencia y en su utilidad, y a respetar el bien ajeno, desde el nido del pájaro hasta la habitación del hombre.

Estimulábalos y abríales el horizonte, levantaba sus pequeñas almas, revelándoles que con el saber y la labor "llega" hoy el que quiere: que ese saber y esa labor, que es el esfuerzo individual, son los grandes, los únicos niveladores; que por ellos el niño descalzo podrá ganarse el bienestar y la consideración siempre, y que sólo por ese esfuerzo podrá el niño rico y también el pobre, alcanzar a ser el hombre prominente de mañana.

Era dulce y amable, nada material les daba, porque pobre como ellos, nada tenía. Pero un sentimiento de inmensa gratitud iba creciendo en sus pechos para la que tanto sabía darles, comprendiendo que nadie podía darles más y mejor. Este sentimiento pasó de los hijos a los padres, que sentían que ella se los salvaba de la ignorancia y de la perdición, y a extenderse por toda la comarca como una de esas plantas exuberantes y benéficas que llevan la salud en su jugo. Así fortaleció la salud moral de Alex el amor ingenuo de esas buenas gentes.

Creóse alrededor de las dos hermanas, trasplantadas por su extraña suerte, de la fría Cristianía a la cálida pampa, de un medio de refinada intelectualidad a otro medio indígena, de primitiva ignorancia, una atmósfera de devoción y de cariño, y mirábaseles como a dos seres de leyenda,

Alejandra recogía la esencia de ese amor devoto en el ánfora sacra que era su corazón.

Capítulo XIII

"Un día que Jesús se encontraba cerca del mar, se vió rodeado por muchas gentes que le pedían les enseñara su doctrina. Viendo dos barcas vacías en la orilla, subió a una de ellas, y alejándose un poco, desde allí les predicó. Sus dueños, humildes pescadores, estaban desalentados, porque habían trabajado toda la noche sin haber conseguido un solo pez. Después de predicar, dijo a uno de ellos, a Simón:

"—Entra en alta mar y echa la red.

"—Aunque nada hemos encontrado, la echaré sobre tu palabra —respondió Simón.

"—Retira ahora tu red —ordenó después el Maestro.

"Obedeció, y era tal la multitud de peces, que la red se le rompía, y tuvo que llamar a sus compañeros, que estaban en la otra barca, para que le ayudaran. Todos se arrojaron a los pies del Señor, porque la pesca que acababan de hacer los habían llenado de asombro y de espanto".

Cesó la voz de Alex, que enseñaba a los niños en la playa.

—*Sinite párvulos venire ad me*[87] —dijo Máximo a sus espaldas, apareciendo en medio de ellos—. Ya ve, Alex, que en su obsequio saco a lucir mi viejo latín.

Había estado en su casa y allí le habían indicado dónde la encontraría con su familia menuda. Al aproximarse la oyó, y se detuvo detrás del bosquecillo de pinos para que lo escondiera. Abrió dos ramas, y sus ojos, acostumbrados a las visiones artísticas, percibieron la más bella.

Sentada sobre el montículo de arena, de cara al mar, rodeada en semicírculo por sus discípulos, les narraba la grandiosa escena del Tiberíades.

No podía ver su rostro, pero habría jurado que estaba claro y abierto como el día.

Stella, en su prisión rodante, apoyaba su mejilla en la mano nacarada, to-

---

87 *Sinite párvulos venire ad me*: (lat.) dejad que los niños vengan a mi (Marcos 10-15)

da entregada al inteligente recogimiento de su espíritu precoz. Allí ella, la dulce predestinada, centro y luz, en toda su gracia conmovedora.

La Perla, inmóvil, de pie, se recostaba en el cochecito de su prima, mirando atenta salir las palabras que iban dando forma al cuento maravilloso.

Todos los demás, silenciosos, escuchaban.

Sin respirar, dejaba él beber a grandes sorbos su retina. La misma impresión fugitiva que producía, hacíale el cuadro más precioso, dando a su admiración cierta ansiedad: la de su próximo desvanecimiento.

—Tiene usted siempre el aire de salir de un escondite o de caernos de la luna –le dijo la joven, extendiéndole la mano para que se la estrechara y para que la ayudara a levantarse.

Los niños, olvidando a Jesús por el viejo amigo, corrieron hacia él y lo asaltaron, dando gritos de alegría.

Los pobres, llevados por un instinto de "clase", habíanse juntado un poco retirados, formando una agrupación terrosa y desconfiada, bandada de gorriones, que contrastaba con el grupo claro y contento.

Máximo los miró con lástima indiferente, metió la mano en el bolsillo, arrojó un montón de monedas que brillaron en la arena, y siguió acariciando a los suyos.

Ninguno se movía. Alex agachóse y fué levantándolas una por una.

—Estas monedas –dijo dirigiéndose a todos en general–, se le han caído a este señor; vamos a guardarlas para comprar cosas útiles para Navidad.

—¿Por qué no deja que esos chicuelos reciban esa bagatela para comprar caramelos? –le preguntó él sorprendido, sobre todo, de cierta indignación que veía asomar en ella.

—Recoger, dirá usted –contestóle bajando la voz.

—Bueno, recoger, lo mismo da.

—No, no es lo mismo.

Y señalando a los pobres:

—Aquellos niños recogerán lo que usted les arroje el día que haya llenado suficientemente sus bolsillos para que alcance también para estos otros.

Al decir esto, su mano le indicaba a sus sobrinos.

—*Touché* –replicó Máximo que notó recién el sentido de sus palabras y de su acción.

Los discípulos habíanse mezclado nuevamente para jugar, olvidados de sus lujos y de sus harapos; bien lejos ellos, por cierto, de la cuestión social.

—¿Y mi tío?, dígame la verdad, Máximo, ¿cómo está mi querido tío? –preguntó Alex.

—Va mejor su querido tío.

—No me oculte la verdad, se lo ruego. Los demás aseguran su mejoría, pero las cartas de Emilio no me tranquilizan. Hace dos meses que estamos aquí, y ¡me sentiría tan bien sin esa torturante preocupación!

—Créame, Alex, Luis va bien. No las busque mayores, ¿quiere? Ha tenido demasiadas usted ya —contestó con un tono de afectuosidad, y como temiendo que sus palabras se apoyaran demasiado en un punto doloroso.

La joven levantó sus pestañas temiendo también una intención en aquella alusión a dolores tan cercanos que eran todavía presentes, pero vió en el "viejo tío", como solía llamarle, una alma amable que la tranquilizó.

—Sí, Máximo, olvidemos, siquiera por una estación, los tiempos difíciles.

Chochita lloró: Julito jugaba, llenando, afanoso, su balde de arena: quiso ella meterse y él tiró un puñado a los ojos de la pobrecita. La tía tuvo que "operar", rodeada por toda la escuela, que quería "ver".

—Y ahora, cada mochuelo a su olivo. Mis chiquilines, ustedes a sus casas, nosotros a la nuestra. Y buenas noches.

Se retiraban ahora como habían venido, a pie, o en sus cabalgaduras quijotescas; Albertito corrió a ayudar a montar al jorobadito Juan, que llevaba en ancas un vecino. Y así se iban todos, llena la imaginación de los cuentos milagrosos de su joven maestra, viendo brillar las escamas de los peces del buen Jesús, seguros que algún día los sacaría a ellos también de la miseria.

Los otros iban como un montón de cabritas brincadoras, ignorando que hay porvenir y que hay pasado. Sólo el niño pobre los conoce, porque, recordando ese pasado, teme al porvenir.

Los unos se acercaban a guarecerse de la noche en la cueva miserable, a dormir hacinados después de comer el pan duro y moreno, sin más caricias que las de su cuzco color de café.

A los otros los esperaba su blanca casa cubierta por su glicina, su Santa Rita y su jazmín; las avenidas de acacias, la buena Eugenia, el petiso ensillado, el perro blanco más grande que el petiso, la urraquita y los michines; el columpio, la larga mesa debajo de los sauces y al lado del ombú, sobre la que pronto, pronto, pondría Pascuala, la tambera, la leche humeante de la vaquita gris; la oración por la noche que les enseña Stella, la bendición "por papá y por mamá"; el beso de Alex, la blanda camita y los sueños rosados, que los descansarán de las travesuras de hoy y los prepararán para las de mañana.

Allí llegaron. Cada cual se dedicó a sus juegos predilectos. La Perla, inseparable de Stella, armaba con ella unos cuadros de madera pintada que formaban paisajes y escenas; Elvirita mirábalas hacer; Chochita saltaba a la cuerda; Lolita y Florencio se hamacaban...

Máximo sentóse en una mecedora y allí se quedó, mirando jugar a los chicos. ¿Dónde andará Alex?, preguntábase con involuntaria impaciencia.

Por fin la vió venir por la calle de paraísos; detenerse a aspirar una rosa criolla de escasas hojas y exquisito perfume, arrancar un lirio, levantar la cabeza para oír el canto de un hornero, allá arriba, en la copa de un nogal..., estirar el brazo para cortar grandes gajos de la multiflor, tomar de la mano a Elvirita y a Nenuca, que corrían a alcanzarla, acariciar el coche de Stella con la multiflor, dejarse coronar con ellas, y así coronada acercarse a él.

—¿Nos había abandonado? Creía que había usted desaparecido, señorita Primavera.

—La señorita Primavera es como usted; vuelve siempre a sus horas y a su tiempo, señor Crepúsculo.

—¡Cuánta verdad en lo uno y en lo otro! Estoy admirado del aspecto de alegre salud de este pequeño mundo. Stella está admirable. ¡Cómo sabe pagarle bien el mar de su simpatía!

—A esto debo mi bienestar. La salud de Stella: para mí principio y fin de todas las cosas. Ahora es menor mi terror de que algo pueda destruir este ser, frágil como aquella mariposa... ¿No le parece al mirarlas transparentes, delicadas, casi incorpóreas las dos, que no son hechas para mezclarse con las cosas de este mundo? ¿Que deberán perder cada minuto un poco del polvo de oro de sus alas?... Wernicke me ha dicho claramente dónde está el peligro: una fuerte emoción que apresurara los latidos de su corazoncito, sería lo bastante para cortar el hilo que la liga a la tierra. Un síncope le sería fatal.

—Si continúa así, dentro de poco puede perder todo temor... Le he traído unos libros, Alex; los he hojeado a la ligera. No sé si le gustarán. Estoy intelectualmente desorientado... ¿Se aburre usted mucho aquí?

—Me "desaburro". Hay cosas que no debemos tocar siquiera; pero usted sabe que he sufrido en este último tiempo y me retemplo para...

—¿Para la lucha?

—No, Máximo, para la vida... No hay tiempo de aburrirse aquí. No lo empleo únicamente en la educación de mis catorce hijos y en mis tareas de ama de casa. Tengo entre manos un trabajo interesante y concienzudo que me absorbe y me apasiona. Más adelante se lo haré conocer. Después vienen las diversiones, los largos paseos en el break, las correrías con los grandes, el lunch sobre la hierba, las horas de la playa, la misa del domingo, la pesca en el arroyo...

Máximo la interrumpió:

—¿Y en el mar?... ¡Chicos, chicos, una idea! Una pesca en el mar, con red y barca y todo, exactamente igual a la del buen Jesús.

Una exclamación frenética fué la respuesta. Se aglomeraron a su alrededor para convenir la forma en que se llevaría a cabo la magna empresa. Resolvióse por unanimidad que el iniciador prepararía todo, avisando el día con anticipación. Y dando media vuelta, corrieron a sus juegos.

—¿Y mi arroyo?... Mi pobre arroyo que va a ser blanco de la burla de todos –exclamó Alex–. Después de su pesca bíblica, adiós mi pesca de caña. Se la comparará seguramente a un bagre y a un tiburón... ¡Y a mí que me gusta tanto, tanto, la pesca de caña! –concluyó con tan serio convencimiento, que hizo reír a Máximo, quien le dijo:

—Porque he visto en otros que se le parecían el mismo entusiasmo que en usted para una diversión que ha inmortalizado Paul de Kock[88], no me ha

88 *Paul de Kock*: (1793-1871) escritor francés súmamente prolífico y popular (más de 400 textos, novelas, obras de teatro ligero, melodramas, etc.) con personajes realistas tomados de las calles de París de la época

desmayado de sorpresa el oírsela confesar. ¿Su espíritu, Alejandra, que tiene las facetas del brillante, el cultivo de una flor de precio; que es todo brillo y resplandor, dedicado a espetar que "piquen"?...

—Me ha sido muy útil y muy provechosa esta diversión: más útil y provechoso aún el arroyo... Desadornemos mi espíritu de la flor, aligerémoslo del brillo y del resplandor, dejémoslo tal cual es, para mostrárselo vagando incierto por sus orillas primero, asentándose después en una nueva idea de la vida y de los hombres. Mientras concebía esta idea más justa y más exacta, más humana sobre todo, mis manos sostenían pacientemente la caña, resistiendo a las sacudidas de la mojarra que "picaba", mis ojos miraban los arabescos que sus movimientos dibujaban en el agua. Allí he aprendido...

—¿Necesitaba usted todavía ir a la escuela? –la interrumpió.

—Sí, viejo tío. En esa escuela solitaria he aprendido muchas cosas que ignoraba... y que hubiera deseado ignorar siempre – dijo con una voz profunda, anunciadora de que el curso de la "conversación, ligera y trivial", iba a cambiar–. En las admirables páginas que Renán[89] escribió para ensalzar a su hermana –flor de precio, ella sí, Máximo– hay unas palabras que conservo claras y distintas: "Se ha convertido para mí en el cruel sentimiento del amputado que obra sin cesar, contando con el miembro que ha perdido. Era un órgano de mi vida intelectual, y verdaderamente una porción de mi ser ha bajado con ella a la tumba. En todas las cosas morales habíamos llegado a ver con los mismos ojos y a sentir con el mismo corazón. El plan general de mi carrera; el propósito de sinceridad inflexible que yo formaba, era tan enteramente el producto combinado de nuestras dos conciencias, que si hubiera tenido la tentación de faltar, ella se habría encontrado cerca de mí como otra parte de mí mismo, para recordarme el deber".

Máximo la interrogaba con los ojos, como diciendo "¿a dónde se dirige usted?".

Después de un silencio, volvió ella a hablar:

—Yo estaba en esa situación; yo era ese amputado. No una parte de mí misma, lo mejor de mí misma había bajado con mi padre a la tumba. El que era mi propia conciencia, me faltaba; sin su fuerte brazo para sostenerme, caí desde la altura, y no supe levantarme ni encontrar el rumbo. Perdí mi fe, mi fe en la justicia y en el bien... Vine a refugiarme en esta soledad: llegué deprimida por la desmoralización y la derrota, agobiada por la desesperanza. El amor de mis niños, completa y únicamente míos aquí, me consoló. La Naturaleza me dió los consejos de su vieja experiencia. En su marcha incesante he visto mi deber, que no está en detenerme a llorar, sino en marchar con ella. En las plantas, en los insectos, en el agua, en las estrellas he aprendido el amplio sentido de la palabra misión. Un día amanecí tranquila: mi corazón volvía a encontrar su paz perdida, su lucidez mi espíritu, mi alma su fe. Y hoy, a través de esa fe, recuperada intacta, puedo oír la voz de mi padre que me

---

89 *Renan*: Ernest (1823-1892) Escritor francés que recibió las órdenes menores pero renunció al sacerdocio. Entre otras obras escribió la Vida de Jesús, primer volumen de la *Historia de los orígenes del cristianismo*, dedicándola a "el alma pura de mi hermana Henriette" También le dedicó un opúsculo "Ma Sœur Henriette" hecho público luego de su fallecimiento y considerado su obra maestra por la pureza y profundidad de sentimientos y la belleza de su forma.

alienta, sentir su mano que me guía, su gran corazón latir a la par que el mío. Y serena, cumplo también yo mi modesta y hermosa misión.

—Milagros de la fe —murmuró Máximo conmovido.

—Sí, milagros de la fe que me permite creerme todavía unida a mi único amigo.

—¿Su único amigo?... Gracias, amable sobrina —le contestó mirándola con un reproche que empezaba a ser irónico sin motivo.

—¿Gracias, por qué?

—Por eso del único amigo.

Y el reproche hacíase agresivo y mordaz sin motivo ni razón. Ella quedó en suspenso... ¿Se extraña "él" de que diga yo "mi único amigo"?

¿Sabemos por qué, después de guardar silencio mucho tiempo sobre alguna cosa que nos hace empalidecer, la que evitamos tocar por demasiado delicada o dolorosa, de pronto, un buen día, empieza a escaparse de nuestra boca en palabras, como chispas de un incendio oculto? Tampoco supieron ellos por qué, en aquel momento, quisieron decir lo que antes habían querido callar.

Volvió ella a él sus ojos, en los que había tal intensidad de expresión que creyó que iban a hablarle. Recordando lo sucedido se alarmaba su altivez, y pensó que quien extrañaba su afirmación, sentado allí frente a frente, no había tenido una sola palabra de protesta por la injusticia y la difamación; un solo movimiento de protección o de simpatía para la que las sufría. Lo recordaba como si acabara de saberlo; y también el dolor lacerante de sus decepciones, agrandado entonces con aquella otra decepción.

Él, mirándola fresca y juvenil con su vestido de muselina y su corona de multiflor, pensó en lo que antes lo dejara perfectamente indiferente y viniéronle a la memoria con sabor amargo: las murmuraciones de la familia, las señas del espejo, el ramo del rosas, los guantes de Espinosa, la visita al banquero... No, Alex no era la vencida por el obstáculo: se retemplaba, sí, para la vida, y tomaba fuerzas para saltarlo.

El expresivo silencio iba a cesar...

—Alex, Miguelito se está peleando a "trompis" con Carlitos —gritó la Perla.

—¡Cuentera, cuentera! –le dijo Adolfito, furioso de que se delatara a su íntimo Carlos.

—Y vos, otario –contestó Julio, que se llevaba muy mal con Adolfito.

Alex corrió a separarlos; cuando volvió sonreía ya.

Máximo continuaba cómodo en su hamaca, debajo del aguaribay, cuyas ramas adornadas de cuentas punzoes tocaban el suelo. No se sentía cómodo por dentro. Un malestar indefinido, que no quería analizar, hábíale producido la manifestación de Alejandra, "mí único amigo", acentuada con la violencia de su gesto y de su expresión, y ahora su sonrisa que parecía perdonar le irritaba. Menos generoso, porque era más culpable, no podía perdonar él que ella lo fuera tanto; sentíase mortificado y deprimido. Pasaba por uno de esos momentos en que se desea decir algo que mortifique, para vengarse en los otros del propio descontento.

—¿Sabe que ha vuelto Monterito? Están de fiesta en la casa, aunque ha vuelto mudo... ¿Qué opina usted de ese chico, Alex?

—Mi opinión sobre ese chico que va a cumplir treinta años, ha cambiado por completo. Al principio fué detestable... él y yo sabemos por qué. Después que le he tratado, me ha parecido que vale por sí mismo, que tiene condiciones que serían tales sin su fortuna, que lo son a pesar de ella.

—¿Sabe que al fin Clara se decide y Enrique se casa?

Agrandáronse sus ojos, pintóse en su fisonomía un interés angustioso, para preguntar:

—¿Sí, sí? cuénteme... ¿Se casa pronto, se casa, cuándo?... ¿Es verdad, o es una broma, Máximo?... ¡Diga!

—Nada de broma; Enrique se casa en junio.

—¿En junio, en junio recién?

Y con la voz aun más angustiosa:

—Y el padre, el padre de ella, ¿qué dirá?

Notó Máximo que después de un momento de ensimismamiento, mirando el vacío, iba contando y murmurando entre dientes para sí misma:

—Enero... febrero... marzo... abril... mayo... y junio. ¡Seis meses, seis meses todavía!

Él contestó después, profiriendo una por una las palabras, como calculando su efecto:

—Creo que el padre... el padre de ella, tiene cosas que le preocupan mucho más que la suerte de sus hijos; su propia suerte, por ejemplo. ¡Es tan avaro don Samuel!

Los ojos de Alex estaban bajos: miraba sin ver una hormiguita que pasaba con su carga, unas cuentitas punzoes del aguaribay sobre el pasto verde, uno de los soldaditos de plomo de Florencio achatado por el pie pesado de algún peón; miraba fijamente en tierra. Levantó los ojos y contestó más que a sus palabras a su tono, en el que adivinaba una intención:

—Veo que no es sólo intelectualmente que está usted desorientado, señor Quirós... Cuidado, que no empiece a perder también el tacto y la discreción.

Permanecía de pie, esforzándose por contener la indignación que sentía hervir en ella. No eran ya alarmas de su altivez; era toda su altivez de corazón y de sangre que se levantaba.

Preparábanse los dos para el ataque y para la defensa.

Iban a hablar, iban a decir, iban a cruzar sus palabras como dos aceros; lo sabían... lo sentían... lo temían.

Stella habló desde lejos:

—¿Sabes, padrino, que ya he aprendido a manejar el cinematógrafo que me regalaste? Alex nos permite que para Navidad demos una gran función. Sí, vendrán muchos niños para Navidad: todos los que tú viste en la playa.

—Y también muchos otros que hoy no estaban –informó la Perla–: Tomasa, Marucha y el Mono.

—Mariana, Teresa y Ramón –agregó Elvira.

—¿Y olvidan al Farruco y a Manuel? –dijo Florencio.

—Es muy bueno nuestro padrino –prosiguió Stella, entre el silencio de asentimiento de los demás–; ¡tan bueno, tanto!.... que... que me dan ganas de llorar.

No podía explicar de otro modo su enternecimiento.

Uno muy grande empezó a abrirse paso en el pecho de su hermana. Entraba en él, con todas las caricias, los juguetes, los mimos, las generosidades, las solicitudes, las delicadezas del "padrino" para la Adorada; y con esa impresionabilidad que la hacía tal cual era, dijo con ganas de llorar como ella, y como continuando una conversación que no había empezado:

—...Debo recordar también, que si yo he derramado muchas lágrimas en esta tierra, Stella no ha derramado ninguna.

Él, igualmente impresionable, se conmovió.

—¿Amigos, Alex?... ¿Amigo también yo? –preguntó al rato a la joven.

—Camaradas; muy buenos camaradas, viejo tío –contestóle, con una sonrisa–. Amigos, todavía no... Todavía no –continuó más dulcemente aún–, porque no nos conocemos lo bastante; usted conoce muy poco de mis defectos, y yo muy poco de sus cualidades. Y la amistad la entiendo sólo muy probada y muy indulgente. Como algo muy serio, muy grave y muy difícil. Difícil de sentir, difícil de obtener, difícil sobre todo de conservar. Encuentro que es un sentimiento que sólo puede perdurar sobre una base: la mutua confianza. Y nosotros desconfiamos de nosotros... sí, viejo tío, desconfiamos todavía. No olvide que hace un momento éramos dos enemigos frente a frente. Pidamos a aquellas dos adorables criaturas que nos enseñen a serlo como ellos lo son –concluyó, señalando a Stella y a la Perla que bordaban juntas en un pequeño bastidor, mezclados sus cabellos, sus cuchicheos y sus risas.

Ahora era ella la que estaba sentada y él de pie.

Admirando la bondad de la joven, que tiraba su flecha sin veneno, daba en el blanco y curaba la herida; quiso expresárselo.

—¡Qué bondadosa, qué exquisita e inteligentemente bondadosa es usted, Alex, en quien no permanece jamás el rencor! Los mejores tienen malos días; los malos días de usted duran segundos.

No estaban alegres, volvía el malestar; veían acercarse un silencio difícil y embarazoso; para evitarlo dijo Máximo, dirigiéndose a sus sobrinos:

—Pidan a mi "camarada" que los lleve mañana a visitar mi estancia.

¡Fué una larga súplica la de ellos! Volvieron a reunirse a su alrededor, abrazando las rodillas de Alex, apretando sus manos.

—Sí, Alex, sí, "¿querés?". Sí. Alex, sí. –Llegó la voz de Stella.

—Es a la estancia del viejo tío Alex –díjole Máximo con gran suavidad–. Y "le gusta a Stella"; así suelen decirme a mí los chicos.

—¡Ah! ¡cómo sabe usted hacer vibrar la cuerda sensible!... Y si yo me negara, ¿qué contaría usted hacer? –agregó ella, imitando sus palabras, su gesto, su voz en su respuesta la noche del baile.

Él rió de buena gana. Su risa fué coreada por los niños, que reían también, pero sin convicción, sin saber de que, únicamente porque veían a su grande amigo.

—"Cesaría en el acto, entre nosotros, toda cordialidad" –le contestó, copiándola a su vez.

Quedáronse aquéllos muy serios, mirándolos a la cara, porque querían entender... De pronto, comprendiendo que Alex enronquecía su voz para imitar a Máximo, que Máximo afinaba la suya para imitar a Alex, soltaron la carcajada batiendo palmas.

Toda nube había desaparecido.

—Mañana no, el sábado que es fiesta iremos a tomar el té con el viejo tío –respondió Alex.

Los consultó:

—¿Qué les parece a ustedes que empecemos por acompañarlo hoy hasta el alfalfar?

Ya estaban en camino antes de decir sí.

El cochecito de Stella, tirado por su gran carnero iba tan ligero, que los otros tenían que correr para alcanzarlo.

Máximo y Alex quedábanse atrás.

Máximo sentía que iba apoderándose de él, poseyéndolo por entero, la tristeza de aquella hora en el campo. La tristeza del crepúsculo, que viola las almas sensibles.

Los niños, en la avenida de acacias, corrían tras de su propia sombra que se alargaba, y bailaban con ella.

—Si no fuera por lástima de su envidia, compañero, daría una carrera con los chicos.

—Tiene usted razón, Alex; es la envidia lo que mora aquí dentro –contestó, golpeándose el pecho–. Envidio a los que viven: yo sólo veo vivir.

Percibió en él, aunque sonriera, un fondo de profunda melancolía que no le sospechaba, y sintió una pena.

—Las fuentes de su vida no están agotadas, viejo tío, están cegadas por el descreimiento, nada más. No conozco su existencia, pero estoy cierta de que en ella no hay una causa suficientemente grande para explicar y justificar los efectos de su amargo escepticismo.

Él tuvo el vago gesto de quien no dice porque no quiere decir.

—No –afirmó ella–; no hay nada suficientemente grande para justificarlo. A la vista más árida, a la más sombría, no le ha faltado una flor, un rayo de luz; la hora en que creer. ¿Faltaría a la suya? Hay fe también en el recuerdo. Yo misma, que he sufrido más a mi edad de lo que podría sufrir usted jamás, encuentro conformidad para el presente, y conformidad anticipada para el futuro, recordando mis años de perfecta dicha. Sé que existe una ley de las compensaciones; que por lo tanto, siendo esa dicha muy escasa en el mundo, no sería justo que permaneciera en uno sólo, y debe repartirse ella entre todos.

Y moviendo la cabeza con una dulce resignación:

—Sí, padrino, es justo y es natural que la mitad de mi vida compense la otra mitad.

Mirábala él sorprendido de descubrirle un alma más grande de la que le había conocido, de que su espíritu planeara sereno y firme a una altura en que otros espíritus sufren el vértigo. Oía enternecido sonar las palabras que ella dejaba correr como las aguas cristalinas del arroyo que bautizaron su "nueva idea". Empezaba a sufrir del remordimiento de haber herido a aquel ser exquisito en su débil fortaleza, de haber permitido a otros que lo hirieran.

Al rato dijo:

—Hace un minuto que la juguetona señorita Primavera me desapareció. Al principio temí que la hubiese reemplazado una ilustre desconocida, matrona majestuosa y severa, que suele andar por ahí, por los caminos, errante y extraviada, muy incómoda la pobre, con la espada y la balanza que le han impuesto los hombres en lugar de su abanico. La que caminaba a mi lado no era ella, aunque era otra: una joven Justicia, fresca, rubia, benévola... y un poquito soñadora.

—Es ilustre y no tan desconocida; la conozco, la conozco a la severa matrona. Suele ella también aparecer, aunque más de tarde en tarde que nosotros dos, viejo Crepúsculo.

—¿Pero no encuentra usted, compañera, que lo hace con una inexactitud que pierde todos los trenes? ¡Oh! ¡qué lejos está esa dama de nuestra exactitud inglesa!

—*But our exactitude is unique! my dear friend.*

Una sonrisa iluminó la cara de Máximo, y un alzamiento de cejas le agrandó los ojos.

—¿Amigos entonces, Alex?

—Sí, pero todavía sólo en inglés —respondió, sacudiendo tres veces, con una exageración cómica que imitaba a un hijo de la Gran Bretaña, la mano que él le extendía.

—Quiero ir a su escuela, Alex. Quiero aprender allí, si es posible enseñar a los demás el propio encanto.

Su voz para decir esto se velaba, hacíase más íntima, y dejaba entrever una ternura que iba naciendo. Sus ojos la acariciaban. Pero aunque la acariciaban en la soledad, y en esa hora en que no se está en la luz ni se está en la sombra, su caricia no turbaba a la joven que nada conocía de las cosas del amor, ni al hombre vivido que las conocía todas.

—Algo mejor quiero enseñarle –le contestó insistiendo–. Es usted escéptico por hábito, más que por convencimiento. Pongámonos en el caso de lo que no es aunque usted desee que así sea... ¡Oh! ¡qué indiscreta su expresión, que me va contando todo lo que va pensando!... Zambullámonos en el océano de sus inconmensurables desgracias. Aun así, ¿por qué dudar de todo? Una inteligencia como la suya no puede aceptar el estrecho y egoísta pesimismo individual. ¡Oh! no, Máximo, hay muchas cosas que merecen fe todavía en el mundo; muchas cosas todavía en qué creer.

—¿Cuáles?...Indíqueme una, una sola, que merezca el esfuerzo que necesitaría yo hacer.

—¿Cuáles? El esfuerzo de los otros, por ejemplo. Las grandes ideas, los grandes hechos, las grandes hazañas, no son sino obras de fe. Los santos, los sabios, los conquistadores, ¿qué son sino hombres que creen? Sí, Máximo: hombres que creen en su Dios, en su Ciencia o en su Estrella.

—Hace una hora que me pregunto, ¿por qué se empeña usted, Alex, en enseñar a creer a un camarada?

—Porque si usted no es mi amigo, es el amigo de Stella. Por su bondad con ella; porque por esa bondad ella habrá conocido, en su rápido y luminoso pasaje por la tierra, la perfecta dicha que conoció a su edad su hermana...

Su voz era el trémolo de un violín en las manos de un maestro.

—Sí, Máximo, yo desearía guiar su pequeña mano hasta arrancar de raíz esa envidia de su pecho, que es también la duda... Porque le impide ser feliz. Porque no lo será jamás mientras no crea. Por su escepticismo, que es veneno para usted, no lo es para usted sólo... porque cuando el pesimismo llega a ese grado, es tan contagioso y tan corruptor, que muchas veces, al sorprenderle un gesto, una palabra en que manifestaba el suyo, he contenido el impulso de tomar a mis niños que tanto le quieren, y llevármelos lejos, muy lejos de usted.

Él asentía con la cabeza; su boca tenía una suave amargura.

Salieron fuera, a campo abierto. Un amplio espacio plano abrióse ante sus ojos; el olor del trébol y del pasto, decapitado aquella misma tarde, los embriagó.

Un paso más y penetraron en el alfalfar, verde tapiz, cubierto una parte por el velo violáceo de su flor, lo demás de un verde más claro y menos alto en su reciente "corte", salpicado aquí y allá por las pequeñas parvas a medio crecer.

—Máximo, ¿sabes que Alex me asegura que podré entrar en marzo en el Nacional? –dijo Albertito, que llegaba recién de su paseo a caballo.

—Sí –dijo ella, acariciando el brazo del niño, que le llevaba toda la cabeza–. Estoy muy satisfecha de mi mayor. Es un hombrecito, y somos grandes compañeros, ¿no es verdad, Albertucho?

—Muy compañeros, Alex. ¡Alex nuestra, tan querida! —contestóle el muchacho vivamente, abrazándola con todas sus fuerzas.

—Vas a deshacerla con tus manotones de cachorro —le observó su tío, fastidiado sin saber por qué.

Sentíase triste nuevamente; de esa tristeza tranquila y nostálgica que es la melancolía.

Ya estaba allí la luna plateando la tierra.

Los niños la saludaban:

> Au clair de la lune
> Mon ami Pierrot,
> Prête moi ta plume
> Pour ecrire un mot.

—*Ma chandelle est morte* —*Je n'ai plus de feu* —cantó *sotto voce* Alex para Máximo—. Es usted una bujía apagada esta noche —continuó—. ¿Qué le pasa? El hombre de la frase feliz no ha encontrado hoy una sola. ¡Ah! sí, una: la de la Justicia.

—Alex, tiene usted siempre razón. Estoy tonto de colgarme. Estúpidamente tonto. Y como siempre he creído que era esto faltar a las conveniencias, perdónemelo.

—Porque comparo, deseo que crea —díjole ella, volviendo el porqué de su tema, como al *ritornello* de una vieja canción. —Yo, pobre muchacha arrojada a los cuatro vientos de la vida, con tantas cosas amargas a mis espaldas, y tantas amenazadoras e inciertas a mi frente, siento en mí un alma que respira y en la que entra a veces el contento... ¡Es que aquí mora la fe!... —exclamó golpeándose el pecho, como lo había hecho él hacía un instante—. Y aunque sé que es altanero, porque siento, en fin, por usted, una gran compasión.

Acertaba. Alzó él, soberbio, la cabeza para preguntar con orgullosa extrañeza:

—¿Compasión por mí?

—Sí, una inmensa compasión por usted, Máximo, a quien los otros envidian, pero que envidia a los otros... Sí, sí, por usted; por usted mismo, señor Máximo Quirós —terminó haciéndole una reverencia con toda su coquetería, que era toda su gracia.

Sentíase él irritado, despechado y encantado. Comparábase entre aquella bulliciosa infancia y aquella radiante juventud, a un huésped taciturno y sombrío en un banquete nupcial. De pronto se enterneció... Iba haciéndose en él una lenta evolución de sensibilidad, que aun no percibía.

No percibía ella tampoco su obra de involuntaria seducción.

—¡Chist! —dijo poniéndose el dedo sobre los labios—. Habla su maestra. Escuche, escuche la lección de Stella.

—No, no hagan mal a esas lucecitas que el Señor manda a la tierra para alumbrar a los pobres caminantes –imploraba la niña como una alondra...–. No, no les hagan daño, no las aprisionen. Son almas chiquititas que tienen alas, pequeños seres que tienen vida... ¡No los persigan, no los persigan: son los espíritus de la noche!

—¡No los persigamos, no los persigamos: son los espíritus de la noche! –repetían los niños en voz muy baja, deteniéndose súbitamente, y juntándose como un montón de brujitas, a penetrar el misterio que les revelaba Stella.

Abrieron después sus manitas llenas de luciérnagas, para darles la libertad.

—Juguemos a la mancha –propuso uno.

—Al pescador: "Pescador, pescador, ¿nos dejarás pasar?" –dijo otro.

—No, al lobo, al lobo –impuso la mayoría.

Se asieron de la mano y cantaron:

> Juguemos en el bosque
> mientras el lobo no está.
> ¿Lobo, estás?

Un grito de Lolita, un chillido de Muschinga y un desparramamiento general. Las mujercitas, furiosas, pusieron a Alex sus quejas. Los varones reían.

Se hizo la investigación. Resultado: Miguelito –el lobo–, que estaba escondido detrás de una parva, salió en cuatro pies, pellizcando ferozmente las piernas de Muschinga.

—Miguelito no jugará con los otros en una semana –sentenció Alex, mientras Máximo y Albertito reían a todo reír de la travesura del muchacho.

—¡Muy bien hecho, muy bien hecho! –decían las mujercitas.

—¡Las zonzas, las flojas –contestaban con aire de desprecio sus caballeros, frente a frente.

—Cosas de mujeres –exclamó Adolfito.

—¡Salud, futura gloria de nuestro foro! Dignísimo hijo del doctor Linares –díjole Máximo, tirándole la oreja.

Ya reconciliados y unidos todos de la mano, formaban una rueda, saludándose como en los lanceros.

Florencio aprovechó un *rallentando* para interpelar:

—¿Por qué Alex no juega esta noche con nosotros?

La rueda se detuvo para deliberar. Pasada la sorpresa de no haberlo notado antes, exclamó:

—Es cierto; ¿por qué Alex no juega esta noche con nosotros?

—Es preciso que venga y haga la lavandera, que la hace tan bien –dijo Chochita.

—Mucho más graciosa es cuando hace la "madama" y el "musiú" –observó la Muschinga, que hablaba también francés.

—¿No les parece para ella más bonito la florista? –consultó Elvirita, en la que había reminiscencias de la suavidad de Stella.

Y se levantó una voz muy alta y muy aguda que llamaba a Alex.

La rueda, como una gran guirnalda, iba avanzando... Florencio y Susana desprendieron sus manos y volvieron a unirlas: la guirnalda había enlazado a Alejandra, que quedó en su centro,

—¿Amigos, Alex? —preguntó nuevamente desde afuera Máximo que se marchaba.

—Lo seremos muy pronto y muy buenos —le contestó, envuelta en la vertiginosa carrera circular de los niños, que corrían ya en "crescendo" a su alrededor, cantando:

Sur le pont
d'Avignon
L'on y danse, l'on y danse.

Sur le pont
d'Avignon
Tout le monde y danse en rond.

Máximo iba a tomar su carruaje que lo esperaba a la distancia; detúvose y volvió la cabeza.

La joven hízole una señal de despedida con la mano y le gritó:

—Mis buenos deseos, viejo tío... ¡Crea!... ¡Crea en Mahoma, pero crea en algo!

Y volvió a su canto:
Oía él su voz clara y distinta:

Sur le pont
d'Avignon
L'on y danse, l'on y danse.

Y la de los niños que le respondía:

Sur le pont
d'Avignon
Tout le monde y danse en rond.

Miró una última vez. El grupo emergía de la verde alfombra, destacándose ella en el centro con su vestido de muselina y su corona de multiflor.

"Una familia de Ninfas que hace su ronda a la luz de la luna", se dijo en un gran enternecimiento que lo consolaba... ¿De qué?

Llegó a su estancia, bajó a la entrada de su parque y penetró en él.

Lo que antes le había encantado, le entristeció: su soledad y su silencio. Lo que antes le enorgullecía, su simetría y su cuidado, le pareció banal.

Sorprendióse tarareando: *"Sur le pont d'Avignon – L'on y danse, l'on y danse...."*

"Como me apego a los chicos", pensó.... y rió con una risa que se burlaba a sí mismo.

Ya al pie de la escalinata, divisó un peón que cruzaba, y lo silbó.

—Mira, mañana elige un buen petiso y se lo das al jorobadito Juan. Pero que sea bueno: es decir, joven, manso y no mañero, ¿me entiendes? Cuidado, que yo lo he de ver.

Y entró en su casa, silenciosa y sola como su parque.

Capítulo XIV

El gran break de Máximo rodaba por los caminos, en un día fresco, claro, sin sol, conduciendo a Alex y a los niños que iban a visitarle.

En gritos y ademanes contábanselo ellos a todo lo que encontraban a su paso. Al viejito que juntaba su biznaga[90], a la vaca que se detenía a mirarlos curiosa, al terutero [91] que daba un grito de alarma, al vasco lechero que al trote de su caballo y al ruido de sus tarros cruzaba cantando; a la perdiz que con su vuelo silbante se escondía entre el pastizal, a la mujer de Sebastián que les decía adiós con la mano desde su "puesto", al "bicho-feo"[92], que se burlaba de todos desde su rama. Y lo contaban también a los hermosos potros que lanzaban su carrera sacudiendo sus crines, como el ademán de un himno a la libertad, a la yegua madrina que hacía sonar su cencerro, a los carneritos y al pastor. Y a los trigales del color de la arena de la playa, y a los dulces choclos del maizal; y a la golondrina que con las alas muy abiertas llegaba del mar...

Saludaban ahora a los viejos árboles del bosque, plantados por los abuelos de los abuelos; árboles venerables, ante los cuales se cruzaban con devoción las manos de Alejandra.

La casa de Máximo les daba la bienvenida, y la puerta de hierro forjado les abría su parque. Se aquietaron entonces y abrieron bien los ojos para llenarlos con los tesoros del palacio encantado del gran amigo.

¡Ah! ¡qué diferente había sido la "Atalaya" del "Ombú". Aquí no había paraísos[93] en las calles ni "buenas noches" en el jardín. Eran regias araucarias, casuarinas quejumbrosas, nostálgicas palmeras. En los macizos enormes, sólo flores aristocráticas: las azaleas, los rododendros, las prímulas, los jazmines del Cabo, altos como arbustos, y las mil variedades de rosas. Flores raras, exquisitas y perfectas, que debían su esplendor de forma, de tamaño y de color, al abono de la tierra que las nutría, al cultivo extraordinario, al artificio;

90 *Biznaga*: planta de flores blancas y pequeñas. *Astrophytum*.
91 *Teruteru*: ave zancuda de Sudamérica, de aprox. 40 cm. de envergadura, de chillido característico
92 *Bicho-feo*: benteveo *Pitangus sulphuratus*, ave de dorso, alas y cola pardos, presenta un mechón de plumas amarillas ocultas en la parte superior de la cabeza
93 *Paraíso*: *Melia Azedarach* árbol muy común en el Río de la Plata

flores de la ciencia también ellas.

No había tampoco urraquitas, ni patos vulgares y "barcinos"[94], que nadaran pesados en el charco, haciendo mucho ruido; pero un gran pájaro de raso azul, con abanico en la cola, se paseaba por el césped con aires de pretensión, y cisnes blancos deslizábanse silenciosos en el lago, mirándose en su cristal. ¡Y cuántas cosas más!...

Una pequeña casa, que Alex decía ser un "pabellón", y un puente que atravesaba el lago entre bosquecillos de laurel, y una gama que huía muy ligera... Y estatuas blancas de mármol, y anchos bancos de mármol blanco también... faroles de luz eléctrica... dos inmensos leones negros sobre rojos pedestales de una piedra tornasol, que asustaron a Nenuca, quien preguntó:

—¿Esos "tigues" picarán?

¡Ah, sí, qué diferente era la "Atalaya" del "Ombú"! Allá ramas se cruzaban y mezclábanse las flores, los pájaros cantaban; las hojas, al caer, quedábanse en el suelo o bailaban con el viento; todo era ruido y alegría y desaliño allá. Aquí mucha compostura, simetría y elegancia; un silencio triste; un gran aburrimiento en los árboles, en las flores y en los pájaros.

Pero, ¡hurra, hurra! que habían divisado ya a Máximo, al padrino, al viejo tío, al gran amigo, que bajaba muy ligero las gradas de su terraza para salir a su encuentro.

Más joven pareció a Alex cuando se acercó al carruaje con una expresión sonriente y alegre. Tomó a Stella en sus brazos y la colocó en su cochecito.

Recorrieron los jardines, visitaron los invernáculos, la cabaña, y tanto y tanto como había que ver allí.

Entraron luego a la casa, señorial realmente, en la cual todo era artístico y suntuoso, desde los herrajes de las puertas y los mosaicos del piso, hasta los muebles y los tapices de las paredes.

—Vamos a tomar el té –dijo Máximo a Alex–, porque deseo exhibirle después de algo muy pintoresco, que no ha visto usted nunca. Mañana hay elecciones y he hecho reunir la gente que debe ir a votar. Generalmente empiezan a llegar a la oración[95], después de la hora del trabajo, pero como es día de fiesta hoy, han venido más temprano... Como usted ve, estoy mal preparado para el verano; los que cuidan mi casa no me esperaban, y creyendo, con razón, que las cosas están mejor en su sitio, no han sacado las pesadas cortinas y alfombras del invierno.

Después del lunch se dirigieron al sitio, alejado del parque, destinado para la reunión, invadido ya por dos centenas de hombres de campo.

Sus caballos descansaban. Máximo había hecho matar en la mañana unas vaquillonas para obsequiarlos.

Todo hubiera tenido el aire de completa fiesta, sin los largos cuchillos, revólveres y algunos trabucos que debajo de los ponchos multicolores asomaban amenazando. Un extranjero habría pensado inmediatamente en una pe-

---

94 *Pato barcino: Anas flavirostris*, ave acuática muy común en la provincia de Buenos Aires. De cabeza y cuello pardo claro, con manchas pardo oscuro, la garganta es más clara, a veces blanquecina y con menos manchitas. Dorso anterior pardo claro, con numerosas manchas pardo oscuro. Pecho blanquecino. Pico amarillo, patas plomizo verdoso.

95 *La oración*: toque de campana llamando a la oración de la tarde (7 PM)

ligrosa expedición contra los salvajes.

Eusebio Cabrera, capataz de campo, el hombre más gaucho, en la antigua acepción de esa palabra, recorría los grupos y organizaba los fogones, teniendo para cada uno un cumplimiento chusco, o una ironía para las armas, tanto más terrible, cuanto menor era la reputación de valor de quien la ostentaba.

El culto al coraje estaba allí, primitivo y entusiasta, manifestándose en la consideración hacia aquellos cuya energía estaba consagrada por distintos motivos, especialmente por haber resistido a la "justicia", como se llama entre ellos a la policía, confundiéndose con el mismo nombre las arbitrariedades de la una y de la otra.

Sendos jarros de vino, distribuidos con discreción, animaban la alegría de comer. Se templaban lenta y penosamente algunas guitarras, y se ensayaban algunas voces. En eso apareció Máximo con Alex y los niños.

Se hizo una especie de silencio en su honor, que destacaba el ruido altivo de las espuelas de los que caminaban.

Se le conocía poco, pero se sabía de su generosidad, se tenía noticias de su bravura, y de que una vez había retado al juez de paz. Era casi tan popular como lo había sido su padre, cuyo nombre "Don Esequiel" era entre ellos legendario. Máximo era ahora el "Señor" de la comarca, y se le mencionaba con orgullo, se le recordaba con cariño y se le acercaba con confianza.

Un paisano cantó:

A la mar por ser honda
las voy echando,
las penas que la vida
me va causando.

Esta rima encantó a Alex.

—¡Qué interesantes sus huéspedes, Máximo! Ya se han impuesto a mi simpatía.

—¡Cuánto cariño e interés inspiran! –contestóle–. Ningún país del mundo tiene una masa popular mejor dispuesta para la lucha, para la vida, para el progreso moral. Estos hombres, que cuelgan armas y arrastran esas espuelas que le llaman la atención, han pasado sin transición desde los castillos medioevales a las llanuras argentinas. Tienen los vicios y las virtudes de la época a que realmente pertenecen. La vida actual los ignora y ellos no se adaptan: desaparecen... Yo los quiero porque sufren persecución, y porque sin su amor bravío, no al concepto que desconocen, sino a la palabra, no hubiéramos fundado nuestra independencia. Son hombres de la batalla al aire libre, apenas útiles, hoy, que hasta la táctica manda esconderse para herir. En otras partes se han erigido monumentos a los obreros que han abierto un túnel. Aquí estamos dejando en el olvido a los que han hecho nuestra libertad. Mire a mi capataz: ¿no sería un lindísimo modelo de estatua?

Un payador[96], muy mentado[97], iba a cantar:

> Cuando todos los amores
> del mundo hayan acabado,
> y que sólo hayan quedado
> sombras de los amadores,
> revivirán los ardores,
> y hasta este mismo dolor
> agitará con furor
> a un triste cadáver yerto.
> ¡Te he de amar después de muerto,
> si hay tras de la muerte amor!
>
> ¡Señor don Máximo viva!
> ponga atención y repare;
> oirá cómo se lamenta
> entre prisiones una ave.
>
> Que viva vuelvo a decirle,
> hoy, que el pesar no lo alcanza;
> y que en ninguna ocasión,
> se le acabe la esperanza.

Máximo agradeció afectuosamente al gaucho-artista, que continuó dedicando sus cantos a Alejandra, a la Perla y a Stella.

Viendo a Alex interesadísima, díjole Máximo:

—Ahora va a conocer unos bailes extraños, que ya van desapareciendo. Y pidió a Cabrera que hiciera "escobillar"[98] un malambo[99].

Frente a un fogón, dos gauchos se levantaron, esbeltos y turbados, y a un compás cadencioso empezaron a mover sus pies, manteniendo el cuerpo recto y un poco inmóvil. Después de este tanteo en que parecieron observarse, hizo uno de ellos un zapateo ruidoso y difícil, al que respondió el que esperaba con otro un poco más violento.

De todos los fogones acudieron a presenciar la prueba. A cada "mudanza" debíase responder con otra que no fuera semejante, hasta agotar el repertorio y cansar la agilidad. A medida que se prolongaban los esfuerzos, crecía la atención. Los aplausos se contenían difícilmente delante de una pirueta gallarda. El respeto a Máximo y a su compañera contenía los dichos y las es-

---

96 *Payador*: "Las voces *Payador* y *Payada* que significan, respectivamente, *trovador* y *tensión* proceden de la lengua provenzal, como debía esperarse, al ser ella, por excelencia, la "lengua de los trovadores"; y ambas formáronse, conforme se verá, por concurrencia de acepciones semejantes." Leopoldo Lugones *El Payador* - (Stockcero - ISBN 987-1136-17-X p. xv)

97 *Muy mentado*: (arg.) de mucha fama

98 *Escobillar*: (arg.) zapatear; aunque *Escobilleo* se usa para designar un paso de baile consistente en mover los pies con movimientos como para lustrar el piso

99 *Malambo*: "concursos de danza, los famosos *malambos*, en los cuales dos hombres improvisaban figuras coreográficas que no debían repetir jamás, pues con esto perdían la partida". Leopoldo Lugones *El Payador* - (Stockcero - ISBN 987-1136-17-X p. 51)

timulaciones partidarias.

Un entusiasta no pudo menos que exclamar: "Van a retrucarse hasta envejecer".

Máximo intervino y, previo obsequio, declaró que ambos eran de igual fuerza.

Volviéronse. Los niños desearon quedarse en el jardín, y ellos dos subieron al piso alto.

—Quiero que admire mi gran cuadro –habíale dicho Máximo.

Una vez arriba, detuviéronse en la ancha terraza que avanzaba sobre el parque. Lanzó ella un grito de admiración ante aquel gran cuadro: la Pampa, el Mar, techado todo por un cielo de ópalo.

—¡Obra portentosa! –exclamó cuando su admiración se hizo tranquila.

Dos puertas daban a la terraza; por una de ellas entraron a una inmensa sala tapizada de púrpura –púrpura velada y discreta, puesta allí, no para recordar a los reyes, sino para destacar los cuadros–, y rodeada, menos en los dos extremos, por una biblioteca de nogal opaco que se detenía a cierta altura terminando en una repisa saliente. Sobre ésta y sobre otra, que sobresalía debajo a metro y medio del suelo, reposaban algunos trozos de arte antiguo y moderno de raro mérito: un pedazo de friso con bajorrelieves, un torso de mujer, una rueda de bacantes; bustos, estatuitas, vasos en mármol y en bronce, preciosamente patinados por el tiempo; una pequeña estatua del Dante, una cabeza de Voltaire, la máscara de Beethoven, y un Satanás soberbio de Rodín.

En el centro casi de la sala, sobre su pedestal, la reducción de la estatua de Washington por Houdon, y escritas al pie, en letras muy claras, las palabras de Byron en su Oda a Napoleón: "¿Dónde descansará el ojo cansado de mirar a los grandes? ¿Dónde encontrará una gloria que no sea criminal?... Sí, hay un hombre –el primero, el último... el mejor, a quien la misma envidia no osó aborrecer. Nos legó el nombre de Washington para que se avergüence la humanidad de que semejante hombre esté solo en la historia".

Grandes divanes y sillones, hechos para la lectura, la meditación y la molicie, diseminados aquí y allá.

En el extremo izquierdo aparecían las paredes cubiertas de telas de maestros, seleccionadas para ser colocadas allí entre las otras, elegidas también una a una por Máximo, gran entendido, las que ocupaban su puesto en el hall y el comedor. En el sitio de honor de este templete al arte, el blanco símbolo de la belleza eterna, en la púdica vestidura de su desnudez sin defecto: la Venus de Milo.

En el lado contrario, una pesada cortina de la misma púrpura, salpicada de flores heráldicas de oro amortiguado, caía en gruesos pliegues, y cerrada, como estaba entonces, dividía, acortando el salón.

Alex quedóse como sobrecogida, y fué penetrándose de una conmoción grande hasta empalidecer.

¡Ah! ¡la sala de su padre! ¡la de Cristianía; sus cuadros y sus libros!

Máximo sentíase igualmente conmovido en presencia de aquella impresión; de las impresiones complejas que adivinaba en ella.

—Estoy impregnada de arte y de recuerdos –pudo al fin decir la joven–. Es éste el primer goce íntimo, espiritual, que he sentido desde que estoy en Buenos Aires.

Mejor que por la palabra por la mirada descubría la joven a Máximo sus preferencias. ¡Y cuánto admiraba él su apreciación segura, independiente, que reconocía lo bello en lo bello, sin prejuicios de firmas o de escuelas!

Hablaron de libros. Encontrábanse delante de algunas obras nacionales. Explicóle él autores y artículos: a Mitre[100], a López[101]...

—¿Por qué se escribe tan poco en su país? –preguntó Alex.

—Recuerde que el día de las carreras le decía, refiriéndome a Groussac[102]: "Hay muchos hombres de talento que escriben, éste es un escritor". Contestaba entonces a la pregunta que me hace usted hoy, seis meses después. Groussac dedica sus días a las letras. Dedícales toda su inteligencia sin dispersarla en otras cosas; hace de ellas oficio. Los otros dan a la imprenta sus ratos de en-

---

100 *Mitre*: Bartolomé (1821-1906), político, militar y escritor argentino, presidente de la República (1862-1868). Desde joven sus escritos y sus opiniones políticas lo enemistaron con Juan Manuel de Rosas. Tras vivir exiliado en Chile, Bolivia y Perú, Mitre regresó a Argentina en 1852 y participó en su derrocamiento, encabezado por el general Justo José de Urquiza. En 1853 fue nombrado ministro de Guerra del gobierno provincial de Buenos Aires, cargo desde el cual trató de oponerse al plan de Urquiza que pretendía que la provincia pasara a formar parte de la recién proclamada República Argentina. En 1859, las tropas de Mitre fueron derrotadas por Urquiza en la batalla de Cepeda, y Buenos Aires pasó a formar parte de la federación. Mitre fue nombrado gobernador de la provincia de Buenos Aires en 1860 y derrotó a Urquiza en la batalla de Pavón (1861) sin que eso significara la secesión de Buenos Aires. Elegido presidente de la República debió enfrentar la guerra en aliaza con Brasil y Uruguay contra Paraguay (1865-1870). En 1868 fue derrotado en las elecciones presidenciales por Domingo Faustino Sarmiento; volvió a presentarse como candidato en 1891 pero fracasó. Fundó en Buenos Aires el periódico La Nación (1870). Entre sus obras se encuentran un gran número de poesías, traducciones de autores clásicos (como el poeta italiano Dante Alighieri) y obras históricas, como la *Historia de Belgrano y de la independencia argentina* (1858-1859) y la *Historia de San Martín y de la emancipación sudamericana* (1877-1888).

101 *López*: Lucio Vicente (1848-1894) Abogado, periodista y escritor argentino, hijo del historiador Vicente Fidel López (1815-1903 y nieto del autor del himno, Vicente López y Planes (1785-1856). Su padre es el cronista intelectual de Mayo, de clara tendencia democrática, relator de la historia a través de aspectos autobiográficos. Narrador ágil, en sus novelas se nota un estilo directo y temperamento clásico, al igual que sus artículos periodísticos, polémicas y cartas. Lucio Vicente, el tercero de la dinastía de los Lopez, muerto trágicamente, fue un poeta adolescente y un novelista de costumbres bonaerenses. Viajero habitual, como muchos otros argentinos de finales del siglo pasado, en sus escritos reflejó sus recuerdos y su testimonio acerca de las transformaciones de la sociedad del Viejo Mundo, más especialmente en sus cambios ideológicos y religiosos.

102 *Groussac*: François-Paul (1848-1929) historiador, crítico literario, teatral y musical, dramaturgo, pedagogo, periodista, poeta y dilettante geógrafo, filólogo y matemático. Nació en Francia y llegó a la Argentina a los dieciocho años sin profesión e ignorando el idioma. Luego de trabajar como peón en un campo de San Antonio de Areco, se establece en Buenos Aires, donde publica un ensayo sobre Espronceda que causa asombro. Fue inspector nacional de enseñanza secundaria, y un año después, en enero de 1885, nombrado director de la Biblioteca Nacional, cargo que desempeñó hasta su muerte. Con Carlos Pellegrini, Roque Sáenz Peña, Lucio Vicente López, y otras jóvenes figuras de clase dirigente, compartió la redacción de la revista Sud América, un bastión de las ideas de la generación del '80

tusiasmo o de tedio... Se conocen todos los oficios menos éste. Encontrará usted al abogado, al comerciante, al empleado, al médico, sobre todo al médico que escribe; nunca al escritor que escribe. Se tiene el talento, pero se tiene el pudor de la literatura. Lo que constituye la muestra de la más alta civilización y refinamiento en una sociedad, se oculta aquí como una debilidad. Tengo un amigo, talento de primer orden, todo un pensador, que guarda páginas admirables, por el temor de desprestigiarse en el sentido de "falta de seriedad".

—¡Qué cosa singular! –observó Alex con los ojos muy abiertos de sorpresa.

Máximo tomó de entre los otros, dos pequeños volúmenes, encuadernados preciosamente en marroquín verdoso:

—Elijo un ausente y un ejemplo vivo de lo que acabo de decirle. El autor de estos libros ha sido médico, político, ministro, diplomático, todo, menos lo que es antes que todo: un escritor. Aquí tiene usted un fruto de sus viajes; fruto amargo de los que han visto demasiado: Este otro: libro de la juventud, encantador de frescura y buen humor. Vea su título: "Tiempo perdido". "Eduardo Wilde"[103]. ¿No hay en él la pudorosa disculpa de haberlo empleado en la insignificante tarea de trasmitirnos con espíritu su pensamiento y su observación? Así son los demás; se afanan por convencernos de que lo gastan en cosas más serias y más útiles.

Cruzó ella sus manos, dió a sus ojos, a sus labios, toda su figura la expresión de coquetería infantil, y pidióle:

—Viejo tío, deseo tanto conocer su tiempo perdido. ¡Ah! no se niegue... ¿Por qué ocultar a Alex sus debilidades?... Me lo han contado Emilio y mi tío Luis. Sin ellos lo habría sabido de todas maneras, porque en su narración entreveo lo que debe ser su prosa.

Hablaba con una gran animación, y él la escuchaba con interés creciente, sin fijarse que de él hablaba. Iban reconociéndose como dos individuos de una misma raza que se encuentran en un país extraño.

–Sí –continuó – déjeme leer algo de lo que usted escribía cuando tenía mi edad.

Mirándola a los ojos, para que no se excusara, le contestó, sonriendo a su gracia:

—Lo haré después que me deje leer usted lo que está escribiendo.

Tuvo ella una pequeña conmoción de sorpresa que no escapó a Máximo, y a la que respondió, como si respondiera a un niño:

—No me lo han contado ni Emilio ni tío Luis. Me lo ha contado el viejo tío; el mismo viejo tío. . . Le confieso, Alex, mi delito: ayer leí una página de las muchas que había sobre su mesa.

—Mis chicos habrían sufrido una seria penitencia por algo parecido –di-

---

103 *Eduardo Wilde*: (1844-1913) Médico, estadista y escritor nacido en Bolivia, durante el exilio de su familia en tiempos de Rosas. Amigo de Julio A. Roca, Olegario Andrade, Victorino de la Plaza y otros, formó parte de la "generación del 80". Fue ministro de Justicia y Educación durante la primera presidencia de Julio A. Roca, ministro del Interior del presidente Juárez Celman y presidente del Departamento Nacional de Higiene durante la segunda presidencia de Roca y, entre otras cosas, organizó una expedición médica dirigida por el Dr. Carlos Malbrán al Paraguay para ayudar a combatir la peste bubónica en Asunción. Publicó *Viajes y observaciones*, *Discurso sobre educación laica*, *Tiempo perdido*, *Prometeo y compañía* (autobiográfico), *Aguas Abajo,* etc. además de artículos a veces satíricos aparecidos en diversos periódicos

jo, interrumpiéndolo– . ¿No sabe usted que leer lo ajeno es también robar?... Roban los ojos; y lo más íntimo y lo más preciado.

—¡Una sola! Fué una sola nada más, querida ahijada. Y es éste mi primer delito.

Su actitud de humilde arrepentido desgranó las cuentas de cristal de su risa:

—Agradezco la excepción. Perdono, sí, pero prométame usted, gran nene, que será la última vez.

—Tendré siempre esta disculpa a mano aun reincidiendo: nadie me ha inspirado nunca mayor curiosidad que usted.

—No he tenido la idea de ocultar lo que hago, ni tampoco la de contarlo, salvo a usted, que recordará le hablé hace unos días de un trabajo que me interesaba enormemente y deseaba consultarle. Me refería a esas páginas. La obra de mi padre quedó sin terminar; el dolor que le causó la muerte de mamá prodújole tal quebranto, que después sólo atendió a su deber estricto. Ya no escribió; hacía apuntes para que sirvieran a los que estaban destinados a recorrer después de él la helada ruta fatal –un estremecimiento la sacudió, como si sintiera el frío aliento de esos hielos– su diario, antorcha viva de la ciencia, poema blanco de la nieve, estaba trunco. Sólo la mano de su hija podía no hacer impía una colaboración postuma en su obra... Valiéndome de apuntes hallados, de conversaciones tenidas con él, de lecciones que me daba delante del mapa polar, he podido reconstruir jornadas y escenas, dar ilación y unidad a las preciosas notas... Escribió la historia de sus últimos años, a pedido de la "Sociedad de Ciencias y Artes" de mi país, que ha resuelto hacer una edición especial de su obra completa.

Máximo, serio, la escuchaba. El desdén de su sonrisa había desaparecido. Mirábale con ternura en la exaltación casi mística de su amor santo, que daba brillo de inspirada a sus ojos y un ligero temblor a su boca apasionada. Sentía un encanto en comunicar a solas con el espíritu diáfano y luminoso de Alejandra, sin que la sombra de una intención galante viniese a perturbarlos; la inefable dulzura de ir creándose una intimidad dentro de aquella alma fina, de aquella aristocracia intelectual.

La sensación de absoluto aislamiento, allí en el campo, lejos de las ciudades y de las gentes, en la compañía purísima e invisible de los niños, que se hacía sensible al llegarles en sus voces y gritos de alegría desde el jardín, mezclados al perfume de las rosas, endulzaba aún más para ambos un placer al que ya no intimidaban recuerdos, desconfianzas o temores inmediatos.

—Se lo haré conocer –prosiguió Alex– porque necesito su juicio y su consejo. Mi trabajo es material únicamente; interpreto lo que tan sólo él podía concebir... Enhebro sus perlas de Oriente en el miserable hilo de que yo dispongo. Recojo sus cantos, sus admirables cantos de poesía; soy el devoto y humilde rapsoda de mi padre.

Y con una voz más velada y más honda, terminó:

—Sí, es necesario que usted conozca la pura, fecunda, alta, trágica vida de Gustavo Fusller.

—¡Y contada por usted, Alejandra! –exclamó Máximo, cuya voz se había velado al contacto de la joven.

—¡Oh!... Las obras intelectuales deben ser todo cerebro y la mía es todo corazón.

—No estoy con su teoría, Alex. ¿Sabe alguien dónde termina el cerebro y empieza el corazón? El cerebro no es un depósito especial del espíritu, es un coronamiento de todo el organismo, y yo creo que todo el organismo humano es intelectual; que la facultad de sentir intensamente lleva al convencimiento mejor que el raciocinio, en muchos casos, y en muchas cosas... Hay corazones geniales; el suyo es uno de ellos, Alex. Y al decirme usted que escribe con el corazón esas páginas de amor, me da con ello el mejor de los indicios. El espacio en que se mueve la inteligencia es limitado; el campo en que actúa la sensibilidad es infinito. Pulsa usted el mejor de los instrumentos. De ahí la facilidad asombrosa, la naturalidad y espontaneidad con que nace su pensamiento, que al nacer nace completo.

Hizo ella un movimiento de las manos para detenerlo, mas él agregó:

—Es eso también lo que la hace temible y le da una influencia decisiva sobre los hombres, porque los alienta, los impulsa... y ¿para qué?

No quiso Alex demostrarle que había notado este ligero revirar de su escepticismo. Dejó disiparse la expresión de triste gravedad de su propio semblante, y que la reemplazara una de finísima malicia. Recorrió con los ojos los tesoros que contenía la sala, y acariciando con su mano una soberbia cabeza de Medusa, en mármol y bronce, que avanzaba amenazadora de su pedestal, observó:

—Falta en su biblioteca un poeta de tamaño, que ha adoptado un seudónimo hermoso y sugerente: Almafuerte[104]. Tiene él sentencias dignas del rey Salomón. Allá va una: "Vale más un guijarro en el pavimento de una calle, que el más grande de los diamantes del Gran Turco encerrado en su cofre".

—Gracias por el obsequio, sobrina–; respondió Máximo riendo, quien cazaba al vuelo la intención, y estiraba los brazos en la actitud del que baraja alguna cosa–, montoncito de palabras es éste, de más peso que las arcas opulentas del Sultán. Y acepto el reproche, delicado como el roce de una flor.

—¡Su eterno "para qué"! –exclamó ella indignada, y deseando proseguir un tema que él eludía.

—¿Para qué, Alex, empezar lo que se tiene la seguridad de no concluir; esforzarse por lo que sería transitorio?...

—Y aunque así lo fuera –interrumpió con suma rapidez...– La vida es transitoria, y la vida es vida.

—Es temible como usted el empezar –continuó él–, e inútil como yo... ¡Ah! lo sé. Una vez que se levanta el pensamiento inanimado en nuestro cerebro como Lázaro en su tumba, reclamando su derecho a la vida, cuesta un

---

104 *Almafuerte*: seudónimo de Pedro Bonifacio Palacios (1854-1917). Poeta y docente argentino de gran reputación gracias a sus textos publicados en los diarios. Sus composiciones, que reciben el nombre de milongas, son de tono predicativo. *Evangélicas* (1915) fue la obra más representativa de su estilo. Obras principales: *Lamentaciones* (1906), *Poesías* (1917), *Nuevas Poesías* (1918), y las póstumas *Milongas clásicas*, *Sonetos medicinales*, *Dios te salve* y *Discursos* (1919)

inmenso esfuerzo aplacarlo; pesa como un mundo y se agita como un huracán aprisionado.

—¿Y por qué no deja usted penetrar en la luz al resucitado? ¿por qué no liberta al huracán?

Y sin darle el tiempo de hablar nuevamente:

—Me causa tan grande extrañeza su injustificado descontento, y la inmovilidad de su vida moral e intelectual. Descontento de una existencia que se entrega a usted dócil, pródiga y amable... Al fin, vida es mujer, y, según los hombres, la mujer es hija del rigor; halaga a quien la rechaza. Hay en ella sufrimientos en verdad. ¿Se los causa la pobre a usted acaso?... Se sonríe al ver con el calor que defiendo a mi enemiga, ¿no es verdad? Hay que ser leal, padrino... Sabrá ciertamente que existe una enfermedad, reservada únicamente a los pintores, la que se llama "mal del pintor", producida por la aspiración continuada del veneno que contienen sus colores. Yo lo comparo a usted con alguien que se sintiera envenenado porque hay otros que pintan... Déjeme llegar, déjeme llegar, viejo tío, sin interrumpirme. Quiero preguntarle por qué guarda sus brillantes en el cofre; por qué hace estériles sus altas facultades y estéril su fortuna.

Fervor en la voz y más luz en los ojos tenía ella mientras iba diciendo sus palabras, que interrogaban, condenaban y estimulaban.

—Su país es joven, rico, inteligente, pero marcha como una grandiosa nave que navegara en alta mar sin jefe y sin guías. Sea uno de ellos, Máximo... Ese gesto de desdén que veo imprimirse en su cara debe desaparecer, sí, desaparecer antes que todo... ¿No sabe, viejo tío? –agregó despojándose un momento de su gravedad y sonriéndose mimosa– , que me he propuesto derrotar su pesimismo? Mi corazón tenaz tiene su táctica y tiene su estrategia. Su talento –prosiguió, volviendo a su gravedad– , su preparación, su conocimiento de los hombres, su ascendiente irresistible sobre ellos; su falta de cargas y de preocupaciones, su facilidad de palabra, su misma fortuna, le marcan un deber: el deber de actuar, de ser cabeza dirigente, de moverse entre sus compatriotas. Estamos en la época de las iniciativas individuales.

Al oír sonar en aquellos labios las mismas palabras que oyera sonar en otros labios queridos veinte años atrás, sintió un sacudimiento en el corazón.

Tocó en silencio el resorte de la cortina, la que se descorrió inmediatamente, descubriendo el retrato de un hombre de pie.

Lo señaló a la joven, y dijo con una naturalidad que hacía solemnes sus palabras:

—Es mi padre.

Dentro de su marco de nogal tallado, se destacaba una admirable figura violenta, soberbia y persuasiva; se erguía una cabeza de bigotes levantados y ojos penetrantes. ¡Allí estaba don Ezequiel Quirós en toda su hermosa arrogancia!

Ella bajó instantáneamente la cabeza, como saludando a aquella gran figura, y permaneció contemplándola. La expresión seria del convencimiento apareció en su fisonomía, para decir después, señalándola a su vez:

—Ahí tiene usted a lo que yo llamo un creyente.

—¿Cómo lo sabe usted?

La vivacidad con que el hijo de don Ezequiel hizo esta pregunta, fué una aseveración a lo que Alex decía.

—No he necesitado sino mirarlo. ¡Ah, no! Ese hombre no dudó jamás de sí mismo; esa voluntad no vaciló jamás.

La mirada de asombro y de simpatía con que la envolvían los ojos de Máximo, nacía de la impresión que le causaba el que fuera tan bien comprendido por ella aquel ser prominente, cuya influencia en su vida había sido decisiva hasta confundirse con su propio destino.

Después, los extremos de su boca se bajaron, extendiéndose por su fisonomía varonil, de rasgos pronunciados, la sombra de un amargo desaliento, y lentamente dijo:

—Yo también soy un amputado.

Sin más, sintió que inmediatamente los ojos tornasolados de Alejandra se fijaron en él con asombro y simpatía también, y que nacían de la revelación de un culto filial igual al suyo.

Viendo que esperaba otra palabra, continuó, y su voz, que no se hubiera alterado en un peligro, adquirió el tono aterciopelado de la honda emoción:

—A mi padre, como al suyo, Alejandra, lo sorprendió la muerte en la plenitud de la vida; y como el suyo, dejaba su obra trunca: su hijo. La arcilla con que lo formaba, demasiado fresca aún, no había tenido tiempo de consolidarse y cayó. La muerte hacía doble obra de destrucción: en el padre y en el hijo. Su hacha tronchaba la joven planta de tiernas ramas y débiles raíces, al derribar al árbol robusto que le daba su sombra. Era el padre de mis ideas, el juez de mis acciones y de mis trabajos juveniles: mis aspiraciones caminaban a su impulso. Quedé sin él como el corredor a quien en medio de la carrera faltara el aliento... Cuando vi que todo aquel rigor era polvo, toda aquella vida era muerte, toda aquella voluntad inercia, aquel fuego cenizas, se escurrió en mi pecho el escepticismo que usted condena, como un ladrón en las tinieblas y me robó la fe en la vida. Y desde entonces se encarnó en mí la convicción de la inutilidad de todo esfuerzo: de que sólo es verdad la duda, de que sólo es realidad la nada... Esa fortuna que llama usted estéril, me hizo estéril; sin ella habría estado obligado a luchar y eso habría templado mis energías. En cambio me lo presentaba todo fácil, me hacía un favorito de lo que llaman otros suerte, quitando así a las cosas el incentivo que les da la necesidad de conquistarlas, y aboliendo en mí el deseo, esa fuente del placer, del goce y del estímulo... Todo lo que he sido y lo que he podido ser se lo debo a mi padre; y para debérselo todo, por él he conocido el dolor. Sí, han pasado muchos años, y su abrazo de despedida, al morir, es todavía mi convicción más violenta, y mi pena más profunda. Mi culto es su memoria.

Alejandra permanecía de pie escuchando en una piadosa atención el relato que iba reavivando el corazón de aquel hijo, del cual brotaban los recuerdos como chispas de un pedernal. Parecíale otro hombre, y muy diferente del hombre irónico, incisivo, pesimista y burlón de conversación brillante y voluntariamente superficial que estaba acostumbrada a tratar. Siempre había creído que escondía mucho, algo de ello había entrevisto, pero no sospechaba tanta sensibilidad en él, tanto fuego sacro; fuego cuyo calor llegaba hasta ella.

Creyó ver a su alma sacarse una máscara, y que recién ahora tenía delante la verdadera, la única alma de Máximo Quirós.

La fuerte impresión la empalidecía; así, pálida, con los ojos bajos, los labios entreabiertos, pareció a Máximo un hermoso mármol que llegaba para agruparse entre los suyos. Él, cuyo ser íntimo vivía eternamente replegado, y en cuya vida cristalizada prohibíase a sí mismo penetrar, dejábase llevar por una necesidad irresistible de confesar su alma envejecida con aquella alma virgen, de acercar su corazón a aquel otro corazón hospitalario.

Estaba subyugado por la proximidad de aquella criatura que le parecía ser la única digna de recibir su confidencia, de escuchar lo que nadie había escuchado hasta entonces. Era la misma, sin embargo, a quien seis meses antes había juzgado una casquivana de alto vuelo.

—¡Cómo ha sabido usted interpretar ese carácter! –continuó Máximo–. Es cierto: ese hombre no vacilaba... Oiga uno de sus rasgos. El año 80, en los días que iba a estallar una revolución sangrienta[105], llegó de la estancia, y con su decisión habitual empezó a hablarme, en el temor de que el entusiasmo de la juventud porteña me arrastrara. "El hombre debe dar su vida a las causas patrióticas, repetía, pero es éste un movimiento estéril". "¿Y si estuviera ya comprometido?", pregúntele yo. "Entonces estarías aquí fuera de tu puesto". Y sin decir más, me condujo en su carruaje al improvisado cuartel... A pesar de mi distinta apreciación de muchas cosas, influyen en mí sus opiniones. En medio del desprecio que en general me inspiran los hombres y la vida, me siento atado al deber porque él lo amaba... Un día quise ser algo por él, darle mis éxitos en homenaje a su virtud y a su cariño; a él le hubieran pertenecido.

Ella en silencio le extendió su mano con el gesto gallardo de un gentilhombre, y le dijo simplemente con su mirada abierta y franca que desmentía anticipadamente toda duda:

—¡Amigos, Máximo!

Él apoyó sus ojos en aquellos ojos, y estrechando la pequeña mano que desapareció toda entera en la suya, le respondió:

—¡Amigos, Alex!

Un silencio siguió; dejaban a sus espíritus unir sus voces armoniosas.

—Ya sabe que me he propuesto la derrota de su pesimismo –: dijo ella después de un largo rato.

---

105 Se refiere a la revolución de 1880 de parte de la provincia de Buenos Aires, liderada por su gobernador Carlos Tejedor, contra la federalización y capitalización de la Ciudad de Buenos Aires propuesta por el recién elegido Presidente de la Nación Julio Argentino Roca. Vencido Tejedor, Roca pudo asumir normalmente la presidencia de la República el 12 de octubre de 1880 y llevar a cabo su proyecto.

—Es tarde; no olvide que soy el señor Crepúsculo.

—"La vida es una serie de recomenzamientos". ¿Quién ha dicho esto? Alguien que había vivido ciertamente... Dice usted que ama a su padre; responda, entonces, para su propia satisfacción, a lo que él esperaba de usted, sea lo que él quería que su hijo fuese. Prolongue en usted la energía y la firmeza que el pintor psicólogo que ha hecho este retrato ha sabido interpretar magistralmente; sea su heredero realmente... Me pedía usted el otro día ir a mi escuela; venga a ella, mi querido amigo, empecemos por la gimnasia de sus energías que fortalezca sus músculos morales, para salvar de la anemia al órgano vital de la voluntad.

Máximo sentíase embriagado por este entusiasmo sentimental, que veía fermentar como un generoso licor en aquella mente; y pareciéndole cruel desanimarlo con una palabra de cruda realidad, no la dijo, y sonrió.

Su sonrisa pareció a la joven de asentimiento, lo cual la alentó a continuar:

—Sí, viejo tío; tiene usted una expresión permanente de despreocupación e indiferencia en su semblante, y nieve en el cabello; pero su alma es pensativa y es ardiente. Y no puedo ser espectador indiferente, yo, de su existencia sin alegrías, sin dolor y sin combate. ¡Y si viera qué fuerte es en mí el deseo de soplar la llama distraída y vacilante de su alma sin pasiones!

El aire les traía las notas de las guitarras, desde los fogones. Escucharon...

—¡Qué melancólico es lo que sus gauchos cantan!

—Sí, Alex. Es la melancolía árabe vigorizada por el temperamento español. Sarmiento[106] afirma que ha creído ver en África tipos que había conocido en las campañas argentinas. Yo he visto en los bulevares de París un verdadero gaucho con turbante. En Constantinopla me emocionaba el ejército, de tal manera se parece el que teníamos antes del servicio obligatorio, compuesto casi exclusivamente de gauchos.

—¿Y a quién van a elegir ellos mañana? –interrogó Alex.

Máximo quedóse un momento perplejo, y, como un chico que cayera en cuenta recién de alguna cosa, contestó:

—¿Quiere creer que yo mismo no sé bien a qué responde en definitiva la elección?... Un amigo me pidió auxilio electoral... y ahí se lo mando. ¡Qué asombro le causa mi declaración! ¿no es verdad? –continuó, riendo de la expresión de Alex en aquel momento–. Nuestras costumbres son así, querida sobrina. Millares de inconscientes detrás de los que se adueñan de la cosa pública. Y a pesar de nuestro ánimo entusiasta, carecemos de movimientos, y sólo tenemos convulsiones. Nuestros hombres dirigentes adquieren tamaño, jamás grandeza... Pero vaya, que la amenazo con una disertación.

---

106 *Sarmiento*: Domingo Faustino (1811-1888) docente, prolífico escritor, periodista, político, sociólogo, diplomático, gobernador y presidente de la Argentina. Activo militante político, debió exiliarse debido a su oposición a Rosas y al caudillo riojano Facundo Quiroga. En Chile, su actividad fue muy notable, tanto en la enseñanza (se le confió la organización de la primera escuela del magisterio de Sudamérica) como en el periodismo (publicó artículos en El Mercurio de Valparaíso y en El Progreso de Santiago). Enviado por el gobierno Chileno para investigar los métodos de enseñanza visitó Estados Unidos y Europa, donde publicó obras literarias y conoció a pedagogos y escritores. Fue el gran impulsor de la enseñaza pública en Argentina. La cita es de su obra *Viajes por Europa, Africa y Norte America -1845/1847* - (Stockcero ISBN 987-20506-7-8)

—¡Si viera cuánto me interesa!; ¡es tan nuevo todo para mí! ¿Por qué decía usted que estas costumbres tan pintorescas desaparecen? ¿No se aman acaso las cosas tradicionales?

—Avanzamos por agregación y adopción, lo que nos va quitando todo lo nuestro. La nómina de los concurrentes a cualquier fiesta le dice a usted cómo nos eliminamos. Los nietos de nuestras grandes familias, que no han sabido mantener el rango de sus ascendientes, se substituyen por los inmigrantes, enérgicos y luchadores, pero sin alma nacional, con el patriotismo estrecho, vinculado a la prosperidad material únicamente. De ahí la indiferencia que permite todos los abusos y tiranías solapadas, y la relajación del sentido moral.

Alejandra callaba, lo que suele no ser lo mismo que guardar silencio.

—¿Encuentra usted que yo trato cruelmente a mi país?

—Según... Puede usted tener razón y entonces sus pensamientos serían dolorosos, no crueles.

—¿Qué iba usted a decir además? No debe detenerse nunca para descubrirme lo que sienta y piense. Lo que yo le he dicho, no lo diría a ningún hombre,

—Gracias, Máximo. Nos creen ustedes tan incapaces a nosotras las mujeres de las cosas serias... Usted, y los hombres como usted habrá muchos en esta raza de inteligentes, tienen la culpa. Se lamentan de males cuya corrección está en su mano. El que no actúa, delega su acción, y la ejercita entonces el menos escrupuloso. Ése es el verdadero daño. Si la inacción significara simplemente el retraimiento de una fuerza, su egoísmo sería disculpable. Esto se lo he oído decir muchas veces a mi padre y a sus compañeros, cuando, preocupados de nubarrones que percibían en el horizonte de nuestro país, combatían la propagación de ciertos males, delante de los que eran muy capaces de corregirlos.

—No sé bien qué responder... El vasto mundo de hoy sufre la pérdida de sus creencias, y se apega a la vida práctica, única que la mueve, exactamente como el extremo mundo antiguo, antes del credo cristiano. El telégrafo, el diario, el libro, envenenan de vida material todos los ámbitos. Hay un aplastamiento universal. Es una atmósfera moral enrarecida, que hace pesadas las almas. Respiran trabajosamente las verdades y los ideales que se alejan. Se han enfermado las voluntades, porque no saben adonde ir, cuál es lo mejor. Ni siquiera se distingue, ya, entre el bien y el mal. Se diría que se deja el raciocinio a los sentidos. Se progresa camino de la animalidad: no es paradoja... Monopolizar la riqueza, gozar: he ahí los fines de la vida moderna, que no tiene más allá. No se retrocede, pero se marcha en distinta dirección, y hay desorden en las filas de las multitudes porque no existen guías. ¿Vendrán?... Hay que esperarlo. El dolor humano aumenta y es el dolor el que ha triunfado siempre... Nosotros, yo, si usted quiere, soy también un enfermo. Deduzca de estas grandes razones los pequeños motivos de mi indolencia, o como quiera usted llamarla.

Alejandra continuaba viendo en Máximo al hombre distinto, que se le había revelado en aquel día. Sí; bien distinto. Creyéndole antes una inteligencia superior, no le había supuesto, sin embargo, tal extensión y profundidad de pensamiento, tan melancólica seriedad de ideas. No quedó convencida de que tuviera razón para no luchar, para no agitarse en la vida de su país, mas vió la causa y no la encontró simplemente egoísta. Como él lo había dicho, era un enfermo, un hombre vacío de impulsos, arrancados por el "Mal del Siglo"[107].

Alejandra miraba el retrato y miraba a Máximo, consultando el parecido entre ambos.

—No; no son sus ojos –dijo moviendo la cabeza–, tampoco es su boca; sí es el color, la cabeza, el cabello... ¡Ah! Ya encontré los ojos, y también la boca –añadió acercándose a un medallón colgado de la pared.

Era una cabeza de mujer, de facciones finas y espléndidos ojos verdes.

—Los encuentra usted en mi madre –apresuróse a decirle Máximo– a quien no conocí, pues murió cuando yo no había cumplido dos años todavía... Aquí tiene otro retrato de ella, sacado en la época de su casamiento. Era un tipo delicadísimo, una belleza blanca y suave; ¿no le parece haber visto una cabeza igual en su visita a Versalles? [108]

Y abriendo una vitrina sacó, para mostrarla a la joven, una miniatura dentro de un marco adornado de esmeraldas.

—¡Qué preciosa criatura –exclamó ella–. Realmente, parece el retrato de alguna amiga de María Antonieta.

En esa gran vitrina, Máximo guardaba una cantidad de objetos que eran recuerdos de familia, muchos de ellos curiosos por su antigüedad y riqueza.

—¿Y este libro? –preguntó Alex, tomando en sus manos uno pequeño, muy usado, de tapas negras, que llamó su atención por el contraste de su indigencia con la riqueza de todo lo demás que lo rodeaba dentro de aquel mueble.

—Es el devocionario de la tía que me sirvió de madre, una alma mística, el cual había sido anteriormente el libro de oraciones de su madre.

Tomó después una caja redonda de oro con perlas incrustadas, y se la presentó:

—La bombonera de mi abuela, coqueta y lujosa dama de antaño, siempre a la vanguardia de la moda... Pero, ¿qué le interesa tanto en este devocionario?

—Una coincidencia. Yo conservo un libro igual, feo y viejo también, que perteneció a un extraño a quien venero, sin embargo. Es el libro de horas de un cura de aldea.

—¡Por Dios, Alex! –interrumpió Máximo, apretándose la cabeza con fingida aflicción, porque lo entretenía discutir con ella–, ¡no vaya a recitarme las

---

107 *El mal del siglo*: expresión que designa la crisis de creencias y valores en la conciencia europea del fin del siglo XIX. El sentimiento de decadencia, cansancio y hastío en todas las esferas de la vida, frente al quebrantamiento del orden social, el agotamiento del liberalismo, la decepción de la ciencia, y la fatiga del racionalismo

108 *Versalles*: (argent.) *Versailles*, palacio construído por Luis XIV en las afueras de París y que fuera la residencia de los reyes de Francia (antes lo era el Palacio del Louvre) a partir de 1682. Sus jardines ocupan 815 Hectáreas., y están repletos de lagos, fuentes, esculturas y flores

fábulas devotas de mi hermana Dolores! Entre sus santos y los próceres de Linares, no sé cuáles son más aburridos. Estoy de santos y de mártires hasta aquí... Y si me gustan los héroes, no me gustan los mártires.

Con su prontitud de centella, le contestó:

—¿Y qué otra cosa es el martirio sino el heroísmo silencioso, sin exclamaciones, frases ni actitudes? Es el valor que muere, no el que mata... ¿O usted cree que sea más valiente Aníbal que San Pablo?... Quiero, viejo tío, hacerle conocer una "obra de fe" –prosiguió con una travesura seria, que aludía a lo que en ella combatía en él–. Su imaginación no habrá concebido jamás nada igual. No va usted a sospechar de clerical a papá, que era liberal y protestante, ¿no es cierto? Pues bien, él era el que guardaba el libro del cura como una reliquia, antes que yo. Lo que va usted a oír sólo la fe lo alcanza... Voy a contarle esa historia tal como la contaba él; su palabra acrisolada garantiza su veracidad.

Sentóse en un alto y majestuoso sitial tallado, tapizado de viejo brocado, digno de un papa. Máximo, al verla allí, pensó en una flor dentro de un misal, y ella dijo, con voz grave:

—Escuche atento, que es papá quien va a narrar:

Capítulo XV

"En uno de mis viajes –había contado Gustavo a su hija–, visité la fortaleza de San Miguel, cuyo gobernador, general francés, era mi amigo íntimo. La fortaleza servía también de presidio.

"Una tarde que nos paseábamos por los jardines, noté a un viejecito vestido con el traje de los condenados, menos el bonete numerado, reemplazado por una gorra de lana negra, que leía sentado en uno de los bancos. Al pasar nosotros por su lado se levantó, sacóse la gorra que dejó a descubierto sus cabellos blancos como el algodón, y nos saludó humildemente. El general se detuvo, y con el aire del más profundo respeto, le hizo el saludo militar.

"Yo alcancé a ver el título de su libro: *De la Gracia*.

—Voy a responder a la pregunta que quema tus labios –me dijo mi amigo, inmediatamente que nos alejamos–. ¿Te ha sorprendido mi actitud para con ese anciano, que viste el traje de los réprobos y lee a San Agustín? Nada podrá causarte mayor asombro que su propia historia. Vas a oírme y dime después: ¿qué son todos los grandes de la tierra comparados con él?

"Y me la refirió exactamente así:

"Un día, el obispo de la diócesis recibía la visita de un sacerdote, quien se le presentaba embargado por tan gran conmoción que sus labios no podían articular sino estas dos palabras: *Es inocente, es inocente*.

"Una vez tranquilizado refirió a su superior que había sido llamado para confesar a una enferma. —Padre –habíale ella dicho– voy a hacerle una terrible revelación, no en el carácter del secreto inviolable de la confesión, sino para que usted haga pública la verdad. Es necesario, padre, que usted vaya al presidio San Miguel, y hable allí con el condenado número 133. Es mi hijo Juan, que purga la culpa de su hermano Pedro. Mi hijo Pedro murió hace tres años; su hermano Juan es inocente. Prométame, en nombre de Dios, ir hasta allí para morir tranquila... Él contará a usted lo sucedido, y me enviará su última bendición.

"Al día siguiente, habíase puesto en viaje el sacerdote para la fortaleza. Habló allí con el hijo de la moribunda, quien le reveló; ya completa, la terrible tragedia que vas tú a conocer.

"Pedro y Juan Beltrand eran mellizos y tan idénticos que para distinguirlos fué necesario, desde que nacieron, vestirlos de distinto color. Cuando chicos, bromeando, solían cambiar de traje, para que su propia madre los confundiese. Este parecido mantúvose entre ellos hasta después de hombres por falta de barba.

"La madre, objeto de su adoración, que había quedado viuda muy joven, cuando perdió a su única hermana recogió a la hijita de tres meses que dejaba, la cual se crió con sus padrinos y se llamó María.

"Todo el parecido físico de los hermanos desaparecía en lo moral.

"Pedro era vivo, parlanchín, alegre, simpático, vehemente e irascible. Juan, reflexivo, silencioso, dulce, reconcentrado, melancólico. Sus inclinaciones los llevaron por caminos diversos: Pedro se hizo negociante, Juan se hizo sacerdote.

"El uno se casó con María, prosperó en hijos y en las especulaciones a que se entregaba. El otro, al salir del Seminario, hízose cargo del curato de una aldea.

"La madre vivía feliz en el hogar de Pedro, rodeada de sus nietos, dentro del bienestar que en él reinaba, recordando al hijo ausente sin extrañarlo.

"¡Juan había hecho tan poco ruido en la casa! No se extraña a una sombra. Solía ir de tarde en tarde a bautizar algún nuevo sobrino, a pasar un día con los suyos, entre los que estaba su gentil ahijada Clemencia, de trece años ya, por la que tenía gran predilección.

"Una mañana que daba gracias en la iglesia, recibió un telegrama de su madre: "Ven inmediatamente". Y partió en el acto.

"Dejémosle hablar tal cual habló él entonces, prosiguió el general.

"—Encontré la casa en la desesperación. Pedro había dado muerte a un hombre. Este hombre de dinero y de influencia, con quien mi hermano tenía negocios, vivía en el centro del pueblo; muchos lo habían visto entrar en la casa; los sirvientes oyeron una acalorada discusión, y le volvieron a ver salir, casi rozándolos. Cuando uno de ellos acertó a entrar al escritorio de su patrón le halló muerto. No cabía duda; sólo Pedro había entrado allí; sólo él podía ser el homicida.

"Mi madre y mi cuñada declararon —los niños nada sabían todavía—, que aquél se había ausentado unos días antes, como solía hacerlo siempre por sus asuntos, pero no se les creyó. Estaba perdido; más de diez testigos declaraban que le habían visto entrar en la casa y salir después.

"El populacho en efervescencia por la desaparición violenta de quien les aseguraba el pan con el trabajo que les daba, espiaba la casa del infeliz para entregarle a la justicia. Esperábase la llegada del juez, ausente, para que firmara la orden de allanamiento.

"¡Iban a entrar! ¡Iba a entrar la policía y a descubrirlo en el escondite que sólo conocíamos su mujer, mi madre y yo!

"Me debatía en la impotencia... ¿Qué podía hacer yo, pobre cura de aldea, ante lo irremediable?... ¿Qué hacer, qué hacer?... Estaba en el cuarto de mi hermano; en aquel momento vi claro el porvenir: mi madre muriendo en la desesperación y en la miseria, miseria igual a la de la esposa y los hijos. ¡La esposa, María, dos veces mi hermana, arrastrando con sus tiernos hijos su vergüenza! Clemencia, mi ahijada, mi adorable ahijada, la pura flor del hogar, marchitándose en el menosprecio antes de haber vivido.

"¡Montón de víctimas inocentes! Y todo, ¿por qué? Por un mal momento del hijo, del esposo, del padre; por un segundo de flaqueza humana, de enceguecimiento animal...

"¿Qué hacer..., qué hacer?... En mi dolor impotente caí de rodillas exclamando: "¡Señor, Señor, manda un rayo de tu luz, que penetre las cavernas de mi entendimiento!".

"De repente, con una rapidez de relámpago, se hizo en mí la luz que él enviaba y me impulsó su fuerza. Sobre la cama estaba el traje que el desgraciado se había quitado: me lo puse, cambiándolo por mi sotana. Me miré al espejo: no era ya Juan, era Pedro. Escribí una carta para nuestra madre, dejé llegar el crepúsculo y salí.

"Desde la puerta alcancé a ver tres hombres que conversaban a cierta distancia, de espaldas a la puerta de la casa. Eché a andar muy ligero, me vieron y empecé a correr. Me perseguían; corrí, corrí, y después de una carrera loca me dejé tomar. En mi plan entraba que se me sospechara huyendo.

"Me fué muy fácil hacer entender a la justicia, negándolo, que mi hermano estaba ausente, y que yo, su mellizo, había tratado de escapar.

"Callé el móvil del crimen. ¿Sabía yo acaso cuál llevó a mi hermano a matar a aquel hombre? ¿Para qué necesitaba saberlo? Yo era sólo el instrumento de salvación que Dios enviaba a mi familia, y nada más.

"Estaba rendido; me dormí. Antes alcancé a oír lo que conversaban los guardianes en el patio de la prisión: —Mira lo que son las cosas: si Antonio y Jacobo no lo ven salir de casa, se escapa, y paga el inocente, con quien son iguales como dos gotas de agua.— Seguramente que ese pillastre tenía la idea de aprovechar del parecido, y que tomaran al otro. Pobre don Pedro, tan bueno como es y con tantos hijos.

"Me condenaron. Vinieron él y mi madre a la prisión; su silencio me dijo que aceptaba mi resolución.

"—Designio de Dios, que en su infinita previsión y sabiduría quiso hacernos iguales para salvarte —dije a Pedro al abrazarlo.

"Arrodilláronse los dos, balbuceando entre sollozos palabras de perdón. Levanté a mi madre. Mis manos ungidas dieron sólo a mi hermano la absolución.

" ¡No, a usted no. Ningún hombre tiene el derecho de absolver a su propia madre; sería juzgarla. Dios ha instituido a las madres para bendecir a los hijos: bendiga usted al suyo–. Y caí de rodillas a sus pies.

"Nos separamos para siempre.

"Han pasado veinte años. No he tenido una sola hora de arrepentimiento, ni de dolor. El Señor ha querido dejar, sin mezcla, en mi pecho, el regocijo de su propia acción.

"He llenado mi misión de presidiario, como he llenado mi misión de humilde cura de aldea, y aspiro hoy a lo que aspiraba entonces: a ser el hombre de buena voluntad que muere en paz con Dios.

"El mundo para mí se reduce a mis trescientos compañeros de cadena. Mi predicación evangélica continúa aquí para ellos. He tenido la dicha de conmover a muchos corazones de piedra, de llevar la suave luz de la conformidad a más de un alma que se revolcaba en la desesperación.

"Cuántos de ellos, condenados a permanecer en esta fortaleza lo que dure su existencia, han aprendido que hay una esperanza para después de la muerte, con explicarles las palabras de Cristo: "Mi reino no es de este mundo".

"Libertarme. ¿Para qué? ¿Dónde podría ser más útil?

"¿Rehabilitarme?... ¿Aparecer en el hogar de mi hermano como un fantasma fatídico, a turbar la paz, a desviar la vida de sus hijos? ¡No, mil veces no! Las razones que me impulsaron entonces, me retienen ahora. Mi hermano ha muerto, pero viven sus hijos.

"Usted, padre, no está obligado a callar lo que lo ha autorizado y comprometido una moribunda a revelar; mas yo le ruego con todas las fuerzas de mi corazón, que respete mi voluntad y no haga estéril mi silencio.

"Nada me falta; tengo el cielo, tengo el mar, tengo los árboles para recrear mis ojos. Dejémoslos cerrarse en esta grandiosa y pura visión.

"Mi vida es plácida y útil aquí, dejémosla extinguirse en esta placidez y en esta utilidad.

"En veinte años he tenido un único deseo, el deseo de un imposible: decir una vez más el Santo Sacrificio de la Misa. Ofrezcámoslo, padre, por el alma de mi pobre hermano.

"—La octava de Pascua –continuó el general–, recibía yo la visita del obispo de la diócesis, que venía con su familiar a dar misión a los presos. En el familiar reconocí al joven sacerdote que conferenció con Juan.

"Después que se me hubo dado a conocer la historia casi inconcebible que acabo de referirte, se le llamó. Durante dos horas tratamos de convencerlo; fué él quien nos convenció. Ya que quieren llamarle sacrificio, les pido nuevamente que no hagan estéril el sacrificio.

"Comprendimos que nadie conseguiría conmover su resolución.

"Me fué dado entonces presenciar la escena más sublimemente extraordinaria y que estaría clara ante mis ojos, aunque viviera siglos.

"En la capilla del establecimiento, solitaria y cerrada, pero iluminada y adornada como para las grandes festividades, revestido con las investiduras sacerdotales, el penado 133 subía las gradas del altar.

"En el silencio augusto de aquel momento, oímos su voz, clara, serena y profunda como su alma excelsa, que decía: *Introibo ad altare Dei*. Otra voz baja, trémula y conmovida, le contestaba: *Ad Deum, qui laetificat juventutem meam*. Era la del anciano obispo, que postrado en tierra ayudaba la misa de Juan Beltrand.

"Cuando hubo terminado nos acercamos, el prelado, el familiar y yo, los únicos que habíamos penetrado en la capilla, y besamos sus manos como se besan los Vasos Sagrados.

"Ante la negativa del condenado de rehabilitarse civilmente, la Iglesia era impotente; pero el Pastor había encontrado el medio de saciar la sed espiritual del presidiario tres veces santo.

"El obispo, desde aquel día, estableció la costumbre de visitar los presidios la semana de Pascua. Es que la octava viene hasta aquí, a ayudar la misa en secreto a Juan Beltrand".

Capítulo XVI

Máximo y Alex habían permanecido largo tiempo silenciosos dejándose compenetrar de todo el perfume de santidad heroica de la vida de Juan Beltrand.

Pasado aquel tiempo, reuniéronse a los niños, que habían invadido la terraza del piso bajo. Stella, colocada por Albertito en una silla larga, muelle y cómoda, conversaba muy animada con los otros, sobre las impresiones tan variadas recibidas en la "Atalaya".

En cuanto vieron aparecer a Máximo, dejaron caer sobre él la lluvia de sus pedidos: "Yo un petiso"... "Y yo otro petiso"... "Y yo... otro petiso también"... Y una gamita azorada, y un faisán todo de oro, y una cabra de Angora... ¡Y la Perla el pavo real!

Alex, viendo un deseo en Stella, le dijo:

—Y tú, mi hijita, que no sabes pedir, ¿qué pides? Dilo al padrino de la Perla, a tu amigo Máximo.

—¿Qué quieres de Máximo? –preguntóle éste.

Doblando de cortedad su cabecita –ella hubiera podido aspirar a la luna, sin embargo, segura de que Máximo iría a buscarla–, eligió:

—Un conejito blanco.

Alex, Máximo y Albertito adivinaban que quería pedir algo más, sin atreverse; la animaron, y entonces agregó:

—Pero es... es que tendría que darme también a la mamá, porque "él" es todavía muy chiquito.

—¡Todas las madres y todos los hijos, todas las generaciones presentes y futuras de conejos de la "Atalaya" y sus alrededores son tuyas, delicia de las delicias!

No habían cesado las risas de Alex y Albertito, a quienes causaba gracia el entusiasmo del viejo tío, cuando volvieron a comenzar. Aquél había sentido que le tiraban del saco, bajó los ojos y se encontró con los dientes blanquísimos de la Muschinga, que se los exhibía al sonreír con un aire que pedía disculpa por la confianza.

—¡Ah! pequeño tizón travieso, ¿eres tú? Te habíamos olvidado; pide, pues, tu parte.

—Yo quiero muchas uvas, de esas grandes del parral.

—La Muschinga o el "Gastrónomo sin dinero" –dijo Alex, bajando las gradas seguida de todos los chicos que iban en corporación a buscar el conejito de Stella, quien se quedaba con Máximo en la terraza.

Elvirita prendióse de uno de los brazos de su tía y del otro la Perla, la cual destacábase espléndida entre todos los demás.

Máximo, recostado en la baranda, mirando al grupo aturdidor, de pronto oyó una exclamación que era un suspiro... "¡Pobre Alex!" habían susurrado los labios de Stella. Dióse vuelta y vió a la niña absorbida en la contemplación de su hermana, que se alejaba.

Adivinando algo de lo que aquel suspiro decía, le invadió un deseo tumultuoso de saberlo todo, y con una impetuosidad que no pudo sofrenar, en la que se revelaba la violencia de su naturaleza, caminó dos pasos, y en un tono angustioso a fuerza de ser vehemente, preguntó a la niña:

—Pobre Alex, ¿por qué..., por qué?

La voz brusca y elevada que llegó hasta ella la despertó de su abstracción y le produjo un choque, habituada como estaba a que todo se suavizara a su alrededor. Creyóle irritado en su exaltación, soltó un débil grito de sorpresa y de temor, empezó a respirar apresuradamente y quiso hablar; en vez de aparecer palabras en sus labios, aparecieron lágrimas en sus ojos.

Máximo, más asustado que la misma niña, temblaba, temiendo a su vez haber quebrado algo en aquel cristal, y permanecía en el mismo sitio sin saber qué hacer. Se atrevió, por fin, a acercarse; se hincó, para estar a su altura, en un banquito colocado al lado de la silla larga, y con un aire de suave intimidad buscó sus ojos. Ella mantúvose un momento más en la misma expresión, muda, paralizada; pero cuando su mirada encontró aquella otra mirada verdosa con clavitos de oro, que tanto la quería, sonrió, levantándose el cabello de la frente con aire de cansancio, y dejó caer su cabeza en el pecho de su amigo.

Así permanecieron: él conteniendo su respiración y todo movimiento, con precauciones infinitas, ella descansando confiada en aquel pecho que sabía pertenecerle por derecho de conquista.

—¿Sabes por qué he dicho pobre Alex? Porque nuestro papá no vuelve y no volverá ya más. Nunca, nunca más –dijo, al largo rato.

Había comprendido el verdadero sentido de la pregunta impetuosa, que tomándola de sorpresa hiciérala estremecer, y allí, refugiada en aquel pecho viril y blando como un pajarito en un nido de plumas y ramas de encina, sintió la necesidad de desahogar su corazón demasiado lleno de amarguras que lo laceraban.

El tono en que ella dijera sus palabras: "Nuestro papá nunca más volverá", fué para Máximo como un sondaje que se hiciera ante sus ojos, de honduras no imaginadas.

Leyó en aquellas palabras toda una historia: la historia de aquella pequeña alma firme y dolorosa, que sufría sin agitarse penas ocultas, soportaba el peso de una doble fatalidad sin agobiarse, y a la que dilataba el amor.

Por amor a su hermana sufría jugando, y no dejaba sospechar que había entrado en ella la terrible verdad; comprimía su corazón hasta martirizarlo, usando fuerzas extraordinarias para no ser vencida por la tentación de entregarse al consuelo de llorar unidas. Por amor fingía esperar a su padre, que ella sabía no volvería jamás, y daba seguridades de aquella esperanza que estaba lejos, obligando a su acento, cuando hablaban del ausente, a arrullar a su hermana en aquella ilusión. Por amor –comprendiendo que es necesario amar para ser amado–, amó a los que no amaban a su hermana, a fin de conquistar por ese amor la paz para ella.

Máximo veía a través de aquellas palabras, como los niños de los cuentos perdidos en las selvas, a aquellas dos hermanas tomadas de la mano, recorriendo el camino del destierro de su padre y de su patria. Las amarguras sofocadas por la altivez en la que nació primero; su labor y su saber que alistaban para la vida a aquella legión de niños. La veía resistiendo al ataque del infortunio con toda la valentía de su juventud vivificante; veía en ella el contento de su salud moral triunfante de sus mismas penas. La dedicación apasionada de la mayor a la menor; el sentimiento piadoso de la más chica por la más grande.

Y adivinando que aquella pequeña alma inconfesa iba hacia él, como extendía sus brazos para recibir su cuerpo delicado, extendió la suya para recibir sus confidencias.

—Querida mía –díjole en voz muy baja y muy suave, la voz con que se habla en las horas de intimidad a la mujer amada– debes sentirte en seguridad a mi lado, confiarte a mí, no temer nada cuando esté yo cerca... Dime lo que quieras, pero sin esforzarte, convencida de que no necesitas decir mucho, porque sin habérmelo contado lo sé todo, y sufro por lo que tú sufres.

La niña cerró los ojos, y su semblante tomó la expresión de una infinita paz; su corazón, al compartir su pena, descansaba. Cuando Máximo la vió así, abandonada en su pecho, con las pestañas proyectando su sombra sobre las mejillas pálidas, de la palidez de sus camelias, creyó tener en sus brazos a un ser irreal, y se detuvo en la dulzura de esa contemplación.

Reinaba un gran silencio..., la voz del mar llegaba de muy lejos.

Comenzó a hablarla: le narró, eligiendo palabras muy ligeras y muy tenues, lo que ella no tenía la fuerza de contarle. Enseñábale la absoluta confianza, y su acento la inundó de su ternura.

Abrió ella los ojos, se incorporó, y continuó entonces revelando a Máximo lo que Máximo había empezado a revelarle, mezclando impresiones, ideas, sentimientos y sensaciones pueriles y profundas, tristes y alegres; naturales de su edad unas, de su asombrosa inteligencia otras.

—No; mi papá no volverá, porque los hielos han apretado su nave... Yo he oído muchas veces que eso podía suceder, y he pensado que eso es lo que ha sucedido... Tú no quieres sentir el dolor de decírmelo, pero tú lo sabes también, ¿no es cierto, Máximo? ... Sí, es eso lo que ha sucedido... Y si no, ¿por qué no vuelven tampoco sus hombres y sus perros?

Abriéronse sus miradas para hacer más clara la visión de las figuras familiares que iban a desfilar por delante de sus ojos.

—No vuelve el viejo Harry, que me llevaba en brazos y me enseñaba cuentos y leyendas.

Una carcajada interrumpió sus palabras, y con una malicia en los ojos brillantes, prosiguió:

—¿Sabes una cosa? Harry se bebía el vino de papá, pero era tan bueno que se le dejaba, y se lo robaba siempre... Y los perros. ¡Ah! ¡qué lindos eran los perros de papá! Uno se llamaba el Fiel, el otro el Leal, otro el Valiente; y había muchos más. Era Alex. quien los bautizaba. Tenían el hocico largo, el pelo color de fuego, y unos grandes lindos ojos muy abiertos que parecían escuchar... Yo te mostraré uno igual en mi Historia Natural... Papá está en la nieve pero su alma no tiene frío; el alma de nuestro padre está con mamá en el cielo.

Calló, levantando los ojos; su pensamiento viajaba... Máximo esperaba con avidez lo que había ido ella a recoger en esa excursión lejana.

—El alma de nuestro padre está en el cielo —repitió en el tono firme de quien está seguro de lo que cree—. Y el alma de sus perros, ¿dónde está?... Alex dice que ellos eran mansos y eran guapos y eran fieles; que eran bravos para defenderle y no lo abandonaban nunca en el peligro... ¿Crees tú, Máximo, que nuestro padre ha podido abandonar el alma de sus perros?... ¡Ah, no! sus perros se han ido con él.

Una sensación intensa hasta la angustia producía en Máximo aquel maravilloso espíritu, al que inflamaban el pensamiento y el recuerdo. Parecíale oír una cuerda de oro, demasiado tendida, vibrar al aire, y el temor de verla estallar oprimía su corazón y hacía más amplios sus latidos.

—Yo no estoy triste por él, sino por Alex... Yo comprendo, padrino, muchas cosas; ya soy grande, tengo ocho años. Cuando me siento cansada... ¡Cuánto cansa, padrino, no caminar!... Cuando me siento cansada, me da miedo de dejarla también yo.

—¡No, Stella, tú no la dejarás! —afirmó él, habituado a vencerlo todo.

—Si no fuera por mi hermana me gustaría irme al cielo... Volvería a ver allí a papá, y conocería a nuestra linda mamá. Alex me ha contado cómo es la Gloria, y desde muy chica yo la conozco. He pensado tanto en ella, que está conmigo.

—No está contigo: tú eres la Gloria –exclamó Máximo.

—Mira las flores, los árboles, el mar, qué lindo es todo... qué lindos son mis primitos... y todo esto no es más que la tierra, padrino; ellos no son sino unos niños... ¿No comprendes tú cómo es el cielo, cómo son los ángeles? Dile a Alex que te lo explique.

Máximo tomó sus manitas y las apretó nerviosamente entre las suyas, tratando de contener el desbordamiento de aquella mente en una exaltación que era casi un éxtasis. Al transfigurarla, hacíala realmente celestial.

Él tuvo en aquel instante, ante sí, la larga ruta obscura del futuro que el ojo del hombre no alcanza a penetrar, como si hubiese sido alumbrada por una luz que emanara directamente de la niña, y la vió, patente, con sus ojos cerrados como hacía un instante; pero más serena aún, más pálida y más inmóvil...

La voz de ella se interpuso como una sombra clara, y él despertó.

—Padrino; todos son buenos conmigo, ¿por qué no son todos buenos con Alex? ¿Por qué no la quieren todos a ella, que es más linda, más buena, más grande que yo?

—Es más grande sobre todo –murmuró Máximo, en cuyos labios apareció en el acto la ironía–. Tú tienes ocho años y ella tiene veinte...

—No, tiene veinticuatro –interrumpió Stella–; va a cumplir sus veinticinco, y ella dice que ya es vieja. ¡Y es tan joven!... Es más joven que Isabel, a la que llaman la niña... Padrino, ¿cuántos años tienes tú?

—¡Cuatrocientos!

Ella pensó, y después riendo:

—Y un siglo tiene cien años. ¿Tienes siglos, viejo tío?... ¿Me perdonas que te pregunte la edad? Micaela se enojó un día con la Perla porque dijo que ella tenia sesenta, y a todos nos enseñó: "La mayor grosería es preguntar o hablar de la edad de las personas".

Una carcajada de Máximo detuvo la palabra de Stella, que se contagió. Prosiguió luego:

—Yo viviré menos que una planta, tú menos que un árbol, todos menos que el mar... Ayer pregunté a Alex mirando el ombú, ¿por qué será que el Señor les permite a ellos vivir más largo tiempo que a nosotros? Y me contestó, riendo: "El Señor que prefiere a los hombres, no sé por qué, sabe bien que los árboles no necesitan de ellos, pero ellos necesitan de los árboles, y les alarga la vida para beneficiar aun más a sus preferidos".

—¿Eso dijo Alex?... Alex tiene un defecto.

—¡Ninguno! –afirmó su hermana con energía.

—Sí, tiene uno muy difícil de explicarte, aunque tú lo sientas como los demás: está fuera de medida y fuera de nivel. Como esas personas —¿sabes?—, cuyo cuerpo es demasiado grande, y por eso necesariamente deben andar a tropezones con los objetos que encuentran a su paso, porque no están hechos en proporción a su tamaño. Es así Alex. Mas no debes afligirte: los que la quieren, la querrán bien.

—¿Y tú la quieres, padrino?

Si dos meses antes le hubieran hecho igual pregunta, le habría sido fácil contestar en conciencia y bien seguro, simplemente, no. Alex le interesaba como interesa todo lo exquisito a un exquisito, y encontraba un gran placer en su conversación chispeante que sabía alcanzar, veloz, la suya, que él hacía a propósito sinuosa y fugitiva, sin tener para ella "sentimientos", bajo forma alguna. Últimamente había tenido momentos de admiración exaltada, de emociones dulces. Su espíritu había seguido con ansiedad el pensamiento de la joven; la ansiedad con que siguen los ojos las alas de un pájaro que despliega ante ellos todo su vuelo, curiosos de saber hasta dónde les será posible remontarse.

La pregunta que acababa de hacerle su hermana lo dejaba titubeante. ¿Quería él a Alex?... "No-sí, no-sí" era éste el tic-tac de aquella conciencia ayer tan segura, y que hoy se balanceaba como un péndulo.

Cualquiera de esas dos palabras que usara para responderle, mentiría. Su respuesta fué la del médico al enfermo.

—Sí, Stella, quiero a Alex.

Ella juntó sus manos y con voz ferviente díjole;

—Si la quieres sé su amigo.

—Sí, seré su amigo; lo seré por ti y por ella.

—Sé su amigo; papá que está en el cielo no volverá.

Dos lágrimas redondas, grandes, pesadas, bajaron de sus ojos a sus mejillas, y rodando cayeron sobre, las manos de Máximo, quien las sintió inundadas como por el bálsamo de un árbol triste. Volvió a leer en sus palabras todo lo que aquella criatura esperaba de él para su hermana, y quiso aliviarla de una preocupación pesada y cruel.

—Sí, mi bien amada; ríe, juega, canta, respira libre, despreocupada y contenta, salvaguardada por el amor de todos: de los chicos y de los grandes, de los buenos y de los malos. Piensa menos en el cielo. Yo seré su amigo, y un poco también su padre.

Una alegría inmensa, una suprema dicha aparecieron en el rostro de la niña, cuya belleza tomó en el acto otro carácter: una animación más terrenal.

Levantó con sus dos manos la cabeza de Máximo, miró desde muy cerca sus pupilas, atravesándolas con la mirada de oro de sus ojos de ámbar, su semblante adquirió la gravedad del que cumple un acto solemne, acercólo a ella, y lentamente besó su boca, sellando el pacto.

Máximo se estremeció; creyó que acercaban el cáliz a sus labios, y que aquellos otros labios purísimos, como el ascua ardiendo de Isaías, habían purificado los suyos del beso impuro de la vida.

Una vez que la emoción se aligeró en ambos, la niña dijo:

—Yo desearía tener algo que dejarte en recuerdo de este día. Ya soy grande, te repito, y puedo entender muchas cosas... ¿Ves? —abrió su boquita fresca para mostrarle los nuevos dientes, blancos, intactos, pequeños, aunque un poquito más grandes que los granitos de arroz—. ¿Ves que soy grande, padrino?... ¡Ah! —exclamó después sonriendo con ternura—, voy a mostrarte una cosa...

Alrededor de su cuello, que surgía libre de su bata, abierta en cuadro, llevaba una cadenita de oro, de la cual colgaba una cantidad de pequeños objetos de oro y plata, de diferentes formas y tamaños. La desprendió y la tomó en su mano.

—Esos "chiches" los llevo conmigo siempre. Alex dice que pronto será preciso aumentar muchos metros la cadena, pues cada día tengo uno más.

Empezó entonces a hacerlos pasar, uno a uno, por delante de los ojos de su amigo:

—El retrato de mamá. ¡Qué linda! ¿es cierto? Ninguna es más linda que ella. Y este señor es mi papá y también el papá de Alex... ¿ves? una flor de los Alpes que recogió mi mamá... una navecita de oro y una estrella de diamantes, regalo de mi padrino, llamado Fridtjof Nanssen... Y aquí tienes una perla, que la Perla la sacó para mí de su collar..., una medallita de la Virgen de Luján que me colocó abuelita, y por Dolores este lindo Niño Dios de Praga... La canastita llena de racimos de esmeraldas y amatistas. .., Rodolfo y Ana María...

Al llegar a una cruz sencillísima de oro liso, sus manos la tomaron con gran devoción:

—El Papa dió a mamá y a papá esta cruz. "Para su chiquita, para su hija Stella", me cuenta Alex que le oyó decir... ¿Sabes quién es el Papa, tú, padrino?... Es un señor viejito que vive en Roma y se viste de blanco. Es el papá de todos los de la religión de mi mamá, que es la misma de abuelita y de Dolores; y también la de Alex y también la mía... no la de papá. ¡Pero papá está en el cielo con mamá!... Máximo, ¿cuál es tu religión?

Quedóse él confuso. No osó pronunciar la palabra que a ella le hubiera parecido sacrilega: "ninguna", y moviendo la cabeza, sonrió y le dijo:

—Esa misma: la de tu mamá y la de Alex, la de Dolores y Carmen. La tuya; sí, sobre todo la tuya, querida niña mía.

Continuaba ella exhibiéndole sus "chiches".

—¿A que no sabes qué hay en esta bolsita de mallas de oro?... ¿No ves que tiene otra dentro, de una tela que no deja pasar la humedad?... No; no lo adivinarás. Es un granito de tierra de cada país que Alejandra ha visitado... ¡Ah! ¡cómo me gustaría viajar!... Hay aquí tierra de todo el mundo.

Haciendo luego correr muy ligero uno de ellos, lo escondió en su mano, que cerró maliciosamente, y le preguntó:

—¿Qué será, que no será, que en mi mano está?... Es una cosa muy chiquita; dura, dura como el oro, y blanca, blanca como el marfil. Sí, es muy parecida al marfil –repitió, recalcando y sonriendo.

—El colmillo de un elefante.

—He dicho muy chiquitita.

—Una varita de virtud.

—He dicho muy chiquitita.

—Será, entonces, la varita de virtud del hada de los enanos.

—Si adivina usted, señor, tendrá su premio: por ahora va frío, frío...

—Las teclas del piano de tus muñecas.

—¡Qué lejos te vas, padrino!

—Una cuenta del rosario de Dolores.... la tabaquera del señor cura... los dedos de Alex...

La risa musical de Stella recorrió toda la escala.

Tomó con sus dedos lo que encerraba su mano, y lo levantó sonriéndole con amor: de unas minúsculas argollas de oro colgaban dos dientecitos de niño. Stella, al son del aire, los hizo bailar.

—¡Mira qué ricos, mira qué monos! Son los primeros dientes de Alejandra.

Inmediatamente Máximo estiró su mano abierta, y la niña dejó caer en su ancha palma sus tesoros, como dos gotas congeladas de rocío. Sus cabezas se agacharon para mirarlos, confundiendo sus cabellos y sus alientos en esta contemplación.

—¡Ah! –exclamó nuevamente la niña, en quien acababa de nacer una idea.

Sus manos volvieron a tomarlos, y después de acariciar con los ojos a uno de ellos en una última despedida, se lo ofreció, diciéndole:

—Ya tengo qué dejarte en recuerdo, padrino querido. Guárdalo; es tan bonito, y es de Alex –concluyó, convencida que el ser de Alex le daba un valor inapreciable.

Máximo lo colocó a su vez con gran trabajo entre su pulgar y su índice, lo que provocó otra carcajada de Stella, ya muy contenta:

—Parece, padrino, que fueras a tomar rapé.

En el fondo de la avenida aparecía la procesión.

Alex levantaba algo blanco para que lo viera Stella desde lejos, y ésta, adivinando bien lo que aquello era, estiraba los brazos para recibirlo.

Máximo encontrábase en la tribulación, pues habían convenido con la niña ocultar a la primitiva dueña del dientecito, que estaba éste en su poder. Antes que llegaran abrió su reloj y en él lo encerró.

—¡Tenemos hambre! –gritaron los niños, que llegaron corriendo.

—Y yo también –observó Alex.

Se sirvió en la terraza. Al principio comían silenciosos las ricas cosas con que los convidaba el tío, pero cuando el hambre se fué, llegó la charla con su cortejo de risas.

—A ver, Muschinga, ven para acá –dijo Máximo–. ¿Qué prefieres, las uvas, las naranjas o las bananas?

La negrita pensó un momento muy seria, y contestó subrayando una por una las de su preferencia.

—Las bananas, las naranjas y las uvas.

Hizo un revoloteo muy blanco de ojos, recorriendo todo lo que había sobre la mesa, y añadió:

—Me gustan también otras cosas...

Queriendo prolongar la nota cómica, el dueño de casa levantó un bizcochuelo enorme, blanco y decorado como una torta de boda, y se lo presentó. La Muschinga miró para cerciorarse de que no era broma, y después, con toda desfachatez, tomó en sus manitas negras la torta blanca. Con el vestido escotado, las grandes argollas de sus orejas y los corales de su cuello, era una figura tan original que Alex pidió a Albertito que la fotografiara... "Tin"... y la negrita con su torta, quedó fijada.

Bajaron al jardín. Máximo extendió a Stella en un ancho banco de mármol, cuyo respaldar se levantaba hasta formar un espaldar enguirnaldado de hojas de vid, sobre el cual bailaba un fauno tocando la flauta.

La niña llevaba su invariable traje blanco, largo, suelto y leve como un vestido de bautismo, que la envolvía en sus espumas y caía flotante hasta el suelo. Así, parecía formar parte, ser el sujeto principal de aquella obra de escultura.

—¡Albertito, corre! –gritó Máximo, llamando a su sobrino–, cópíame este cuadro maestro.

Los otros corrían, brincaban, gritaban. Alex reía con ellos como una niña más grande.

¡Tarde de completa fiesta, de perfecta alegría!

Máximo admiraba la de aquella joven, a quien ya la vida había lastimado.

La tarde caía y llegaba el crepúsculo.

Murmuró él con melancolía:

—¿Por qué los días no tienen la duración de los años?

Ella lo oyó y le dijo:

—Los días duran prolongándolos en el recuerdo. Recordaremos éste siempre, viejo tío.

La interrumpió el sonido lento de una campana muy lejana.

—"El Ángel del Señor anunció a María..." –exhaló el alma beata de Stella.

Los niños callaron súbitamente y permanecieron quietos en el sitio en que cada cual se encontraba.

Máximo miró a Stella, y experimentó un estremecimiento doloroso, semejante al que experimentara momentos antes...

A la media luz de aquella hora, en el banco de mármol, blanca, confundida con toda aquella blancura, y los ojos levantados y las manos juntas, recitando el Ángelus, le produjo la impresión de ser su propia estatua en su propia tumba.

—Que Dios nos bendiga a todos –dijo Alejandra–, y podamos pasar reunidos muchos días como éste.

—¡Amén! linda sacerdotisa –le contestó él, tratando de espantar su triste impresión.

El gran break de Máximo estaba listo para correr por los caminos nuevamente, conduciendo a Alex y a los niños de vuelta al "Ombú".

Empezaba la noche y nacía la luna.

—¡Cómo hemos jugado y cómo nos hemos divertido! –dijeron ellos al despedirse–. ¡Estamos rendidos!

Él, trepando en el estribo como un chico, hablaba cualquier cosa al azar, para alargar aquel momento.

Alex, recordando la despedida del alfalfar, estrechó su mano y le dijo, firme: –Ahora sí, Máximo, amigos, y amigos de corazón.

Stella estiraba su cuello para oír mejor.

—Vamos –dijo Alex.

Máximo saltó al suelo y cerró la portezuela; Tomás tocó los caballos, y el carruaje, lleno de niños silenciosos y dormidos, arrancó.

Él quedóse plantado, solo, en medio de su parque, mirándolos alejarse en un desvanecimiento de cuento de hadas, y desaparecer después en una bifurcación del camino, justamente en el sitio en que los ojos de Alex dejaron de percibir el lago, en cuyas aguas flotaban las ninfeas y se reflejaba la luna.

Púsose a fumar, caminando, y llegó hasta los fogones, donde reinaba una gran animación. Los gauchos tomaban su mate, bebían, jugaban y cantaban.

Cuando se retiraba, alcanzó a oír el final de una "décima":

> Advertidla que no creo:
> Que viviré de dolor.

Ya subía la escalera que conducía al piso alto y se bajó porque descubrió su vista un cuadro que se había inclinado hacia la izquierda. Lo enderezó y lo miró un instante.

Representaba una terraza veneciana, a la cual entraban raudales de luz; llena de flores, de aire, de alegría. Sobre el pavimento de mármol, el pañuelo de Desdémona.

En la biblioteca abrió un libro al azar; sus ojos se detuvieron en este pasaje: "Se vive de muchas maneras, pero se muere sólo de una... La vida no tiene objeto... El hombre vive para morir... ¿Qué importa cómo se muere y cómo se vive?..."

—El descreimiento, la duda…, la eterna duda –díjose–. En el espacio de media hora las he encontrado: en el verso del paisano, en el cuadro del artista, en el libro del escritor. ¿Dónde se ha refugiado la fe? Le pareció que su padre, a quien veía allí dentro de su marco y de quien hacía un momento una voz joven y transparente había dicho: "Ahí tiene usted a lo que yo llamo un creyente", le respondía; "En el pecho de Alejandra Fussller".

Un rato después abrió su reloj para ver la hora: algo saltó dentro de él. Tomólo con cuidado y lo depositó en la bombonera de su abuela. Se le ocurrió luego sacudirla, y sonó allí como el cascabel de un juguete. Volvió a abrirla, y al ver en su fondo, como una de sus mismas perlas, el dientecito de Alex, soltó una carcajada en la que había ternura y una gran nerviosidad.

Capítulo XVII

—¡Tía Dolores, tía Dolores! –gritó Albertito, quien, desde el banco rústico en que estaba sentado bajo los árboles leyendo a *Ivanhoe*[109], primera novela que ponía Alejandra en sus manos, había divisado, desde hacía rato, un carruaje que se acercaba en la dirección de la casa, y en cuyo interior reconoció, cuando franqueaba la tranquera, la figura delgada, la gorra de crespón, el pañuelo en punta, de la buena hermana de su abuela. Tiró el libro, corrió a su encuentro y se trepó al estribo.

Miguelito, que algo más lejos se ejercitaba en la ballesta, persiguiendo a todo bicho viviente, repitió:

—¡Chicos, tía Dolores!

Y cuando ésta bajaba, enredada en sus vestidos y en sus paquetes, desde la alta torre de su "volanta", al pie la esperaban reunidos ya doce sobrinos, que se colgaron del pescuezo, aturdiéndola con sus exclamaciones de contento.

Alex acudió a socorrerla, llegando justamente a tiempo de salvarle la gorra caída sobre su oreja izquierda, el abanico pisoteado en tierra, y casi la vida, desabrochando el pañuelo, el cual tirando hacia atrás amenazaba ahorcarla. Abrazáronse riendo las dos, y fueron a Stella, que la llamaba desde su cochecito.

—¡Esperen, mis queridos, déjenme respirar, me sofocan, por Dios!... Si no están quietos no les voy a dar todos los lindos juguetes que les traigo.

Descansó un momento, y después, desde su silla de mimbre, comenzó la repartición:

—Primero a los más chiquitos... Chochita, a ti mi hijita, una muñeca toda vestida; se le tira esta cuerdecita y dice: "pa...pá... ma...má..." Déjasela, Miguelito, ¡se la vas a descomponer!... A Elvirita otra muñeca, pero desvestida. ¿Ves? está en camisa la pobrecita; por eso te traigo también un costurero, así

---

109 *Ivanhoe*: novela histórica del escritor escocés Walter Scott (1771-1832). Plena de aventuras, traiciones, amores imposibles y nobles sentimientos, se ubica en la época medieval desde un enfoque romántico. Es una obra clásica como primer lectura de adolescentes, al igual que las otras obras de Scott como *Rob Roy* y *La dama del lago*

le haces su ropita... Al diablo de Miguelito una linterna mágica para que deje descansar con su ballesta a los gatos y a los pájaros... Y un teatro de títeres para Florencio..., una rana con cuerda para Nenuca... ¿Y este otro titiritón?... ¿Y estas bochas?... ¿Y este carro?... Ahora a las más grandes. A las inseparables: una cocina para que hagan sus dulces la Perla y Stella, y una máquina de fotografía para que saquen vistas Stella y Perla... ¡Ah! me olvidaba de Muschinga; venga, negrita, para acá. Aquí tiene caramelos para un año, y un payaso pruebista como usted... ¿Y quién vendrá ahora?... ¿quién vendrá, Albertito?

—¡Él, él, él! –contestaron en el acto todos los otros, señalándolo con el dedo–. Es el único que queda, ¡él!

—Y como es el preferido... –dijo guiñando el ojo Miguelito, al descubrir una caja de marroquín azul, que no provenía ciertamente de la juguetería.

—Me prefiere porque soy el mayor –dijo, orgulloso, el niño–. ¿No es verdad, tía?

—Sí, mi alma, sí.

Y abierta la caja misteriosa, aquella multitud de ojos inocentes, vieron brillar en su fondo, como un ascua de oro, un precioso reloj.

—¡Ah! –exclamó el niño en un sobresalto de júbilo, y abrazando a su tía, exclamó: —Gracias, gracias, tía. Verás cómo sigo muy ligero mis estudios de bachiller... ¡Mi reloj...! Vamos a ver ¿qué hora es?... Oigan ustedes, hermanos míos, me fué entregado a las diez y veintiún minutos este buen señor... ¿Sabes que es casi como el de Máximo, tía?

—Sí, querido, casi.

—Ya no queda nadie más –anunciaban todos a una voz.

—Sí, señor; ahora falta la sobrina mayor, la maestra –dijo Dolores, señalando a Alejandra.

—¡La grandullona! –gritaron los niños en una voz unísona de burla y de íntimo cariño.

La tía se acercó a la joven y prendió en su pecho, que se levantaba conmovido, una barrita de oro con pequeños brillantes, de la cual colgaban un corazón, un ancla y una cruz.

—Son ya muy comunes estos prendedores, pero lo he elegido para ti, mi hijita, porque representa las virtudes cardinales, que en la lucha del mundo hay siempre necesidad de fortalecer. Fortalecer la segunda, es lo que tú necesitas, querida Alex, porque es la que en ti flaquea muchas veces. En las viejas como yo, pase; pero es muy triste la juventud sin la esperanza en el cielo... y en la tierra.

Alex, llena de emoción, díjole besándola:

—¡Ah, Dolores! lo recibo como algo que para mí la simboliza. La Iglesia le venerará a usted algún día como la Santa de las Tres Virtudes.

—Tengo que hacer algo urgente hoy mismo, mi hijita. A eso he venido.

Este mismo carricoche me llevará.

Y tomándose del brazo, pasearon las dos por la calle de paraísos, largo rato, conversando con mucha animación, sin que los niños, divertidos con sus juguetes, las interrumpieran.

Después, tomando Dolores el carruaje —que era uno de esos breaks que han servido medio siglo, y de cuya ancianidad se abusa todavía en la campaña diez años más, antes de que llegue para ellos la hora de la incineración— les gritó desde arriba:

—Espérenme a almorzar.

A la hora estaba de vuelta. Cuando se levantó el velo, Alex notó en su cara, habitualmente serena, síntomas de agitación y descontento.

—¿Qué ha pasado, Dolores? —le preguntó muy interesada, conduciéndola al comedor tomada por la cintura.

—Me he estrellado contra una terquedad que rechaza todo: socorro y consejo. Y es rechazar la vida. No puedes imaginar cuadro más horrible. ¡Para sorprenderme a mí que veo tantos!... Hay otra cosa que me llena de temores: la expresión sombría de sus ojos. ¿Estará por cometer acaso el pecado sin perdón, la desgraciada? Es preciso antes de todo, salvarle el alma, Alex.

Callaron, porque entraban en el comedor, donde estaban los niños sentados a la mesa, esperándolas para almorzar. Lo hicieron también ellas. Después de un momento díjole Alex:

—¿Y si yo hiciera otra tentativa?

—Sería sin resultado ninguno, mi hija, ¡Si hubieras visto cómo me tiró con la ropa y el dinero, casi por la cara! Me parece que está medio trastornada.

—No creo tan imposible el éxito si yo la veo, porque no sabe quién soy; en cambio bien sabía quién era usted, ¿Probemos?

—Tal vez tengas razón. Mañana cuando me vaya, te llevaré hasta cerca de su casa.

—¿Te vas mañana, tía? ¡No te vayas tan pronto! —rogáronle los niños.

—No puedo quedarme, mis queridos; tengo que presidir pasado mañana la asamblea de las Vicentinas[110]. Pero les prometo volver. Siento que hoy no esté Máximo, para visitar su estancia. No pudo venir conmigo; me dijo que lo haría de un momento a otro... Se va a Chile en marzo... Carmen y las muchachas están en los preparativos de Mar del Plata... Se irán después del primero, porque quieren asistir al baile de Ernesto Tornquist, el treinta y uno.

—¿Y mi tío, ¿realmente se encuentra mejor?

—Sí, Alex, va mejor. Siempre un poco taciturno. El médico asegura que es esto lo que caracteriza su enfermedad: una neurastenia.

—¡Pobre tío Luis! Tan bueno, tan excelentemente bueno, como dice Máximo. Me parece un niño enfermo.

—Creo que vendrán en marzo a pasar aquí quince días. Hace años que no han venido a esta estancia. Isabel está muy fastidiada porque no podrán

110 *Vicentinas*: damas Vicentinas de San Vicente de Paul, agrupación laica de damas dedicadas a la caridad. Siguen el ejemplo de su fundadora Santa Luisa de Marillac (1591-1660) discípula de San Vicente de Paul

pasar en Mar del Plata sino un mes; Carmen necesita volver, porque Carmencita espera un nuevo niño de Europa.

—¡Otro hermanito! –exclamó Julito radiante.

—Yo quiero una hermanita –resolvió Chochita.

—Y yo también –asintió Elvira. .

—Yo creo que va a ser otra negrita –dijo, maliciosamente, Albertito.

—¡No! ¿Es cierto que no, Alex? –preguntaron a la joven, cuya opinión para ellos era irrevocable.

—No, queridas; será blanca y rubia como sus muñecas –les contestó, sonriéndoles maternalmente y continuando después su charla con Dolores.

—Yo quiero que vengan papá y mamá, pero no Isabel –dijo de pronto la Perla, con un tono autoritario– vendrá a mandar y a pelear.

—Yo quiero que venga también Alberto –dijo Miguelito– ¡es tan divertido!

—Sí, que venga papá, pero no mamá –refunfuñó Julito con un aire de despecho anticipado–. Papá siempre está contento y nos hace jugar, pero mamá tiene miedo a todo... y cansa mamá.

—¡Adiós caballo y adiós pesca! –exclamó Miguelito, para hacerles rabiar.

—Sí, cómo no –gritó la Perla–, si Máximo quiere, nos llevará.

—¡Ah, sí! cuando el padrino de la Perla quiere una cosa, nadie le dice que no.

Esta sentencia cayó en el silencio de todas aquellas vocecitas, como sucedía siempre que Stella hablaba. En su adoración por su prima, a la que creían un niño superior y distinto a todos los otros niños, tomaban como oráculo sus apreciaciones de las personas y de las cosas. Una alabanza de Stella era una consagración; una crítica una condenación.

Un perrito ordinario y feo, que no había conocido sino los puntapiés de los mayores, los cascotazos de los chicos para alejarlo desde que viniera al mundo –el agradecido Tintín–, era ahora el favorito, el mimado, a quien se daba azúcar y se le adornaba con collares de cintas, desde el día en que la angelical criatura sintió en su corazón piedad por él, y dijo: "Alex, alcánzamelo, ponlo aquí, aquí a mi lado, al pobrecito".

Y así fué también con la urraca de la pata quebrada, el jorobadito Juan, los gatitos que iban a arrojar al mar.

Cuando veían que sus labios iban a abrirse para decir algo, callaban como por una orden anterior, desde el más grande hasta el más chico, desde el más revoltoso al más tranquilo, como si alguien les hubiese advertido alguna vez que aquel pecho delicado no podía esforzarse sin peligro. La cuidaban del sol, del viento, de todo aquello que en su opinión, que a su edad es un instinto, pudiera hacerle mal. Jamás tenía ninguno para ella una palabra áspera, un gesto brusco, una negativa o un reproche; sus vocecitas se bajaban, sus palabras se dulcificaban, sus gestos se suavizaban cuando estaban cerca de ella.

Las antiguas penitencias habían sido tragadas por la terrible y única: no jugar, no pasear, no estudiar con Stella, centro de aquel pequeño mundo.

—A mi padrino nadie le dice que no –asintió la Perla, muy segura de lo que decía.

—Únicamente Alex –observó Albertito, haciendo un gesto malicioso hacia el lado de su maestra.

—Únicamente Alex –apoyaron los demás con orgullo.

Era conocida entre ellos la resistencia que ponía la joven muchas veces a programas de Máximo, quien no conseguía hacerla ceder...

—Es que soy responsable de lo que pudiera pasarle a cualquiera de ustedes, y si esto llegara a suceder por no haber sabido contrariarme, contrariando al viejo tío o a mis hijos, no me consolaría nunca.

Dolores aprobaba con la cabeza y sonreía con su expresión candorosa e infantil, que la hacía parecerse a sus sobrinos, sus nietos casi.

El día se pasó muy rápido. Al siguiente, después del almuerzo, dejando a los niños al cuidado de Eugenia, Alex subió con Dolores al mismo carricoche, el cual partió al tranco largo de sus tres caballos, seguido de aquéllos, que corrieron detrás hasta perderlo de vista.

—¿Está muy lejos el puesto donde vamos? –preguntó Alex al cochero.

—No, niña, quedará como quince cuadras de las casas.

—Entonces me volveré a pie. El día está tan lindo así nublado, y me gusta tanto caminar...

—No, mi hija, ¡qué esperanza! Mire, cochero, después de dejarme vuelve usted a buscar a esta señorita y la lleva con mucho cuidado a la estancia de Luis, otra vez. Le pagaré el viaje con anticipación y le daré una buena propina.

Se abrazaron afectuosamente las dos, y Alex bajó del carruaje, detenido como a la media cuadra de un rancho. Dolores la siguió con los ojos hasta que entró en él. Después dió orden al cochero de llevarla a la estación.

Alejandra no creía hacer acto de caridad heroica al acudir en auxilio de la criatura que vieron sus ojos al abrir la puerta del miserable hogar, nido de hornero, de barro y paja. Al contrario: ¡le parecía tan humano y tan natural! Su encanto estaba justamente en la naturalidad deliciada que ponía en todas las cosas, en las más grandes como en las más pequeñas; que provenían de su espontaneidad, se hacía remarcable en aquel instante en la manera de llamar a aquella pobre puerta, de entrar en el cuarto sombrío; de dejar caer su mano fina, larga, aristocrática, sobre el hombro de la mujer que, de espaldas a la puerta, sentada en una silla baja y rota, con la frente enterrada entre sus manos, al lado de un catre sin colchón sobre el cual dormía un niño, no volvía la cabeza al ruido de sus pasos.

Era la hija de un antiguo puestero de don Luis. Bonita, ingenua, honesta; no tenía quince años cuando conoció a Enrique, el hijo del patrón, que la sedujo. Aquél había venido a la estancia el año anterior, porque su padre deseaba que aprendiera a administrarla, para ver de sacarlo de su existencia de holgazán fastuoso. Llevóla al pueblecito, y allí la tuvo hasta que duró el capricho. El día en que se aburrió de la niña y de la estancia, se fué a Buenos Aires mandándole veinte pesos con un peón.

En el entorpecimiento que sigue a las grandes sacudidas del alma, obedeció ella dócilmente al instinto que la llevaba a refugiarse en su padre. No lo encontró; se había ido a buscar trabajo lejos, donde no lo conocieran, y el puesto estaba ocupado ya. La madrastra, que no había seguido al viejo, quedóse de intrusa en un rancho abandonado, y la recogió. Mujer de cincuenta años no era mala, pero bebía para "ahogar penas" y pasaba la vida en el embrutecimiento de su embriaguez. La taciturnidad silenciosa, la pasividad absoluta en que permanecía la pródiga, le parecía cómoda; iba, venía, lavaba, cocinaba, hacía todos los trabajos siempre muda, sorda, ciega. A los seis meses fué madre, casi sin dolor, y tuvo un momento de locura en el que quiso matar al padre en el hijo. La madrastra concluyó por irse en una última aventura, y ella quedó allí, solitaria, desamparada y en la miseria.

El cura conoció el caso, y se lo hizo saber a Dolores, seguro que su bondad respondería; y así fué.

Habíala aquélla encontrado en la misma actitud que ahora Alejandra. Pero no basta la bondad cuando no va acompañada del tacto y de la discreción. Dolores se nombró, aconsejó, preguntó, moralizó, creyendo buenamente que todas las palabras bien intencionadas penetran en los pechos doloridos. Las suyas fueron rechazadas con horror por la muchacha, exacerbada sólo a la idea de que quien las pronunciaba pertenecía a la familia del autor de sus desgracias. La arrojó fuera, arrojó tras ella el envoltorio de ropa y de dinero que le dejara, y cerró con estrépito la puerta que las separaba. Dolores, antes que todo profundamente religiosa, creyéndola enloquecida, más que por sus violencias, por la expresión extraviada de sus ojos, temió una resolución desesperada, y era a esto a lo que llamaba "el pecado sin perdón". Olvidó por ello hasta el peligro real y apremiante del hambre; el hambre de la madre abandonada y del hijo abandonado.

Alejandra, después de un momento de silencio, que le sirvió para decidirla a mentir, dijo:

—Me he perdido y soy forastera, no he encontrado más ser viviente que algún animal suelto, y he tenido miedo. He llamado a su puerta; no recibiendo respuesta, he creído la casa deshabitada y he entrado en ella.

La muchacha alzó la cabeza; los dulces ojos claros que se fijaban en los suyos, el cabello rubio, el cutis blanco de quien le hablaba así, no desmentían la palabra "forastera" que ella pronunciara. Sin darle tiempo a que volviera a su actitud huraña, agregó:

—¿Podría usted indicarme dónde estoy, o, más bien, el camino que debo tomar para ir a la iglesia del pueblo?

Levantóse aquélla; por la ventana, no más grande que la de la casa de muñecas de la Perla, señaló una dirección, y con una voz apagada, como olvidada de sonar, contestó:

—Por allá... ¿Ve? Donde están esas vacas quedan las casas de don Máximo, tapadas por los árboles... Después dobla a la izquierda, y de ahí nomás va a divisar las torres.

Alex la contemplaba en su juventud conmovedora. A la luz cruda del día que entraba por la ventana estaba en su elemento aquella fresca flor campestre, que el dolor no había conseguido marchitar. Su cutis moreno era terso, puro, sin una mancha; sus cabellos muy negros, lacios, recogíanse en una negra trenza; cejas muy finas limitaban una frente unida y estrecha de dos ojos obscuros admirables, rasgados como los de las gacelas, con una expresión también igual: azorada y errante, o dulce y sumisa. En una boca roja y graciosa se adivinaban escondidos lindos dientes; su figura era pequeña.

Alex sentía apretado el corazón y maravillados los ojos cuando le preguntó:

—Es usted más guapa que yo, si vive sola aquí... ¿Cómo se llama?

Titubeó la muchacha; después, convencida de que en su nombre no estaba su historia, respondió con modo suave ya:

—Me llamo Rosa, para servirla.

—¿Y su hijito?

—No tiene nombre –dijo, vuelta a su aire huraño y duro.

—¿No conocería por aquí quien quisiera lavar y planchar ropa de señora y de niña? Yo pagaría bien ese trabajo. ¿No se animaría a hacerlo usted, Rosa?... Los tiempos son duros para las mujeres. Yo también trabajo: soy maestra, la maestra de muchos niños que... que viven cerca de aquí.

De pronto, tomándole fuerte las manos para que no se le escapase, y mirándola fijamente, díjole con una voz tan persuasiva, que parecía dominante:

—Sé su historia, Rosa; sé su desgracia, su abandono y su miseria; sé, sobre todo, su edad... Penetro sus intenciones, me doy cuenta del movimiento de indignación que le ha hecho desechar con violencia el socorro de la señora que vino antes que yo; sus amonestaciones y sus consejos. Sólo oyó usted el nombre, y no podía saber que quien se los traía era una santa. Pero yo no soy lo mismo; soy simplemente una muchacha como usted, mi pobre Rosa; tan pobre como usted y más aislada, porque no estoy en mi propia tierra, porque el mío es el aislamiento del extranjero... Y para que vea más claras nuestras semejanzas, agregaré que aun en el caso de mayor desesperación, aun en caso de locura, tendría que volver a la razón, porque también tengo un ser débil, el cual, como su hijito sin usted, sucumbiría sin mí.

Rosa, sometida en el primer momento por la sorpresa de encontrarse así violentada, sintióse después acariciada por el sonido de esa voz clara y pura, que ella comparaba a la campanilla de plata que anunciaba el Sanctus los domingos en la misa, y por el sentido de las palabras, consoladoras a fuerza de ser inteligentes.

Al compararla consigo misma, al encontrar la disculpa antes que la falta, al librarla de frases, de reproches, de consejos; al dejar la moral para más tarde, para el día propicio a su germinación, tratando de remediar lo único remediable por el momento; al mostrarle el camino del trabajo, al hacérselo práctico imponiéndoselo indirectamente, y poner bajo sus ojos el deber bajo la forma tierna de dos niños, la arrancaba violentamente de la abyección, preparábale la entrada de la regeneración. Lo que no habían conseguido las exortaciones del sacerdote, los ruegos de la santa, el llanto del propio hijo, lo conseguía la palabra límpida y convincente de la joven.

Las largas pestañas de seda, que proyectaban sombra sobre las mejillas de la ingenua pecadora, aleteaban como las alas de una golondrina mojadas por la lluvia; las lágrimas estancadas empezaron a caer una a una de sus ojos, rodando hasta sus manos inmóviles, y descargándole de su peso el corazón. Parecíale que después de un largo invierno cruel, Alejandra llegaba trayendo consigo la tibia estación de los deshielos; que la mano blanda que se posaba ahora sobre su cabeza enloquecida, la sacaba de un abismo en que hubiera estado suspendida, luchando entre el vértigo y el terror.

Una sola exclamación patética, una sola tirada dramática, no habían salido de aquellos labios en flor que exhalaban la salvación como su propio aliento. No había dejado escapar uno solo de esos pensamientos nuevos, originales y profundos, que sin darse ella cuenta, brotando espontáneos y atrevidos de sí misma, quedaban flotando en otros espíritus altos, hasta que una vez hecho el trabajo de absorción, asentábanse en ellos, para permanecer. La niña madre no los hubiera comprendido.

¡Hablar de perdones misericordiosos a la criatura abandonada que tenía tanto que perdonar!... Explicarle el significado de "rehabilitación", abrumadora palabra para tan pequeña frente.

No: pronunció en la lengua de aquella alma primitiva tan sólo palabras sencillas, transparentes y familiares, las únicas que sabrían abrirse su camino para llegar hasta ella. Era como hacer el movimiento simple y natural de la mano que se extiende para levantar al caído en la tierra.

Por eso iba a ella sin vacilaciones ni violencias la muchacha impulsiva que ahora le pertenecía, y en la que veía cambiarse la expresión arisca del primer momento en otra sumisa, de dulce confianza.

Enseñándola a luchar, a valerse de sus manos para vencer la necesidad, la libraba del riesgo único a que la creía expuesta: el de una nueva caída que llevara a rodar, rodar, su pobre vida. Lo que ignoraban los viejos sabíalo la joven: que el "pecado sin perdón" ya estaba lejos.

Un ser así podía haber atentado contra su propia existencia en aquel primer momento de cólera ofuscadora hasta la locura, que anula todo lo que no sea la necesidad imperiosa de destrucción, el impulso ciego de la venganza; y que quien lo siente, en su impotencia, vuelve el arma contra sí mismo. Pero ahora el momento había pasado, y aquella mente era demasiado simple para concebir lo que otros van a buscar en igual caso: el reposo en la muerte.

El niño despertó llorando y la madre lo tomó en sus brazos. No se calmaba, y el llanto se hacía convulsivo. Sentóse entonces en una silla desfondada, y puso en sus labios el fruto fresco, turgente y jugoso de su seno. El niño se calmó, y, cerrando con aire beato sus magníficos ojos, acariciaba con su pequeña mano la dulce fuente de vida que saciaba su hambre y su sed; la madre le sonreía por primera vez desde que viniera al mundo.

El espíritu artista de Alejandra, que no dormía nunca, recordó, ante este cuadro, a las Fornarinas[111] de Rafael, disfrazadas de Madonnas.

—La madre del Amor Hermoso –dijo, besando al niño, obscuro y lustroso como el hijo de un gitano.

Verdadera caridad la que consuela y auxilia sin humillar, ni en la miseria ni en la falta.

—El coche no viene y son las cinco –agregó, mirando su reloj, del tamaño de una avellana, con el monograma de su madre.

—¿Y está segura, niña, que vendrá? Son tan embrollones los cocheros... Si ha ido a tomar la copa a la pulpería... ¡adiós!

—Dolores le recomendó mucho que viniera a buscarme: le ha dado propina y pagado con anticipación.

—Entonces tenga por cierto, niña, que no lo hará –dijo Rosa, con una risita que se burlaba de la poca malicia de su protectora.

—¿Quedamos convenidas en que trabajará un poco para mí, Rosa?

—Plancho muy mal, niña, y el agua de pozo no blanquea la ropa, pero si usted lo quiere...

—Siempre lo hará mejor que nuestra actual lavandera. Tendrá también la ropa de Eugenia, una buenísima señora que vive con nosotros... Ya le he dicho, Rosa, que soy pobre; no me es posible, pues, hacer obsequios. Por lo tanto, este dinero que le dejo, es un adelanto al trabajo que le llegará desde mañana –díjole, entregándole diez pesos, sólo una parte del dinero que Dolores había destinado para socorrerla.

Impaciente por la tardanza del carruaje salió a la puerta seguida de Rosa. Haciendo pantalla con sus manos, trataban de divisar alguna nubecita de polvo, alguna manchita rodante que se lo anunciara. No percibieron más que la planicie cubierta de pasto mustio y sediento, y a la izquierda, interrumpiendo la línea del horizonte, los bosques espesos y obscuros de los viejos árboles plantados por los abuelos de Máximo, y el bosquecillo de un verde claro y tierno de los más jóvenes de su parque.

La temperatura subía; la atmósfera hacíase pesada; todo aparecía como paralizado. El cielo había estado hasta entonces uniformemente gris; ahora aquel gris empezaba a dilatarse por el calor, y nubes obscuras a destacarse

---

111 La *Fornarina*: Margherita Luti, hija de un panadero de Siena (de ahí su sobrenombre, por el *forno* (horno en italiano), amante y modelo preferida del pintor italiano Rafael Sanzio (1483-1520) quien la plasmó en numerosos cuadros, tanto de carácter religioso como profano

sobre él en grandes relieves.

—No espero más y me voy a pie. Antes me da un vaso de agua, Rosa. Yo tendré, mientras tanto, su bebé.

El niño, satisfecho, gorjeaba de contento, sin más vestido que un pequeño "chiripá" de tela blanca, cuando Alex lo tomó en sus brazos con aire más maternal que el de la propia madre. Sentóse en el resto del tronco de un eucalipto, y meciéndolo, miraba al frente, tratando de trazar el camino que le llevaría más ligero a su casa. Un perrito cuzco, único compañero de Rosa, ladró y gruñó, anunciando algún extraño. Ella no prestó atención, y siguió arrullando al niño, sin ver al jinete, que se acercaba por el lado contrario al que ella miraba. Aquél no sólo la había visto, sino también reconocido; la saludó desde arriba de su caballo:

—Buenas tardes, mi amiga Alex.

Al oír la voz de Máximo, tuvo una exclamación de sorpresa, y volvió hacia él su cara.

—¿De dónde sale usted? Lo creíamos en la ciudad.

Sin darle tiempo a hablar, continuó más apresuradamente:

—Olvide por una hora sus "mañas" de niño terrible y calle. Más tarde sabrá la aventura dramática, el drama odioso y cruel que me ha conducido hasta este pobre rancho. Por ahora, ciego, mudo y sordo.

—Está bien, mi coronel –le contestó, haciendo la venia y bajando del caballo.

Ella le refirió el chasco del cochero.

—No me extraña; son unos cachafaces[112]... Llegué esta mañana. Sentí mucho no haber podido venir ayer con Dolores; estaba ocupado en pacificar a dos amigos empeñados en batirse. En "pelear", dirían mis gauchos... *Cherchez la femme* [113].

—¿Todavía se baten por nosotras? Hay que pedir al Padre Eterno que nos devuelvan a Cervantes... Los ingleses, gente práctica, les enseñan. Aunque proclaman ser ellos los depositarios de las tradiciones, las abandonan cuando les conviene, y han substituido el acero por los nudos de los dedos, que si no atraviesan el corazón, aplastan la nariz y saltan los dientes... ¿Será porque en mis venas corren mezcladas sangre de antiguos piratas y sangre de antiguos hidalgos, que prefiero yo la espada? ¿Será por eso, que tengo más cariño a don Quijote que a Sancho?... Pero ello no quita –agregó con una sonrisa burlona–, que me horrorice todo lo sangriento y lo brutal, deteste las querellas y proteste como todas, desde el fondo de mi corazón, contra ese salvaje duelo.

Mientras hablaba, Máximo ató las riendas de su caballo en el tronco de un sauce, y levantaba la cabeza para responder, cuando apareció Rosa con un mate en la mano, el que ofreció a Alex, diciendo:

—El agua de pozo es tan fea, que le traigo más bien un matecito.

112 *Cachafaz*: (arg.) persona descarada y sinvergüenza
113 *Cherchez la femme*: (fr.) literalmente "busque la mujer" (para encontrar el motivo de un hecho). Frase acuñada por Alexandre Dumas, padre (1802–1870) en *Les Mohicans de Paris* (1854-1859) quien la pone en boca de su personaje Joseph Fouch, un detective. Probablemente la similitud de nombres haya creado el mito de que originalmente fuera del político francés Joseph Fouché (1763-1820) ministro de seguridad de Napoleón y de Luis XVIII

—Gracias –contestó sin mirar a Máximo, adivinando que se reía de ella al verle chupar con mucho cuidado la bombilla–. ¡Qué calor!... Me siento oprimida.

—Va a llover –aseguró Rosa, al ver cruzar gritando una bandada de patos salvajes.

—El carruaje no viene, me voy a pie –dijo resueltamente Alex.

—Voy a buscarle el mío.

—Le agradezco, Máximo, pero mientras lo atan y llega, será muy tarde... Bueno, Rosa, adiós.

—Vuelva –pidióle la muchacha con una buena sonrisa de reconocimiento y una mirada de sumisión.

—Sí, mi pobrecita –le contestó en voz baja, lejos de Máximo, que se mantenía a distancia–. Pasado mañana volveré y le traeré su tarea. Valor y paciencia; somos muy jóvenes para desesperar. La vida es larga y muy cambiante... ¡Oh, si es cambiante la vida! –añadió, más ya para sí misma.

Besó al niño y caminó en dirección al "Ombú", seguida de Máximo, que abandonaba su caballo. Desde cierta distancia se dió vuelta, y vió a la joven madre que la miraba alejarse desde la puerta de su rancho.

Para alentarla la saludó, sacudiendo una rama del sauce que había cortado al pasar. Rosa le contestó, sacudiendo, a su vez, las manos de su hijito que tenía en los brazos. Mientras lo hacía corrían por su mejillas lágrimas dulces de gratitud; de las que sólo brotan de un corazón que la desgracia ha herido sin pervertir.

Alex refirió a Máximo sus desventuras, callando nombres que quería reservar.

¡Ah! ¡Qué lejos estaba él de sus sospechas injuriosas de la ciudad! No era únicamente el irresistible ascendiente de la joven el que había operado tal cambio, sino también el medio, la atmósfera, el ambiente.

Extraordinariamente impresionable, lo que veía hoy borraba lo que viera ayer, y sus ojos de escéptico se abrían para abarcar la hora presente... En esta hora olvidaba a los otros para admirar tan sólo a Alejandra, en toda la fuerza de su joven energía, en toda la pureza de su pensamiento, en toda la eficacia de sus obras. Un deseo lo impulsaba a decirle, simplemente: "Alex, necesito ser perdonado". ¡Por qué no osó decirlo!

—Recién me acuerdo de su flojera para caminar, viejo tío. ¿Cómo he podido permitirle tal sacrificio? Son veinte cuadras.

—En su compañía, Alex, se acortan el tiempo y la distancia; se olvida el cansancio.

—¿Y me lo dice serio? Cumplidos, y cumplidos de usted a mí, Máximo. Aquí, tan cerca de los trigales, toman los tonos de un madrigal.

—Si supiera cuán sinceramente se lo digo, sin embargo, y qué lejos...

Un trueno sintióse del lado del mar.

—Lo que no está lejos es la lluvia –replicó ella vivamente–. Apresuremos el paso... Me fatiga caminar... Qué gran paralización.

—Sí, apresurémonos; en esta estación la tormenta es traidora.

Callaban para caminar más ligero. Un fuego que parecía salir de la tierra los quemaba. Todo estaba mustio y desteñido; las plantas, los árboles, parecían meditabundos y envejecidos.

Máximo, más conocedor de la rapidez con que se revuelven en su tierra las tormentas del verano, y viendo señales en el cielo que le intranquilizaban, apuraba el paso para que ella le siguiera.

Veía llegar la obscuridad que precede al huracán; sus pupilas, dilatadas para alcanzar mayor espacio, no conseguían distinguir refugio. No se perdonaba el haber consentido que Alex se volviera a pie.

Sentía ya el galope del viento que se acercaba, y ciertamente no les daría tiempo de llegar... De pronto se desencadenó, y, libre, arrolló todo a su paso. Las nubes se ennegrecieron, y como si ellas hubiesen apagado el sol, se hizo la noche en pleno día. Se oía a lo lejos el bramido del mar.

Alex gritó porque tuvo miedo. No era el peligro, pero era más aterrador.

—¡Stella! –murmuró después, angustiada por la angustia de la otra, allá sin ella.

—No piense en Stella ahora, Alex –le aconsejó su compañero, cuya voz desmenuzaba el viento–. Verá cómo se ríen los chicos al vernos llegar llenos de tierra...La van a confundir con la Muschinga... Ya va a pasar...

Esto decía para distraerla, pero no se distraía él. Temía que en lugar de pasar el huracán, aumentara: temía un ciclón. El viento arreciaba y les impedía casi caminar.

—¡No se mueva; Alex! –le gritó, y tomó fuertemente su brazo.

En aquel momento agradeció al azar que lo había llevado a pasar por el rancho, de vuelta de visitar a un viejo peón de su padre que estaba enfermo. Sin eso, Alex estaría sola ahora.

Por fin divisó una tapera[114] agonizante y arrastró hasta allí a su compañera.

Ella cerró los ojos. Él miraba el horizonte siniestro, impreciso, envuelto en brumas, que los relámpagos incendiaban, y le permitían ver a sus grandes árboles sacudidos por el viento, inclinar sus cabezas hasta tierra, y más lejos, destacándose, una fila de álamos que parecían una legión de sombras fugitivas.

Comenzó a caer la lluvia; gotas chatas, pesadas, distanciadas primero, más seguidas después, hasta que las nubes se rasgaron y un torrente inundó el suelo. En un segundo estuvieron empapados. Máximo echó su saco sobre las espaldas de Alex, que sus manos palparon mórbidas y heladas, estremecidas bajo la finísima batista de su blusa.

—Sea valiente, sobrina, está con el viejo tío –díjole, apenado por ella y colérico con su propia impotencia.

Alex, penetrada de humedad y de frío, experimentaba un malestar físico

114 *Tapera*: rancho en ruinas y abandonado

que no podía vencer; el viejo tío notó que lloraba con pequeños sollozos sacudidos, como los niños cuando tienen miedo. Él se esforzaba por parecer despreocupado y bromista, aunque estaba tan nervioso que sus manos y su voz temblaban.

Enmudeció entonces, faltándole para ella las palabras dulces y acariciadoras que se encuentran siempre en momentos semejantes para consolar y alentar a las mujeres. Era tan diferente a las otras; había, a pesar de su franqueza, tanto de enigma y tanto de misterio en aquella sonriente joven, fuerte como un valkyria.

Al fin atrevióse ella a mirar también a su frente. Los relámpagos la deslumbraron. Volvió a levantar los ojos, y vió a lo lejos al rayo fulminar un árbol secular... Sin un grito, sin una palabra, dejó caer su cabeza en el pecho de Máximo, como lo había hecho su hermana. Y Máximo, como lo había hecho con su hermana, permaneció inmóvil, conteniendo su respiración. Así, con infinitas precauciones, la tuvo escondiéndose en su pecho, de la naturaleza en furor.

Toda la nerviosidad que necesitaba ella contener siempre, se libertó; toda la energía que había en ella para los otros, sabiéndose inútil en aquel momento, la abandonó, y él vió un ser débil que se refugiaba en su fuerza; conoció a Alejandra en toda su adorable flaqueza que la completaba.

Aquel momento podía haber durado días y años, que él no se habría movido de su sitio. Fué uno de esos momentos de absoluta dicha, sin pasado y sin futuro, que se sienten y no se razonan, que a pesar de su intensidad no continúan.

Al rato les pareció oír el ladrido de un perrito: el ladrido se repetía más cerca y más lejos, como si el perro corriera alejándose y volviendo, hasta que sintieron la respiración jadeante del animal, allí a sus pies, al mismo tiempo que una voz de mujer que apagaba el viento:

—Señor, niña, soy Rosa –decía aquella voz–; me imaginé que se habrían empapado en la tapera, pues no podían haber tenido tiempo de adelantar más camino, cuando empezó la tormenta. He tardado en llegar, porque traía de frente el viento y el agua. Señor, aquí le traigo la manta de su caballo y mi colcha para la niña.

—¡Dios te lo pague, hija! –díjole Máximo, envolviendo a Alex en su manta, la que, en su enervación, dejábalo hacer.

—Sígame, señor –volvió a decir la muchacha–; no se desvíen de la senda que yo llevo, pues hay muchos pozos. Ahora iremos muy ligeros porque el viento nos empuja.

Rosa volvió a tomar el sendero de su rancho, precedida de su cuzco y seguida de Máximo, que conducía del brazo a Alejandra, cuyos vestidos mojados le pesaban, golpeándola a cada paso... Por fin llegaron. El rancho permanecía en la obscuridad, de la que salía el llanto del niño, dejado solo por la madre al ir en su auxilio,

—Disculpe, señor, pero no tengo vela –dijo la muchacha.

Esta sola palabra reveló al hombre afortunado la miseria en toda su desnudez. Esta sola palabra reveló al heredero de millones, al poseedor de arcas opulentas dignas del sultán, que allí, en su propio campo, a las puertas de su mansión señorial, reinaba la miseria en su más espantosa realidad.

Alex salió de la especie de letargo interior en que se encontraba, y recién los dos pensaron y sintieron toda la generosidad, toda la nobleza y valentía de la pobre criatura, bajo cuyo techo de paja se alojaban.

Antes de subir al carruaje, una hora después, Alex, con el alma en los labios, besó al niño y estrechó las manos de la madre, y Máximo dijo:

—Tu niño no tiene nombre. Llamémosle Alejandro; yo seré su padrino.

—¿Y por qué no más bien Máximo? –preguntó Alex.

—Alejandro Máximo, entonces –dijo la madre.

—Sea –dijo él riendo–. No podrás calcular nunca, tú, muchacha, el peso del nombre que acabas de dar a tu hijo.

Con la preocupación del estado en que temían encontrar a Stella y a los otros, llegaron al "Ombú". Desde lejos oyeron sus voces unidas en una loca carcajada, y al entrar a la sala vieron una escena singular. Todos ellos, reunidos en un mismo sitio, miraban a un mismo punto de la pared: un punto negro y movedizo. Miguelito hablaba y accionaba como un charlatán de feria; los demás aplaudían festejando sus gracias. Por fin se acercó aquél a la pared y colocó un pedacito de papel, enrulado como un cigarro, en la mancha negra, la que empezó a agitarse, lo que aumentó las risas y manifestaciones de los niños.

Éstos, completamente absorbidos por su diversión, no habían sentido a Alejandra, quien necesitó golpear las manos para llamar su atención. Al verla le gritaron, señalándole el enorme murciélago clavado en la pared con el cigarro en la boca:

—¡Mira, Alex, es el retrato de la Muschinga!

Rosa permanecía en la puerta de su rancho.

En el cielo, despejado, apareció el arco iris. La tierra se extendía húmeda y reverdecida. Una alegría ligera había llegado detrás de la tormenta. Los pajaritos secaban sus plumas en las ramas y bebían las gotas en las hojas; una que otra golondrina cruzaba como una flecha lanzando un chillido.

Púsose la muchacha, de pronto, a cantar.

Demasiado ignorante y pobre de imaginación, no podía, frente al arco iris de los siete colores, confundir a Alejandra con la mensajera de los dioses, ni crear un hada errante con quien compararla. Pero algo le decía que aquella joven extranjera, que le había traído en sus palabras el consuelo, había traído para su hijo la fortuna.

Empezaba a creer que era verdad lo que le había dicho con su voz tan clara: "Rosa, la vida es tan cambiante...".

Y por eso cantaba.

Capítulo XVIII

L a rubia playa secábase al sol. El sol doraba el mar; el dulce, el bravo mar Atlántico.

Dulce él hoy, mecía maternalmente, como a una cuna, la barca toda blanca que esperaba en la orilla.

El barquero que reposaba en su fondo saltó a tierra al divisar el carruaje detenido a la distancia, y del que bajaban Máximo y sus invitados a la pesca "exactamente igual a la del buen Jesús".

Un momento después, la barca se deslizaba suavemente sobre las aguas transparentes y pacíficas.

Al principio los niños sintieron cierto recelo, que se manifestaba en su quietud y en su silencio; mas luego todo él desapareció.

Stella, cómodamente colocada por Máximo en el sitio mejor, al rato narraba sus leyendas, y pedía al barquero las suyas, que los demás escuchaban maravillados.

Alex, que permanecía callada, vió en el otro extremo, parado, a Máximo. Había puesto un pie sobre la banqueta, y, abstraído, miraba a lo lejos.

La joven pudo examinarlo en uno de esos raros momentos en los cuales se es para los otros lo que se es realmente. Con la cabeza levantada, un poco inclinada a la derecha, serio y silencioso, tenía aire pensador y dominante. Habíase quitado el sombrero; sus cabellos emblanquecidos en las sienes movíanse al aire y dejaban descubierta toda la frente de líneas nobles, que hacía más amplia la escasez de esos cabellos. La nariz pronunciada, algo gruesa, expresaba la fuerza y la sensualidad, mientras que bajando, la mirada encontraba su boca grande y rosada. Boca de bondad indulgente; de inmensa bondad triste.

Absorto por el pensamiento que lo alejaba, no se preocupaba en reprimir la fuerza de expresión de sus ojos, la cual pareció a Alejandra de tal potencia, que no recordaba haberla visto igual en otros. Grandes, abiertas, un poco salientes, sus pupilas eran dos gemas verdes y transparentes que tenían las reverberaciones del mar, y que atravesaban de parte a parte las flechas de la luz. Todo Máximo estaba en sus ojos; todas sus energías, sus vibraciones, su inteligencia, su pensamiento, su generosidad, su altivez, sus pasiones, su potencia intelectual, había que buscarlas allí. El cuello, corto, grueso, vigoroso, moreno, menos pálido que su cara, que era de una palidez mate igual e inalterable, surgía libre de la camisa blanda de seda. Sus manos cuadradas tenían expresión impaciente: la expresión voluntariosa de todo su ser, del que emanaba una fuerza tranquila segura de sí misma.

Alex tenía delante ahora una de esas naturalezas raras, prestigiosas, que se imponen por su simpatía; cuya presencia anima, persuade, arrastra y subyuga sólo con quererlo, porque han nacido con el privilegio de conmover a los otros.

Una nube pasó por sus ojos, que pestañearon más ligero, como un corazón que multiplicara sus latidos a un recuerdo, a una emoción ...., los entornó..., volvió a abrirlos bañados en una gran suavidad tierna. "¿Qué piensa para transformarse así?", preguntóse la joven, que lo seguía. "No lo sabré jamás; pero sé ya, sí, ahora, que tiene dulce el corazón, a pesar de la amarga ironía, de la triste burla de sus palabras".

Entró nuevamente en ella un deseo persuasivo de confiarse a él. No lo hizo, sin embargo. Quería hacerlo: ¿lo podía?...

Se sumergió ella también entonces en sus pensamientos. Su mano cayó fuera de la barca, y al contacto de aquella agua gruesa y salada, recordó otros tiempos y otros mares; otros cielos y otras personas amadas.

A medida que entraban más adentro, el mar se rizaba. No eran ya las aguas lacias de la orilla; había olas ahora, pequeñas olas que se cruzaban y se abrazaban sin gritar, que no tenían lamentos ni gestos desconsolados todavía.

Máximo volvió de su abstracción, miró a Alex, como ella lo hiciera con él un momento antes y percibió sus ojos siguiendo los movimientos del agua que cubría su mano sin ocultarla, como un velo verde que transparentara una rosa; pero comprendía que sus ojos bajos miraban a lo alto. El reflejo de un inmenso cansancio moral, de una profunda melancolía aparecía en su semblante.

En aquel instante supo más él de ella, que en los dos años transcurridos desde su presentación en el *hall* de la casa de Maura. Y gran pena sintió: acababa de convencerse que en la alegría de Alejandra había mucha voluntad.

Levantó ella los ojos y se miraron. Él apoyó allí, en aquel azul, los suyos y se sonrieron.

Una gran animación reinaba en la proa. El barquero contaba a sus nuevos amigos secretos del fondo del mar; los de sus bancos de corales y sus grutas de cristal; la historia de sus ondinas, los cantos de las sirenas, la forma de sus tritones.

—Mi papá es navegante como usted –dijo Stella, quien también tenía su secreto; ella y sus primitos creían al barquero una especie de almirante–. No ha vuelto, porque ha ido muy lejos él; ha ido hasta el Polo Ártico mi papá... Es muy lejos, me dice Alex, y hay mucha nieve allí. Tanta nieve como hay agua en el mar.

—¿Y el barco cómo entró, entonces? –preguntó la Perla.

Todos esperaban una explicación.

—Porque entra cuando se derrite la nieve –dijo Miguelito.

El grito que lanza aquel que creyéndose perdido ve una rama y quiere asirse, fué el grito de Stella al oír la respuesta de su primo.

—¡Ah!... ¡Es cierto que la nieve se derrite!... ¿Y podrá derretirse tanta nieve?

Albertito, grande e inteligente, se dió cuenta de lo que pasaba en la niña, y se apresuró a decirle:

—Sí, mi hijita: la nieve se derrite toda, toda; entonces, dejando libres a los barcos de los exploradores, pueden éstos volver. Todos los que van tardan muchos años en regresar, querida; hacen largas invernadas, muy, muy largas, de años y años..., pero vuelven ellos siempre.

—¡Es entonces..., es entonces... cuando se habrá derretido toda la nieve, que podría volver nuestro papá –exclamó ella, con la voz de una esperanza que resucitaba.

Máximo vió turbio un momento. Sólo él sabía lo que verdaderamente pasaba en aquella pequeña alma; que era única entre miles y millones de pequeñas almas.

Cuando miró otra vez a Alejandra, sus ojos habíanse bajado nuevamente, siguiendo siempre el movimiento de las aguas...

Se aproximó a ella, sentóse a su frente e iba a hablarla; calló para dejar que preguntara la Perla:

—¿Cuándo empieza la pesca?

Su pregunta alborotó a los otros, que la repitieron a una voz. Sobresalió la de Florencio:

—¿Cuándo empieza la pesca?

—¿Y saldrá llena la red? –consultaba Elvirita.

—Alex –gritó, muy alarmada, Chochita–, ¿y si sacamos a ese señor que es mitad hombre y mitad "pescao"?...

—¡Yo le tengo mucho susto! –exclamó, al oírla, Nenuca, que volvía a recordar los "tigues" de "Atalaya".

—¿Y qué come ese señor? –preguntó Susana, más floja que la Nenuca.

—Come negritas –aseguró Miguelito, siempre mal intencionado.

Hubo que consolar a la Muschinga y tranquilizar a los demás.

—¿Cuánto empezamos la pesca? digo yo como Florencio;–preguntó Alex.

—Cuando lleguemos a aquella faja obscura. Allí encontraremos otro barco que nos espera con la red y los hombres que nos ayudarán –contestó el barquero.

—¿Qué le parece, viejo, sacaremos algo? Si no, habrá que recurrir al milagro, querida sobrina... Mientras tanto, charlemos un poco nosotros dos, pues vamos mudos como dos pescados —dijo Máximo, aproximándose a la joven.

Conversaron: de la indolencia a la que Alex llamaba delito sin fruto y sin remordimiento, y provocaba la carcajada sonora de Máximo; de arte, de preferencias, de viajes. Entraron luego en cosas más íntimas. Habló él de ambiciones, ideales y ensueños de su juventud, corola ardiente que se agostó temprano; de ídolos caídos, de todos aquellos desvanecimientos y reacciones, de todos aquellos últimos esfuerzos. De su abstención al dejar recién la lucha, de decepciones, de repugnancias, de tedios; y por fin, cayendo sobre todo eso como un sueño de plomo, la indiferencia.

—No necesito más para saber que no es usted feliz, Máximo – díjole ella—. Ayer, cuando me consultaba: "¿Para qué me serviría mi voluntad?", le respondí: "Para concentrarla en un solo fin". Ahí tiene usted ese fin, encontrar la dicha.

—¿Puedo pedir a mi maestra que me defina esa dicha?

Máximo sentíase empujado a hacer la pregunta, no por la idea de que se le indicara la dirección de la quimera, sino única y exclusivamente por el goce de oírla y verla decir. Hacíale siempre preguntas breves y concisas, mirándola a los ojos para obligarla a contestarlas directamente y sin ambigüedades. Porque lo que deseaba era tener su pensamiento palpitante y desnudo, en el que había empezado él a deslizarse suavemente.

Así se deslizaba suave sobre las aguas la barca que los conducía, la que pronto iba a penetrar a lo más hondo. Porque en sus palabras no buscaba el sentido que otros les habían impuesto, sino el sentido nuevo que parecía darles, al filtrarlas, aquella mente.

Llegó la respuesta:

—¡Oh! sería definir lo indefinible... ¿No sabe usted, sabio discípulo, que la dicha no tiene forma?

—¿Para qué tiene usted entonces esa imaginación con más pedrerías que los cofres del Gran Turco?... Veamos, ¿cómo se la imagina usted?

—No la imagino, la siento dentro de mí, aun sin poseerla, como la sentimos todos: una suprema aspiración que nace y muere con nosotros.

—Y si yo, el viejo amigo de Stella, el nuevo amigo de Alex, le pidiera como un mendigo, como un hambriento, que diera forma para él a esa dicha y se la ofreciese: ¿Qué le ofrecería usted?

Con una gran seguridad le contestó:

—El alma amante de una mujer.

Él estiró su cabeza y la miró más de cerca.

—Sí, amplia, fina, suave y firme, dulce, apasionada, dominadora y sumisa... A usted ofrecería, Máximo, el alma femenina de los grandes alientos, de los grandes amores, de las grandes abnegaciones.

Si esta conversación hubiera tenido lugar en Buenos Aires, en casa de sus hermanas o en un salón de fiesta, en aquel ambiente hostil para la joven, habría tomado en el acto un giro ligero y jovial, habría saltado brillante el *esprit*, que manejaban los dos como su propio idioma. Y allí donde se la juzgaba hábil y coqueta, habríala él seguido creyendo hábil y coqueta y no se hubiera librado de la sospecha de una "insinuación".

¡Qué lejos estaban aquellos días!

Pensaba él ahora que el alma de los grandes alientos no podía ser otra sino la de aquella Alejandra que se le revelaba delante del retrato de su padre, seria y melancólica, o cantando risueña en el alfalfar. Que la de las grandes abnegaciones no podía ser otra sino la de aquella Alejandra del rancho de paja; la de Alex, la hermana de Stella.

Y en vez de sospechar insinuaciones, sospechaba una altivez que ignoraba en la ciudad; que había entrevisto recién bajo los árboles.

Algo de indefinido y de intangible, como decía ella ser la dicha, flotaba dentro de sí mismo; algo extraño, exótico, que no podía combatir porque no se combate con lo desconocido.

Sentíase nuevamente subyugado por la energía y firmeza de sus creencias, bajo la vestidura con que sabía ella cubrirlas.

—La piedra filosofal –dijo.

—No le daría la alquimia, ciertamente, lo que aspiro para usted. El amor fiel, fuerte y seguro; el amor desinteresado de una mujer que lo valga... Cuya mano levantara audazmente la cortina y le mostrara como a un niño, que las sombras que nublan su vida son sólo sombras... Una mujer muy valiente, qué le enseñara el valor, la bravura que le falta para arrostrar la emoción y el recuerdo ante los cuales huye usted siempre. El valor de ver sufrir y el valor de la memoria. Sin la emoción y el recuerdo, ¿qué es la vida, viejo tío? Es el agua estancada, es el oro en la mina... Vive usted de privaciones y es ése su vacío. Se priva de amar, de creer, de sufrir; se priva de esperar...

—Sintetice y convierta su definición en un consejo, Alex.

—Amar y ser amado.

Máximo soltó una de esas tonterías de que sólo son capaces los hombres muy inteligentes.

—Espero resignado su sentencia: casarse Máximo, formar su hogar, fundar una familia, etc., etc., etc... Es el consejo obligado con que se obsequia a todos los solterones, y más cuando se tiene el envidiable privilegio de tener fortuna.

—Otra enfermedad de que adolece usted, viejo tío: la obsesión de su fortuna. Necesitaría curarse, convenciéndose de que la gente cuyo juicio merece la pena de tenerse en cuenta, le preferirían sin ella, pues, según me han dicho, le ha impedido ser lo que podría y debería ser.

—Ya ve, encantadora maestra, que se envejecería usted antes de acercarme a la perfección.

—No aspiro a la perfección de mis discípulos; se parece ella demasiado a la insensibilidad. Piensa y siente usted con tal intensidad –ya que no creo en su indiferencia artificial–, tiene usted tan propia personalidad, que merece tener defectos; ellos serán los huecos que formen sus relieves.

Fijó él en ella sus ojos extraños, llenos de fosforescencia en el acto y le preguntó:

—¿Y usted, Alex, es feliz?

Su cara se cubrió de una sombra rosada y contestó con voz menos segura y señalando a Stella:

—Si usted se refiere a la felicidad que le aconsejo, sí, soy feliz. Máximo: allí tiene a mi incomparable enamorado.

—Una mujer como Alejandra Fussller no es la indiferencia lo que siembra a su paso. ¿Por qué no ha "querido" casarse usted, Alex?

Continuaron uno y otro cruzando preguntas y eludiendo respuestas, hasta que ella le prometió contarle su romance, si él le contaba el "crimen de amor" causa de su falta de confianza en las mujeres y de esa indulgencia depresiva que tenía para juzgar sus actos. Muy poderosa debía ser la curiosidad de Máximo para que se resolviera a remover cenizas heladas, asentadas en lo más recóndito desde hacía veinte años. Haciendo un gran esfuerzo, consiguió reavivar el drama extinguido; drama en sus consecuencias. El tiempo había hecho su obra de olvido, pero no de reparación; las ruinas permanecían entre sus propias ruinas. Al sueño de su juventud lo había desvanecido, con su primer soplo, el desencanto, pero al desvanecerlo, hizo imposible para él los demás sueños. La imagen de la mujer querida habíase borrado también; era la imagen que pasa ante un espejo, que la refleja sin guardar su rastro. No los dejó tampoco, mas empañó el espejo.

Muy pálido estaba Máximo cuando concluyó de hablar; de una palidez blanca y exangüe, y diferente de su palidez cálida y expresiva.

Alex, que lo había escuchado con sus oídos y sus ojos, le dijo un momento después que él callara:

—A pequeñas causas, grandes efectos.

—¿Llama usted pequeñas a la traición, a la infidelidad, al interés, al engaño? –le preguntó él alterado y cuyo rostro perdió su palidez, lo que dió instantáneamente a su fisonomía el carácter de un gran vigor.

—No, amigo mío; al decir pequeñas causas pensaba que para una mujer que olvida, hay diez que no saben olvidar; y no es razonable, pues, renegar de las diez, por haber tenido la mala suerte de caer en la "una".

—Acabo de darle la prueba de mayor confianza e interés que puedo yo dar, Alex, al volver mi cabeza hacia el pasado –dijo él, que deseaba demasiado conocer el de la joven, para detenerse a discutir lo que no había discutido ni consigo mismo–. Es tiempo, pues, de retribuirlo.

—Si, Máximo, voy a cumplir mi promesa, sin violencia; le he dicho que no huyo del recuerdo, ni lo temo. ¡Mi idilio es tan sencillo, tan luminoso y tan triste!

Permaneció un momento pensativa; luego empezó con su voz pura y plena:

—En Europa tenía yo la ocasión de tratar a muchos hombres distinguidos, algunos de los cuales me distinguieron. Encontraba agradables sus homenajes, sin llegar a preferir a ninguno. En San Petersburgo, donde reside el cuñado de papá, representante de su país cerca del Czar, conocí a Federico Livanoff, hijo de un general ruso de gran influencia en la corte, y de una española hermosísima, que parecía su hermana, la que me tomó un gran cariño. Tenía él treinta y cuatro años; en su físico se entreveía una salud delicada. Sin poseer lo que propiamente se llama belleza, era una figura muy interesante. Alto, muy delgado, de una palidez transparente, en sus líneas aparecía la nobleza de su estirpe, y sus ojos, melancólicos y pensativos, se parecían a los de Stella... Era un hombre de reconocida superioridad moral e intelectual. Muy popular entre la clase obrera y proletaria, de ideas avanzadas, precisas y firmes, frecuentando la corte, se tenía tal fe en su lealtad caballeresca, que los grandes, a cuyas distinciones se imponían sus raros dones de inteligencia y de carácter, no desconfiaron nunca de él, porque sabían que mientras él les estrechara la mano no había nada de temer.

"Se le sabía fuerza estimuladora y fuerza moderadora al mismo tiempo. En su casa conocí confundidos a todos los hombres descollantes de Rusia; allí traté a toda esa intelectualidad revolucionaria que se encuentra hoy al frente del movimiento demoledor de su autocracia... Pasaba él muchos meses en Niza, donde nosotros vivíamos casi todo el año. Nuestras casas estaban vecinas, nos veíamos continuamente, se estableció así entre ellos y nosotros una gran intimidad, e hicimos juntas las dos familias un viaje a España... Yo tenía dieciocho años, la edad en que mamá se casó. Federico me trataba un poco como a una chica, pero hablaba conmigo de cosas serias. Por él pude penetrar el pensamiento de Rusia, que era su pensamiento. Nada de lo que pasaba en su corazón me había dado a entrever. Su madre se fué a San Petersburgo y él quedó un tiempo con nosotros recorriendo la Península... Un día –el Sábado de Pascua en Sevilla– me reveló de pronto, en palabras apasionadas y sencillas, su cariño, profundo como todos los sentimientos que su alma nutría. Convinimos que yo hablaría a la noche con papá, y al día siguiente iría él a pedir mi mano. Me sentía feliz, o más bien, mi felicidad, completa entonces, había crecido con aquel nuevo amor que entraba en mi vida. Papá y mamá sintieron también crecer la suya; olvidaban la fortuna, la posición brillante, hasta el talento de Federico para recordar tan sólo su corazón y su carácter... Era demasiado nuevo el sentimiento que él me inspiraba, y yo demasiado joven para poder medirlo entonces; hoy comprendo que era el sentimiento precursor del gran amor que hubiera llegado a ser".

"¡Feliz el hombre para quien se abra el alma de esta mujer! ¡Feliz aquel por quien llegue ella a sentir ese gran amor!" Así pensaba Máximo en aquel instante.

—No lo volví a ver –continuó Alex, con voz más concentrada–. Desapareció aquella misma noche; sin una línea, sin una palabra, salió de Sevilla, salió de España. Se lo conté todo a papá, quien sin abrir los labios, me dió un largo beso en la frente. En adelante, su nombre no se volvió a pronunciar en nuestra casa... Supe por los diarios que estaba en Cannes... A pesar de lo extraño de su conducta, no se me ocurrió dudar ni de su cariño, ni de su caballerosidad un solo instante. No pude, por lo tanto, considerarme ofendida, y sufrí sin decepción ni desesperaciones la privación de su presencia. Sabía sin saberlo que algo insalvable nos separaba; que algo indestructible, de lo cual no podía triunfar su voluntad, se interponía entre ambos, y no traté de penetrar un misterio para mí... Sufrí mucho, sufrí por lo que estaba segura que él sufría. Mi dolor era noble y sereno, porque así tenía que ser todo lo que de aquel ser viniera, ya fuera la alegría o el pesar.

Detúvose; aspiró el aire con los labios entreabiertos y cerró los ojos.

"Esta mujer haría olvidar el resto del mundo, y la vida a su lado sería corta: la gastaría pronto la intensidad". Y al pensarlo, la respiración de Máximo hacíase afanosa, levantando apresuradamente su ancho pecho.

—Mis padres –siguió diciendo la joven– no hicieron ni la más simple alusión a lo sucedido, sus mimos y caricias aumentaron, y me llevaron nuevamente a viajar. Recorrimos lo ya recorrido; me pareció el mundo más nublado, pero vi en él, después de haber sufrido, cosas de gran valor que antes no viera. Estábamos en París. Un día papá partió; cuando regresó después de una semana, traía su fisonomía marcada por el pesar. Me llamó, me estrechó contra su pecho y me contó una conmovedora historia de amor, que era la mía... Federico, después de confesarme su cariño, tuvo un escrúpulo. Conocía la debilidad de su salud y quiso cerciorarse de su verdadero estado antes de ligarme a él. Fué aquel mismo día a ver a un médico amigo, y le exigió la verdad. Salió sabiendo que estaba vencido por la tuberculosis. No vaciló entonces; vió el peligro para mí de un contagio, mis jovenes años condenados a permanecer amarrados a un lecho de enfermo, y se alejó... Antes de partir había mandado buscar a papá, y encerrados los dos en la sala de un hotel, de hombre a hombre, sin ocultarse el uno al otro la realidad, convinieron –¡ellos dos, queridos míos!– ocultármela a mí piadosamente... No quiso escribirme ni antes ni después, porque conociendo toda su seducción, temía que la correspondencia profundizara en mi corazón las raíces de un amor destinado a morir en su flor. Quería, el muy noble, que yo creyese en una traición, en una de esas acciones que, aunque la sociedad las absuelva, también envilecen a los hombres, para que así, desencantada, lo olvidase sin sufrir.

La voz de Alex se bajaba, se bajaba; sus ojos se empañaban. Máximo, con las cejas juntas, miraba el mar.

Desde la proa les llegaban las exclamaciones de los niños, quienes, encantados, oían al barquero declamar con énfasis versos en italiano. Aunque no los entendían, eran tan melodiosos, que ellos creían que cantaba, y aplaudían.

Alex reanudó su triste relato:

—Mas, cuando vió aproximarse el fin, precipitado por su falta de cuidados y sus amarguras, llamó a mi padre; quería morir en sus brazos... "Es necesario que Alex –"nuestra" Alex, Frede– sepa por quién ha sido amada. Que lo sepa todo, para que en medio de las vicisitudes que pueda ofrecerle más tarde la vida, se sienta levantada por la idea de haber merecido el amor de un hombre de tu tamaño y de tu grandeza!"... Así le habló papá; tuteándolo como se tutea a un hijo, llamándolo Frede como lo llamaba su madre... Sus últimas palabras fueron éstas: "Sí, que Alex sepa cómo ha sido amada. Diga usted, Gustavo, a su hija en mi nombre, que cuando armada de sus traiciones la persiga la vida, se refugie en mi memoria".

El acento, la expresión tan elocuente de Alejandra, habían llegado a su más alto grado. Sus manos habíanse cruzado, y un poco crispadas se sentaban sobre sus rodillas. A sus ojos no los apagaba, los iluminaba la melancolía.

Esa expresión elocuente era en Máximo toda interior. Su alma, como una gran voz, se levantaba para glorificar a Federico Livanoff; la misma voz se entristecía para lamentar que Alex lo hubiese perdido.

Tardó un momento ella antes de reanudar la narración:

—Murió en sus brazos como lo había deseado, llevándose el infinito consuelo de conocer mi fe en él. A mi me quedó el de no haber dudado... Me dejó sus tres cuadros preferidos: el retrato de su madre en traje de manola, el de su perro –dos obras admirables– y un paisaje de Corot... Este último no está ya en mi poder... Una terrible impresión me causó su muerte; mi propia juventud me hizo reaccionar. Pero no pasa un día, uno solo, siempre y en todas partes, que no evoque la sombra del hombre noble y alto que me hizo presentir una dicha que no conoceré jamás.

Calló Alejandra y miró también el mar. Máximo conservaba su actitud atenta; parecía seguir escuchando lo que había cesado de escuchar. De pronto repitió las últimas palabras de la joven:

—"Una dicha que no conoceré jamás..." ¿Por qué?

—¿Por qué?... Porque hay muy pocos Federicos Livanoff en el mundo.

Hizo ella esta respuesta en el tono de una convicción, pero en su tono no aparecía sino aquella convicción; no había reproche para los demás por no ser como él había sido.

Máximo pensó un momento, y luego, como cayendo en cuenta recién, dijo, serio, moviendo la cabeza:

—Tiene usted razón, Alex.

Después añadió, dejando respirar por sus labios pensamientos que habían ido naciendo en su cabeza:

—Me parece más heroica la acción de Federico que la de Juan Beltrand... A lo menos yo me encontraría más capaz de la del último...

En la proa tenía lugar ahora un certamen. Cada uno de los niños, por turno, se paraba, recitaba su fábula o su verso y en medio de las ovaciones volvía a sentarse. Iba a llegarle nuevamente su turno al barquero.

Semejante a la mano que recorriendo una cadena eslabón por eslabón, se detiene en uno de ellos, el pensamiento de Máximo, que recorría todo lo que habían hablado en la barca, quedóse prendido de una frase de Alex: "Para una mujer que olvida hay diez que no saben olvidar". La lentitud con que la murmuró hizo que ella levantara la cabeza y lo mirara. Vió él una tristeza tan inteligente en sus ojos, una tristeza que era tristeza porque comprendía, que en un momento de espontánea simpatía, como a una hermana le tomó la mano, que ella, como a un hermano, le abandonó. Guardó entre las suyas aquella mano.

Su pensamiento veloz continuaba recorriendo la cadena, hasta que se detuvo nuevamente: era en el eslabón de su amor, también muerto en su flor... pero por haber bebido en una fuente envenenada.

El barquero empezaba su dulce estrofa, en su dulce lengua, "idioma gentil":

> Come il ricordo vago e mal distinto
> D'una speranza giovanil caduta,
> Come il ricordo d'un affetto estinto
> Nel mio vano sognar tu sei venuta.[115]

La sombra rosada cubrió otra vez el rostro de Alejandra, extendiéndose a su cuello, y con una cortedad infantil retiró su mano... Los ojos de Máximo habían cambiado justamente en el momento mismo en que el barquero decía con toda la pasión de su rica sangre italiana: *"D'una speranza giovanil caduta. – Nel mio vano sognar tu sei venuta"*.

Una sombra igual, pero de un color más subido, cubrió también el rostro varonil de Máximo; era una oleada de su sangre rica y de pasión como la del barquero, que hervía impetuosa al adivinar en el encogimiento pudoroso de la joven, que el cambio de sus ojos había sido por ella comprendido; y esos ojos adquirieron todavía mayor intensidad.

El barquero gritó... Las dos barcas acababan de reunirse y la pesca iba a comenzar. Máximo sacudió su impresión, y nerviosamente alerta, ya de pie, gritó con voz sonora:

—Vamos a ver, San Pedro, ¿qué hay que hacer?

—Los compañeros de la lancha han echado esta mañana la red, señor; habrá que sacarla nada más –le contestó el barquero, hombre de cincuenta y seis años, robusto y simpático.

—Bueno, ahora es el momento de decir: "Tomás, saca la red".

—No era Tomás, era Simón –dijo Stella.

—¡Qué vergüenza! –exclamaron los otros–. No sabe que no era Tomás, que era Simón.

Los brazos desnudos de los pescadores, en un mismo movimiento de atracción, hinchaban sus músculos por el esfuerzo. Una red palpitante cayó

---

115 (It.) Como el recuerdo vago e incierto / de una juvenil esperanza caído / como el recuerdo de un afecto muerto / en mi vano soñar tu has venido"

en el fondo; se abrió, y todas las pequeñas vidas que ella encerraba se libertaron para morir. Cien respiraciones jadeantes, cien estertores de agonía llenaron la barca. Los pescados, grandes, chicos, de oro, de plata, chatos, largos, cortos, anchos, delgados, saltaban... Saltaban entre los pies de los niños, que también saltaban a su alrededor sin atreverse a tocarlos, temiendo a sus largos "bigotes"... Un último salto, y morían.

—¿Quieren, chicos, que juguemos a devolverlos a su casa? – preguntó Stella–. Allí en el fondo la tienen ellos.

A los otros les pareció muy divertido el juego que ella inventara. ¡Qué divertido era, sí, ver cómo caían en el agua y allí, vueltos de su asombro, al encontrarse otra vez en su elemento, con un movimiento de expansión dichosa zambullirse en el mar!

La vuelta fué de una bulliciosa alegría. Alex, Máximo, los niños, el barquero, todos estaban contentos, y así llegaron a la playa bañada por las olas.

Habían resuelto regresar a la casa a pie. El cochecito de Stella la esperaba. Máximo la colocó en él, y apartándose de los demás, tuvo una conferencia con ella a solas.

Alex y los niños caminaban despacio, esperando que Máximo y Stella los alcanzaran.

La niña hizo señas al barquero de acercarse, y le dijo, sonriéndole:

—San Pedro, como usted no tiene barca, yo le regalo esta mía, que mi padrino hizo traer de Buenos Aires para mí y para mis primitos. Alguna vez nos llevará a dar un paseo en ella sobre el mar; nos enseñará leyendas y nos cantará canciones.

El pecho del barquero, en el que se aglomeraba la emoción, se levantaba. Sus ojos se humedecían y todas las manifestaciones, en gestos y palabras, de su raza tan expresiva, dirigíanse a Máximo, a quien sabía "Gran Señor", y olvidaron a la niña.

Una pequeña ironía, fina y sutil, rozó los labios del "Gran Señor"; se le aproximó para que ella no oyera y le dijo:

—Veo que amas a Stecchetti. Aunque sé que conoces muchos de sus versos, quiero enseñarte uno más. Tres veces lo he oído recitar en tu tierra: por un gondolero, en Venecia; por un mendigo, en Bolonia; por una cortesana, en Roma. Apréndelo tú:

"Signor, la carita per un pezzente!
Veda, ho fame... son nudo!...[116] . . . .
Per amor del suo Dio – Non ti do niente!
Per l'occhi del suo amor! – Prendí uno scudo!" [117]

El italiano sagaz entendió en el acto la lección, que quería decir: "El bien se hace por ella".

Aproximóse a la niña y besó su mano.

---

116 (Ital.) Señor la caridad para un pordiosero / Vea, tengo hambre...estoy desnudo...
117 (It.) Por amor de su Dios no te doy nada / por los ojos de su amor...toma un escudo

Capítulo XIX

El segundo domingo de marzo, a las nueve de la mañana, entró Cándido, el sirviente de Máximo, a su dormitorio y lo despertó. Había llegado a la "Atalaya" la noche antes, después de un mes de ausencia, pasado en su estancia de la Pampa Central, y el sueño que espantaba Cándido era el sueño sano y profundo de un colegial.

Sirvióle el té, abrió las ventanas y la luz entró a torrentes.

El muchacho, que tenía la cabeza llena de ideas de fiestas y proyectaba pedir permiso para ir a la ciudad, anunció a su patrón:

—Señor, es Carnaval.

Éste, que se sentía hacía tiempo de buen humor, púsose a reír y le contestó:

—Vaya, hombre, que tengo hoy el despertar de la Traviata.

Y tarareó, imitando a un partiquín de ópera, los dos compases de la camarera de Violeta:

"*Signora... è carnevale...*" 118

Cándido, muy colorado por la risa de su patrón, volvió a anunciar:

—Y es también su santo, señor; que los cumpla muy felices.

—Otro anuncio carnavalesco. Cumplo cuarenta y dos, muchacho. Ya ves que vamos para viejos.

Un rato después, cuando leía los diarios en la terraza del piso bajo, un peón del "Ombú" le entregó unos paquetes y se retiró. Con la impaciencia de un niño que abre una caja de juguetes o una bolsa de bombones, abrió el primero, que le descubrió una carpeta bordada para papeles, dentro de la cual había una carta de letra de Stella firmada por ella y la Perla. Las dos ahijadas, siempre unidas, la habían bordado para su padrino.

En el otro encontró un gran tríptico precioso, de madera clara y bronce. Una exclamación de placer enternecido tuvo al ver lo que encerraba. Eran tres fotografías: más chicas y en marco oval las dos de los lados, más grande

118 (it.) "Señora... es Carnaval..."

y en uno cuadrado, la del centro.

Albertito enviaba a su tío un recuerdo patente del día memorable de la visita a la "Atalaya". Había mandado a Alberto, su padre, las placas y éste haciéndolas revelar en Buenos Aires, agrandar y encuadrar, resultó una obra de arte.

El inteligente niño había copiado tres escenas interesantísimas, y un artista habíalas iluminado primorosamente.

En el cuadro de la izquierda, aparecían los niños rodeando a Stella. Aparte y más próxima la Perla, con su cabellera suelta, tenía en su mano la de su amiga. ¡Qué contraste admirable el de la hermosura esplendorosa y brillante de la una, con la belleza delicada, endeble, transparente, toda espiritual de la otra! La Perla asentaba firme su pie en la tierra que era su reino, levantaba la cabeza dominadora, abriendo grandes y resueltos los ojos sobre el mundo, aspirando toda ella el goce de vivir. Stella, en su coche, ocultos sus piececitos que nunca tocaran este suelo, sugería la idea de un ser que permaneciera irresoluto entre el cielo y la tierra, sin atreverse a dejar abajo a los que amaba, anhelando volver a lo alto, allá donde tantos la esperaban.

Un grupo de gauchos en su traje nacional –el chiripá, el poncho, el chambergo, las botas, las espuelas– agrupándose detrás, a la distancia. El payador pulsando su guitarra, sentado en un tronco, los ojos en el vacío, cantaba. Como fondo, un pedazo de cielo y los viejos árboles de los abuelos.

La escena de la derecha se desenvolvía en la terraza llena de flores y plantas trepadoras; en medio de ella, allí plantada, con su garbo y su gracia, sonreía muy negra la Muschinga, llevando, como una bandeja que pesara en sus manos extendidas, la gran torta blanca. En un extremo, en segundo plano, la mesa; sobre ella, aquí y allá en desorden, las servilletas desdobladas, los manjares a medio probar, las copas a medio vaciar; y recostados en la baranda sobresaliente sobre el parque Máximo y Alejandra, que mordía una ramita de laurel.

En la del centro, tan sólo veíase a Stella en el banco de mármol, destacando su cabeza de las hojas de vid que enguirnaldaban el pedestal, sobre el cual bailaba un fauno tocando la flauta.

Un libro era el tercer obsequio. Máximo abrió la primera página y leyó su título: "Pensamientos de las noches árticas. A mi hija Alejandra". Corrió después rápida su mirada hasta las palabras manuscritas que veía en la misma página: "La hija de Gustavo Fussller, al hijo de Ezequiel Quirós".

La letra de Alex, clara, larga, fina, expresiva, suelta, elegante, le recordó su mano.

A seis cuadras del "Ombú", engarzado cual un diamante largo y estrecho entre dos lomos suaves del color de las esmeraldas, corría el arroyo. Sus aguas límpidas dejaban ver las piedras de su lecho y reflejaban el verde y el azul. Inmensos sauces lloraban en sus orillas; altos, finos, rígidos, como mástiles reverdecidos, sobresalían de entre ellos los álamos de las islas, y de las ramas de los ceibos, traídos hasta allí por don Ezequiel, pendían, semejantes a colmillos de coral colgados al revés, sus flores rojas. A los troncos se trepaban las campanillas violetas, blancas, y solferino; desde lejos se sentía el perfumado aliento de las madreselvas.

Las manzanillas, iguales a margaritas, el "ojo de gato", la "cola del león" y el "cebollín", esmaltaban los campos con la "azucena del bosque", la "varita de San José", la verbena, y el rosado "vinagrillo". A la derecha, ya cerca del camino, las hojas grises y los pompones lila de las matas de cardo, y el verde fresco de la cicuta que florecía su veneno al sol.

La tierra toda era una sonrisa que subía; el cielo una suave mirada azul que bajaba sobre ella.

Alex, extendida sobre el pasto, tenía por almohada sus brazos cruzados: cerraba los ojos y los entreabría luego para acariciar el paisaje. No pensaba; vivía y dejábase vivir, dominada por un indolente bienestar y una pereza voluptuosa; voluptuosidad parecida a la embriaguez.

Máximo llegaba; divisó a los niños que jugaban alejados, quienes no lo vieron porque estaban muy afanados en un trabajo: los varones eran, en aquel momento, una cuadrilla de peones, contratados por las niñas, "las señoras", para formarles un parque.

Abrían pozos con sus azadas y sus palas de juguete y plantaban gajos de árbol y ellas abusaban de su autoridad de patronas momentáneas, dándoles órdenes con voz de mando.

Buscó Máximo a Alex, y tuvieron una sonrisa de placer sus labios al encontrarla allí, extendida muellemente a sus pies, sobre la hierba. Su vestido blanco, su tez rosada y sus cabellos rubios, hacíanla parecerse a una flor disciplinada más grande que las otras.

Creyéndola dormida no quiso despertarla y esperó. Al rato abrió los ojos; con la lentitud que tenían sus movimientos aquel día, se incorporó, alisó sus cabellos y le sonrió:

—Felices días, querido amigo.

—¡Qué feliz me ha hecho usted hoy, Alex! Por lo suyo, y por lo que es reflejo suyo.

Despojándose entonces de la indolencia extraña, púsose de pie, ágil y esbelta. Le pareció hermosísima de expresión, de movimiento, de color.

—Es usted una joven dríada –díjole al contemplarle ante él en todo el desenvolvimiento de esa hermosura–. Su encanto ha existido siempre, pero su belleza ha brotado con los árboles.

–Una dríada... es una aspiración. Agregarse a la vida de un árbol, sentirse raíces en el suelo, librarse de cargas.... de responsabilidades.... de incertidumbres... Correr su suerte, unir nuestros destinos...

Una inflexión de su voz hízole entrever que se sentía rozada por esa incertidumbre nuevamente. No quiso preguntar el motivo que podía haber traído una alarma a su ánimo, pero trató de adivinarlo.

—El destino, la suerte –dijo–, suelen ser también para ellos crueles. ¿Olvida usted el hacha?

—Prefiero el hacha al veneno.

—Ya hace cinco meses que están ustedes aquí, ¿no es verdad?

—Sí, Máximo; vinimos el veinticinco de octubre. Hemos pasado una primavera, un verano, empezamos un otoño. Ahora me toca a mí decir: "¿Por qué los días no tienen la duración de los años?"

Dió unos pasos y agregó:

—¿Sabe usted que el viernes llega la familia?

"¡Ahí... Ya sé lo que quería saber", exclamó para sí; y continuó para ella–: Alex, ¡cómo me ha llenado su obsequio de tierno contento y orgullo! El libro de su padre está ya colocado en la vitrina donde guardo mis reliquias, al lado del retrato de mi madre, del viejo devocionario y de la bombonera de mi abuela.

Sonrió con malicia y una gran ternura para decir esto.

—Muy cerca, justamente al lado de la bombonera con perlas de mi abuela... Y puedo asegurarle que no es para él todo extraño allí: está en muy íntima compañía. Sabrá usted cuál, el día de su segunda visita a la "Atalaya".

—¡Felices días, viejo tío!

Este grito resonó en sus oídos de repente, sintiéndose asido y rodeado por una cantidad de bracitos que no pudiendo alcanzar su cuello, abrazaban sus piernas y su cintura. Se agachó, e inmediatamente su rostro moreno y enérgico fué cubierto por montones de besos frescos y perfumados como fresas. Se acercó a Stella, que le dió sus felicitaciones y sus cariños.

—¡Cómo me gusta ver conquistada su alma indómita! Mis hijos vencen siempre –díjole Alex.

Y con una de esas miradas femeninas tan expresivas, que parecen resbalar entre las pestañas, continuó:

—¡Si está chocho!, como dicen los porteños.

—¡Estoy chocho! –dijo él imitándola–, pero chocho con la madre.

—¡Nuestra madre! –repitieron los niños.

—Che, Máximo, es carnaval –le anunció Miguelito.

—Sí, Máximo, es carnaval –anunciáronle los demás.

Rió él recordando a Cándido, y les previno:

—Me he convidado a almorzar con ustedes. Almorzaremos con champagne, para festejar al viejo tío, solo el pobre como un buho, allá en la "Atalaya".

—¡Bravo, bravo! Que el viejo tío almuerce con nosotros.

Florencio, reflexivo siempre, dijo de pronto:

—Pero es que Alex no tiene champagne.

—Por eso Cándido le habrá ya llevado el mío –contestó Máximo, tranquilizando los ánimos,

—Hemos aprendido muchos cuentos, tío, y te recitaremos luego los versos y las fábulas que nos ha enseñado Stella para su día – dijo Elvirita. Sin esperar más, adelantándose a la hora y al programa según costumbre, Chochita se plantó frente a su tío, levantó su cabecita como un pájaro atento, y en un estilo de perfecta gracia y naturalidad, dijo:

Simón el bobito llamó al pastelero:
—A ver tus pasteles; los quiero probar.
—Sí –respondió el otro–, pero antes yo quiero
Mirar el cuartito con que has de pagar.

Máximo la levantó en sus brazos, para decirle:

—Cuando seas grande comprenderás el instintivo buen gusto de tu maestra Stella. Entonces podrás darte cuenta de todo lo lindo que son los versos de Simón el bobito, que ha escogido para que recites a tu tío.

—Albertito ha elegido para mí, y lo digo muy bien, ya verás luego, padrino, la fábula de los Titanes –dijo la Perla–. Son unos gigantes que querían subir al cielo, y por eso, desde allá, Tata Dios los empujó.

—¡Qué talento de elección tiene Albertito! Venga mi linda Titana: usted se sentiría capaz de escalar, no digo el cielo, el infierno si estuviera arriba, ¿no es cierto?

En eso se armó una discusión alrededor de la siguiente pregunta de Carlitos: si poniendo unas sobre otras a todas las montañas, se consiguiera llegar cerca del cielo, y ya muy cerca se viera que faltaba todavía un pequeño trecho: ¿cómo se haría para entrar en él?

—Yo pondría una escalera –dijo Adolfito.

—¡Pavo! ¿De dónde la ibas a sacar? –replicóle Julito.

—Alex nos ha enseñado que los cóndores viven en los Andes, y como los Andes son unas montañas...

—Los Andes son cordilleras –aseguró Julito interrumpiendo a Elvira, la cual se puso muy colorada.

—Cordillera es una cadena de montañas –dijo Florencio, en el tono de quien da una lección de geografía.

—¿No ves que son montañas? –prosiguió Elvirita, sobre quien tenía gran influencia Florencio, todo juicio y reflexión–. Bueno, le pediría a un cóndor que me llevara en el pico.

—Al cielo no entran esos pájaros –observó Miguelito–, feos y "pelaos" como diablos.

—Al cóndor, San Pedro no le permitiría entrar, es cierto –dijo Chochita.

—Saltar no se podría, se volvería a caer –pensó fuerte Florencio.

—Stella será el juez –concluyó Máximo–. Vamos a ver: ¿qué harías tú, mi hijita, si te encontraras en el caso que discuten tus compañeros?... Imagínate a ti misma sobre una montaña, la que a su vez se encuentra sobre otras montañas. Las montañas se han concluido; ya no queda una sola más en la tierra, pero sí todavía un espacio entre tú y el cielo; pequeño, pequeño, pero que no puedes salvar... Imagínate solita arriba, sin Alex, sin Máximo para ayudarte. ¿Qué harías tú, mi reina, entonces?

La niña abrió su inteligencia, imaginó, y contestó, confiada y convencida:

—Pediría a mi mamá que me extendiera la mano.

La vuelta se hizo cortando campo; Albertito y Carlitos pasaron por encima del alambrado el coche de Stella. Era éste más chico y más liviano que el otro, aquel que tiraba el carnero, y ella lo manejaba desde dentro como un automóvil.

Máximo les alcanzó la niña que tenía en brazos para colocarla en él. Apretó fuerte después con su pie el primer alambre, y con la mano izquierda levantó el de arriba, dejando así un pasaje para Alex. Tomó el brazo de la joven con la mano libre y, usando una gran delicadeza, la hizo cruzar.

Tenía ahora una manera muy diferente de tratarla, desde el día que vió a la mujer en ella; la mujer en toda su bondad, en toda su amplia caridad primero; en su omnipotente debilidad después. Desde que se refugió en él un segundo, revelándole que era frágil y era tímida, y que sus manos palparon sus espaldas, frías, mórbidas y estremecidas.

Los niños quedábanse atrás unas veces, otras se les adelantaban. Hacían el viaje recogiendo semillas, "meloncitos de olor", escarbando la tierra para desenterrar plantas cuyas raíces dulces conocían, haciendo flautas de hinojo, corriendo tras de las mariposas, cazando insectos y hablando con ellos. "Mamboretá, Mamboretá: ¿dónde está Dios?..." "Eres tú la vaquita de la Virgen: anda con ella".

—Una víbora con patas, una víbora con patas –gritó de pronto Julito. Era un lagarto.

—Una planta con frutas en la cola –anunció desde más lejos Muschinga. Eran huevitos de gallo.

Al pasar por un rancho oyeron voces y risas, y vieron un montón de mujeres con baldes en las manos, que corrían tras de unos paisanos. Desde lejos les arrojaron el agua, alcanzando a mojar a dos de ellos; todos reían a carcajadas bruscas y ruidosas. Al notar el grupo en que iba Máximo, se contuvieron, y, respetuosamente, saludaron. Éste les dijo con su llaneza amable:

—Las mujeres los han derrotado.¡Qué vergüenza!

—Sí, señor, así parece. Nos han puesto como patos... Como es carnaval...

Muy cerca ya de la casa, la Nenuca y Susana gritaron aterrorizadas y corrieron a refugiarse en Alex, mientras cuatro muchachos con caretas de cartón gritaban aflautando la voz, dando la mano a todo el mundo.

—¿Cómo te va, che?... ¿Cómo te va, Perla?... ¿Y a vos, Stella? ... ¿Cómo van don "Máximo" y doña Alex?

A lo que los niños muy intrigados, contestaban como una letanía:

—Adiós, mascarita... ¿Cómo te va, mascarita?

—Éste es Ramón –descubrió Miguelito.

—Y éste es Manuel con la pollera de Pascuala –dijo la Perla riendo a carcajadas.

—¡Farruco!... ¡Farruco!... –gritaban los demás al descubrirlo también.

—¿Adonde van de verbena tan temprano? –les preguntó Albertito.

—Nos manda mamá hasta el pueblo. A la tarde recorreremos los ranchos, para ver si nos conocen. Hay que divertirse un rato; como que hoy es carnaval...

—¡Ah! Las serpentinas que nos mandó abuelita –exclamó Miguelito, y salió corriendo, seguido de Carlos y Adolfito, entrando los tres al "Ombú".

Un rato después se organizaba el corso, en un orden perfecto, como que el encargado de velar por él era el comisario Florencio, montado en su caballo de madera, brillándole en el pecho la medalla de latón.

Y empezó el desfile. Los dos coches de Stella, los carros de los hijos de Eugenia, el cajón con ruedas de los del jardinero, los carritos de juguete y los carruajes de las muñecas, adornados con guirnaldas de sauce, racimos de aguaribay, gajos de retama y grandes mirasoles, rodaban en la avenida, por la que cruzaban las comparsas de pelotaris –todos en camisetas y boinas de papel– encabezadas por Julito y algunas máscaras sueltas. En el coche grande, tirado por el carnero, iba sentada Stella, con una diadema de papel dorado y cubierta de flores, llevando a su lado a Nenuca, sosteniendo en su cabecita, con trabajo, un inmenso moño alsaciano de color punzó. Las otras niñas muy adornadas también, ocupaban todos los vehículos en que podían caber.

La Perla "intrigaba", envuelta en una sábana de baño, del brazo de Carlitos vestido de mamarracho, y seguidos de Muschinga muy empolvada, disfrazada de "niña blanca". "Nosotros somos de a pie", había declarado Miguelito, quien, reunido a los más grandes y a los hijos de Eugenia, jugaba desde la vereda con flores y serpentinas.

A la tercera vuelta la circulación de los carruajes se hizo dificultosa, dando gran trabajo al comisario, que había bajado de su caballo y ordenaba entrar al inmenso patio, que se convirtió, en el acto, en el campo de batalla.

Los gritos y risas de los niños, el ruido de sus pequeños coches y carros al rodar, el silbido de las serpentinas que cruzaban el aire y quedaban abrochadas de los árboles, las flores que se arrojaban y alfombraban el suelo al caer, las voces atipladas de las máscaras, los cantos de las comparsas, el ruido de sus tambores, el sonido de sus cornetas, el murmullo de los árboles, la luz, la radiante luz de aquel esplendoroso domingo de marzo, hacían un cuadro que quienes lo vieron no deberían olvidar jamás.

Máximo, deslumbrados los ojos y contenta el alma, parado debajo del aguaribay, jugaba con los chicos y mostrábase de una torpeza sin igual para conocer las máscaras.

—Che, Máximo, ¿cómo te va?...

—Muy bien, mascarita... Me parece conocerte: llegas en secreto de Mar del Plata y te llamas Ana María.

—Cree que soy Ana María –dijo la Perla en un murmullo, conteniendo la risa, a su compañero–. No, Quirós; soy mucho más vieja que ella.

—¡Ah! ¿Entonces serás la señora Cornelia Martínez?... ¿Y aquella Estrella que va en su carro con su diadema dorada?

—Es la Reina de la noche y su compañera es una pastora de...de otro país que no me acuerdo...

—¿Conque hoy había sido tu santo, Quirós?

Y a este recuerdo todas las máscaras y todas las damas de los coches gritábanle a una voz:

—Felices días, Quirós –arrojándole flores,

—¡Ah, padrino! Dame un peso para mandar al pueblo a buscar más serpentinas –concluyó la Perla, olvidada de su disfraz y muy enredada en su sábana.

Una serpentina rosada alcanzó a Máximo.

Miró a su frente, y vió a Alejandra en el borde de la vereda del corredor, en momentos que le arrojaba otra. Un largo rato jugaron así. Él, tranquilo, recostando sus espaldas en el árbol, sonriendo con fruición y los ojos entornados, lanzaba a tiempo igual su cinta, que llegaba siempre segura a su destino, envolviendo a la joven en sus colores, la que le enviaba, a su vez, la suya desde su sitio. Y hacía durar su juego por el placer, el hechizo de ver aquella figura melodiosa y armónica, levantar su brazo y hacer el movimiento elegante de avance y retroceso de una Diana tirando su arco. Ese movimiento ponía de relieve el dibujo de las líneas perfectas de su cuerpo. Estas líneas que, ensanchándose en los hombros, se estrechaban en la cintura para abrirse nuevamente en las caderas, dábanle la forma de una lira, que a él le parecía sentir vibrar.

Una alegre campana repicó.

—Vamos a almorzar –dijo Alex.

Las reinas y las pastoras despojáronse de sus adornos, las máscaras sacáronse las caretas y todos se prepararon para sentarse al banquete, al cual se había invitado a Rauch y su familia.

En esto apareció la chinita María, empapada, con un jarro de lata viejo en la mano, que venía a poner su queja:

—Niña –dijo a Alex con aire taimado–. Miguelito, Carlitos y Adolfo me han puesto como sopa... He podido quitarle a Carlitos este jarro, pero los otros se han escondido.

Máximo lo tomó, púsolo sobre la mesa de mimbre y dijo, sonriendo, a Alex:

—¡El cuerpo del delito! Mira, hija –agregó, dirigiéndose a la chinita–, hoy es día de guardar, y están prohibidas las penitencias. Es mi santo y es carnaval.

Habló luego dos palabras con Albertito, quien, alcanzando a la muchacha que se alejaba, le entregó algo que la consoló.

En la larga mesa, debajo de los árboles y al lado del ombú, tenía lugar el festín. Primorosamente adornada por Alex y Eugenia, aparecía como un enorme canasto de flores, unidas éstas por lazos rosados. Habíanse traído junto con el champagne de la "Atalaya" las flores de sus jardines y de sus invernáculos, que aquéllas habían entremezclado a sus flores sencillas.

Se comía con gran apetito y se charlaba con animación.

La alegría de Alex se comunicaba siempre a los demás, porque no era la común que nace y muere en la fiesta para ser reemplazada por el malhumor y el aburrimiento. La alegría de Alex nacía de sí misma, estaba en su interior y sonreía lo mismo en la obscuridad que en la luz, lo mismo en la soledad que en la buena compañía.

Vestida de blanco, con sus cabellos rubios muy levantados sobre su cabeza, el cuello desnudo y un gran ramo de rosas en la cintura, justificaba más que nunca, el nombre con que la había bautizado Máximo: señorita Primavera.

Un traje claro de franela, un sombrero de paja, un pimpollo de las rosas de Alex en el ojal; una expresión de contento, un gran brillo en los ojos, una gran sonoridad en la voz, una extraordinaria agilidad en los movimientos, una sensibilidad alerta, una nerviosidad vibrante, prestaban al señor Crepúsculo nueva juventud, que los otros notaban y él sentía.

El champagne se servía; los más chiquitos reían a las burbujas de sus copas, sin atreverse a probarlas.

Había llegado el momento de los brindis. Albertito púsose de pie y dijo, imitando a un orador que ofreciera un banquete:

"Señor Quirós: me ha cabido el alto honor de ser designado por las damas y caballeros aquí presentes para presentaros sus felicitaciones en el día dichoso de vuestro natalicio. Cumplo mi cometido lleno de placer, de emoción y de gratitud, al recordar lo que sois y cómo sois; lo que siempre habéis sido con nosotros. Porque sois así es que estáis en nuestros corazones.

"Nuestra gentil maestra, nuestra adorada Alex, me ha enseñado que se debe ser lacónico, sobrio, natural, conciso; y, guiándome por ella, como siempre, quiero sintetizar nuestro pensamiento y nuestro sentimiento: pido a todos levanten sus copas y me acompañen a beber por tu ventura, por tu dicha, por tu alegría, Máximo, y repitan conmigo: ¡Viva Máximo Quirós!".

—¡Viva! –le contestaron en un grito delirante los demás, alzando sus copas.

—¡Viva Máximo, el viejo tío, el padrino de Stella y de la Perla!

—¡Viva!

—¡Viva el amigo de Alex, el amigo de todos nosotros!

—¡Viva!

Alex hizo una seña, que contuvo el desbordamiento, y dijo a Stella:

—Mi hijita, antes de continuar los brindis, vas a beber con tus primitos por aquellas personas que ellos y tú deben recordar antes que todo. ¿Por quién, querida?... ¿Por quién se debe brindar?

La niña miró a su hermana, que le sonreía, y, levantando su copa, admirable de belleza en aquel momento, dijo:

—Yo brindo, con mis primitos, por abuelita Carmen y por tío Luis.

—¡Sí, por papá y por mamá! –gritó Perla.

—¡Por abuelita y por abuelito! –gritaron los otros.

—¡Que hable Alex! –pidió Albertito.

A este pedido se agregó un clamor, al que la joven obedeció, poniéndose de pie.

—Mis hijos: bebamos porque el viejo tío, el buen amigo, porque Máximo Quirós tenga muchas mañanas como ésta en la vida.

– ¡Bebamos por nuestro amigo! –repitió el coro de los niños.

Máximo, desde su asiento, sin levantarse, contestó con una voz poco firme:

—Queridos míos, plagiando a Alejandra: que la vida de ella y de ustedes sea una larga mañana como ésta, que yo querría detener como se detiene la marcha de un reloj... Es tan rara y tan única esta mañana, que el hombre aguerrido a las luchas, que quien fué un día el hombre de la palabra en su tierra y subió impávido a la tribuna, no encuentra una bastante elocuente que exprese lo que hoy siente... Lo que digo no puede todavía ser comprendido sino por muy pocos de los que han bebido por mi ventura; ellos lo comprenden bien hoy; ustedes, queridos niños míos, lo comprenderán más tarde... Bebamos por nuestra Alex; si somos felices hoy, es por ella.

—¡Bebamos por nuestra Alex! –repitió el coro en delirio.

Máximo tomó la mano de la joven, que estaba a su lado, y la besó. Ella sintió un pequeño estremecimiento y no lo miró; adivinaba que sus ojos tenían la expresión que aquel día les dió el verso del barquero.

Señor don Máximo, viva;
Ponga atención y repare;
Oirá cómo se lamenta
Entre prisiones un ave.

Con un aplauso y una carcajada unánime se acogió esta cuarteta, que Miguelito, vestido de gaucho, cubierta su cara traviesa y fina por una barba postiza y con una enorme guitarra en las manos, cantaba, sentado en el suelo, imitando a la perfección a los cantores de la "Atalaya".

Sin esperar a que continuara la ovación, continuó:

Doña Alejandra, que viva,
Cogoyo de pensamiento,
Pues un día como el de hoy
Fué su feliz nacimiento.

La atención del público saltó más lejos: se oían unos gritos y carcajadas del lado de las cocinas y se divisaba una escena parecida a la del rancho. Las sirvientas, la tambera y la mujer del capataz jugaban a baldes de agua con los peones y Cándido, que había venido a traer las flores y el champagne.

—En mi tierra se dice que es en el fondo de la copa donde está la suerte –dijo Alex a Máximo–, y como es carnaval...

Y arrojó sobre él las gotas que quedaban en el fondo de la suya.

—Y en la mía, que en el agua –le respondió él, arrojándole, a su vez, un poco de agua de su vaso.

Eugenia, tentada, hizo lo mismo con su marido.

La risa y las miradas de desafío de Alex, que lo amenazaba con su copa, provocaban a Máximo, quien llenó la suya, amenazándola a su vez. Se medían riendo, nerviosos, hasta que ella, más audaz, arrojó el agua sobre él y se alejó unos pasos... Los niños, gozosos del espectáculo, los animaban... La Perla, a traición, arrebató el vaso de su padrino para impedirle que mojase a Alex. Burlóse ésta, y entonces él tomó de sobre la mesa la jarra de cristal; aunque su intención era sólo asustarla, ella soltó un pequeño grito, asustada, y huyó.

Al hacer el movimiento de arrojar el agua, el asa de la jarra quedó en la mano de Máximo; lo demás había ido a estrellarse contra el suelo... Una carcajada de Alex, mezclada a la de los chicos, lo fastidió, y como cerca estaba la mesa de mimbre, agarró al pasar el jarro viejo de la chinita María, "el cuerpo del delito", que se encontraba sobre ella, y corrió a alcanzar a la joven, la cual, lanzando otro grito, echó a correr... Llegaban a la angosta avenida de paraísos... No tenía ella escape, y la vió él, azorada como una de las gamas de su parque, vacilar un momento y tomar después la avenida... Aceleraba su carrera a medida que lo sentía detrás de ella, muy cerca..., más cerca cada vez... De pronto encontróse con una nube amarilla y rosada delante de sus ojos: eran las retamas y las multiflores que limitaban el jardín... No tenía escape... Dió media vuelta, y con otro grito y la respiración afanosa, siguió corriendo con gran rapidez..., pero sentía que usaba ya sus últimas fuerzas... Máximo, seguro de sí mismo, se detuvo un momento para verla correr... Sentíase nacer garras para apresar a aquella blanca paloma que huía ante él... Sonrió con ternura al comparar aquella debilidad con su propia fuerza, y, dando un suave impulso a su carrera, fácilmente la alcanzó... Ella lo sintió a su lado..., vió el movimiento que hacía de levantar su arma sobre ella. Agachóse entonces; con el gesto instintivo de defensa se escudó con sus manos, y con una voz sacudida y debilitada por el cansancio, le suplicó:

—No, Máximo, no... No, viejo tío... Perdón...

Una de sus manos alcanzó a agarrar el viejo jarro que tenía él entre las suyas...Una pequeña lucha se entabló, en que ella tiraba para arrancárselo y él resistía... Quiso él ceder al fin, y, sonriendo con dulzura, lo soltó. Al hacerlo, su borde, en el que había una rajadura, chocó con la frente de la joven y la hirió.

Era una herida leve, casi un rasguño, pero la sangre escapó en abundancia.

Los niños no se dieron cuenta de lo que pasaba, hasta que notaron las grandes manchas rojas que se extendían sobre su bata blanca, y a Máximo, blanco como esa bata, tratando de restañar la sangre con su pañuelo.

Como si a su vez hubieran sido ellos heridos en el corazón, lanzaron un grito de horror que era un lamento.

Chochita había visto morir un día a un pajarito. Un "mixto"[119] que Carlitos hiriera con su honda y que Alex recogiera para calentar en su seno. Estaba herido de muerte y agonizaba en sus manos... Ella recordaba que el pajarito, aquel día, abrió los ojos muy dilatados, se estremeció, con una gracia infinita dobló la cabecita y expiró... Al ver hacer lo mismo a Stella, a cuyo lado se encontraba, gritó:

—¡Se murió Stella!

Alejandra oyó a la niña y en el acto comprendió... Otro grito salió de sus entrañas, y, perdiendo sangre siempre por la pequeñísima rasgadura de su frente, se lanzó sobre su criatura desmayada.

Máximo quedóse atontado en su sitio; en aquel momento de ofuscación le pareció que acababa de cometer un doble homicidio. Albertito lo vió hacer, un momento después, un gesto de desesperación, y acudió a calmarlo.

—Máximo, tío, no te desesperes. Rauch ha ido a buscar el médico al pueblito... Es un médico excelente, que Wernicke nos ha recomendado mucho... Stella sólo tiene un desmayo y Alex un rasguño.

—Un desmayo.... un desmayo para Stella será la muerte – contestó con voz extinguida.

Reaccionó luego; telegrafió a Buenos Aires pidiendo a Wernicke ordenando tren expreso; hizo todo lo que un hombre como él podía hacer. Wernicke estaba en su estancia en San Luis y no se encontraban tampoco en la ciudad los médicos que pedía, pues era un día de fiesta, verano, carnaval...

Se atrevió a entrar, después de serenarse, al dormitorio de Stella: le pareció de cera. Alejandra, que había sido curada por Eugenia, tenía oculta su herida por un tafetán. Estaba tan pálida como la enferma y había algo del autómata en sus movimientos; no oía, no veía, no sentía; se concentraba toda su inteligencia, su voluntad, su energía en una sola idea: salvar a su hermana.

Ésta permanecía inmóvil y rígida como un cadáver. La Perla clavaba en

---

119 *Mixto*: o Misto, *Sicalis luteola,* ave sudamericana de la familia de los jilgueros, de dorso ocre estriado de pardo, vientre amarillo

su amiga sus grandes ojos de turquesas, y calentaba su mano.

Siguiéronse horas de angustia. El médico por fin llegó a las siete.

Las inyecciones de cafeína y éter produjeron en la niña una reacción, y a las nueve de la noche abrió los ojos y murmuró:

—Alex.

Miró largo tiempo a su hermana, atrajo hacia su pecho su cabeza, y sobre el pequeño cuadro de tafetán que la cubría, besó su herida.

El médico se retiró, declarando que por el momento el peligro inmediato había pasado, pero que el estado de la niña era muy grave: "De un momento a otro puede sobrevenirle otro síncope"... En el corredor llevó a Máximo y a Rauch aparte, y agregó: "La niña está perdida: los resortes de su vida están rotos. Podrá vivir días, algunos meses tal vez... Yo la veré diariamente; desgraciadamente, es éste un caso fatal".

Una vez que el médico se hubo retirado, Máximo dejóse caer en un sillón del corredor, junto a una mesa.

Volvía a su atolondramiento, como si algo muy pesado, al desplomarse, le hubiera hundido el cráneo.

Sintiendo que rozaban sus rodillas, miró y percibió a Nenuca, mirándolo muy seria, recostada contra él.

—¿Por qué "moriste" a Stella?... –le preguntó en tono de gran curiosidad.

Tuvo él un gran sacudimiento, y le dijo en voz baja, pero brusca:

—Anda, mi hijita... Anda con tus hermanitos... Anda.

—No –contestó la niña, que continuó mirándolo fijamente, hasta repetir–: ¿Por qué "moriste" a Stella?

Andaba vagando por allí olvidada, la pobrecita –todos habían estado preocupados únicamente de la enferma–, y como tenía sueño, recostó su cabeza en Máximo, deseoso de alejarse sin atreverse a violentarla.

—Ah!... –exclamó ella de repente–. Ta..., ta..., ta..., ta..., como el reloj de Albertito.

Había sentido el de Máximo, que marcaba implacablemente las horas: las de la luminosa mañana venturosa, las de la negra noche.

Metió la mano en el bolsillo, sacó de él su rico cronómetro infalible, y púsolo en el oído de la niña, la que, sintiendo más fuerte su latido, se puso a saltar.

—Toma –le dijo él, entregándoselo y empujándola hacia las piezas–, anda, muéstrale este "chiche" a tus hermanitos... y juega allá lejos con ellos.

La niña se alejó y él puso sus codos sobre la mesa, sosteniendo su cabeza con las dos manos, y permaneció largo tiempo mirando a su frente la obscuridad de aquella noche nublada, olvidado allí él también como los niños.

Reinaba un gran silencio... Empezó, al mucho tiempo, a recordar, minuto por minuto, de aquel día que era ayer ya, y que después de años y años continuaría siempre joven en la memoria; al que nadie podría quitarle el nombre con que había sido bautizado por Alex, y confirmado por él: "Hermosa mañana". Recordó su despertar que hiciera jovial el anuncio de su criado: "Señor, es carnaval", y de pronto, aquellas palabras, repetidas veinte veces en sus oídos, tomaron forma: la forma de un ave negra de mal presagio que se hubiera cernido todo aquel día sobre sus cabezas, persiguiéndolos con un graznido fatídico. Como un alucinado, veíala allí, ante sus ojos, todavía revolotear...

Se levantó viento, un viento tranquilo y frío... Los árboles empezaron a murmurar, y a murmurar más lejos el mar... Todos esos murmullos parecíanle siniestros, repitiendo la misma cosa... De repente su pensamiento quedóse suspendido como por un hechizo en el momento más risueño de la fiesta: cuando Alex, presidiendo el festín de niños, habíase puesto de pie. Veíala abrir los labios para decir su sencillo brindis, tan lindo y tan sentimental, con su gracia suprema levantar la copa y beber por él. Comparábala, como la comparó entonces, que la tenía al lado, con sus hojas de hiedra y su cuello desnudo; con sus ojos brillantes y sus rosas, a una castísima bacante.

La sucesión de sus pensamientos lo llevó hasta el momento fatal en que la vió herida allí por él. Volvió a vivir aquel minuto de ansiedad horrible en que sólo vió la sangre... Todo lo que siguió pensando le agobió nuevamente, y cayó en el estupor.

En medio de este silencio, al que arrullaba el canto lento y monótono de las hojas, como un grito destemplado que interrumpiera una oración fúnebre, voces chillonas y carcajadas groseras llegaron desde el camino, detrás de las ventanas. "Adiós, mascarita –decían–. Adiós, che, recuerdos a Rosita"... Carcajadas estúpidas otra vez, y luego una de esas voces que se alejaban. "Bueno, hasta mañana, en el baile del viejo Jacinto... Mañana tampoco se trabaja: es carnaval".

Eran unas máscaras, tal vez sus mismos peones, que se retiraban de una fiesta.

Máximo llegó con esto al más alto grado de la nerviosidad, y apretóse de nuevo convulsivamente la cabeza con sus manos.

El largo corredor, alumbrado solamente por una lámpara permanecía a media luz... Pasó un tiempo, hasta que vió aparecer en un extremo, allá, una sombra blanca que se deslizaba. Reconoció a Alejandra.

Eugenia le había soltado el cabello humedecido para que el aire lo secara. Al verla avanzar en la penumbra, con sus cabellos rubios sueltos, la palidez que le producían la profunda conmoción y la pérdida de sangre, cierto extravío en la mirada de sus ojos agrandados; envuelta en los blancos pliegues de su bata flotante, se le representó aquella otra víctima ideal de la duda ajena: la dulce Ofelia.[120]

Acercóse a él; mudos permanecieron los dos mucho tiempo...Alex quiso él decir, pero no pudo. Tenía seca la boca y apretada la garganta... "Yo soy el autor de desgracias irreparables", era lo único que se le ocurría, para el caso en

---

120 *Ofelia*: Se refiere al personaje del drama Hamlet, de William Shakespeare

que hubiera podido hablar... "¿No lo sabe ella ya acaso?", pensaba también.

Alejandra comprendía lo que pasaba en aquel cerebro enloquecido, en aquella alma atribulada. Confundió su inmensa pena con la suya; la inmensa pena de perder a aquel ser que iba a morir; a morir feliz por él, por su cariño tierno, delicado y generoso.

¿Por quién la niña pobre había sido la niña rica, poseedora de todos los halagos de la vida? ¿Por quién aquella alma de elegida había conocido la suprema dicha "de dar"?... ¿Qué hubiera ella podido dar a sus "pobrecitos" sin su viejo tío?... Lo vió llegar a su casa solitario, perseguido por la idea que le torturaba, con el corazón crispado, sin una voz que lo consolara, que lo convenciera...Y entonces le habló, contestando a lo que ella sabía que él pensaba.

—No, Máximo; nadie es culpable de lo que pasa. ¿Lo sería yo por haber tenido la idea de iniciar una broma tan natural?... Un día u otro la hora pronto habría llegado.

—Alex... ¡Nuestra Stella! –pudo exclamar al fin.

Su voz se parecía a la de las hojas estremecidas por el viento. Alejandra apercibió aquel estremecimiento, y que sus gemas verdes, transparentes, con fosforescencias y reverberaciones como el mar, desaparecían detrás de las lágrimas. Él bien sabía que eran las primeras después de muchos años, y todo lo lentas que eran en llegar; todo lo que les costaba brotar de la fuente sellada de su pecho.

Corrieron también las de la joven, fáciles, copiosas, acostumbradas a brotar de la fuente de bondad y de ternura perenne en ella, y al mismo tiempo un sentimiento piadosamente maternal para el hombre de las sienes emblanquecidas... Las palabras del Eclesiastés vinieron a su memoria: "'Desgracia al hombre solo". Y vió otra vez su soledad; sonrió tristemente a los esfuerzos que él hacía para llorar y para no llorar, aproximóse, tomó su cabeza varonil, la recostó en su pecho, como solía hacerlo con la ligera, delicada, y finísima cabeza de su hermana, y con la voz que usaba para consolar a su padre, continuó diciéndole:

—No, viejo tío, no, "su" padrino; nadie es culpable. ¿No sabíamos todos que nuestra Angélica no podría vivir?... Era demasiado perfecta. Yo lo sabía desde que ella naciera... Preparémonos a beber el amargo cáliz.

Máximo se convenció al oírle estas palabras, que en aquel momento recién veía desplegar a las alas de aquella alma todo su vuelo. Comprendió recién a Federico Livanoff, y que se hicieran todos los sacrificios para evitar a aquella criatura un pesar.

Capítulo XX

Misia Carmen y sus hijas habían pasado mes y medio en Mar del Plata y encontrado allí grandes motivos de satisfacción.

Isabel, que tenia mucho amor propio, después de su pasada decepción, continuó frecuentando los paseos y las fiestas, obligando sus sufrimientos a ocultarse detrás de su sonrisa. Fué ella la más empeñada en ir, como todos los años, a la playa de moda, donde se reunió a sus amigas, a sus compañeras de los bailes y a alguno de sus festejantes. Mostrábase la más alegre y la más entusiasta para divertirse; nadie hubiera sospechado su doble herida abierta.

A los quince días de estar en aquel centro, una noche, a la hora de la comida, entró en el comedor, que rebosaba de gente elegante y de animación, Montero y Espinosa. Sentóse a la mesa que le había sido reservada, y se puso a comer tranquilamente, después de saludar a las personas conocidas que se encontraban a su alrededor. Su entrada hizo sensación, por la importancia que se daba a su persona y por encontrarse tan cerca Isabel.

Ésta, al verle entrar, sintió frío en la cara, lo que le advirtió que palidecía, pero continuó conversando mucho, riendo y saboreando el ananá al champagne que acababan de servirle.

Los tres primeros días que siguieron a la llegada de Montero, las de Maura cruzaron con él apenas un saludo, mas al cuarto, un amigo comedido invitó a varias personas a su mesa, y en ella se encontraron sentados casualmente al lado uno del otro los dos jóvenes. Mostróse él tan amable, tan casi humildemente amable, que la hermosa muchacha, viendo en ello una hábil manera de pedir gracia y olvido, dejó retoñar sus ilusiones. Su madre tuvo esa noche sueños muy claros.

Las invitaciones a comidas y a paseos se sucedieron; él dió las mejores fiestas de la estación y obsequió a las señoritas con un cotillón; la semana siguiente comía en familia con la familia de don Luis, como si se hubiera convenido de antemano suprimir ocho meses al año anterior. ¡Se camina ligero en Mar del Plata!

El mundo sancionó la reconciliación como había sancionado el primer compromiso, roto por intrigas y coqueterías de la prima –compromiso que sólo ellos dos sabían que no había existido sino en intención–, y fué tanta la felicidad de Isabel, que se alejó de su memoria todo aquello que no fuera color de rosa. A esa prima apenas la recordaba, y como algo de muy poca importancia. Recordaba patente ahora lo que en la casa había pasado siempre. A Montero lo había divertido el "exotismo" de Alex, provocado y alentado sus coqueterías; mas una vez lejos de la tentación ligera, el fuego de paja se apagaba y él volvía más rendido a la que ocupaba su corazón, y entre todas había elegido.

Los mismos que comentaron, riéndose, el chasco de una en quien tenían muchas cosas que envidiar, cuando la vieron triunfante otra vez, la ensalzaron y adularon, ensañándose, en desquite, con la otra niña que se curaba el alma lejos... se removió lo se había dicho, y se dijeron cosas nuevas de todo tamaño, las cuales hacían las delicias de Micaela, quien, detrás de su abanico daba datos de su invención. La reputación de Alejandra perdía nuevos jirones.

Regresaron a la ciudad y regresó Montero. Se le invitó a comer y la relación quedó establecida entre ellos en el mismo estado que se encontraba hasta la noche del baile.

Carmencita tuvo un niño más. Se esperaba sólo este acontecimiento, repetido ya ocho veces, para irse al campo a pasar un mes acompañados de don Luis. Se habló delante del joven de las dos estancias vecinas –el rústico "Ombú" y la soberbia "Atalaya"–, él demostró gran interés por conocerlas, y Máximo, encontrándose allí, creyó natural invitarlo a ir a la suya. Quedó convenido que lo haría cuando fuera la familia.

La impresión admirativa y entusiasta que causara en Montero la joven noruega, se había resuelto en un amor profundo, en una ternura ardiente, en una pasión lúcida y perenne. Cuando entendió lo que pasaba y se vió privado de Alex, sobre todo cuando supo que no estaba en Buenos Aires, lo dominó tal ira y tal indignación que por no cometer una impertinencia se alejó nuevamente a la semana de haber vuelto de su paseo al Uruguay. Esta vez se alejó solo y pudo reflexionar...en él no había llegado otra idea que la de ver y hablar a la mujer que lo poseía hasta hacerlo olvidar de todo lo demás, y, se dijo que el único puente para llegar hasta ella, era la familia; el enemigo mismo. Tenía razones para no escribirle, las tenía para saber hasta dónde se había sido injusto con aquella criatura, y le parecía que la conducta tenida con ella, a la cual calificaba de ruin y perversa, lo autorizaba a no tomar en consideración más que su amor y sus conveniencias.

Su ida a Mar del Plata respondía exclusivamente al interés de encontrar-

se con ellas en un terreno fácil a las reconciliaciones. Mostróse reconquista-
do, para poder abrirse las puertas de la casa a la que por un día, más tarde o
temprano, tenía que volver la ausente.

El lunes, Stella, en el "Ombú", continuaba en un debilitamiento tan grande que apenas le permitía abrir los ojos; el médico no se separó de ella un instante, y se quedó aquella noche a su cabecera temiendo un nuevo síncope; mas,
a la mañana siguiente, los remedios hicieron su efecto y se operó en ella una
gran reacción. Un suspiro de alivio salió de todos los corazones que se habían sentido apretados dos días por la angustia.

Alex tenía fiebre y hubo necesidad de curar la herida de su frente.

Máximo no se movió de la casa hasta el miércoles al amanecer, dejando a
todos tranquilamente dormidos. Necesitaba descansar.

Llegó el viernes, día en que se esperaba a la familia, la que había estado en
continua comunicación telegráfica con motivo de la enfermedad de la niña.

Stella, ya en estado de jugar con sus primitos, preguntó:

—¿Y tío Luis, viene también?

Se le respondió que su tío Luis, muy mejorado, había ido por unos días
con Emilio a la estancia de Puán, para pasar un mes después en el "Ombú".

La mañana siguiente Máximo, que entraba, notó en el sitio donde se acostumbraba parar los carruajes y los caballos, el break viejo de la estancia, y al
cruzar el comedor, oyó la voz de un hombre que hablaba bajo en la sala vecina. Creyendo que fuera el médico, detúvose a escuchar, pero en lugar de esa
voz oyó a la de Alex levantarse airada para decir:

—No era eso lo pactado; faltas a tu palabra. Tu compromiso conmigo
era un compromiso de honor.

Al oír que Alex trataba de tú a su interlocutor, su educación y su altivez le
impusieron alejarse. No lo hizo tan pronto que no le alcanzara la respuesta:

—Qué quieres, hija, cuando se está entre dos compromisos y no se puede cumplir más que uno, se debe abolir el otro.

Máximo reconoció la voz de Enrique.

—¡Por Dios, Enrique, no me dejes en esta ansiedad! —exclamó Alex, alzando más aún la voz, en la que había súplica e indignación.

Entró Máximo al cuarto de Stella desde donde sintió el ruido de la portezuela del carricoche al cerrarla Enrique, que iba a alcanzar el tren de las once para Buenos Aires. Acarició a la niña y se volvió a su casa.

A la noche estuvo nuevamente en el "Ombú" para saludar a la familia; en
el curso de la conversación dijo que había resuelto realizar su proyectado viaje a Chile, pues el médico encontraba que por el momento Stella no corría peligro, y que esperaba al día siguiente, sábado, a Montero, quien sería su huésped dos días.

Misia Carmen, Dolores y sus hijas, llenaban de halagos y caricias a la en-
fermita, cuya primera palabra había sido, como siempre, una dulzura amable:

—¡Abuelita... hubiera deseado tanto levantarme para recibirlas!, pero todavía no me lo permiten.

Como el día estaba lluvioso, fueron reuniéndose en su cuarto grandes y chicos, y se hizo allí el centro de la reunión. Máximo pasó la tarde jugando con ella y con los otros, armando el teatro de títeres, haciendo funcionar el cinematógrafo y caminar a todos los juguetes con cuerda.

Si hubieran visto las recién llegadas a Alex el domingo anterior, deslumbrante de hermosura, espíritu y alegría, habrían sentido tal vez despertar sus malos sentimientos en su contra, e Isabel perdido un poco de confianza en Montero y en sí misma. Pero no todas saben que los hombres suelen mirar a la mujer también por dentro, y ellas, al tener delante de sí a Alex desfigurada, penetrada de una pena que le quitaba toda su belleza, y una expresión de gravedad que la hacía menos joven, perdieron todo cuidado. La joven les inspiró tan sólo una profunda compasión y quisieron mostrársele solícitas y obsequiosas. Ella ni rechazaba ni aceptaba; su espíritu continuaba en una extremada tensión, en acecho de lo que pudiera sobrevenir, alerta para defender a su hermana... El médico, notando en ella síntomas de fiebre, le aconsejó salir al jardín y pasar unas horas al aire libre: el temor de enfermarse y verse privada de cuidar a Stella, la hizo obedecer. Ésta seguía tan animada, que se hablaba ya de dejar pronto la cama, y de ir a visitar el mar.

El sábado llegó Montero a la "Atalaya" y fué invitado a comer al "Ombú". Máximo, antes, pasó un gran rato con Stella, a la que traía unos canarios pruebistas, que había hecho comprar para ella en Buenos Aires a una compañía de circo que se ausentaba. Los lindos animalitos parecían querer desmentir con sus habilidades la fama que los franceses les han impuesto, dando su nombre a los imbéciles, y encantaban a su nueva dueña y a los primitos, sacando baldes de agua de un pozo, levantando papelitos con suerte, tirando un carrito de papel.

—Chist... –hacía a cada rato miss Mary, que los vigilaba.

A una mirada de extrañeza de Máximo por su insistencia en imponer silencio, ella le contestó:

—Es preciso guardar silencio, don Máximo, porque miss Alex se ha sentido mal; se ha recostado y hay que procurar que repose... Esa pobre joven ha tenido demasiadas conmociones.

—Tiene usted razón, miss Mary... esa pobre joven ha tenido demasiadas conmociones –repitió Máximo, y si en aquel momento hubiera entrado la pobre joven, habría visto en la expresión de su fisonomía y en la ironía amarga, que de vuelta ya se imprimía en esa boca, que empezaban a desplomarse sus lecciones.

Alex se excusó de sentarse a la mesa. La comida fué muy alegre. Ana María lo animaba todo contentísima por estar cerca de su prima y esperar a su novio, el cual debería llegar el domingo con Alberto. Isabel, muy buena moza, llevaba un vestido celeste –el "color tentador" de misia Carmen– y un ramo de rosas en el pecho. Montero mostróse amable, galante, jovial, conversador, y se retiró a las once de la noche con Máximo, quien antes invitó a la familia a almorzar al día siguiente, domingo, en la "Atalaya".

Una vez en su dormitorio, Montero se sacó la máscara: un rostro duro y ceñudo apareció. Tuvo un gesto de desafío... reflexionó... hizo su plan.

Máximo, en el suyo, antes de dormirse, pensó que las rosas que llevaba Isabel en su cintura durante la comida, no eran iguales a las llevadas por Alex el domingo anterior. "Tal vez son de la misma planta", se dijo, y esto lo condujo a pensar en la instabilidad de las cosas humanas, en la ironía de la suerte, en ese edificio sin cimientos levantado sobre la arena que es la vida... Cándido, al despertarlo a la mañana siguiente, vió sobre su cara dormida el velo gris de los días de *spleen*.[121]

—El señor Montero y Espinosa salió muy temprano a caballo, señor –precisóle el criado, incorregible en su sistema de información–. Roberto le ató la alazana del señor. Pidió que se le indicara el camino del pueblecito y preguntó la hora de la misa... ¡Ah! del "Ombú" han traído una canasta mandada por la señora Dolores. El peón que la trajo dijo que en ese momento la familia salía para la misa, y que después vendría a almorzar aquí.

Máximo se levantó; eran las nueve. Llamó a su mayordomo, un inglés que ocupaba el puesto hacia dieciocho años, y le dijo:

—Don Carlos, usted sabe que tenía resuelto un viaje a Chile. Me he ido apoltronando, y corro peligro de que la Cordillera me dé con las puertas en las narices. Aprovecharé, pues, el tiempo que aun me queda...Me iré mañana a Buenos Aires, y el jueves tomaré el tren para Mendoza...A usted nada hay que decirle, don Carlos. ¡Ah!, sí... Su hijo Carlos tiene pasión por los viajes y ha estudiado mucho el año pasado. Será bueno premiarlo. Prepáremelo y mándemelo a Buenos Aires el jueves por la mañana. Lo llevo de compañero; ya sabe que me entiendo muy bien con los muchachos.

Los ojos del inglés brillaron agradecidos, y contestó lacónicamente:

—Gracias, don Máximo; es usted un *gentleman* por dentro y por fuera.

Un cuarto de hora después, Máximo llegaba al "Ombú" como lo hacía todas las mañanas desde la enfermedad de Stella por el fondo, según costumbre. Cuando estuvo en el corredor, golpeó las manos; como nadie viniera, se paró en la vereda, en el mismo sitio desde donde aquella "hermosa mañana", Alex le arrojaba con su gracia incomparable sus serpentinas, y frente al aguaribay, desde donde él le enviaba las suyas con los ojos entornados, bebiendo lentamente el embeleso que le producía su frescura y la ciencia de sus movimientos. Su visión lo alejaba del presente, y lo conducía muy cerca del enternecimiento... Lo distrajo el ruido que hacían los vasos de un caballo golpeando el suelo; miró en treinta metros de distancia, en el comienzo de la avenida de paraísos, donde la había él lastimado, y vió a Montero, esbelto y elegante,

---

121 *Spleen*: (Ingl.) taedium vitae, postura de dolor romántico, tedio

en su traje de montar de pana gris acero, gorra, polainas y su látigo, de pie frente a ella, teniendo de la rienda la "alazana", escuchándola con la cabeza un poco baja... le pareció más indiscreto retirarse que permanecer allí dominando la escena, y se quedó, resignado a un rol que encontraba ridículo... Montero habló a su vez con aquel aire reposado que conservaba siempre, se quitó después la gorra e inclinóse muy bajo; Alejandra le extendió su mano, la cual estrechó él dos veces, montó a caballo y se alejó, sin preocuparse de las flores de las platabandas, que su caballo pisoteaba y sobre las cuales hacíalo él cruzar.

—Vaya, parece que será éste ahora el campo del Torneo... Falta una lanza: la de don Samuel –decíase riendo.

La risa se detuvo como impuesta a su pesar por el respeto que inspiraba la figura de dolor que se acercaba. Máximo veíala ahora en plena luz, libre del disimulo a que se obligaba delante de su hermana y de los demás, y quedóse asombrado del cambio que en una semana se había operado en ella. Impresionable como era, a su vista desapareció todo pensamiento; un sentimiento de compasión parecido al de las otras la reemplazó... Cuando estuvo más cerca, advirtió en su frente un pequeño cuadro de tafetán; el enternecimiento que había espantado Montero entró de nuevo a su interior, y ya sin resistencias dejóse dominar por él. En el andar de Alex había una inmensa laxitud; un profundo abatimiento en todo su cuerpo, del que no desaparecía, sin embargo, la gracia. Contemplábala armónica y melodiosa en su dolor como la había contemplado en su alegría.

Creyendo que su abatimiento no provenía únicamente de la enfermedad de su hermana, tuvo en aquel momento el generoso impulso de pedirle su confianza, toda su confianza, uno igual al que había tenido ella un día de dársela por entero, y salvarla así de las garras del conflicto en el cual la creía apresada . . . Mas, generalmente esos impulsos del corazón suben a la cabeza antes de nacer, hornalla donde prenden las ideas, pero en la que se apagan, al razonarlos, muchos sentimientos generosos y salvadores. El sentimiento caballeresco de Máximo apagóse así y se dijo lo que muchos dicen en estos casos: " ¡Qué me voy a meter yo a Quijote!" . . . Se limitó a decirle cuando estuvo a su lado.

—Hacía dos días que no la veía, sobrina... ¿Y nuestra Stella?

—He necesitado descansar un poco, Máximo –le contestó ya en el corredor, dejándose caer en una silla, con el gesto de un infinito desaliento–. ¡Pobre Rosa!, pronto le doy un ejemplo vivo de mis palabras: "la vida, Rosa, es tan cambiante...".

Él la miró sin saber qué decirle.

—No sé si será el estado físico en que me encuentro, pero no puedo verme libre de lo que he criticado tanto en otros: estoy llena de negros presentimientos... y tengo miedo, viejo tío...

Vió él a sus ojos pestañear muy ligero, y el movimiento de contracción que hacía su garganta al tragar. Un minuto después dejaba caer su cabeza vencida entre sus brazos cruzados sobre la mesa, como hacen los niños en la aflicción, y soltó el llanto, con grandes sacudidas al principio, hasta ser tranquilo y silencioso... Él, conmovido hasta el alma, se acercó; del mismo modo que ella lo había hecho con él, aligeró su mano para ponerla sobre aquella rubia cabeza dolorosa, y con palabras de esperanza y de aliento la consoló... ¿Por qué en aquel instante algo no reveló, algo no habló a aquel hombre de lo que pasaba en el alma de aquella mujer?... De estos silencios está lleno el destino.

Se dirigieron al cuarto de Stella; antes de entrar oyeron que cantaba con su voz dulcísima una canción de nodriza:

—Arrorró, mi niño – arrorró, mi sol, – arrorró, pedazo de mi corazón.

Y cuando la vieron desde la puerta les hizo, poniendo su dedo en la boca, un gesto muy expresivo de silencio, y señaló al recién nacido de Carmencita que ella hacía dormir en su regazo.

Máximo, al retirarse, dijo a Alex en el corredor, antes de despedirse:

—¿Sabe, sobrina, que me voy el jueves a Chile? Ya van siendo ridículos mis repetidos conatos de viaje sudamericano.

Se miraron en los ojos silenciosos largo tiempo, sin darse cuenta uno y otro del por qué... Se miraron, pero no el tiempo suficiente para que sus ojos penetraran hasta el pensamiento oculto detrás de la frente marfilina de ella, de la frente bronceada de él... Pareció que iba ella a pedir algo... tuvo un movimiento de cabeza que la levantaba y la sacudía, y contestó con la más perfecta naturalidad.

—Hace bien, Máximo. Es un delito en un americano que conoce todo el mundo, no conocer América, y si no se apura, pasará la buena estación.

Viendo reflejarse su propia imagen en el espejo de una jardinera colocada a su frente prosiguió, sonriendo con melancolía y señalándosela:

—Mire, viejo tío, allí, ese fin de otoño que ayer nomás era la señorita Primavera. Ya ve si pasa pronto la buena estación... Voy a pedirle una cosa: ocultemos su viaje a Stella, usted sabe cuánto le quiere, y su ausencia la afectaría. Le diremos que se ha ido por unos días a Buenos Aires.

Una tentación de abandonar toda idea de viaje lo asaltó; sintió un agudo dolor pensando en la Angélica, como solía llamarla, que lo quería hasta necesitar que se le ocultase su ausencia. Estuvo decidido...¿Por qué no lo hizo?... Por esas mil razones mezquinas e irrisorias comparadas con otras poderosas y supremas, y que como si el mecanismo de la balanza en que medimos unas y otras hubiera sido descompuesto por la suerte, son ellas las que pesan.

A las doce se sentaba la familia Maura, Montero y Rafael Palacios, llegado aquella mañana con Alberto, a la mesa de Máximo, espléndidamente puesta y espléndidamente servida.

Se charló, se hicieron programas. Isabel anunció, mirando a Montero, su vecino de mesa, que solamente hasta el 15 de abril permanecerían en el "Ombú".

Alberto con sus bromas, Ana María con sus risas, aumentaban el buen humor de los demás.

Máximo animó a Alberto a ir con él hasta Chile.

—¿Cuándo te vas? –le preguntó éste.

—El jueves; mañana me voy a Buenos Aires.

—Veré si puedo...

—Yo te allanaré cualquiera dificultad –le respondió en voz baja Máximo, conociendo la clase de dificultad de su sobrino político, a quien quería mucho.

Montero dijo a Máximo:

—Le advierto que me agrego a su comitiva. Me voy también yo a Chile con usted.

Se necesitaba todo el disimulo de la buena educación para que aquella reunión continuara en el mismo tono de jovialidad hasta del fin de la comida.

La resolución manifestada por Montero y Espinosa, en voz alta y cortante, en momentos en que se esperaba una resolución bien diversa, cayó como una bomba, hiriendo mortalmente a la hija y a la madre y llenando a los otros de una sorpresa indignada.

Aquella noche partió Montero para Buenos Aires.

A la mañana siguiente, el carruaje de la "Atalaya" esperaba a su dueño que iba a alcanzar el tren que lo conduciría a Buenos Aires, quien se despedía de su mayordomo en la terraza. Cándido, debajo de la escalinata, con una pequeña valija en la mano, esperaba también que bajara su patrón.

—¿Quién se ha permitido entrar a caballo al parque? ¿No saben que está terminantemente prohibido? –dijo el mayordomo de pronto, el cual, como buen inglés sabía respetar y hacer respetar las leyes públicas y privadas, y acababa de divisar un jinete que, atrevido, venía por una de las avenidas a toda carrera.

—Es el niño Albertito –dijo el cochero desde su pescante, al mismo tiempo que aquél detenía su caballo violentamente delante de la casa y con una cara y una voz alteradísima, gritaba:

—¡Máximo...Stella se muere!...Voy al pueblito a buscar al doctor.

Sin una palabra más, tocó su caballo, dió vuelta las riendas y salió a escape.

Máximo, muy pálido, bajó rápidamente la escalinata, subió al carruaje y ordenó a su cochero:

—Al "Ombú"...¡Vuela!

Capítulo XXI

El Astro habíase extinguido. Mas, como mandan sus hermanos —esos soles que brillan por sí mismos en el cielo— todavía su luz al mundo mucho tiempo después de apagarse, así dejaba él, de su paso por la tierra, su luminosa estela fecundante.

El cielo estaba azul, diáfano el aire, la luz brillante; nacía nuestro dulce otoño.

Las últimas rosas esforzábanse en durar, los últimos capullos en abrir para adornar su tumba. Las golondrinas demoraban su partida; ellas también, como todos los que pasaron por su lado, "volvían la cabeza para mirarla otra vez".

Las tres puertas del "Ombú" fueron abiertas de par en par, para dejar entrar por ellas a la gente de los alrededores; larga caravana que venía de Levante y de Poniente a dar a Stella su último adiós. El gaucho de nuestra pampa, el inmigrante de la hermosa Italia; el colono ruso, el español tendero del pueblito, los niños de la escuela al aire libre; los padres, las madres y los hijos se apresuraban a llegar.

Encontraron una blanca flor dormida, y las flores del jardín y de los campos que velaban su sueño.

La noche anterior, Máximo le había hablado a Stella que aún respiraba, tocado sus manos, pasado un fósforo varias veces por sus ojos. Cuando se hubo convencido de que aquellos ojos habían ya penetrado el gran misterio, aquellas manos flotantes hasta hacía un momento habíanse ausentado para siempre, aquella voz había entrado ya en el eterno silencio, que el aliento iba ya a helarse, tuvo un movimiento brusco de protesta y de dolor que interrumpió el recogimiento de la familia desolada arrodillada alrededor de aquel lecho de muerte, claro como una cuna, y agobiado por su impotencia, salió del cuarto diciendo:

—¡No quiero verla morir!

Pasó por el lado de Alberto, que en el corredor dejaba correr sus lágrimas tratando de calmar a su primogénito, quien abrazado de él sollozaba convulsivamente y era el único que había quedado allí, pues los otros niños, engañados, estaban desde la mañana con miss Mary en la ciudad.

Fué a tomar su caballo del ombú, montó en él, y al paso lento tomó el camino de su casa.

Llegaba al alfalfar, aquel verde tapiz. Era una noche de luna de una serenidad luminosa; en el cielo había una vida palpitante; las luciérnagas revoloteaban sobre el pasto. Su corazón contraído se abrió como la flor de una ternura que había empezado a germinar en primavera... Acababa de oír la voz que había dicho entonces: "No los persigamos, no los persigamos: son los espíritus de la noche"; de ver una guirnalda de niños corriendo alrededor de una joven vestida de muselina y coronada de multiflor, que le sonreía al gritarle saludándolo con la mano. "Mis buenos deseos, viejo tío... ¡Crea!... Crea en Mahoma, pero crea en algo"... Después volvió a verla desde allí, tal cual acababa de dejarla en aquel momento, de rodillas, calentando en sus manos las manos de su hermana, que se helaban; su corazón volvió a contraerse, y como si sobre sus labios se volcara toda la amargura que llevaba dentro, dijo sus palabras más amargas –reminiscencias de otras, pronunciadas un día– con la risa más amargamente acerba, y saludando también con su mano el vacío: "Sí, linda sobrina... sí, hermosa ninfa, sí, joven dríada... ¡Creo!... Creo en la verdad de la duda, en la realidad de la nada".

Miró su reloj: eran las dos. Prendió un cigarro y siguió andando ... De pronto, su caballo dió una espantada y se fué de costado ante una sombra: reconoció la tapera en la cual, como dos náufragos, con Alejandra se cobijaron... Un joven paisano pasó a caballo cantando; su voz varonil envió claros a los oídos de Máximo estos dos versos, antes de perderse a la distancia:

Soy un hijo de la sombra
que voy marchando a la luz.

Cándido, entre dormido y despierto, esperaba a su patrón.

—No me acuesto –le dijo éste con una voz cortante–. Prepara todo ahora mismo; nos vamos en el primer tren.

A las cuatro y media de la mañana, muy fresca, Máximo bajaba la escalinata de su terraza, con el paletó puesto, gruesos guantes y el sombrero blando muy caído sobre los ojos.

Sus criados y sus peones formados en dos filas para despedirlo, hacíanle calle para que pasara. Hizo a todos un saludo con la mano, sin abrir los labios. Al lado del carruaje lo esperaba su mayordomo, que al verlo acercarse abrió la portezuela.

—Bueno, don Carlos, no hay nada cambiado sino la fecha –dijo estrechándole la mano—. Mándeme el sábado a su hijo... No sé cuánto tiempo estaré ausente; pienso visitar Chile y el Perú... Hasta la vista... Dentro de una hora —añadió con voz más ronca y bajando aún más sobre los ojos el ala de su sombrero—, haga cortar las flores de los invernáculos y del jardín... todas, que no quede una sola, y mándelas al "Ombú"... ¡A la estación! —gritó al cochero.

Y el gran break de Máximo, conduciendo al Señor de la "Atalaya", pálido y taciturno, arrancó.

Capítulo XXII

El 2 de agosto, Máximo Quirós sentábase a almorzar con quince amigos en el comedor reservado del Grand Hotel. Había llegado tres días antes de Chile, el Perú y una recorrida a las provincias argentinas, y partía unos días después para Europa nuevamente.

Era un nostálgico crónico, fuera y dentro de su país. Lo que deben sentir los místicos cuando pensando en la Gloria repiten la frase: "Me siento desterrado en la tierra", Máximo –que no pensaba seguramente en una patria celestial– lo sentía.

Aunque salpicada de chispas ligeras, el tono de la conversación fué haciéndose serio y reposado, y con motivo de comunicar el anfitrión algunas impresiones de su reciente viaje, se llegó a tocar la cuestión Sud América; se pasó hasta el estado social y la política interna de la República.

Máximo dejaba caer de tarde en tarde una palabra amarga, pesimista, burlona, cáustica o previsora, que los otros, admiradores de su gran talento, recogían y pesaban. Se condenaba, se fustigaba . . .

—No hablemos, es mejor, de estas cosas –díjoles– ; más bien debemos fingir ignorarlas. ¿No les parece, mis amigos, que el confesarlas y no remediarlas se parece mucho a cinismo?

Se encontró que lo que él decía era la razón y era la verdad, y la conversación prosiguió animadísima, aleteando sobre el tema. A una observación que se hizo, Máximo agregó:

—Aquí se ocupan demasiado de las personas y muy poco de las cosas, de las ideas, de lo que permanece. Por eso nuestra política está llena de sorpresas y la sociedad de chismes . . . No es que los hombres sean peores que en otra parte; es cuestión de educación y de escuela ... Es la política de la aldea erigida en sistema de gobierno. Los rusos ejercitan más derechos políticos que nosotros, y el Zar tiene menos poder efectivo que nuestro Presidente. Poseemos la etiqueta de los grandes progresos. . . Hay síntomas atroces, que vemos los que estamos lejos. Se está en esos malos momentos que tienen los pueblos, en los que se menosprecia la verdad, y las virtudes arrancan sonrisas compasivas... ¿Saben de que me he asustado el otro día; yo, que ya no me voy espantando de nada?... De que en un grupo de hombres políticos, que no aparecían conformes con la situación ni con la marcha del país, se hicieran cálculos sobre la duración de la vida de los personajes influyentes, como único medio de que se cambiara el orden de las cosas... En la degradación romana fué ésa la preocupación de los políticos.

Gran efecto produjeron sus palabras en los presentes, y la conversación tomó un giro de apasionada exaltación. Un sacudimiento sintieron sus corazones viriles enervados, y sonrieron sus labios a una visión patriótica... Montero y Espinosa que había hecho el viaje con Máximo, volvía completamente subyugado por el ascendiente que ejercía sobre los que estaban cerca, y sintiendo bullir su sangre joven, púsose de pie para decir:

—Invito a mis compañeros a unirnos en un alto propósito: el de servir a nuestro país generosamente, sin más fin que su grandeza, entregándole, si es preciso, con el desinterés de un buen hijo, todo lo que somos y todo lo que poseemos.

A estas palabras pusiéronse igualmente todos los otros de pie y levantaron sus copas. Montero continuó:

—¡Por nuestra patria, por nuestra idea, por nuestro jefe Máximo Quirós –repitieron los demás en voz alta, con ardor y entusiasmo, reuniéndose para chocar las copas.

Máximo fijó su mirada en el grupo de jóvenes elegantes que parecían en aquel momento sellar el pacto de alguna noble conspiración y sintió él también hablar su sangre. Desapareció su palidez y sus ojos arrojaron chispas... Al verle así, cada uno de ellos volvió a su asiento, esperando atentos y vibrantes lo que su nuevo jefe iba a decirles. Éste paseó otra vez sus ojos a su alrededor y entreabrió los labios... Pero en aquel momento la mesa cuadrada del hotel, con su vajilla de metal, su centro de orquídeas arreglado por la florista y la rueda oscura de hombres desapareció. La magia del recuerdo ponía ante sí otra mesa larga, al aire libre, debajo de los árboles, cubierta de flores sencillas, rodeada por catorce niños, entre ellos una negrita con corales en el cuello y argollas en las orejas, presididos por una joven rubia, vestida de blanco y un ramo de rosas en la cintura, que esperaban también de pie y levantadas sus copas las palabras de un adolescente... Y Máximo, empalidecido, tuvo otra vez delante quince hombres de pie que lo esperaban...

—Los felicito y me felicito, mis queridos amigos, al verlos tomar el rumbo del deber –díjoles–. Agradezco intimamente el honor que me hacen al confiarme la dirección de sus trabajos patrióticos, pero me es imposible aceptarla... Me alejo: tengo imperiosos motivos para hacerlo. ¡Bebo por la realización de su idea, noble y alta!

Bebieron los otros con menos entusiasmo ya, el cual desapareció por completo cuando se convencieron que toda insistencia acerca de Máximo sería inútil. Éste, vuelto a su ironía, cortó con ella toda duda:

—Déjenme alejarme. Iré a buscar para ustedes un poco de agua del Jordán, y en Inglaterra estudiaré el perfecto mecanismo de su política, para un libro póstumo.

—*Per Dio e per la Patria!*[122] —exclamó Alberto, extendiendo su cuchillo como la espada de un hugonote.

Una carcajada general saludó su dicho y su gesto, crítica del hermoso movimiento de hacía un momento, y detrás del indiferentismo, como cubren dos nubes grises, al juntarse, un pedazo de cielo azul, la noble idea se ocultó.

Se servía el café y los licores; se fumaba y se hablaba de mujeres. El sirviente presentó a Máximo en una bandeja de plata una carta en sobre blanco, con un sello pequeño en lacre negro. La abrió sin apresuramiento y miró la firma: "Alex". Con un gesto de extrañeza, la leyó dos veces, pidió recado de escribir, la contestó y entregó su respuesta al sirviente que la esperaba.

Máximo había abandonado hacía cuatro meses la "Atalaya" con el corazón despedazado.

Cuando advertido por el grito de Albertito: "¡Stella se muere!", corrió ese día al "Ombú", presenció allí una de las escenas más tocantes del drama de Stella.

Los niños se iban a la ciudad con miss Mary, engañados —habíaseles dicho que se adelantaban a los grandes, quienes llevarían a la tarde consigo a la enferma, que necesitaba curarse–, y entraban, en el momento en que él llegaba, a despedirse de su compañera, sin sospechar que era aquélla la última despedida. Ella, sentada en la cama, recostada en una pila de almohadas, pálida, fina, pulida como una estatua de marfil, esperaba serena y uno a uno iban ellos desfilando por su lado, recibían su beso, decíanle "hasta luego" y se retiraban.

Al llegar el turno de la Muschinga, dominada ésta por algo augusto que veía en aquel semblante, por primera vez en su vida experimentó un sentimiento de respeto, un sobrecogimiento, y no atreviéndose a besarla, besó su mano. La Angélica entonces estiró sus brazos, y la niña blanca y la niña negra se abrazaron en el umbral de la nueva vida en la que la primera la precedía.

Los pequeñuelos salieron, caminaron por la larga avenida volviendo sus cabezas... La que se quedaba estiró la suya y clavó su mirada en ellos hasta que desaparecieron a lo lejos... "Stella seguía largo tiempo con los ojos el vuelo de los pájaros...".

A Máximo costóle mucho alejar de sus ojos la visión de aquel momento. Aquella mañana en que tomó el tren de las cinco y diez para Buenos Ai-

122 *Per Dio e per la Patria*: (it.) por Dios y por la Patria

res, justamente media hora después de expirar Stella, había llegado al hotel, y ayudado por varias dosis de sulfonal, dormídose profundamente diez horas. Al despertar comenzó la lucha encarnizada para destruir sus pesares y cerrar los ojos de su pensamiento, que se abrían muy grandes para mirar lo que estaba pasando en el "Ombú". No quiso saberlo; calculó que su Astro suave y adorable, su Princesa de leyenda, la gentil, única Stella, no estaba ya en la tierra, que su hermana se quedaba en la desesperación, y fiel a su viejo sistema, no volvió a nombrarla y procuró olvidar.

El sábado siguiente subió al tren que lo conducía a Mendoza, acompañado por Montero y Espinosa, el hijo de su mayordomo y Cándido. En el trayecto siguió rechazando los recuerdos que como un enjambre de mariposas blancas y negras cruzaban su pensamiento. Siempre persistía, sin embargo, en aquel pensamiento, que él se empeñaba en rechazar, cual una lucecita en el fondo de una caverna, la mirada de aquella niña que un día besó sus labios sellando un pacto.

Encontró que la presencia de Montero tenía para él una doble ventaja, era un compañero agradable sin ser alegre, de un tacto exquisito, y le recordaba cosas que le ayudaban a olvidar... Recorrieron Chile y el Perú, bien agasajados y obsequiados como tenían que serlo personas de su posición y de su fortuna; regresaron en junio y dos meses más emplearon en conocer algunas provincias de su propio país.

Cuando volvieron a la capital, el antiguo Máximo había renacido todo entero.

Estuvo en casa de su hermana Carmen; todo en ella le disgustaba. Su cuñado había tenido una recaída. Apenas convaleciente, la muerte de su sobrina lo había desplomado nuevamente y en aquellos momentos se encontraba en Puán con Emilio, por prescripción médica. Al rato de entrar, cambió de asiento para evitar el mirar un gran retrato de Stella colgado en la pared del costurero donde se reunía la familia.

Por las conversaciones, el tono, los objetos que a ella habían pertenecido, diseminados por todas partes, y aquel retrato en el que se habían colocado flores frescas, comprendió que Stella vivía todavía en aquella casa. Una gran tristeza sintió viendo entrar a su hermosa ahijada, a la arrogante Perla, delgadita y pálida, con su cabeza despojada de su cabellera. La niña había estado gravemente enferma; la muerte de su amiga hábiale producido una desesperación cercana a la locura, después una fiebre con alucinaciones, y un debilitamiento al fin, que todavía se combatía en ella... Por lo que oyó, se dió cuenta que Alex se había quedado en la estancia con Eugenia cuando la familia regresara a Buenos Aires, después de depositar a Stella en el pequeño cementerio de campaña, según su hermana lo deseaba, pero que se había visto precisada a trasladarse a la ciudad para calmar a la Perla, que la llamaba noche y día.

La carta que recibiera de Alex, y tanta extrañeza le causara, no decía sino lo siguiente:

Mi amigo: He esperado con impaciencia su regreso porque necesitaba comunicarle cosas de verdadera importancia. Acabo de saber que usted se encuentra en Buenos Aires ya. Le pido quiera tener la bondad de acudir a mi llamada lo más pronto posible, y como lo que debo decirle es reservado, quiera llevar esa bondad hasta molestarse en subir a mi salita.

"Su amiga, Alex.

Él le contestó, poniéndose a sus órdenes y anunciando su visita para aquella misma noche, a las ocho y media.

—¿Qué me querrá? –pensó.

Nuevamente sufrió el malestar de aprensión, y se sintió pinchar por la lanceta de escorpión de la sonrisa de su hermana Micaela, cuando había dicho hacía un año "Máximo es uno de sus blancos".

Capítulo XXIII

—Sírvase usted esperar un momento, señor. Miss Alex va a venir dentro de poco; hace dormir a la Perla, que ha tenido un día muy agitado y no quiere separarse de ella.

Esto decía a Máximo miss Mary aquella misma noche a las ocho y media, introduciéndolo en una salita muy clara. Se retiró la inglesa y él quedó solo allí recorriéndola con la vista, acercándose a los objetos que llamaban más la atención. Muy sencilla, tenía la vida, el sello tan personal que sabía dar Alex a las cosas. El ojo experto del millonario vagabundo descubrió en el acto cuatro cuadros notables. Una mujer vestida de manola, y la cabeza de un perro, que le hicieron decir: "El legado de Federico Livanoff"; un retrato de Ana María antes del nacimiento de Stella, sonriendo, con una rosa en los cabellos, y un grupo que se detuvo a contemplar largo tiempo. Delante de una mesa, un hombre bellísimo daba una lección sobre el mapa polar a una niña, en cuya fisonomía aparecía la inteligencia, la atención, y una reflexión rara en una criatura de la edad que representaba tener la del retrato. Máximo sonrió a aquella figurita de vestido azul de colegiala, y con su trenza sobre las espaldas; sonrió a la ancha frente y a los grandes ojos expresivos de Alejandra adolescente... Sobre la chimenea, otro gran retrato de Gustavo con el paletó, el gorro de pieles, las gruesas polainas de su traje de explorador... Más abajo Stella miraba a los que la miraban con sus dos astros melancólicos, sus dos ojos llenos de lo infinito. Aquí y allá esparcidos mil objetos recuerdos de viajes y de amigos y muchos libros... En un marco blanco *laque*, reconoció la flor de caña que la noche del baile Ana María arrancara de sus manos para dársela a su prima. Sobre la mesa del centro, verdadera mesa de trabajo, larga y ancha, una lámpara cuya luz tamizaba una gran pantalla.

Empezaba a sentirse conmovido en aquel ambiente íntimo y tibio, suave y familiar, que en todas partes creaba a su alrededor la joven que tanto conocía, y a la que desconocía tanto. Pero no quería demostrarlo y repitió dos veces la divisa del viejo reloj italiano: *Cheto fuor, conmoto dentro*[123].

Sintiendo ruido en una de las puertas interiores, a sus espaldas, se volvió y percibió a Alex, delgada y pálida, vestida de luto, destacándose de todo aquel negro de su traje, la línea blanca del hilo duro de su cuello. La saludó inclinándose muy bajo en silencio, mientras ella se detenía silenciosa también a la distancia... Pasaron minutos, levantó él la cabeza y la miró; ella avanzó y le extendió su mano, que él estrechó... Aquel silencio hablaba; ¡cuántas cosas se decían en aquel silencio!

Un momento después, Máximo sentóse en un sillón, a cierta distancia de la silla en que ella lo hacía, al lado de la mesa cruzada entre los dos.

El corazón de Alex palpitaba con violencia al ver a Máximo por primera vez desde que los ojos de su hermana se habían cerrado a la luz, pero acostumbrada a vencerse, porque vivía entre extraños, hizo un esfuerzo, y su alma toda encogida se enderezó.

—Máximo –empezó ella–, ¿ha extrañado usted mucho que le haya llamado, cuando todo le acusaba de "habernos" abandonado?... Una noche le dije en una fiesta, delante de un espejo, que no había que fiarse de las apariencias. ¿Me fiaría de ellas yo ahora, para condenar a "nuestro" amigo por su deserción en horas de tan amarga prueba, que "aparece" como una frialdad de alma, una sequedad de corazón para "nosotras", cuando bien sé que ha sido una consecuencia de aquella cobardía para ver sufrir, de aquella fuerza invencible que lo empujaba a huir ante la emoción y ante el recuerdo? Todo aquello, ¿se acuerda? que yo pretendía combatir en el viejo tío... No, padrino de la Perla; mi fe en "nuestro" amigo es demasiado sólida para que el soplo de la apariencia pueda disiparla.

Máximo comenzaba a sentir la influencia ejercida siempre sobre él por aquella voz dulce y plena, con notas más suaves y más profundas, como si fuera el alma quien las lanzara en los distintos movimientos que hiciera para sentir. ¡Cómo reconocía aquella voz! ¡Cómo reconocía a la Alex del "Ombú" en su manera de expresarle que no había dudado de él y de demostrarle que la Angélica aún vivía, estaba y estaría siempre entre ellos, que la misma muerte no podría impedir que fueran todavía "las dos hermanas".

—Sabe usted, Alex, cuánto yo "la" quería...

No pudo él decir otra cosa.

—Sí, Máximo, si no hubiera sido así, habría sido usted un ingrato... "Ella" le quería con toda la fuerza y el ardor de su alma; de su alma tan ardiente y tan grande que faltándole espacio para desplegarse necesitó remontarse a las alturas.

Comprendiendo que no abría los labios porque lo enmudecía el enternecimiento, se detuvo, se levantó, dió unos pasos para serenarse y sentándose prosiguió con voz muy firme:

123: *Cheto fuor, commodo dentro*: (it.) "quieto por fuera, agitado por dentro"

—Máximo, necesitamos de toda nuestra serenidad: yo, para decir lo que debo decirle; usted, para seguir mis palabras. No son los recuerdos dulces y dolorosos que asomaban a mis labios, lo que nos daría esa serenidad.

En el acto, como si ya hubiera ella dicho, huyó de él aquella sombra que al recibir su carta le insinuaba el camino de las interpretaciones. Esperó atento; aquella mujer que tenía delante mirándolo a la cara, seria, grave, derecha en su asiento, buscando de esas palabras breves y concisas que llegan más rápidas y más directas, tenía que decir ahora, cuando hablara, cosas graves, serias... tal vez terribles.

—Muchas veces me he reprochado –continuó–, el no haber obedecido a la voz que me aconsejaba confiarme a usted, Maximo... Recuerdo las tres veces en que esa voz fué más imperiosa y más alta: el día en que nos cobijamos de la tormenta en la tapera; la mañana del domingo que la familia y Montero almorzaron en la "Atalaya"; y sobre todo aquella otra mañana en la cual volviendo yo de casa de don Samuel Montana, nos encontramos frente a frente en la calle Maipú.

Llamó tanto la atención de Máximo que ella no excusara ciertos nombres y los pronunciara claramente y sin vacilaciones; más, que de igual manera pronunciara, "volviendo yo de casa de don Samuel Montana", que su curiosidad creció.

—¿Por qué no lo hizo entonces? –preguntó sin intención sino la de no parecerle indiferente.

—Porque aun no le conocía bastante: era la época en que todavía éramos camaradas, primero; después, aquel día que usted me vió perder toda mi fuerza, y le revelé negros presentimientos, los cuales pronto se cumplirían, porque no estaba segura de tener el derecho de contarle lo que hoy estoy autorizada a contar... ¡Cuántas cosas irreparables se hubieran evitado si le hubiera hablado entonces!... Ha pasado el tiempo de las ambigüedades; vamos, pues, derecho al asunto. Bien sabe usted cuál es mi situación cerca de la familia de mi tío Luis y cuales son los motivos; cuánto es el cariño y la consideración que me inspira quien fué para mamá padre y hermano, quien amparó a sus hijas, les abrió su "corazón y su casa" y les habría evitado toda humillación y toda pena si hubiera sido sospechada alguna de ellas... Mi tío no sabrá jamás que la hija mayor de Ana María y de Gustavo, bajo su propio techo, sufrió un día persecución... No necesito explicarle, Máximo, todo lo que habré sufrido yo, extranjera, aislada, sin amistades ni relaciones, enfermo de gravedad el único ser a quien hubiera podido al principio recurrir, durante aquel tiempo en que maniatada de pies y manos me veía obligada por razones supremas a respirar una atmósfera de odio y de menosprecio. Cuando comprendí y entendí que para salvar vanidades se arrojaba mi nombre como alimento a esa serpiente insaciable que se llama la maledicencia; cuando la sentí enroscarse en él como en mi propia carne... No puede usted concebir lo que es comer el pan ajeno, aunque se tenga la conciencia de ganarlo... A todo el que tenga un poco de esa conciencia y un poco de corazón, sería innecesario mostrarle la razón por que permanecí en la casa mientras vivió mi hermana; pero después... ¿Hoy?... ¿Por qué no me voy a llorar, a consolarme a mi tierra, no es cierto, Máximo?

Su tranquilidad había ido disminuyendo, hasta convertirse en una exaltación sin violencia. En Máximo había ido creciendo la atención hasta convertirse en ansiedad. Le pareció al último que ella aludía a preguntas que más de una vez habíase hecho a sí mismo anteriormente, preguntas que ella hubiera transparentado entonces, y a las que recién hoy respondiera; sintió un rubor y miró la alfombra.

Alex se levantó, fué hasta una pequeña mesa colocada en un extremo de la sala, llenó una copa con el agua helada contenida en una preciosa jarra de cristal y plata que estaba sobre ella, la bebió, hasta el fondo como si quisiera ahogar las palabras que se acumulaban en sus labios; serenóse, volvió a su asiento y continuó:

—Va usted a saberlo. Al poco tiempo de llegar a Buenos Aires, viéndose Emilio precisado a ausentarse a la estancia que su padre posee en Puán, me pidió que lo reemplazara mientras tanto cerca de él, de quien era el secretario y cuyos libros de contabilidad atendía. Le he dicho ya, que desde el primer tiempo mi primo Emilio y yo simpatizamos; al poco tiempo fuimos amigos, yo lo ayudé a preparar su examen y él depositó en mí su confianza. Emilio es muy completo; si en lugar de tener diecinueve años hubiera tenido veinticinco, lo que ha sucedido se habría reparado o no habría sucedido. Antes de ausentarse, me dijo: "Alex, papá está enfermo; yo soy el único en saber, entre quiénes realmente lo queremos, cuál es su mal. Me voy por él, porque es necesario que me vaya. Te confío su tranquilidad. Conozco tu discreción y tu clarividencia; si llega el caso de emplear la primera, será porque la segunda te habrá iluminado; si éste no llega, es mejor que ignores lo que él sabe a medias y yo por entero. Pero fíjate bien, Alex: a todo papel que llegue al escritorio lo debes abrir tú, y si encuentras en alguno de ellos algo que no entiendas o entiendas demasiado, no se lo muestres y telegrafíame".

Máximo levantó la cabeza, miró a Alex y su entrecejo se plegó.

—Un día que había salido a la vereda, para acomodar a mi Stella en el carruaje en que iba de paseo con sus primitos, al entrar, vi a una persona tocar el timbre de la puerta de calle. Un presentimiento tuve en aquel instante y desde el vestíbulo me volví y le pregunté a quién buscaba. Buscaba a mi tío y con urgencia. Llevada siempre por aquel presentimiento, le contesté que mi tío estaba en cama desde hacía dos días, y le insinué que podía comunicarme lo que deseaba decirle. "Es un asunto delicado y urgente; se trata de negocios ... de intereses, y convendría que él lo supiera". "Señor, le dije, yo soy su secretaria, llevo sus libros, soy su sobrina, casi su hija; creo, pues, estar en el caso de pretender lo que puede afectarle". Lo hice entrar al escritorio y allí, convencido, me dijo: "Señorita, soy escribano, y como estimo mucho a don Luis, venía a comunicarle que del Banco Español me han llevado un pagaré para protestar. Hay tiempo hasta mañana; tenga usted la bondad de avisarle; yo no haré nada hasta las diez". Yo, que pensaba mientras él hablaba, le comuniqué mi certidumbre de que aquello sería una equivocación, pues yo misma había entregado el dinero para levantarlo. Una vez que el escribano se marchó, no habiendo tiempo para que Emilio pudiera arreglar nada desde lejos, y deseando evitar en lo posible mortificaciones a mi tío, ya muy delicado, llamé a Enrique, y segura de que era todo esto un malentendido, le referí lo que pasaba y le pedí que arreglara el asunto. "Si, me dijo, es una equivocación, pues ese documento está pagado; no te apures, mañana quedará aclarado". No volví a pensar en ello. A los dos meses...

Se detuvo un momento; súbitamente, sintiéndose mordida por el recuerdo de sus sufrimientos, se levantó rígida de su asiento, y con una expresión de desprecio y una voz que enronquecía la indignación, dijo sin poderse contener:

—¡A los dos meses supe que Enrique Maura era un villano que robaba a su padre!

—¿Qué? —exclamó en un grito ahogado Máximo; dió un salto desde su asiento como un felino hasta la mesa, la miró en los ojos, y como un perro de presa, púsose en acecho de las palabras que tenían que salir nuevamente de sus labios.

De todo lo que ella había dicho, lo único que le importaba, lo único que había oído, lo único que recordaba, era su última frase: "¡Enrique es un villano!". Sí, eso era lo que abrillantaba sus ojos, lo que le había hecho saltar, lo que quería oírle repetir.

La joven se tranquilizó, y prosiguió:

—Los detalles los tendrá usted después, bástele saber por hoy que Carlos, en especulaciones, ha abusado del crédito de mi tío, y Enrique, antes de llegar hasta lo que le referiré más tarde, no sólo lo había ya comprometido hipotecando su estancia de Puán, cuya administración le estaba confiada, sino también dispuesto para sus gastos particulares de todo lo que ella producía, dejando a descubierto los servicios hipotecarios. Carlos hacía por su lado igual cosa con las casas de la ciudad. Se contaba siempre con la influencia del crédito del padre... Cuando mi pobre tío, que había confiado sus intereses a sus hijos mayores, se dió cuenta de lo que sucedía, les hizo observaciones y les retiró su confianza... Sólo Emilio y yo sabemos todo lo que él ha sufrido, y su temor de que pudiera la familia traslucir algo de lo sucedido, o lo traslucieran los extraños; esto último hubiera alarmado y su ruina habría sido total... Nos hizo prometerle, bajo nuestra fe, no revelar a nadie su situación... Y comenzó la lucha de mi pobre tío para buscar y encontrar el dinero necesario que pagara lo más apremiante, sin que en plaza se apercibieran de que lo buscaba porque le faltaba... Fué entonces cuando Emilio y yo vimos más lejos en el proyecto de matrimonio con Clara Montana, y le hizo exclamar un día en la mesa delante de todos los demás: "Pero debes apurarte". El padre de Clara era el principal acreedor de mi tío Luis.

Máximo aprovechó una pausa para respirar muy fuerte; respirar por el largo rato que había permanecido comprimiendo su aliento; y volviendo a tomar su frente con la mano, siempre clavados sus ojos en Alex, siguió escuchando.

—El pobre Emilio, que adora a su padre –continuó ella–, y le veía taciturno apagarse, lo que es una forma de desesperación, hizo lo único posible en su caso: se resolvió a dejar la ciudad; irse a Puán y tratar de levantar aquel establecimiento que sólo gastos producía... La idea de tener que reducir los de la familia, quitar el brillo a su fausto, magnificencia a su existencia; el saber que los bienes patrimoniales de su mujer estaban también comprometidos, mantenían a mi tío en un estado de continuo sobresalto y angustia que tenían que traer una alteración en su salud ya debilitada. La neurastenia, esa roedora de energías y voluntades, cayó sobre él, Wernicke, gran psicólogo, comprendió una causa moral en el estado de nuestro enfermo, y le ordenó un reposo absoluto. Emilio y yo nos dedicamos a mentirle; únicamente la mentira podía salvarlo. Había propuesto ciertos arreglos antes de enfermarse, en los cuales veía su salvación. Emilio le aseguró que habían sido aceptados y algo se tranquilizó... Un drama más terrible había en el fondo de todo esto y del que únicamente yo era espectadora: el drama de la cólera, de la indignación, del odio de Emilio para el hermano, causa de los desastres que amenazaban derrumbar el hogar, la vida del padre. ¡Cuántas veces he debido calmar al generoso y vehemente muchacho! ¡Cuántas me ha desvelado la preocupación de que llegara el momento en que no pudiendo contenerse cometiera un acto de violencia! Yo fuí quien lo condujo hasta la resolución de ponerse al frente de la estancia de Puán y ser el salvador de la familia; mi intención era alejarle... Cuando llegó usted de Europa, las cosas apuntadas débilmente por nosotros iban a caer con toda su fuerza, venciendo los débiles puntales... Mi tío, a quien todavía no se había declarado enfermo, intervenía en sus asuntos aún. Un día me llamó y me dijo: "Mi hijita, hoy han traído el aviso de un vencimiento, lo que debe ser un error, pues en mi libro de apuntes no figura. Dile a Enrique, si viene mientras yo no estoy, que pase por el Banco Español y averigüe de qué se trata"... No tuve sino mirar la cara poco inteligente de mi primo en el momento de repetirle estas palabras, para convencerme que algo incorrecto había en el asunto, y más con los antecedentes que tenía yo de su conducta anterior. Se puso rojo, tartamudeó, empalideció y me dijo: "Ese documento existe y no tengo dinero para pagarlo". "¿Cómo puede existir lo que no existe?" le dije yo, recordando aquel otro pagaré amenazado de un protesto de dos meses atrás. "Mi tío no tiene conocimiento de nada, ni yo tampoco, que soy quien pone en limpio los apuntes hechos por él prolijamente". Viendo que no contestaba, añadí: "Es necesario, Enrique, que inmediatamente quede esto arreglado; mi tío no está en estado de tener desvelos... cuando lo que necesita es dormir". Mis ojos debieron expresarle mi sospecha, mi indignación y resolución de defender la salud de su padre, porque me dijo todo, creyendo el infeliz no decirme nada. "Este pagaré es una renovación del otro... que aquella tarde trajeron para protestar". "¿Cómo, exclamé, si mi tío no sabe nada de esto?... ¿Cómo, si él no ha firmado ese documento?". Al no contestarme, levanté los ojos y le miré; no necesité más. "Enrique, dije en voz baja, eres tú quien ha firmado ese documento por mi tío... Anda, busca ese dinero, y que él no sepa nunca lo que le llevaría a la muerte". Durante cuatro días, Enrique buscó el dinero. Para la gente de su mundo, era el hijo de un rico; pero las narices de los prestamistas sabían ya a qué atenerse... No podré nunca olvidar las agitaciones pasadas el día que llegó usted de Europa, Máximo. Mientras en la sala del piso bajo Enrique cambiaba un compromiso con la heredera del más fuerte acreedor de su padre, yo, a puerta cerrada, en un cuarto interior, compraba a un usurero de la peor especie la vida de mi tío y el honor de su casa. Enrique, a quien éste había entregado hacía tres meses el dinero para levantar aquel documento fatal, lo había jugado. Atolondrado y de una inteligencia cerrada a toda luz, como usted sabe bien que es su sobrino, olvidó la fecha de su vencimiento, y cuando yo le conté aquello del protesto, en la imposibilidad de pagarlo, imitó la firma de mi tío.

Máximo, mudo, tenía en los ojos clavados en Alex una fijeza fascinadora y atenta; oía... oía...¡quería oír hasta el fin!

—No olvidó, no, el otro vencimiento; buscó el dinero, y no encontrándolo, esperó. "¿Qué iba a hacer?" me contestó. Sí, ¿qué iba a hacer?... Bien sabía que un padre no manda un hijo a la cárcel... Pero yo sabía también que mi tío, el hermano de mi madre, ese hombre todo bondad no podía saberlo, y en vez de perder tiempo en reproches, empujé al mal hijo a buscar los medios de evitarle esa amargura. Los hechos más corrientes y más simples resultan complicaciones en las horas de tribulación; casualmente su llegada y la visita de Clara, aquel día, obligando a Enrique a ocuparse de ella y de usted, no le permitían atender al usurero que debía venir a tratar el asunto con él y tuve que hacerlo yo. Recuerdo, como si pasara ahora, que al manifestarme, aquel hombre que el dinero de que disponía estaba casi comprometido con algún otro ahorcado, y recién podría contestar a las cinco, es decir, dos horas después, en el temor de verlo irse y ver así perdida la única esperanza, le pedí que esperara un momento, bajé corriendo la escalera interior, entré al comedor y no siéndome posible hablar a Enrique que se encontraba en la salita, traté de hacerle comprender algo, llamándolo por el espejo en el cual lo veía reflejado... ¡Ah, Máximo, qué angustia!

El semblante de Máximo aparecía en aquel momento del color gris de duelo de la ceniza; pero siempre mudo, quería oír hasta el fin.

La joven había vuelto a sentarse, con sus manos cruzadas sobre la mesa, en cuyo extremo opuesto, Máximo apoyaba el brazo, que sostenía su cabeza.

—Abrevio. Mi tío cayó enfermo, la enemistad de Emilio para con su hermano aumentó, y éste siguió jugando y derrochando. Una nueva ansiedad para mí era su noviazgo, pues a cada momento me parecía que algo podía llegar a oídos del padre o de la hija, y éste romperse... Comprenderá ahora usted, el interés que debía tener yo en la realización de ese matrimonio.. .La hostilidad de la familia en contra mía aumentó, conocí las armas con que se me hería y no pude ni combatir, ni huir....Llegó un momento en que llamé a Emilio, porque unas acciones de mi tío habían sido caucionadas por Enrique anteriormente, sin autorización, e iban a perderse; aquél, un día u otro, las pediría y todo se iba a descubrir... Se necesitaban cinco mil pesos, cantidad que faltaba a Enrique para rescatarlas; no los encontraba y no había tiempo que perder. Don Samuel Montana...

Al oír este nombre, Máximo murmuró: " ¡Ah!", adelantó todo el cuerpo, y después de un segundo se paró.

Alex paróse también involuntariamente y prosiguió:

—Don Samuel Montana me había demostrado siempre una especial consideración, en la cual los otros, y sobre todo su hija, veían un interés marcado... lo que no me traía ciertamente su simpatía –y por un segundo una reminiscencia de su linda sonrisa rozó sus labios–. En las manos de aquel hombre estaba la salvación. Toda una noche pasé meditando; me levanté resuelta a realizar el consejo de la noche. Don Samuel tiene una galería de pinturas; muchas veces habíamos hablado de ella los dos... Me parece haber contado a usted que Federico Livanoff me legó tres cuadros. Tomé uno de ellos –el paisaje de Corot– y salí con él en las manos... aquella mañana, Máximo, que nos encontramos usted y yo en el zaguán.

La misma interjección de un momento antes salió de los labios de Máximo: "¡Ah!", y se percibía aún mayor ansiedad en él.

—Las mujeres no nos engañamos en ciertas cosas; yo sabía que de don Samuel Montana no tenía nada que temer. Recordaba sus ojos cuando me miraban... Un gran asombro se pintó en su fisonomía al verme en su escritorio, parada frente a él. "¿Qué hay, señorita Alejandra?", me preguntó. Sólo con estas palabras me reconfortó: era decirme que se daba cuenta de que algo anormal sucedía para que yo me encontrara allí.

"Señor Montana –le dije mirándole a la cara–, necesito cinco mil ciento cuarenta y dos pesos, ni más ni menos. No tengo crédito, ni tengo bienes que hipotecar; usted es banquero y usted es mí amigo; aquí le entrego mi cuadro de Corot". Me miró a la cara, como lo miraba yo, sentóse en su escritorio, firmó un cheque, y sonriéndome con una ternura que no le hubiera sospechado, me estiró el cheque con su mano derecha, y con la izquierda recibió el cuadro que yo le entregaba. En letra clara, marcaba la cifra cinco mil ciento cuarenta y dos pesos, ni más ni menos, como se lo exigía. Le extendí mi mano, que él estrechó entre las suyas. Había tenido la delicadeza y el tacto de no haber pretendido mostrarse generoso. De pronto, animada por su conducta, cesó la lucha que había dentro de mí y le pedí que salvara a mi tío. Comprendí que ignoraba los manejos de Enrique; pero no que la situación era angustiosa... Abrevio –repitió Alex–. Tocó él un timbre, apareció un empleado a quien dijo algunas palabras, y éste volvió a salir. Regresó un momento después con una gran carpeta y se retiró. Montana buscó, apartó unos papeles que había en ella y tomó otros en la mano. "Querida señorita Fussller –me dijo–, estos papeles son los compromisos que conmigo tienen varios miembros de la familia Maura: Carlos, Enrique y Alberto. Desde este momento no existe documento que los acredite". Se acercó a la chimenea apagada, prendió un fósforo y con toda tranquilidad los quemó. "En cuanto a las deudas de su tío, ellas son con la casa bancaria; pero vaya usted tranquila, yo saldré garante... y cuando él se mejore, hablaremos los dos como hombres de negocios... Sí; vaya tranquila, que yo salvaré por usted a su tío..."

Máximo tomó en ese instante la pantalla de la lámpara y con un movimiento brusco la arrancó. Alex quedó bañada por la luz... Vió ella en su mirada tal intensidad, que se detuvo y prolongó su silencio.

—Alex, continúe... ¡continúe, por Dios! –exclamó en un tono tan vehemente que la sobrecogió. Era la misma vehemencia ansiosa que sobrecogiera a su hermana seis meses antes en la terraza de la "Atalaya"–. Continúe... concrétele a lo suyo; lo demás... lo de los otros es secundario, vendrá después–. Adivinando en ella la extrañeza que le causaba que llamara secundario a lo que ella creía ser lo único que pudiera interesarle en el relato, y al mismo tiempo cierta alarma en presencia de la exaltación interior que notaba en él, hizo un gran esfuerzo para dominarse y sofrenar sus ojos y su voz, y como a la niña aquel día, díjole con una dulzura infinita:

—Sí, querida Alex, sí, admirable criatura, gemela de la Angélica, todo se arreglará, todo se remediará; todo lo que puede curar el dinero, se curará... Pero continúe, por Dios.

—Salía de su casa, cuando nos volvimos a encontrar usted y yo en la calle Maipú... Fué en aquel momento que tuve el deseo de contárselo todo.

—¿Y por qué no lo hizo?

—Porque vi algo en su cara que no me animó.

—Hizo usted bien, Alex; yo no merecía su confianza –dijo él con voz más sorda.

Ella lo miró, y no comprendiendo, terminó de decir todo lo que tenía que decir.

—He esperado su vuelta con impaciencia, porque desde hace dos meses, convencido Emilio que a la situación de mi tío no era posible componerla con esperas y con plazos; que dentro de pocos días él, ya hoy mejor, tomaría la dirección de sus asuntos, y un sano no puede aceptar lo que se impone a un enfermo, me autorizó a hablarle ... Los dos sabemos que a un hombre como usted basta a darle conocer lo que sucede...

—¿Y Montana? –preguntó él, preocupado siempre de una sola cosa–. Montana, ¿cómo quedó con usted?

—Montana, a los pocos días solicitó mi mano; le confieso que vacilé. Reconocía en él altas condiciones que los demás ignoran; me encontraba en una situación difícil y me aterraba el mañana; sobre todo era garantizar el bienestar para "ella" durante toda su vida. Sin embargo, no me resolví. Reflexioné que yo conocía mucho de aquel hombre... ¿Y lo que desconocía?... Sólo acompañada por el amor se tiene el coraje de entrar en las tinieblas. Y yo no podía querer a don Samuel Montana... Pero estoy cierta de que si lo que él hizo entonces por mí, lo hubiera hecho única y desinteresadamente por mí tío, le habría entregado mi fe, porque lo hubiera encontrado digno de ser querido.

—¡Alex!... –murmuró.

—Déjeme terminar, Máximo, pues empiezo a sentirme conmovida. Las dos causas que han podido obligarme a permanecer aquí, desaparecen... "La otra" –dijo para evitar tocar la herida que la haría desfallecer–, está ya remediada, puesto que usted interviene; la salvación de mi tío está en sus manos, y me alejo tranquila.

—¿Se va usted, Alejandra?

—Sí, Máximo; me voy a mi país a curarme entre los amigos de mi padre... Nordolj ha escrito, y en el acto he sido nombrada para dictar dos cátedras en la "Escuela Superior de Mujeres de Cristianía", la cátedra de geografía de los dos últimos años, y la de ciencias naturales en los mismos.

—Pero, ¿la relación con la familia no es ahora muy cordial?

—Todo lo cordial que puede ser entre nosotros. Estaré yo siempre lejos de su simpatía...

—Lejos de su comprensión –la interrumpió Máximo.

—Le ruego que no me interrumpa, déjeme llegar... Urgía ver a usted, porque Dina Nordolj se embarca el viernes en el Cap Ortegal y deseo irme con ella.

—¿El viernes... el viernes próximo... el viernes de esta misma semana piensa irse usted? –preguntóle Máximo recalcando una por una sus palabras.

—Sí, Máximo, el viernes próximo; es decir, dentro de dos días...No me interrumpa, se lo pido por cuarta vez, gran nene –agregó sonriéndole dulcemente–. Le he contado a Nordolj sólo aquello relativo a las causas de mi malestar con la familia; necesitaba no ser sospechada también por él, que representa para mí a mi país, a nuestros viejos amigos de Cristianía. Necesitaba que él supiera las razones que me obligaban a volver allá. ¿Cree usted, Máximo, que pueda haber habido algún mal en ello?

—¡Oh, santa criatura! ¡Oh, víctima de una generosidad trágica!– pudo contestarle apenas él, en quien empezaba a crecer un alma nueva, un alma que no conocía todavía... un alma ya nacida, sin embargo, en primavera.

—Sí; me voy –continuó ella muy conmovida–. Me voy, con la satisfacción de haber devuelto a mi tío sus favores; de dejar el recuerdo de una buena hija en su corazón paternal... Volveré para buscar algo; para llevar entonces, conmigo lo que hoy no puedo llevar... Ha salido una expedición de Cristianía siguiendo las huellas de la última de mi padre; mis paisanos son tenaces y saben honrar la memoria de sus compatriotas beneméritos. Gustavo Fusller tiene en nuestra necrópolis ya un monumento, y se espera que no permanecerá siempre vacío de sus restos. La familia no sólo debe estar reunida en la vida; yo reuniré a los míos en la muerte... Deseo que mi tío conozca mi partida después, recién; para evitarle la conmoción de la despedida, y en mi carta le diré que me voy por poco tiempo para distraerme. A la familia le comunicaré mi resolución a última hora.

El alma nueva de Máximo, para él desconocida, empezaba a sufrir torturas desconocidas. ¿Qué podía decir a aquella criatura, que veía allí delante, natural y sencilla, contando como algo muy natural y sencillo un acto tan excepcional, que en una sociedad entera no se encontrarían, tal vez, dos capaces de realizarlo?

—Vuelvo a decirle: entre ellas y yo no puede haber nunca amistad; y aunque la hubiera, ¿pueden devolverme lo que me han quitado? ¿Podrían pretender borrar de los otros lo que les han permitido sospechar?... No, Máximo; en esos otros quedará siempre el recuerdo de mis ligerezas, como caritativamente querrán los mejores llamar a lo que, si hubiera existido, llamaría yo corrupción moral, indignidad, traición; siempre sería yo para esos otros la extranjera, la pariente pobre que seduce al hijo de la casa, que seduce al novio de la prima cuyo techo cobija, para hacerse una situación y una fortuna... ¡Ah! cómo reconozco en la palidez mortal que va extendiéndose por su semblante, al padrino de la Perla, al amigo de Stella, que siente su corazón herido por la injusticia ajena... Porque yo bien sé que a pesar de ese escepticismo, al cual atreví a desafiar, su alma es grande, su corazón es noble, su espíritu es justo, Máximo... Y al verle en este instante pálido, trémulo y los ojos apagados, me doy la razón por haberle dado mi amistad, reconozco el error de no haberle dado a tiempo mi confianza... Sé bien, Máximo, que usted no ha dudado de Alex.

Al decir esto le extendió su mano, que Máximo no tomó. Percibió en él una lucha interior que le enrojecía y le empalidecía, iluminaba y apagaba sus ojos, pero que era para ella incomprensible. No lo era para él: luchaba con su lealtad que le prohibía estrechar aquella mano que confiada se extendía buscando la suya, engañar aquellos ojos que llenos de extrañeza buscaban sus ojos. Todos sus sentimientos de hidalguía se negaban a engañar su confianza. Sin embargo, un momento le faltó el valor: cuando movió su rubia cabeza, entornó los ojos y le sonrió. De pronto cruzó él las suyas y con expresión seria, aire grave y voz profunda, dijo una sola palabra: "Perdón".

Con la mirada fija en el semblante de la joven, esperó. Ésta quedóse pensando en lo que aquel gesto y aquella palabra querían decir; lo miró también fijamente después, y él, qué espiaba el menor cambio en aquella fisonomía abierta y expresiva, pudo ver cómo se iba haciendo la luz en ella, pudo darse cuenta de cuál fué el momento preciso en que supo que él había pensado lo mismo que los otros; en que comprendió la razón por que no estrechaba su mano. Aquella luz se exteriorizó, llenó sus ojos e hizo visible su pensamiento. Permaneció un momento más en la misma expresión y en la misma actitud, empezó luego a perder su color, y la vió blanca, como la rasa blanca que había ella puesto aquélla mañana en el retrato de su hermana... Un momento, después, silenciosa, con la cabeza levantada y los ojos muy abiertos y muy claros, le hizo un saludo leve con la cabeza y se dirigió hacia la puerta interior a la que cubría la misma cortina debajo de la cual aparecieran, aquella primera noche de su llegada, los piececitos rosados de la Perla.

—¡Alex! –exclamó él en una angustia que sofocaba su voz, dando dos pasos para acercársele.

Ella, muda, levantaba en ese momento la cortina. Máximo buscó en su mente, en su recuerdo, la palabra que pudiera detenerla un instante. Encontró una pregunta, que hizo extendiendo las manos hacia ella con toda la ternura de su voz, en un tono de dulce reproche.

—Alex... ¿y los niños?

Ella, sin soltar la cortina, volvió la cabeza. Vió él en su semblante transparentado un inmenso cansancio; un viejo cansancio, como si los minutos que habían transcurrido desde su palabra "perdón" hasta aquel momento hubieran sido años, y en sus labios, al hablar, algo de la expresión que ella había combatido cuando la veía aparecer en sus propios labios.

—¿Y los niños? –volvió a preguntarle.

—Los niños... Los niños crecerán y se harán hombres; cuando miren el firmamento, recordarán que hubo una Stella... que tenía una hermana que les enseñó a leer y se llamaba Alejandra –le respondió, y desapareció detrás de la cortina.

Máximo permaneció clavado en el mismo sitio, en la ofuscación y en la obscuridad... Luego sus recuerdos despertaron tumultuosos; en un segundo recorrió su vida desde hacia un año; la vió nuevamente hora por hora, minuto por minuto, sintió lo que había sentido, pensó lo que había pensado, comprendió movimientos de su alma y mudanzas en sus impresiones que antes no comprendiera; analizó su agonía de aquel instante: y como aquel rayo que los ojos de Alejandra vieron caer sobre el árbol de su bosque, lo fulminó la evidencia de su pasión.

Capítulo XXIV

Máximo, al llegar al hotel media hora después, dijo a Alberto, el gerente: "A todo aquel que pregunte por mí, dirá usted que estoy en la estancia, salvo al señor Felipe Suárez, que debe venir mañana. El "Cap Ortegal" anuncia su salida para el viernes, hay poca agua y demorará seguramente. Cuando sepa usted con exactitud que haya zarpado, me lo hace avisar".

Entró a su departamento, dió a Cándido sus órdenes, murmuró: "Me he jugado", se acostó, y, obedeciendo a su vieja costumbre de dormir pesares, tomó un narcótico y durmió con exceso ese sueño artificial que se parece a la muerte.

A la una del día siguiente, el criado introdujo cerca de su patrón, que permanecía en cama, a don Felipe Suárez, su apoderado y su hombre de confianza, con quien conferenció hasta las tres. Salió luego éste y volvió a las seis: venía de adquirir para su poderdante la estancia el "Ombú". "No se trata de un negocio para mí, sino de una ventaja para Luis –habíale dicho Máximo–; manifieste que necesito ese campo para ensanchar la "Atalaya". Ofrezca por él lo que ellos no se atreverían a pedir". Don Felipe, vivísimo, y que algo sabía de la situación de los Maura, entendió lo que se quería; trató con Carlos y Linares, y traía la negociación terminada, con grandes ventajas para el vendedor. Era el primer paso dado para aliviar a su cuñado. Don Felipe quedó encargado de rescatar la hipoteca de la estancia de Puán y de las otras propiedades. "Lo que me propongo es convertirme yo en único acreedor de Luis – dijo Máximo–. No aceptaría otra cosa, como es natural. Y es una suerte, porque así, interviniendo usted en los asuntos, hay la seguridad de que en dos años esa fortuna se habrá afirmado. Deseo ayudar a Emilio y lo pondré bajo su dirección, don Felipe. Es un muchacho que vale. Por ahora, los servicios hipotecarios no se harán, pero más adelante seguramente Luis exigirá que se reciba el dinero correspondiente. Para entonces ¿quién sabe dónde andaré yo? Ese dinero lo depositará usted a favor de mi ahijada la Perla... Espere, espere... ¿Cómo se llama?... ¡Ah! Máxima Maura Sagasta".

Alex podía partir tranquila: su tío estaba salvado.

Máximo continuó narcotizándose. El viernes, a las nueve de la noche, el gerente le avisó:

—Señor Quirós: el "Cap Ortegal" acaba de zarpar.

Eran las ocho y veinticinco... Suspiró muy fuerte, y exclamó con aire de alivio:

—¡Al fin!

Había permanecido encerrado, adormecido, tres días, para escapar a la tentación de verla.

Aquella noche no tomó cloral; la pasó pensando en ella.

Empezó por olvidar qué era ella para juzgarla. Sereno, imparcial, con el microscopio de su razón, examinó, analizó, detalló la perfección moral e intelectual de Alejandra. Después evocó la gracia y el encanto de su cuerpo: desde su mirar hasta su andar, desde su sonrisa y su voz hasta la manera de mover su cabeza expresiva, de poner el pie en tierra; de levantar el vestido para saltar confundida con sus niños. Sintióse débil como uno de ellos, abandonado como debían ellos sentirse sin su joven madre; y aquel hombre indiferente, y aquel hombre fuerte, y aquel hombre escéptico y aquel hombre burlón, lloró con ellos por la que se alejaba. En medio de su aflicción, sonreía, a veces, a frases suyas: "Soy inflexible como una espada, señor Quirós", negándose a programas de paseos en el mar, por ella temidos para sus chicos. "Si ya va a llorar uno que yo conozco; si ya va a llorar, porque no puede comprar la luna que le gusta tanto a Stella". "'Está muy viejo, viejo tío; ha encanecido su cabeza a los treinta y cinco años, pero su alma a los veinte; su alma es bisabuela de la mía".

—¡Oh, querida, querida mía!... Todo eso lo he perdido como un imbécil –dijo en voz alta, mirando entrar la luz del alba por la banderola de su ventana.

Cuando se convenció de que estaba lejos y, cada minuto la alejaba más y más de él; de que se alejaba sin cesar, tuvo un momento de desesperación, seguido de una sensación de desamparo; casi la resolución de quedarse allí, cerrar los ojos, no continuar su vida... Detener su vagancia inútil. Sin embargo, no se arrepintió un solo momento de no haber procurado verla, hablarla, después de la última noche. Una mirada, una palabra, después de su leal palabra "perdón", habría sido lo irreparable... Y sin la mirada y sin la palabra, ¿no era siempre lo irreparable?

A esta pregunta se contestaba que sí, porque ahora, que comprendía ya aquello "exótico" que antes ni acogía ni rechazaba, que no defendía ni combatía, porque era lo desconocido, comprendía también que su deseo no era de reconciliación ni de perdón. Lo que él quería era el amor de Alejandra; quería su alma y su cuerpo; aspiraba el amplio don de su amor completo. ¿Y tenía el derecho de esperarlo? Un instante no se le ocurrió acordarse de su fortuna tratándose de Alex. "Qué podría yo ofrecerle?... ¿Qué podría yo ofrecer a su juventud, a su fresca dulzura?... El alma amarga y gastada de un hombre que ella ha conocido en momentos que se preguntaba mirando al pasado: ¿Qué he hecho yo? Mirando el porvenir. ¿Qué me resta hacer?... Sería como aquel que se acercara al altar de las ofrendas con las manos vacías".

No había intentado verla, no se habían cambiado entre ambos una palabra, una mirada más; la dejaba partir. Así se lo aconsejaban su angustia previsora, su dolor profético.

Al cabo de seis días de ausencia, se presentó en el círculo, donde se le extrañaba. Encontráronlo pálido, agobiado.

—Viejo es lo que estoy –dijo–. Ya empiezan los trancazos; no los de la influenza, sino los de los años. En serio, he estado embromadísimo cuatro días en cama.

Le parecía que se podían transparentar sus heridas, y con el pudor de una virgen, las encubría.

Recorrió los corrillos, cada uno de los cuales desenvolvía un diferente tema. Dejó caer su látigo sobre el comercio en uno; su gota amarga sobre la política en otro; guardó silencio sobre el eterno tema de las mujeres: temía equivocarse.

Vagó muchos días. No quería ir a lo de su hermana, pues todo en aquella casa le irritaba: los niños le enternecían y le abatían, los grandes le encolerizaban. Una repugnancia enconosa, un desprecio implacable había en él para Micaela, y huía de ella como de un reptil cerca del cual se sienten impulsos de aplastarle la cabeza. El marido era un inconsciente a quien ella prestaba su veneno, y del que ni recordaba la existencia. Y así vivía ahora, devorado por el tedio y el *spleen*.

Un día, a las cinco de la tarde, se encontró en el hall del círculo, con Montero y Espinosa. Cuando se retiraba, éste le dijo;

—Permítame una palabra, mi querido Máximo.

Le llevó a una pequeña sala; Máximo se recostó en un sofá, y él, permaneciendo de pie, volvió a decirle:

—Mi amigo, va usted a reírse al saber que le he elegido para confesor. Pero es tan hermoso mi pecado, que me absolvería con sólo oírmelo nombrar. Se llama Alejandra Fussller.

Máximo conoció el dominio que ejercía sobre sí mismo recién se sintió capaz de contestar chanceando;

—¡Dejad que los enamorados vengan a mí!

Aquí no hay enamorados; hay enamorado. Yo adoro a Alex, pero aunque le he demostrado mi pasión en todo su tamaño, ella ha rechazado tres veces lo que le ofrecía: mi vida al ofrecerle mi nombre.

—Y Alex ¿por qué no lo acepta? ¿Se lo ha preguntado usted?...

Montero ensanchó sus confidencias y le refirió la historia de su pasión: desde la tarde del hall hasta el día de su partida, que conociera por Nordolj la noche antes. Le contó que tres veces había insistido cerca de ella para que lo aceptara: la primera le había escrito a la estancia; la segunda se lo había rogado en todas formas aquella mañana que Máximo los divisara en la avenida del "Ombú"; la tercera por intermedio del mismo Nordolj, a bordo del "Cap Ortegal".

—No le quedaba sino esperar a que Isabel aceptara a alguno de sus otros pretendientes, y entonces, tal vez, Alex se conmovería al comprender cómo era querida.

—De aquí a entonces, ¿quién sabe si toda esa pasión no se habrá descolorido? –díjole Máximo para sondearle el corazón.

—¡Ah, Máximo! –exclamó el joven impetuosamente–, usted conoce a Alex; no puede entonces dudar de que tan sólo puede amársela de una manera irrevocable... Me da por ella vergüenza de ser un inútil; quisiera ser algo para merecerla.

Máximo se levantó y puso su mano en el hombro de su joven amigó; clavó sus ojos en él, aquellos ojos que seducían a las mujeres y conquistaban a los hombres, y con una voz llena y abierta, la voz con que hablaba a Alex en el "Ombú", le dijo:

—Esta palabra me lo revela por entero. Un hombre que a los veintiocho años, con quince millones, un nombre distinguido y una linda figura, sin decepciones ni sombras en el alma, quiere ser algo para merecer a la mujer amada, merece ser amado, aunque esa mujer lleve el nombre soberano de Alejandra. Vaya, conquístela... y hágala suya si puede, mi querido amigo.

Y se separaron, estrechándose la mano, aquellos dos hombres de la raza de los que llamaba el mayordomo de la "Atalaya" *gentlemen* por dentro y por fuera.

Llegó Máximo el domingo a lo de su hermana Carmen, encontrando reunidas a las señoras y niñas en el hall. Una alusión, un algo, trajo la conversación sobre la ausente. Máximo saltó y habló como él sabía hacerlo. Y fué cruel; porque no calló nada; porque clara y brutalmente dejó caer sobre ellas la verdad. La madre de Enrique se aterró, y se aterraron las hermanas; bajaron todos la cabeza al conocer la conducta de abnegación salvadora de Alex, sus negativas a las solicitaciones reiteradas de Montero.

Desde entonces no volvió a mirar jamás a su hermana Micaela ni a su sobrino Enrique.

Un buen día tomó el tren y se fué a la estancia.

Allí lo esperaban de pie los recuerdos, a los que seguía huyendo. No se atrevió a ir al "Ombú" desierto; mandó regalos en dinero a su ahijado, el hijo de Rosa, los hizo mudar a un lindo puesto nuevo, pero no quiso verlos.

Su pasión crecía, y crecía su desesperanza. Una gran melancolía se apoderó de él, y se dejó ganar por el abatimiento, y siempre la cobardía que le reprochaba Alex; el tríptico de Albertito permanecía cerrado; no entraba a su biblioteca porque sabía que iba a encontrarla tal cual quedó el día que la animó Alejandra; temía a su dientecito más que a un dragón.

Sentía su pecho vacío. "Es que mi alma se ha vertido en la suya", pensaba, y desde la soberbia mansión que cobijaba su ruina le sonreía con ternura. "Las casas solitarias tienen todas su leyenda; ¿le faltaría a la mía? Generalmente es la de un alma sin cuerpo: la de la "Atalaya" sería la de un cuerpo sin alma".

Pasaba largas horas en su terraza o en su hall, acostado, en un diván, fumando. Su única diversión era ver nacer del humo azul a las "dos hermanas". La evocación de Alex hacíalo vibrar días enteros.

Llegada la primavera, sintiéndose mal desde hacía días, con dolores atroces de cabeza, tomó la costumbre de dar todos los días, una vuelta a caballo. Un domingo de mañana divisó un paredón blanqueado sin revocar, una puerta de hierro y una cruz; cuando estuvo más cerca reconoció su marca en el anca de un petiso obscuro que se encontraba frente a aquella puerta; y casi al mismo tiempo, al jorobadito Juan, el cual salía por ella, montaba en el petiso y tomaba al galope la dirección del pueblito. Miró al interior: comprendió que estaba delante de un cementerio de campaña; y el petiso era el mismo regalado por él al pobre niño.

Tocó su caballo, que dócilmente le obedeció, tomando un largo trote. A cierta distancia se golpeó de pronto la frente con su mano y exclamó en voz alta: "¡Mi Reina!". Acababa de oír una voz que le avisaba: "Allí duerme Stella"... Detúvose bruscamente, pensó un momento, y, dando vuelta a las riendas, encaminóse en dirección opuesta. En dos minutos se encontró nuevamente delante de la muralla blanca y de la puerta negra. Bajó y entró, dejándose guiar por el azar, que era quien lo había conducido hasta allí. Algunos árboles, muy pocos, muchas cruces en el suelo, mucha luz; el silencio único de los cementerios, una infinita calma fué lo que encontró; y desde allí dentro, que era una altura, descubrió un admirable paisaje, el campanario de la iglesia, y a su frente el mar, que aquel día estaba manso y claro.

Continuó caminando sobre el césped, y de repente sus ojos, sin buscarlo, encontraron un nombre: estaba frente a su tumba. Un gran sauce, como el que deseó Musset para la suya, y un plantío de lirios blancos en flor; una placa de mármol, blanco como los lirios, y sobre ella, en letras simples y claras de bronce, escrito: "Stella Fusller".

Sus lágrimas, instantáneas, se volcaron en sus ojos. Lo primero que pensó fué: "¡Tan solita!". Lo primero que se dijo: "Seguramente que está de cara al mar"; y quedóse atento escuchando el ritmo arrullador de sus ondas.

Llamaron su atención ramos y coronas de flores silvestres, colgadas de la gran cruz de bronce del sepulcro y salpicando la lápida; eran flores frescas, recogidas hacía poco de los campos, se veía. Chistó a un hombre que vió entrar, y le preguntó de dónde provenían.

—Son flores traídas continuamente por los muchachos y las niñas pobres de los alrededores, que ellos mismos recogen y arreglan para ella. Éste –dijo el hombre, tomando un gran ramo de manzanillas y "varitas de San José"– acaba de dejarlo el jorobadito Juan, y la corona de azucenas del bosque la trajo ayer tarde mi hija.

—Y usted ¿quién es?

—Yo soy, señor, el sepulturero... El señor debe ser un forastero si no sabe quién es Stella... Hace seis meses que la enterré; estaban aquel día en este sitio todos los habitantes del pueblito y de los alrededores, que habían venido a acompañarla, pero no se derramó una lágrima. No se llora a un ángel, señor, porque se va a la gloria... Se lloró, sí, cuando se fué su hermana.

Máximo escuchó de los labios del sepulturero la continuación de la historia de la pequeña alma que se le descubrió una tarde en su terraza, recostada en su pecho; y la mano que abrió su fosa le mostró el camino sembrado que ella había atravesado.

Cuando aquél se fué, solo con ella de nuevo, le pareció oírla preguntarle: "¿Has cumplido nuestro pacto?...". Al examinarse para responderle, se vió huyendo cobardemente de su blanco lecho de muerte; abandonando cobardemente a la otra, a Alex, a aquella de quien él había prometido ser "amigo y un poco su padre", en momentos de terrible prueba, por el egoísta temor de sufrir, y huir de las emociones; por todo aquello que Alex condenaba... Como si empezara a desvanecerse una nube en sus ojos, sintió por primera vez la dulzura del recuerdo, y que bien podían ser ciertas sus palabras: "Recordar, Máximo, es vivir". Se despidió de su amiga, prometiéndole volver, y tomando su caballo, púsole al galope en dirección el pueblito. En la puerta de la iglesia había carritos de colonos, caballos con recados y algunos viejos breaks. Preguntó a alguien el motivo. "Es gente de las estancias y de las chacras que han venido a la función por ser el día de la Virgen del Rosario, la patrona del partido".

Se le ocurrió entonces entrar y allí, confundido entre la gente que se aglomeraba en el interior, alcanzó a distinguir los cabellos blancos del anciano cura, a quien conocía desde su niñez, el cual se acercaba al lado izquierdo del altar. En aquel momento toda la concurrencia púsose de pie.

Terminado el evangelio, el sacerdote, dándose vuelta al pueblo, empezó a hablar. Contó, sencillamente, el sencillo cuento del pajarito que había cruzado una vez el campo de unas pobres gentes. En él apareció, al poco tiempo, una planta; aquella planta creció y dió sus espigas; las pobres gentes recogieron sus granos y los sembraron. Con el tiempo el campo fué un trigal, y es del trigo que se hace el pan.

El pajarito aquel traía un grano de trigo en el pico, y al cruzar lo dejó caer en la tierra. Ese pajarito había sido Stella; no había hecho sino cruzar por la comarca, pero había dejado también en ella su semilla. Los niños se habían calzado, los viejos habían tenido su abrigo y su pan: "Todavía queda algo en la bolsa de los pobres del viejo cura —siguió diciendo—: son los últimos granitos del trigal de Stella. Todos sabemos que ella era pobre como nosotros; que no era de ella el dinero; pero era ella quien abría para nosotros la bolsa del potentado, cuya existencia se pasa lejos, indiferente, extraña a nosotros. La Bienaventurada ha partido demasiado pronto; mas la huella de su paso no se borrará jamás en la comarca. Ella ya es dichosa en el Señor".

Sería imposible pintar lo que pasaba en el corazón de Máximo mientras se encontraba allí, mezclado con la gente humilde, oyendo lo que de la niña decía el anciano y que aquella concurrencia escuchaba enternecida. Durante largo rato hubo en su cabeza una gran confusión de ideas, hasta que entró en ella una luz clara de día y entendió, porque recordó.

Recordó que para Navidad le había dado un billete para "nuestros niños", como ella decía; otro día, toda rosada por la cortedad, le había murmurado con su voz de caricia: "Padrino, en lugar de comprarme el cinematógrafo —ya tengo la linterna mágica—, ¿quieres darme el dinero? Será para "mis pobrecitos".

Recordó que le había él dado sin contar, lleno de emoción, y también el cinematógrafo. Que tomó después la costumbre de hacer cambiar dinero en moneditas de oro, pareciéndole que un billete podía contaminar aquellas manos, y por el placer que ella sentía; al oírlas sonar... Y fué tal la dulzura que lo inundó, tan suave el bálsamo que lo penetró, que repitió con Alex ya convencido: "La vida sin la emoción y el recuerdo es el erial".

Se alejó. El anciano cura, cuando entró en la sacristía, encontró en la mesa donde colocaba sus ornamentos, un sobre escrito con lápiz: "Para los pobres amigos de Stella". Dentro un cheque con una cifra, que garantía del hambre, por mucho tiempo, a toda la comarca.

Máximo, una vez en su casa, abrió el tríptico y contempló los tres cuadros encerrados en él. Cuando se vió a sí mismo en uno de ellos, con una expresión de sereno contento, recostado en la baranda al lado de Alex, quien, con la cabeza levantada, mordía su ramita, le pareció que entraba en él una vaga esperanza.

A la tarde pidió su caballo, salió, y se detuvo en la vieja tranquera del "Ombú". Él mismo la abrió; no quería que nadie turbara las impresiones de las cuales hasta entonces huyera y ahora venía a buscar.

Rauch había ido con Emilio a Puán, y la estancia, por orden de su nuevo dueño, había sido despoblada.

Recorrió palmo a palmo aquel paraje donde había empezado a vivir; donde le había nacido el alma nueva que ahora sentía palpitar. Revivió la "hermosa mañana" y la "triste noche". Pensó en la Alex primaveral del "Ombú", aquella que sabía glisar su mirada tornasol entre sus pestañas con toda su exquisita coquetería, y desde allí besó su encanto. El silencio, como un viejo soberano, calmaba todo a su alrededor; los dolores y las hojas.

Las hojas no murmuraban; sus dolores se suavizaban. Quiso ver el mar desde donde Stella y ella lo contemplaban; quiso tener la visión de la escena que sorprendió escondido detrás de los pinares, y se encaminó hacia allí.

Por esa movilidad de nuestro pensamiento, no pudo representarse ya a la Alex del "Ombú", a la dulce maestra de la playa. A su evocación aparecía Alejandra Fussller, triste y abatida, avanzando sola en el camino de la vida, allá en los países fríos del norte; en los países de las largas noches y de los largos días; en los países de las nieblas y de los *fiords*.

Súbitamente, como si se helara su sangre, sintió frío. Acababa de penetrar en él esta idea: "¿Y por qué sola?"...

El desaliento y la enervación que lo dominaban desde su partida habíanle preservado de pensar en otra cosa sino en que ella le faltaba; de la tortura de imaginar que podría serle arrebatada. Hasta entonces sólo se había dicho: "Yo creía conocerlo todo: me faltaba probar la privación y la indiferencia de la mujer querida". ¡Recién ahora empezaba a notar que le restaba conocer algo más todavía: la terrible angustia, la ansiedad, la zozobra, la alarma desesperada de vérsela robar!

Y toda su naturaleza desesperada se rebeló contra la amenaza de que alguien pudiera conseguir hacerla suya, ser el compañero de su noble existencia. Su corazón se estremeció ante aquella posibilidad; su voluntad armada levantóse alerta, pronta a oponerse entre ella y aquel que osara pretenderlo. Hizo el gesto brusco de desafío de quien cree verse robar realmente su propio bien; esto despertó sus energías.

"Querría ser algo para merecerla", había dicho Montero una tarde en el Círculo; ¿por qué no lo repetiría él, Máximo, en la playa? ¿Por qué no había de tratar también él de merecerla? Bien sabía cómo Alex concebía al hombre; ¿por qué no había de ser ese hombre?...

Su entendimiento, cerrado tanto tiempo, se abrió como una flor al sol, y se le apareció el futuro ya más distinto: con manto claro y entre sus pliegues muchas promesas. "¿Por qué no he de ambicionar el conquistarla? La vida es una serie de recomenzamientos" –ha dicho ella–; ¿por qué no podría yo recomenzar también la mía con el alma nueva que hoy me siento, el alma con valor y valentía que deseó mi padre?... Aquella noche, ¿por qué no la detuve, por qué la dejé ir sin una palabra más? ¿Por qué no la busqué, no la seguí? ¿Por qué no le escribo?... Porque el instinto sobreviviente en nosotros, en medio de las grandes catástrofes, me detuvo; el mío sabía que no son palabras las que convencen siempre, y mis aliados debían ser la ausencia y el silencio... Necesitaba ser el hombre que ella deseaba que yo fuese, y para ello que se me diera el tiempo de rescatar mi vida inútil, evolucionar, desplegar ante ella todas mis facultades activas... Ahora comprendo que la facilidad con que ha entrado y se ha encarnado en mí, en segundos, una solución que hace años me habría hecho reír y parecido tan imposible como levantar con una mano un monolito, emana de esta razón: desde hace un año, en mi interior ha venido haciéndose esa evolución que hoy necesito completar... ¡Alex! empezado a aprender en ella la fe en la dicha, quiero en ella conocerla... Lucharé, realizaré, esperaré; después ella será el descanso, el refugio seguro y seductor... ¿Y tú, mi Reina? ¿Tú, mi Angélica?... ¡Ah! ¡Cómo desearía creer lo que tu hermana cree, lo que creyó tu madre! Creería entonces que tú me miras, me escuchas, me sonríes, y en tu belleza aparece nuevamente la expresión que tuvo aquella tarde en la terraza de mi casa —la casa que un día tal vez sea la suya—, cuando te prometí lo que prometo ahora: ser también tu padre... Sí, mi Reina será nuestro médium".

El astro habíase extinguido, mas quedaba de su paso por la tierra su luminosa estela fecundante.

Al regresar a su casa, ya entrada la noche, divisó Máximo la vieja tapera y la acarició con la mirada. Iba al lento paso de su caballo; fumando, sintiendo cada vez más fuerte el peso de sus resoluciones, a medida que iban ellas asentándose y afirmándose en su interior... Con la rapidez del relámpago vió con su imaginación cruzar aquel instante, cantando, real y patente, a aquel joven paisano de la voz varonil, en la noche triste; y oyó claros como entonces los hermosos versos:

> Soy un hijo de la sombra
> Que voy marchando a la luz.

Parecido a lo que él sintió al recordarlos, debe sentir el soldado que, al entrar a la lucha, oye las notas de su himno.

Máximo sacudió su cabeza con un aire de altivez triunfante, y murmurando: "¡A la luz y a la dicha!", lanzó su caballo a la carrera.

Cándido notó, sorprendido, la animación que traía en el semblante, y su sorpresa llegó a su colmo cuando oyó la carcajada tan inconfundible de Máximo responderle. Vehemente e impresionable, como quien arroja lejos sus harapos, arrojaba él de sí sus pesimismos.

Subió ágilmente la escalera, entró en la biblioteca, y, enternecido, miró y dijo a su padre: "Paternidad es indulgencia: ¿me perdonas que aquello que no pudo conseguir tu fuerte brazo lo consiga la blanca mano de una mujer?".

Máximo Quirós llegó a ser, en dos años, el jefe y el guía de la numerosa y selecta agrupación que ayudaba con desinterés y patriotismo a su país en la evolución que él mismo, años antes, profetizara. Había entrado en la lucha

con todo el ardor de su temperamento, poniendo al servicio de sus ideas todo lo que era y todo lo que poseía", como había dicho Montero en aquel almuerzo del Grand Hotel. La mejor prédica es el ejemplo: los otros lo imita-
ron. Su talento, su voluntad, unidos a muchas otras voluntades, le colocaron
fácilmente en alto.

Volvió a ser el hombre de la palabra, el orador que con una frase arrastra
una multitud, la fuerza en que el gobierno fatalmente tenía que apoyarse. Como Federico Livanoff en el Imperio, Máximo en la República era fuerza im-
pulsora y fuerza moderadora. Se le quería y se le temía: era ésta la prueba más
evidente de que había llegado ya a la cima.

Si en Buenos Aires era popular, lo era más aún en el partido de campo
donde estaba plantada la "Atalaya". Sabía ahora, el anciano cura, que no era
ya el potentado cuya existencia se pasaba lejos, indiferente y extraña.

Como el sembrador que espera seguro su cosecha, esperaba Máximo que
Alejandra viniera a buscar a su hermana.

Capítulo XXV

El viejo break de la estación se detuvo una tarde espléndida de abril delante de la tranquera del "Ombú"; de él bajó una joven rubia en traje de viaje, la cual, sola, entró a la estancia.

Era Alejandra Fussller, que llegaba de su país en busca de su hermana.

Había estado a visitarla en su tumba, encontrándola cubierta de flores silvestres y flores de estufa[124], y venía ahora a visitar la vieja estancia; la casa parecida "a la que nació mamá".

El semblante de Alex había recobrado su frescura, pero no su expresión: en él aparecían el desaliento y la melancolía.

Recorrió, palmo a palmo, como Máximo lo había recorrido, ese rincón de los recuerdos; se sorprendió de encontrarlo abandonado; se impresionó hondamente; sus lágrimas corrieron...Y también, ella se encaminó hacia el mar.

Absorta en sus pensamientos, no se había dado cuenta que estaba ya muy cerca de la playa; se lo advirtió un gran tronco que servía de puente en una zanja, bien conocida, colocado a pocos pasos del montículo donde acostumbraba a sentarse rodeada de sus discípulos. Caminaba con los ojos bajos, pero al notar el tronco que le indicaba aquella altura, los levantó, y en el instante, con la expresión de un gran asombro, lanzó un grito, los cerró y apretólos con las manos: no le extrañaba, después de tantas emociones, ser víctima de una alucinación. Volvió a abrirlos; el asombro persistía en su expresión... Sabía —¡ah, si lo sabía!— que allí no había habido nunca más que una suave, una pequeñísima montaña de arena, delante de la cortina verde del pinar. Y ahora, ante ella se levantaba un inmenso edificio de piedra, sencillo y majestuoso. Osó mirarlo...el terror la dobló nuevamente; temía una perturbación en su cerebro o en su vista... Aquella construcción, severa y monumental, en aquel paraje desierto, al cual, seguramente, después de su partida sólo habrían visitado las gaviotas, que veía ella allí, no podía existir sino en su imaginación... Mucho le costó, al fin mirar fijamente sus murallas, y, para convencerse, subió, estiró el brazo, y desde lejos las tocó. Lanzó otro grito: más le había sorprendido palpar las duras y ásperas y frías piedras de aquellos muros, resueltos a desafiar el tiempo y el huracán, que lo que le hubiera sorprendido encontrar allí el vacío...

Convencida de la real existencia de lo que veía y de lo que tocaba, buscóle el alma, a través de los cristales de las anchas ventanas que abrían sus costados. Percibió varios salones, en ellos una doble fila de camitas blancas, las que, con sus colchas y sus cortinas, blancas también, daban la idea de pequeñas barcas en un puerto de refugio, y en otros largas mesas tendidas. Los cubiertos, los vasos, todos los útiles pequeños, livianos, como para ser manejados por manos de niños.

Todo aquello era claro, luminoso, pero sin movimiento, que es vida.

En el tumulto de ideas que entraban y salían de su cabeza, sentíase desorientada; recién un largo rato después dióse cuenta que estaba delante de un asilo de niños, deshabitado. El efecto que le producía era siempre de asombro; un asombro de un tamaño y de una calidad desconocida para ella, en el que había ese temor, esa ansiedad, ese algo angustioso, inexplicable que se experimenta ante el misterio.

Era el misterio, sí, para ella; y al encontrarse frente a él contemplando su inmovilidad de piedra, sola nuevamente en la playa de la tierra extraña, divisando cómo se encrespaban las aguas violentas del mar, y oyendo a sus olas lamentarse, tuvo nuevamente miedo. Cerró otra vez los ojos, cubrióle los oídos con las manos y agachó la cabeza... Sonrió luego de si misma; dió un impulso a su coraje y descendió corriendo de la altura para mirarlo desde abajo, y de más lejos. Ya más tranquila, lo examinó: su puerta era de hierro, estaba cerrada, y de una barra del mismo metal colgaba un enorme candado; a cada lado de ella habíase incrustado una chapa de mármol blanco pulido; que parecían esperar una inscripción, y se destacaban del color grisáceo de las piedras; cuatro gradas se eslabonaban hasta la pendiente.

Alzó la mirada, y lo que vió la dejó extática: de la cúspide del edificio se lanzaba un ángel de mármol al espacio, con los brazos extendidos, en actitud de Ángel de la Anunciación. La figura daba la ilusión de mantenerse realmente en el aire, pues se sostenía a la muralla solamente por un pliegue de su túnica. Sus cabellos lacios, que apenas le llegaban a la nuca, la delicadeza de sus líneas, la impresión de inmaterialidad que producía, hacíanlo asemejarse a su hermana; la expresión intensa, la poesía de aquella figura alada sólo las había visto en ella. Cuando se hubo debilitado un poco su nueva conmoción, descubrió a los pies del ángel palabras que fácilmente leyó:

AVE MARIS STELLA
(Salve, Estrella del Mar)

Su corazón latía hasta romperse; aquellas palabras le decían que el misterio encerraba algo para ella; que aquellas paredes aprisionaban su destino.

Recorriendo una vez más todo su frente, sus ojos tropezaron con otra inscripción sobre la puerta, en caracteres claros y sencillos:

¡CUÁNTOS POBRES NIÑOS SE VERÁN PRIVADOS DEL AIRE SALUDABLE DEL MAR!

" ¡Máximo!", exclamó entonces con los ojos llenos de lágrimas.

Eran aquellas las palabras que le había dicho ella en la barca, con la mirada fija en Stella. La claridad entraba en ella; la misma claridad que un día le ayudó a encontrar su rumbo.

Y, poco a poco, fué tomando conciencia de la realidad. Reconoció en aquel edificio, levantado por Máximo, un Símbolo y un Arca de Alianza. Comprendió que el ángel representaba a su hermana, y que se había elegido aquel cántico entre todos los cánticos a María, porque en él se pronunciaba su nombre. Que al edificar y dotar aquel asilo de piedra, el cual duraría años de años y cobijaría, de generación en generación, multitud de niños desvalidos, se había tenido la intención alta, noble y única de perpetuar aquel dulce nombre; de hacer palpable, visible, la estela de luz dejada por el astro tras de sí.

Mas, ¿por qué permanecía cerrado a doble llave? ¿Por qué deshabitado? ... Su propia frase, escrita sobre la puerta, se lo explicaba.

"Esta puerta no se abrirá mientras tú no la abras —iban esas letras, que eran como su voz interior, diciéndole—. Cerrada ha permanecido y cerrada permanecerá mientras no la abra tu mano. Y esos pobres niños, privados hoy del aire saludable del mar, se verán privados siempre y siempre, mientras tú no la abras. Estas blancas camitas no serán ocupadas por tantas criaturas que no tienen otras; a estas mesas no se sentarán tantas que tienen hambre, mientras tu mano no haga correr el cerrojo que les cierra esta puerta; esta puerta por la que tienen el derecho de entrar, porque es la de su hogar. Es el hogar que les ha preparado tu hermana; que también le has preparado tú desde muy lejos. Es la semilla de las "dos hermanas" germinando en el corazón de un hombre.

"A ese hombre, tú, sin saberlo, le has enseñado a creer, le has enseñado a recordar, le has enseñado a esperar, porque le has enseñado a amar. Aquel silencio que te hería; todo aquello que te parecía frialdad de alma, sequedad de corazón, era todo amor para ti. Toda su obra, que tú conoces, pues lo has seguido en su carrera ascendente, rápida, hasta ser el hombre en quien están fijas todas las miradas, la ha elaborado para ti. Ha querido ser por ti y para ti, el hombre tal cual tú lo concibes. Por ti ha recobrado sus energías, ha fortalecido su voluntad, ha afirmado su carácter, ha desplegado todo el vuelo de su talento, ha hecho fecunda su fortuna. Ahora es ya agua que corre, oro que brilla. ¿Permitirías tú que esa obra se desplomara?"

La voz iba creciendo, inmóvil. Alex la escuchaba.

"Y tú, ¿por qué has sufrido tanto con su indiferencia? ¿Por qué no has respondido a las palabras y a las miradas de los hombres?"

La claridad penetró más adentro; la voz habló más fuerte, y la joven tuvo una suprema revelación: la de su amor por Máximo.

El mar habíase aquietado; una serenidad luminosa envolvía a la joven.

Un íntimo júbilo le penetró: el júbilo de amar.

¿Qué importa ser querida cuando no se quiere? Ahora sentía ella la felicidad radiante, absoluta, inefable, de saberse amada por aquel que amaba. Y sentíase para él, el alma de los grandes alientos, de las grandes abnegaciones, de los grandes amores.

Desde el mismo sitio en que aquel día de su gran reacción levantó los ojos para hablar a su padre, los levantaba ahora. Parecióle ver, arriba, al grupo adorado y sonriente: el padre, la madre, la hermana. Les sonrió ella desde abajo; y allí, sola, delante de la inmensidad del mar, y las murallas de piedra a sus espaldas, les mostró su corazón como una llama; inflamado, ardiendo de amor por ellos y por él.

Y, segura de que iba a dar, al fin, forma a la dicha, subió serena el montículo de arena; y como quien graba la inscripción de piedra fundamental, escribió con mano firme, en una de las chapas de mármol de los muros del asilo de su hermana, el versículo de un salmo que su padre amaba:

> La nueva verdad destruye
> las sombras de la antigua:
> la luz disipa la noche.

Y firmó:

Alejandra

FIN

Thank you for acquiring

STELLA: UNA NOVELA DE COSTUMBRES ARGENTINAS

from the
Stockcero collection of Spanish and Latin American significant books of the past and present.

Stella is one of a large and ever-expanding list of titles Stockcero regards as classics of Spanish and Latin American literature, history, economics, and cultural studies. A series of important books are being brought back into print with modern readers and students in mind, and thus including updated footnotes, prefaces, and bibliographies.

We invitesyou to look for more complete information on our website, **www.stockcero.com,** where you can view a list of titles currently available, as well as those in preparation. On this website, you may register to receive desk copies, view additional information about the books, and suggest titles you would like to see brought back into print. We are most eager to receive these suggestions, and if possible, to discuss them with you. Any comments you wish to make about Stockcero books would be most helpful.

The Stockcero website will also provide access to an increasing number of links to critical articles, libraries, databanks, bibliographies and other materials relating to the texts we are publishing.

By registering on our website, you will allow us to inform you of services and connections that will enhance your reading and teaching of an expanding list of important books.

You may additionally help us improve the way we serve your needs by registering your purchase at:
http://www.stockcero.com/bookregister.htm